U0500287

教育部哲学社会科学研究后期资助项目

湖南师范大学中国语言文学一流学科资助

百花论丛

与守望

比较视域中的中国现代家族小说研究

龙其林　李永东——◇

著

知识产权出版社

全国百佳图书出版单位

—北京—

**图书在版编目（CIP）数据**

蜕变与守望：比较视域中的中国现代家族小说研究/赵树勤，龙其林，李永东著.—北京：知识产权出版社，2019.12
ISBN 978-7-5130-6684-6

Ⅰ.①蜕… Ⅱ.①赵… ②龙… ③李… Ⅲ.①现代小说—小说研究—中国
Ⅳ.①I207.42

中国版本图书馆 CIP 数据核字（2019）第 291252 号

**内容提要**

本书在漫长的中外文学史中，找寻和精选出《喧哗与骚动》《根》《百年孤独》《战争与和平》《卢贡·马加尔家族》《红楼梦》等十余部经典家族小说，系统梳理和深入阐释了经典家族文本对中国现代家族小说创作的影响与流变以及异质文化背景下家族小说创作的异同。全书分为八章：第一章《喧哗与骚动》与中国现代家族小说的故乡叙事；第二章《百年孤独》与中国现代家族史书写；第三章《根》与中国现代家族小说的文化契合；第四章《金瓶梅》：中国现代家族小说的一种文化资源；第五章《红楼梦》与中国现代家族小说；第六章 巴金《家》和岛崎藤村《家》的文化比较；第七章 茅盾《子夜》与左拉《卢贡·马加尔家族》之比较；第八章 路翎《财主底儿女们》与托尔斯泰《战争与和平》的比较。

| | | | |
|---|---|---|---|
| **策划编辑：**蔡 虹 | | **责任校对：**王 岩 | |
| **责任编辑：**兰 涛 | | **责任印制：**刘译文 | |
| **封面设计：**博华创意·张冀 | | | |

**蜕变与守望**

——比较视域中的中国现代家族小说研究

赵树勤 龙其林 李永东 著

| | | |
|---|---|---|
| **出版发行：**知识产权出版社有限责任公司 | **网 址：**http://www.ipph.cn |
| **社 址：**北京市海淀区气象路 50 号院 | **邮 编：**100081 |
| **责编电话：**010-82000860 转 8325 | **责编邮箱：**lantao@cnipr.com |
| **发行电话：**010-82000860 转 8101/8102 | **发行传真：**010-82000893/82005070/82000270 |
| **印 刷：**北京建宏印刷有限公司 | **经 销：**各大网上书店、新华书店及相关专业书店 |
| **开 本：**720mm×1000mm 1/16 | **印 张：**16 |
| **版 次：**2019 年 12 月第 1 版 | **印 次：**2019 年 12 月第 1 次印刷 |
| **字 数：**252 千字 | **定 价：**69.00 元 |
| **ISBN 978-7-5130-6684-6** | |

# ❋ 序

赵树勤同志从事中国现当代文学研究多年，以《找寻夏娃——中国当代女性文学透视》一书赢得学界赞誉，给我留下了深刻的印象。近年她与龙其林、李永东共同承担了教育部哲学社会科学研究后期资助项目"比较视域中的中国现代家族小说研究"的工作，经过多年的辛勤耕耘，课题的最终成果《蜕变与守望——比较视域中的中国现代家族小说研究》一书终于完成了。作者给我寄来即将付梓的书稿，希望我能为这部研究专著写一篇序言。我认识赵树勤同志已经多年，对她潜心学术的探索精神和严谨勤奋的治学态度深为钦佩，更由于欣赏这部书稿所具有的前瞻性和创新性，因此便毫不犹豫地应承下来。

在20世纪，我国涌现了一大批优秀的家族小说作家和作品。从鲁迅的《狂人日记》、巴金的《家》到茅盾的《子夜》、张恨水的《金粉世家》，从林语堂的《京华烟云》、端木蕻良的《科尔沁旗草原》到萧红的《呼兰河传》、路翎的《财主底儿女们》，中国的家族小说创作一直绵延不绝，通过家族小说我们见证了20世纪中国社会的变迁和历史的发展。中华人民共和国成立之后，梁斌的《红旗谱》、欧阳山的《三家巷》等作品仍然昭示着家族这一文学样式的魅力。"文化大革命"结束后，周克芹的《许茂和他的女儿们》、路遥的《平凡的世界》、张炜的《古船》、王蒙的《活动变人形》、莫言的《红高粱家族》等作品接连出现，家族小说以它对社会变迁的敏锐感悟和情感再现，唤起各界的热情关注和强烈共鸣。随着中国现代化进程的发展，家族文化日益受到人们的重视，作家们的创作热情呈现出不可遏抑的态势。到了20世纪90年代之后，中国的家族小说创作数量日益增多，优秀作品也不断涌现，出现了陈忠实的《白鹿原》、高建群的《最后一个匈奴》、张炜的《家族》、莫言的《丰乳肥臀》等力作。可以毫不夸张地说，家族作为文学作品的表现内容和结构方式，已经渗透到众多的小说类别中去，成为理解 20 世纪中国文学的一个重要关键词。家族小说不仅为读者所喜闻乐见、反复谈论，而且也逐渐地引起了评论界的重视，相关的研究接连出现。于是，从 20 世纪 80 年代以来，有关中国家族小说的作品评论、现象分析、理论探讨著述陆续呈现出来。

在我看来，从作品比较的角度来把握古今中外的家族小说有着重要的价值。家族是世界文学创作的一个共同母题，中外的作家创作出了众多富于精神内涵和艺术特质的作品。应该看到的是，古今中外的家族小说固然呈现出内容、主题、艺术等方面的共通性，但是囿于不同的时代氛围、文化背景、民族性格、地理环境等因素的差异，这些作品也存在着诸多的不同之处。不过，评论界对于这一问题显然还未引起足够的重视。近年来出现的一些家族小说研究成果，大多着眼于古今、中外家族作品的宏观比较，或分析其相似性，或指出其中的差异，而对于具体家族作品的影响与接受则不做仔细的探究。因此在进行古今、中外家族小说研究时，一些研究者往往由于缺乏足够的材料支撑和关系梳理，导致这些研究大多擅长宏观而抽象的勾勒，而缺乏对于具体作品相互关系的微观分析，从而削弱了研究的效用度；即便是一些研究者意识到了古今、中外作品间的一些相似性，也往往无法从传播和接受的角度分析作家、作品间的隐性关系，因此也就无法进行准确的阐述。面对古今、中外家族小说发展的文化渊源和作品启迪因素，不少研究者往往语焉不详。赵树勤等同志显然洞悉了这一症结，因而在这本家族小说研究著作中选择了古今、中外的一些经典家族作品进行比较，他们以文本细读为基础，力图通过具体的作品比较来审视古今、中外经典作品的影响、传播和接受途径，为今后的家族小说宏观研究奠定坚实的基础。更为重要的，或许还在于该著通过经典作品与中国家族小说关系的比较，揭示了中国作家与古今中外思想文化由"互识""互证""互补"进而融合出契合时代需要的家族作品的历程，这对理解古今中外文学与文化中的共通性与兼容性、中国传统文化的传承与发展规律，都具有十分重要的理论意义与实践意义。

该书考察了中外经典作品的传播、影响、作家的接受与文化的变异，凸显了不同时代语境、民族心理、地域文化和思想认识的差异。具体而言，作者主要选择了两种比较研究方式：一是通过对《喧哗与骚动》《百年孤独》《金瓶梅》《红楼梦》等经典家族作品与中国家族小说发展演变内在关系的比较研究，勾勒出古今中外文化交流的具体途径，分析了时代语境的差异、创作主体的多元对经典作品传播与接受的制约，从而将不同文化的重组、融合及更新过程加以凸显；二是通过对不同文化语境中的具体作品的比较，如巴金《家》和岛崎藤村《家》的文化比较等，使二者共同进入参照性的文化场域，或从平行比较的角度发现它们之间的文化共性与特性，或以影响研究的角度揭示二者之间存在的启发、促进、认同、变形关系，以此为契机考察不同文化系统对作家、作品具有的深层文化形态和心理结构的制约。这两种家族小说比较研究的类型，虽各有自己的考察方式，但又同时涉及不同文化体系的相遇、影响、契合、融汇的全过程，最终指向中国作家置身传统与外来文学影响之间的审美抉择。例如，该著在分析《金瓶梅》对于后世家族小说的影响时，选择了"身体叙事"的角度，深刻地揭示出中国文化压抑身体的传统，这样的分析匠心独运，给人留下了极为深刻的印象。对于书中的一些观点，或许读者并不能立即完全认同，但是人们却不得不承认作者分析视角的新颖独特和分析力度。

在这部著作中，作者通过还原文学现场，敢于怀疑，淘剔谬误，努力勾勒出文学发展的本真面貌。美国作家亚历克斯·哈利的小说《根》，曾引发了世界范围内的寻根热潮。但是令人疑惑不解的是，中国文坛虽然也曾掀起过一阵寻根热，但评论界却始终没有承认这部经典家族小说的巨大影响力。为此，赵树勤等首先对《根》在中国的传播和接受进行了梳理，确认了其在中国作家和读者中的影响事实；接着，他们又深入到作家心理和时代语境，敏锐地揭示出了 20 世纪 80 年代中国追新逐异的群体心理和文化氛围导致了人们对于《根》这样的现实主义色彩浓厚的作品的遮蔽。作者摒弃了先入为主的研究套路，坚持从大量的作品阅读中发现现象、分析原因、归纳总结，因而能够敏锐地发现一些为人们所忽视的材料和现象。过去人们在分析茅盾的《子夜》时，通常根据茅盾后来的自述将这部小说视为对托尔斯泰《战争与和平》的模仿和创造。而本书作者则并不这么认为，他们选择了茅盾的《子夜》与左拉的《卢贡·马加尔家族》进行比较，就茅盾对左拉的接受与吸收进行了条分缕析的梳理，指出了茅盾从认同左拉到规避左拉的心理轨迹；同时，

序

作者从作品的构思、内容、破绽、写作手法、创作观念等方面着手，分析了两部作品之间的紧密联系。基于此，作者在指出《子夜》对于中西文化的吸收与融合后，又分析了茅盾在借鉴、融合异质文化过程中存在的文化心理差异。正是作者的这种严谨的研究态度和耐心细致的分析方式，确保了该书的学术品质和开拓价值。

钱穆先生曾指出，家族是中国文化的一个最主要的柱石，中国文化是从家族观念上建构起来的。通过对中国家族小说与古今中外经典文本的比较研究，探索中国家族小说发展的动力和规律，为家族文化寻找存在的意义与发展的契机，进而为市场经济时代变动不居的人们寻觅安妥灵魂的精神栖息地。这既是一件深化中国家族小说研究的学术工作，亦是为身处价值体系重建中的人们建构安身立命的精神根基的文化实践，具有十分重要的理论价值和实践意义。赵树勤等同志的这本书是他们潜心研究多年后呈现给学界的一份沉甸甸的成果，我衷心希望他们继续发扬严谨治学、勇于创新的学术精神，锲而不舍地为我国文学与文化的发展奉献自己的力量！

张　炯

2018 年 10 月

于中国社科院文学研究所

# ❀ 目 录

# 绪 论

为了本书论述的方便，我们首先对书中论涉的家族、家族小说、现代三个概念做一界定。家族作为人类有史以来最主要的生存场所，其形成的重大影响力是不言而喻的。正如美国当代作家阿历克斯·哈利在小说《根》中所说："当你开始谈论家庭、世系和祖先时，你就是谈论地球上的每一个人。"❶ 人类从蒙昧时代的群婚而居，步入野蛮时代的人类家庭，最终到今天文明时期的现代家庭，经历了相当漫长的过程，其间也形成了各具特色的家族文化。就家族这一概念而言，"在西方，家庭（Family）和家族均为一义，并以核心家庭居多，但中国人的家族是一种扩大化的家庭形式，是一种几代同堂，具有一定范围的血缘关系的成员组合"。❷ 可以说，中国的家庭更具有家族式的典型意义。而家族小说，则是指"描写一个或几个家族的生活及家庭成员中关系的散文叙事作品——既写两代人以上的家族本身及生活，甚至追溯家族的历史，也涉及同代人中几个成员和几个家庭之间的关系"。❸ 换言之，家族小说是指以"家族"（也包括只由夫妻或父母和儿女组成的"家庭"即社会学意义上的所谓"核心家庭"）为创作背景、题材资源、叙述动机、审美载体和艺术表现范畴的叙事文学作品。至于本书论说的中国现代家族小说中的现代并非以社会革命史为依据的近代、现代和当代的时间段，而是大现代的概念，即包括从1898年戊戌维新到21世纪初的一百余年时间。

---

❶ ［美］亚历克斯·哈利：《根》，陈尧光等译，生活·读书·新知三联书店1979年版，第747页。

❷ 翟学伟：《中国人际关系的特质——本土的概念及其模式》，《社会学研究》1993年第4期。

❸ 邵旭东：《步入异国的家族殿堂——西方"家族小说"概论》，《外国文学研究》1988年第3期。

## 一、中国现代家族小说的中外文学源流

在中国现当代家族小说的发展历程中，一边是中国的传统文化和经典著作的隔代却长期的影响，一边是西方文化和世界经典作品的时代性辐射，身处古今、中外文学作品中的中国现代家族小说在文化的影响、契合、创造中悄然生长。文学经典与中国家族小说之间的这种内部影响，较之政治、经济、文化等外部影响或许更为深刻、内在和持久。经典的力量是巨大而潜移默化的，我们的一代代作家接受了经典作品的熏陶，最终以各自的创作实绩共同构筑了中国现当代家族小说的瑰丽长廊。20世纪上半叶，随着五四新文化运动的兴起，迎来了现代家族小说的第一个繁荣期。自1918年鲁迅《狂人日记》发出"暴露宗法家族制度和封建礼教"的呐喊，之后张恨水的《金粉世家》、巴金的《激流三部曲》、端木蕻良的《科尔沁旗草原》、老舍的《四世同堂》、林语堂的《京华烟云》、张爱玲的《金锁记》、路翎的《财主底儿女们》等多部优秀家族小说相继涌现。而后，八九十年代思想解放、改革开放的春风，催生了现代家族小说的第二次繁荣。王蒙的《活动变人形》、莫言的《红高粱家族》、张炜的《古船》、李佩甫的《李氏家族》、霍达的《穆斯林的葬礼》、苏童的《妻妾成群》、余华的《活着》、王安忆的《纪实与虚构》《长恨歌》、李锐的《旧址》、陈忠实的《白鹿原》、王旭峰的《茶人三部曲》、阿来的《尘埃落定》、张洁的《无字》、迟子建的《额尔古纳河右岸》等一百多部中长篇家族小说接连问世，构成了这一时期中国文坛的特殊景观。从这一长串名单可以看出，它囊括了20世纪中国的绝大多数有成就的作家。

中国现代作家对家族题材的热衷，一方面，由于"家族"作为一个以地域性、血缘性、人情性为纽带的历史文化复合体，其本身就包含着人物关系的复杂性、结构组织的繁复性、时间和故事生成的多样性和自足性、叙事行为的自发性以及讲述形式的多样性，本身就具有文学叙事的"潜文本"或"原文本"的形态特征。另一方面，也源于中外家族叙事文学的影响与刺激。因此，有必要对其中外文学源流做一回顾和清理。

我国古代第一部成熟的家族小说是17世纪上半叶诞生的《金瓶

梅》，作者一改宋元以降《杨家府演义》《说岳全传》等英雄传奇家国恩怨裹挟的宏大家族叙事，转向对日常生活细节、场景的细腻描绘。小说描写了身兼富商、官僚、恶霸多重身份的西门庆家族的复杂家庭争斗和琐细市井生活，展现了晚明官场和市井社会的众生相以及家族的兴衰。《金瓶梅》之后，内写家族，外写世情的还有《玉闺红》《醒世姻缘传》《林兰香》《歧路灯》《蜃楼志》《红楼梦》等创作，其中最著名的当属《林兰香》和《红楼梦》。《林兰香》主要写明初贵族后裔耿郎一家的兴衰荣枯及矛盾纠葛，故事从明洪熙元年写到嘉靖八年，时间跨度一百余年，从不同侧面真实反映了特定历史时期的某些社会征象。作者不仅描述了耿家的衰败，还剖析了原因，认为勋旧之家"自赫奕至衰微"，是其"子孙习安好逸"的结果。其挽歌式的悲叹，对《红楼梦》的创作很有影响。

《红楼梦》是中国古代家族小说发展的顶峰，呈现出成熟的气象。小说以贾府的衰落过程为重要线索，贯串起史、王、薛几个家族的没落，描绘了上至皇宫、下及乡村的广阔历史画面，广泛而深刻地反映了封建末世尖锐复杂的矛盾冲突，从而揭示了封建社会必然走向崩溃的历史趋势。《红楼梦》反抗封建专制、提倡个性解放的主题直通五四时期，其叙述家族兴衰的叙事模式和丰富深厚的艺术传统，都为五四及以后的作家创作提供了丰厚的文学营养。无论是学习继承还是试图超越，《红楼梦》都显示了它作为现代家族文学源头、原型和范式的地位和意义。

外国家族小说的发生，依据邵旭东在《步入异国的家族殿堂——西方"家族小说"概论》❶一文中所说，家族小说是从"萨迦"特别是"家族萨迦"发展而来，是"西方家族小说的最早雏型"。"萨迦"因一些家族传奇而闻名，这样 saga 就具有了"世家"的含义，家族小说就有了 saga novel 的固定称呼。1846 年艾米莉·勃朗特的《呼啸山庄》一般被视为最早的家族小说，小说描写了两个家族三代人的爱恨情仇。在 19世纪，西方家族小说还处于形成阶段，主要有左拉的《卢贡·马卡尔家族》（1871—1893）、萨克雷的《纽可谟一家》（1851—1853）等。进入

---

❶ 邵旭东：《步入异国的家族殿堂——西方"家族小说"概论》，《外国文学研究》1988年第 3 期。

20 世纪，家族叙事发展成熟，出现了一批经典之作。从 1901 年到 2012 年间，已有 15 位作家因家族题材创作而荣获诺贝尔文学奖，他们是：德国的托马斯·曼（《布登勃洛克一家》，1929 年），英国的约翰·高尔斯华绥（《福尔赛世家》，1932 年），法国的罗歇·马丁·杜·伽尔（《蒂博一家》，1937 年），美国的赛珍珠（珀尔·布克《大地》，1938 年），丹麦的约翰内斯·延森（《希默兰的故事》，1944 年），美国的威廉·福克纳（"约克纳帕塔法世系"，1949 年），约翰·斯坦贝克（《愤怒的葡萄》，1962 年），澳大利亚的帕特里克，怀特（《风暴眼》《人类之树》，1973 年）美籍波兰裔犹太作家艾，辛格（《莫斯卡特一家》1978 年），哥伦比亚的加西亚·马尔克斯（《百年孤独》，1982 年），埃及的纳吉布·马哈福兹（《宫间街》三部曲，《世代寻梦记》，1988 年），西班牙的卡，何塞·塞拉（《帕斯夸尔·杜阿尔特一家》，1989 年），美国黑人女作家托妮·莫里森（《所罗门之歌》，1993 年），日本的大江健三郎（《万延元年的足球队》，1994 年），中国的莫言（《蛙》《丰乳肥臀》，2012 年）等，可以说占到了小说获奖的作家人数的四分之一多，[①] 可见家族题材的价值和魅力。另外还有虽未获诺贝尔文学奖但声名显著的作家作品，如托尔斯泰的《战争与和平》，左拉的《卢贡·马卡尔家族》，陀斯妥耶夫斯基的《卡拉马佐夫兄弟》，岛崎藤村的《家》，莫里斯·德吕翁的《大家族》等。

经过以上简要回溯，我们发现，世界其他地区和民族的家族叙事为人类提供了宝贵的精神财富，它们展示了世界的纷繁复杂多样，显露了人性的斑驳迷离难测。面对同一题材，优秀的艺术家们从不同角度切入，运用不同的技巧，显示了其文学才华，也昭示了家族叙事的独特魅力。20 世纪后期中国家族小说兴盛的一个重要缘由，即是源于外国经典家族文本哈利的《根》、马尔克斯的《百年孤独》、福克纳的《喧哗与骚动》等与中国现代作家的精神相遇。

## 二、中国现代家族小说的研究现状

迄今为止，中国现代家族小说的研究成果不少，大致可分为以下几种类型。

其一，个案研究。20 世纪八九十年代以前的家族小说研究，多为微观的个案研究，即着眼点是一个作家或一部作品，而且集中在对巴金《家》、老舍《四世同堂》、端木蕻良《科尔沁旗草原》、梁斌《红旗谱》、欧阳山《三家巷》等作家作品的研究，大多没有提出"家族叙事"这个概念，更没有从宏观上去总体把握。80年代以后，研究的领域开始拓宽，张爱玲、林语堂等进入了研究的视野，新的作家作品也陆续成为研究对象，张炜、莫言、苏童、余华、陈忠实、李锐等人的作品成为研究热点，并取得了长足的进展。

其二，整体性研究。随着个案研究的深入，整体式探讨已成为些许研究者的学术自觉。学者们不再限于对某一人物某一作品的分析，而是把家族叙事作为一个整体进行重新观照和宏观把握。如杨义的《20世纪华人家庭小说的模式与变迁》，❶ 对半个多世纪以来大陆、台湾以及海外的一大批具有代表性的华人家庭小说的作家及其作品进行剖析，指出他们审美的逻辑起点、基本情调、源流关系与发展走向；邵宁宁的《牢笼抑或舟船》❷，考察了20世纪中国文学中"家"的形象演变。他们的概括很准确，指出了发展的阶段性，但论述范围较宽泛，不是对家族叙事的专门研究。赵德利《论20世纪家族母题模式的流变》和梁鸿《论20世纪小说家族主题的流变》对家族叙事类型做了初步探讨。❸ 赵文以具体作品为例，指出家族小说有"民间家族——国家关系""宗族民族命运""家族——政党斗争""家族——民族关系""生产队——村镇宗族关系""家国同构复合"等母题模式；梁文把百年文学的家族主题按文学史分期分为四个阶段，即现代时期、17年时期、新时期、90年代至世纪末。这两种探索卓有成效，指出了家族叙事随着时代发展主题也在变化的事实。但是他们的归纳存在着要么琐细要么笼统的问题，需要重新加以考察。还有，何向阳的《家族与乡土》，从"家族与乡土"角度对20世纪中国文学中的这一潜文化景观进行分析，❹ 朱水涌《90年代的家族小说》从历史文化、血缘伦理、生存等角度考察90年代的家族

---

❶ 杨义：《20世纪华人家庭小说的模式与变迁》，《中国社会科学》1990年第1期。

❷ 邵宁宁：《牢笼抑或舟船》，《西北师大学报》（社科版）1999年第5期。

❸ 赵德利和梁鸿文分别载于《文艺争鸣》2002年第4期和《郑州大学学报》（哲社版）2002年第6期。

❹ 何向阳：《家族与乡土》，《文艺评论》1994年第2期。

绪论

叙事文学，❶ 都提供了新的分析角度。另外，赵园、谢伟民、张伟忠、王爱松、贺仲明等人借鉴已有的研究成果，对封建大家庭中各种不同角色进行了整体审视。这些对于家族叙事人物类型的考察有助于揭示家族叙事的变与不变。

其三，文化视角研究。从文化视角介入，探讨家族文化与作家和家族叙事文学创作之间的关系，也是近年出现的一种思路，如李金涛的《巴金的〈激流三部曲〉与中国传统家族文化》、严家炎的《五四新文化运动与中国的家族制度》，❷ 曹书文的专著《家族文化与中国现代文学》等，❸ 探讨了家族文化对现代作家的影响，对家族制度和家族伦理表现出了一种客观与辩证的态度。

其四，比较视域研究。相对而言，比较视域中的现代家族小说研究较为薄弱，但也出现了一些有影响的论著。

肖明翰的《大家族的没落——福克纳和巴金家庭小说比较研究》是国内第一部对中外重要作家进行系统比较研究的著作。作者以福克纳和巴金小说共有的家族背景为切入点，分析了他们在历史与文化背景、思想以及作品所表现出的家庭与宅邸、专制家长、青年一代、妇女形象、奴隶与仆婢、写作手法等方面同异相间的现象。

杨经建的《家族文化与20世纪中国家族文学的母题形态》以"文化与文学"的内在逻辑关系为基点，在中西比较的格局中论述了家园皈依意识与追寻母题、男权制文明与审父母题、重返母体与失乐园母题、宗法血缘秩序与乱伦母题、家族至上观念与复仇母题，突破了单一国别文学研究的定势思维，通过不同文化体系的对话寻求家族文学现象的新的解释，在"和而不同"的比较中发现了人类精神的共通性与文化的差异性。

楚爱华的《从明清到现代家族小说流变研究》一书则从纵向的角度研究了明清到现代的家族小说的流变过程。该书以从明清到现代家族小

---

❶ 朱水涌：《90年代的家族小说》，《厦门大学学报》（社科版）2001年第1期。

❷ 李金涛的《巴金的〈激流三部曲〉与中国传统家族文化》、严家炎的《五四新文化运动与中国的家族制度》分别载于《江汉论坛》1998年第6期和《鲁迅研究月刊》1999年第10期。

❸ 曹书文：《家族文化与中国现代文学》，中国社会科学出版社2002年版。

说的古今流变为研究论题，选择了较为典型的十二部中长篇家族小说为研究对象，从人伦意蕴的嬗变、家族环境意蕴的嬗变以及小说本体的嬗变三个方面进行论述，揭示出明清家族小说与现代家族小说的互动及时代变迁。

同时，还有一些博硕士论文从比较文学的角度对中国家族小说进行了论述，如对外经济贸易大学郝君峰的硕士学位论文《30年代中韩家族小说的叙事比较——以巴金的〈家〉和廉想涉的〈三代〉为中心》、青岛大学韩丽的硕士学位论文《〈红楼梦〉与中国现代文学家族母题》、华中师范大学唐靓的硕士学位论文《中西家族小说中的伦理研究》等。此外，涌现了众多从比较视域切入家族小说研究的论文，如许祖华的《〈红楼梦〉的艺术资源与史传传统——20世纪中国家族小说传统溯源》、王兆胜的《〈金粉世家〉与〈红楼梦〉》、余嘉的《前后喻文化视域中马哈福兹与巴金的家族小说之比较》、高红霞的《福克纳家族小说叙事及其在新时期小说创作中的重塑》，等等。

综合以上研究可以看出，学界对中国现代家族小说的研究逐渐增多，已从主题、流变、文化、比较等角度进行了一些有益的探索，取得了较为可观的成果。但是，比较视域中的中国现代家族小说研究还相当薄弱，迄今尚无系统和深入研究的专著。已有成果大多表现在中国作家对古今中外某一作家或某一文学流派的接受研究上，较少涉及具体经典作品的传播及对中国作家创作的影响，有些研究成果虽然探讨了中外、古今作品之间的影响与融合，但采用的方法是对应式研究，注重的是单部作品之间的文化思想和艺术手法的比较。这些研究为中国家族小说的比较研究奠定了良好的基础，但仍然有着继续深化与拓展的需要和可能。同时，此前的研究大多从经典作品所具有的重大影响出发，而忽略了中国作家在接受经典作品的影响的同时所具有的独立性和创造性，侧重于传统的影响研究居多，而缺乏对不同文化之间契合、融汇与创造关系的深入研究，总体研究水平也有待提高。此外，已有的研究在对中国现代家族小说进行的横、纵向研究中，虽然逐渐地由素材、题材、题旨、主旨的比较研究向着主题、题材的流变、意象等研究方向发展，但是在直面古今、中外思想文化的影响与融合中尚未形成一种开放性的思维方式，未能在各种文化体系的对话中体现

不同国别、时代文化的特点，并以此作为理解不同文化的参照系。上述说明，比较视域中的中国现代家族小说研究还有较大的学术阐释空间。

### 三、比较视域中现代家族小说研究的思路与意义

已有一些学者指出，只有在一个非常有限的范围内才可以进行不同文学作品的比较，否则将因比较对象的芜杂与空疏而难以进行。本书选择对中国现代家族小说发展具有重要影响的八部中外经典家族小说，将它们与中国现代家族小说的关系进行了聚焦，勾勒其各自在中国作家中的积淀和在中国文学中的影响。

本书在对中外经典家族小说和中国现当代家族小说较为全面和认真阅读的基础上，以经典家族文本为中心，考察其在现代的传播、影响、作家的接受与文化的变异，从而凸显出时代语境、本土文化和思想流变的差异。具体而言，本书主要选择了两种比较研究方法：

一是通过对《金瓶梅》《红楼梦》《喧哗与骚动》《根》《百年孤独》等经典家族作品与中国现代家族小说发展演变内在关系的比较研究，勾勒出古今中外文化交流的具体途径，分析了时代语境的差异、创作主体的多元对经典作品传播与接受的制约，从而将不同文化的重组、融合及更新过程加以凸显。

二是通过对不同文化语境中的具体作品的比较，如巴金《家》和岛崎藤村《家》的文化比较、茅盾《子夜》与左拉《卢贡·马加尔家族》之比较、路翎《财主底儿女们》与托尔斯泰《战争与和平》的比较等，使二者共同进入参照性的文化场域，或从平行比较的角度发现它们之间的文化共性与特性，或以影响研究的角度揭示二者之间存在的启发、促进、认同、消化变形关系及其文学表现，以此为契机考察不同文化系统对作家、作品具有的深层文化形态和心理结构的制约。

这两种家族小说比较研究的类型，虽各有自己的考察方式，但又同时涉及不同文化体系的相遇、影响、契合、融汇的全过程，最终指向中国作家置身传统与外来文学影响之间的审美抉择和内心规律。

与此相关，中国作家在纵横两个坐标中的文化际遇及所进行的吸收与创造，归根究底仍然围绕着古今、中外文学的碰撞与整合。本书对古

今中外家族小说的比较研究，不是追求规模与年代上的宏大，而是努力通过具体作品的传播、影响、契合、创造来展现中国作家对传统文化和西方文明的借鉴、吸收与创新，这与钱钟书先生所说的"隐于针锋粟颗，放而成山河大地"的治学方法有着异曲同工之妙。通过对"针锋粟颗"的微观研究进而发现普遍的文学规律，较之泛泛而论或许更有值得探寻之处。很多研究者都意识到《根——一个美国家族的历史》与中国寻根文学潮流存在着某种密切的关联，却很少有人将这种联系落实到具体的作品分析中，而多是泛泛而论。那么在这种情况下，我们如何找寻经典文本的潜在影响，并使之与具体的家族小说产生精神、逻辑和技术上的关联？本书追求的不是宏观论述上的面面俱到，而是着眼于经典作品与中国家族小说之间的深层逻辑、精神价值上的具体关系，并试图勾勒出中国家族小说发展中所受文学影响的诸种类型。正是这种针对具体作品影响的显在问题意识与勾勒古今中外家族小说演变规律的内在追求，构成了本书的一条思考主线。

比较视域中中国现当代家族小说研究具有十分重要的意义：

第一，开拓了中国现代家族小说研究的新视野。本书突破了以往中国家族小说研究或侧重从同一国别、同一类型作品间进行，或从较为宏大的中西母题等角度展开的局囿，运用比较研究的方法，对中国家族小说的创作源流和后世影响进行了系统梳理与深入阐释，并以此为契机考察了中国小说与中外经典作品之间的契合、继承与创新，开拓了家族小说研究的新视野。

第二，填补了比较视域中现当代中国家族小说系统研究的空白。学术界有关中国家族小说研究的成果不少，但迄今为止，系统考察中国现当代家族小说与中外经典家族小说间影响与关联的专著仍告阙如，因此，本书的出版可填补此类研究的空白，将家族叙事的研究在已有基础上向前推进一步。

第三，可为中国现代文化建设提供理论的参照。当前中国的现代化建设已经步入新的轨道，但市场语境的侵袭使家族文化或隐或现地浮现出淡漠的命运。对于习惯了以家族文化为本位的中国社会，没有了家族文化的凝聚力势必会产生一系列文化、精神上的问题。在这种情形下，通过对中国现当代家族小说与古今中外经典文本的比较研究，探索中国家族文化发展的内在规律，为不断更新的中国家族文化寻找存在的意义与发展的契机，为市场经济时代变动不居的人们找到安妥灵魂的精神动力，这既是一件深化中国家族小说比较研究的学术工作，亦是为身处价值体系重建漫漫长路中的人们建构安身立命的精神根基的文化实践，具有十分重要的理论价值和实践意义。

# 第一章 《喧哗与骚动》与中国现代家族小说的故乡叙事

威廉·福克纳是美国现代最重要的作家之一，与海明威并称为20世纪美国最好的两个小说家。他一生创作了20部长篇、近百部中短篇小说以及诗歌、散文等作品，在世界文学史上占据着十分重要的地位。在欧洲、日本、苏联、东欧、拉丁美洲，福克纳都产生了持久而重要的影响。福克纳对家乡的那块邮票般大小的地方的嗜好、对西方现代社会中人的异化问题的关注以及艺术上的大胆试验，都使得他成为具有世界影响的文学大师。诺贝尔文学奖评委会如此肯定福克纳的成就："福克纳是20世纪小说家中伟大的实验主义者，这可以和乔伊斯，甚至更多这类的作家相提并论。他的小说中很少有两部在技巧上是雷同的。看来他仿佛想通过这种连续的更新来增加他的地理上与主题上有限的世界难以达到的宽度和广度。他在语言上也表现出想要试验的同样欲望，这在现代英美小说家中是无与伦比的。"❶

作为一代文学大师，福克纳的作品既秉承了英法文学的悠久传统，又具有鲜明的时代性和开创性。他的《喧哗与骚动》以"混沌迷乱的内心世界的没有规律、逻辑的活动"❷的意识流动手法、现代小说的空间形式、时间哲学和永不停止的艺术创新的姿态，获得了中国作家们的热烈欢迎；其小说中出现的邮票大小的约克纳帕塔法县故乡和康普生家族的生活对于中国当代小说创作更是有着深远的影响。对于长期处于家国同构宗法观念规约下的中国作家们而言，对故乡的依恋以及对家族血缘、文化的认同是一种无法排遣的宿命，《喧哗与骚动》的出现恰好暗合了中国作家们的文化和情感需要，从而获得作家们的认可。虽然在新

---

❶ ［美］福克纳：《我弥留之际》，李文俊等译，漓江出版社1990年版，第430页。

❷ 李文俊：《喧哗与骚动·前言》，上海译文出版社1984年版。

时期初期福克纳是作为意识流小说的代表而出现的，但他被人们的普遍接受与其说是福克纳令人目眩的创作手法获得了中国作家的激赏，不如说是中国作家从其作品中看到了家族文化的魅力，并由此激活了自身的家族叙事意识。20世纪80年代，中国重新开放走向世界，走向了民族复兴和社会现代化之路。"或许这正是因为在这个剧变的社会中个人的独立化也加深了人们的孤立感和无助感，家族的存在可以通过家族认同、血缘关系给人们以某种心灵上的归宿和寄托。"❶《喧哗与骚动》的出现契合了这一民族心理和文化诉求，促使中国作家借助讲述故乡和家族历史的契机，对民族历史和家族历史进行了一次次精神回溯。《喧哗与骚动》以其所具有的主题多义性和手法开放性——通过一个家族分解的侧面表现美国南方的历史性变迁、打破传统手法的多角度的意识流叙述、对神话模式的运用、对时空结构的重新勾勒——其独特的创作风格和丰富内容让热衷于家族叙事的当代作家们从不同角度、层面获得了情感的共鸣和创作的启发。福克纳是对中国当代文学产生影响最为广泛、对作家们影响最大的小说家之一，从20世纪80年代中期以来的创作实践中，我们可以明显地勾勒出一条福克纳对中国当代作家和家族小说创作产生影响的线索。我们将综合运用影响研究与平行研究的方法，探讨《喧哗与骚动》与中国当代家族小说的故乡叙事之间存在着的影响与契合关系，分析其异同之处，以加深对于中西家族小说共通之处及文化差异的认识。

## 一、《喧哗与骚动》在中国的传播与接受

《喧哗与骚动》是福克纳的代表作，这部小说于1928年4月开始动手写作，次年10月出版。1949年，福克纳获得了当年的诺贝尔文学奖。这部小说在中国的评论、翻译和传播却充满了曲折。1934年《现代》推出一期《现代美国文学专号》，刊登了赵家璧的《美国小说的成长》，其中有一节专门讨论福克纳和海明威，并配有福克纳的照片。赵文对福克纳小说中的语言、叙述方式等方面的特色进行了归纳。同年，凌昌言在《福尔克奈——一个新作风的尝试者》一文中介绍了《军人的酬报》

---

❶ 杨经建：《家族文化与20世纪中国家族文学的母题形态》，岳麓书社2005年版，第9页。

《蚊子们》《沙托里斯》《声音与愤怒》（即《喧哗与骚动》）等几部作品，并概述了这些小说的主要故事情节。凌昌言认为《声音与愤怒》的成就体现在小说对侧面描写的娴熟和充分，由此带来了作品的悬疑感。1936 年，赵家璧在《新传统》这本小册子中对包括福克纳在内的美国 9 位作家进行了介绍。在这本小册子中，赵家璧将福克纳的创作进行了分期，以五分之一的篇幅对《声音与愤怒》进行了分析，认为它属于作家第二阶段的作品，是福克纳第一部写残暴故事的小说。文章对小说中的多视角的创作手法、意识流进行了分析，同时又认为作家受到弗洛伊德的影响。中华人民共和国成立初期，大量的外国作家和作品被介绍到大陆来，其中就包括由李文俊先生翻译的、福克纳的短篇小说《胜利》和《拖死狗》。这一阶段翻译得最多的作品是苏联和东欧等社会主义国家的作家作品，如苏联的屠格涅夫、果戈理、肖洛霍夫、波兰的显克微支、捷克的奥勃赫特、匈牙利的巴基等作家；翻译的美国作家作品主要有辛克莱、海明威、海尔曼德、丹克等。福克纳的作品此时仍然没有获得翻译界足够的重视。1964 年袁可嘉撰写的《英美“意识流”小说述评》一文重点介绍了福克纳的创作，并分析了《喧哗与骚动》和《我弥留之际》两部作品，揭示了《喧哗与骚动》在英美意识流小说中的地位。此后随着政治运动的风起云涌，对外国文学的翻译也逐渐停滞下来，众多外国文学作品都被视为封、资、修的毒草而被禁毁或是成为翻译的禁区❶。对《喧哗与骚动》的译介一直到 1981 年才有了突破性的进展，这年 7 月上海文艺出版社出版了由袁可嘉主编的《外国现代派作品选》第二册，其中就收录了由李文俊先生翻译的《喧哗与骚动》第二章（昆丁的意识流部分），同时还对福克纳的创作情况作了基本介绍，这是新时期以来我国学者最早的对《喧哗与骚动》进行翻译和评论。随着作品选的热销，福克纳的小说也引起了广泛的注意。在此基础上，上海译文出版社于 1984 年 4 月出版了李文俊先生翻译的《喧哗与骚动》全译本，

❶ 关于福克纳及其《喧哗与骚动》在中国的传播过程参见刘道全：《中国 20 年来〈喧哗与骚动〉研究综述》，《许昌学院学报》2004 年第 4 期；王传习：《聆听与对话——论福克纳影响下的 80 年代中国小说》，苏州大学 2004 届硕士学位论文；纪琳：《中国福克纳研究回顾与展望》，《山东外语教学》2006 年第 2 期；黄春兰：《二十世纪中国对福克纳的接受》，华东师范大学 2006 届硕士学位论文。

该书的前言部分对《喧哗与骚动》的主题、人物、结构、表现手法作了全面的分析和中肯的评价。随着《喧哗与骚动》中译本的发行，福克纳在中国文学界掀起了巨大的波澜，所形成的"福克纳热"至今不衰。

莫言在文章、演讲和访谈中多次论及福克纳及其《喧哗与骚动》对自己的影响。❶ 莫言曾经在演讲中谈到自己在大学文学系读书时的经历，当时他发现自己已经不能耐心地读完一本书，原因就在于那些书中的故事都没能超过自己的想象力，这种情况一直到读了福克纳的《喧哗与骚动》为止。"我清楚地记得那是 1984 年 12 月里一个大雪纷飞的下午，我从同学那里借来了一本福克纳的《喧哗与骚动》，我端详着印在扉页的穿着西服、扎着领带、叼着烟斗的那个老头，心中不以为然"，但是"我一边读一边喜欢，对这个美国老头许多不合时宜的行为我感到十分理解，并且感到亲切"，"我觉得他的书就像是我的故乡那些脾气古怪的老农的絮絮叨叨一样亲切，我不在乎他对我讲了什么故事，因为我编造故事的才能不在他之下，我欣赏的是他那种讲述故事的语气和态度"❷。尽管莫言曾经在文章中认为应该避开马尔克斯和福克纳这两座灼热的高炉，否则就会被熔化到其中❸。但是后来他也不得不承认："要想完全避开也很困难，要尽量把人家的东西变成自己的东西，我觉得最有效的方式就是你要学人家的思想，学他的方法，不要去模仿一些表面的，技术性的东西。"❹ 莫言坦言福克纳的约克纳帕塔法县"尤其让我明白了，一个作家，不但可以虚构人物，虚构故事，而且可以虚构地理。于是我就把他的书扔到了一边，拿起笔来写自己的小说了。受他的约克纳帕塔法县的启示，我大着胆子把我的'高密东北乡'写到了稿纸上。他的约克纳帕塔法县是完全虚构的，我的高密东北乡则是实有其地。我也下决心要写我的故乡那块邮票那样大的地方。这简直就像打开了一道记忆的闸

---

❶ 例如莫言：《说说福克纳这个老头儿》，《当代作家评论》1992 年第 5 期；莫言：《自述》，《小说评论》2002 年第 6 期；莫言：《福克纳大叔，你好吗?》，《小说界》2000 年第 5 期；周罡、莫言：《发现故乡与表现自我——莫言访谈录》，《小说评论》2002 年第 6 期；莫言：《故乡是我心灵不灭的存在——作家莫言对故乡情结的自述》，《朋友》2004 年第 7 期。

❷ 莫言：《福克纳大叔，你好吗?》，《小说界》2000 年第 5 期。

❸ 参见莫言：《两座灼热的高炉——加西亚·马尔克斯和福克纳》，《世界文学》1986 年第 3 期。

❹ 周罡、莫言：《发现故乡与表现自我——莫言访谈录》，《小说评论》2002 年第 6 期。

门，童年的生活全被激活了……然后我就把它们原封不动地写进我的小说里。从此我再也不必为找不到要写的东西而发愁，而是要为写不过来而发愁了"❶。莫言一直将超越福克纳作为自己的动力，他甚至在与福克纳的精神对话中如此描述自己的自豪——"你的那个约克那帕塔法县始终是一个县，而我在不到十年的时间内，就把我的高密东北乡变成了一个非常现代化的城市，在我的新作《丰乳肥臀》里，我让高密东北乡盖起了许多高楼大厦，还增添了许多现代化的娱乐设施。另外我的胆子也比你大，你写的是你那块地方上的事情，而我敢于把发生在世界各地的事情，改头换面拿到我的高密东北乡，好像那些事情真的在那里发生过。"❷ 即便莫言说自己至今没有把福克纳的《喧哗与骚动》看完，但是他还是承认福克纳是自己的导师，"每当我对自己失去信心的时候，就与他交谈一次"❸。

已经在中国当代文学史上写下浓墨重彩一笔的余华在谈到影响过他的作家时，认为福克纳是"为数不多的教会别人写作的作家"❹，"有一类作家是什么东西都能写，像福克纳，他小说里的技巧是最全面的"❺。余华甚至认为，能够"成为我师傅的，我想只有威廉·福克纳"❻。威廉·福克纳传给余华的一招绝活，就是如何去对付心理描写。"在此之前我最害怕的就是心理描写。我觉得当一个人物的内心风平浪静时，是可以进行心理描写的，可是当他的内心兵荒马乱时，心理描写难啊，难于上青天"❼。当余华读到了福克纳的小说时，他发现了师傅是如何对付心理描写的，"从此以后我再也不害怕心理描写了，我知道真正的心理描写其实就是没有心理"❽。不仅如此，受福克纳《喧哗与骚动》及其他小说影响，"余华的作品也大多以故乡海盐为背景，就连他笔下的地

---

❶ 莫言：《自述》，《小说评论》2002 年第 6 期。

❷ 莫言：《自述》，《小说评论》2002 年第 6 期。

❸ 莫言：《福克纳大叔，你好吗?》，《小说界》2000 年第 5 期。

❹ 余华：《永存威廉·福克纳》，《作家谈译文》，上海译文出版社 1997 年版，第 104 页。

❺ 余华、潘凯雄：《新年第一天的文学对话：〈许三观卖血记〉及其他》，《作家》1996年第 1 期，第 5 页。

❻ 余华：《奥克斯福的威廉·福克纳》，《上海文学》2005 年第 3 期。

❼ 余华：《奥克斯福的威廉·福克纳》，《上海文学》2005 年第 3 期。

❽ 余华：《奥克斯福的威廉·福克纳》，《上海文学》2005 年第 3 期。

名和人名也往往不是真实的就是略加改动而已"，"余华笔下的许多现代传奇其实是海盐一带广为流传的民间故事和真实事件，比如……《细雨与呼唤》中'我'的曾祖父造石桥的精湛技艺和人武部的养父被炸事件"❶，这种以故乡为蓝本进行叙述的作品在其第二次转型之后表现得尤为明显。正如余华所说："虽然我人离开了海盐，但我的写作不会离开那里……那里的每个角落我都在脑子里找到，那里的方言在我自言自语时会脱口而出。我过去的灵感来自那里，今后的灵感也会从那里产生。"❷

苏童则以自己熟稔的江南水乡为指南进行着家族作品的构造，他的《一九三四年的逃亡》《罂粟之家》《米》都是以枫杨树为背景的家族小说。福克纳对苏童的影响也是显而易见的。在一篇文章中，苏童说过这样一段耐人寻味的话，"细心的读者可以发现其中大部分故事都以枫杨树作为背景地名，似乎刻意对福克纳的'约克纳帕塔法'县东施效颦。在这些作品中我虚拟了一个名叫枫杨树的乡村，许多朋友认为这是一种'怀乡'和'还乡'情绪的流露"，"在这个过程中我触摸了祖先和故乡的脉搏，我看见自己的来处，也将看见自己的归宿"❸。而在另外一篇名为《答自己问》的文章中，苏童更是将福克纳列为对自己有重要影响的大作家的前两名❹。如果说作家的访谈还只是自己的一种意识的话，那么在创作实践中苏童则更为鲜明地表达了自己书写故乡的意图：苏童曾经写过"枫杨树村"和"香椿树街"两个地方，开始也分别给每篇小说进行单独的命名，到后来则干脆将这些小说锁定在"枫杨树村的故事"的标题之下。这个时候我们再回过头来看，苏童力图在中国文学版图上构建自己的邮票般大小的故乡的追求已经不仅仅停留在理念的阶段。

以描写藏族阿坝地区闻名的阿来，曾经这样谈到福克纳对其小说创作的重要影响："因为我长期生活其中的那个世界的地理特点与文化特性，使我对那些更完整地呈现出地域文化特性的作家给予了更多的关

❶ 俞利军：《在喧哗与骚动中活着——福克纳与余华比较研究》，《美国研究》2001 年第 4 期。
❷ 俞利军：《在喧哗与骚动中活着——福克纳与余华比较研究》，《美国研究》2001 年第 4 期。
❸ 苏童：《自序七种》，《苏童散文》，浙江文艺出版社 2000 年版，第 247 页。
❹ 苏童：《答自己问》，《苏童散文》，浙江文艺出版社 2000 年版，第 239 页。

注。在这个方面，福克纳与美国南方文学中的波特、韦尔蒂和奥康纳这样一些作家，就给了我很多启示。换句话说，我从他们那里，学到很多描绘独特地理中人文特性的方法。"❶ 阿来的小说《尘埃落定》更是通过主人公傻子"我"的视角揭示了一个土司家族的溃败过程，从中我们可以明显感受到《喧哗与骚动》对作家的强烈影响。

陈染在小说《私人生活》之中也借主人公倪拗拗之口表明了自己所受到的外国作家的影响，其中就包括福克纳："当时，正是八十年代后期，正是中国的文艺界百花齐放、百花争鸣的时候。我与禾每次见面都用很多的时间谈论小说和人生。我们当时谈论最多的中国作家，除了一些男性作家，更多的时候是出于我们自身的女性心理角度，谈论一批优秀的女性作家。还有博尔赫斯、乔伊斯、卡夫卡、爱伦坡、福克纳等等一批外国作家。我们当时的那一种说文学的热情与陶醉，现在早已时过境迁、一逝不返了。我相信以后再也不会产生比那个时候更富于艺术激情的时代了。"

同样深受福克纳影响的韩少功，在"湘西故事"中融汇了楚地文化的瑰丽、神秘，其中无疑闪动着福克纳的影子。甚至在后来成为"马桥事件"导火索之一的《第一本书之后——致友人书简》一文中，韩少功都不忘苦口婆心地面对友人就自己的阅读经验来一番夫子自道，认为在外国当代作家中值得阅读的作家就包括昆德拉、福克纳、博尔霍斯等。作为新潮小说重要作家的马原，它的"西藏故事"中也受到了福克纳的影响。在谈到自己所受外国作家的影响时，马原列举了包括福克纳在内的许多 20 世纪重要作家的名字❷。贾平凹的"商州故事"与福克纳的小说世界十分相似，作家本人也谈到自己"对美国文学较感兴趣"，尤其是"像福克纳、海明威这种老作家"❸。在其他的很多作家的文章、访谈或评论中，我们都可以发现他们对福克纳及其小说《喧哗与骚动》的阅读和接受，例如李锐、北村、张贤亮、赵玫、格非等也都表达了自己对

---

❶ 阿来：《在美国比较文学学会年会上的演讲：穿行于异质文化之间》，《阿坝阿来》2004 年版，第 159 页。

❷ 马原：《马原写自传》，《作家》1986 年第 10 期。

❸ 贾平凹、张英：《地域文化与创作：继承与创新》，《作家》1996 年第 7 期。

福克纳的推崇❶。

福克纳是对中国现代文学影响最大的外国作家之一，他的小说《喧哗与骚动》更是对现代作家产生了不可低估的影响。不可否认的是，因为社会思潮、文化氛围和审美观念的变化，《喧哗与骚动》对中国作家的影响也往往具有阶段性，其对中国文学的具体影响也会因时间地点的不同而产生种种差异。正如卢卡契所言："内在需要与外来刺激之间的接触，在不同的情况下深度与广度亦有不同——这样的接触有时候只是短短的插曲，有时候是一种持续的结合。但最初的接触总是局限于最急需的几方面，这与这位作家的全部丰富成熟的个性相比必然很抽象。"❷就新时期作家对《喧哗与骚动》的接受来看，最初人们是将其视为意识流小说的代表而接受的，在其中译本出来之后的一段时间，很多人都学习了不分标点的技巧；之后人们则学习小说中的叙述视角和叙述语言，然后是作品中的约克纳帕塔法县那块邮票般大小的故乡题材。在中国现代文学重新走向世界的过程中，众多作家不约而同地表现出对《喧哗与骚动》的高度认同，其内在逻辑是什么？如何接受，怎样接受，接受程度又如何？作为异质文化的《喧哗与骚动》又是怎样为中国现代家族小说的发展提供精神资源的？我们将以影响研究为主、结合平行研究的方法，通过梳理《喧哗与骚动》与中国现代家族小说的结构特点、艺术风格和精神旨趣的异同，力图勾勒不同文化语境中的家族小说的故乡叙事的相同与差异之处。

## 二、世系建构与家族追寻

福克纳是美国现代文学史上最伟大的小说家之一，他旺盛的创作精力、杰出的小说技巧曾经令同时代的人们觉得不可思议。事实上，作家对自己的创作经验有着清醒的认识。福克纳多次宣称自己家乡那块邮票大小的地方非常值得一写，并身体力行地在包括《喧哗与骚动》在内的"约克纳帕塔法世系"作品中对自己的故乡进行了多角度的刻画，创造

❶ 李锐. 经久耐读的福克纳 [J]. 艺术世界, 1993（06）; 北村. 我与文学的冲突 [J]. 当代作家评论, 1995（04）.

❷ [匈牙利] 卢卡契. 托尔斯泰和西欧文学, 卢卡契文学论文集（二）[M]. 中国社会科学出版社, 1981; 453.

出了一个具有丰富时代内涵和社会文化意义的微型世界。福克纳对故乡的嗜好，在中国现代作家中得到了回响：莫言受《喧哗与骚动》的影响，开始明白一个作家既可以虚构人物、虚构故事，也可以虚构地理，于是他把自己的"高密东北乡"写到了稿纸上，也下决心要写故乡那块邮票那样大的地方，"这简直就像打开了一道记忆的闸门，童年的生活全被激活了"❶；苏童则虚拟了一个叫作枫杨树的故乡，在触摸历史和情感回溯的过程中"触摸了祖先和故乡的脉搏，我看见自己的来处，也将看见自己的归宿"❷；阿来从阿坝藏族地区民间口耳相传的神话、传说、风俗中领悟到了边地世界的独特魅力，并借鉴了以福克纳为代表的美国南方作家的作品，创作了一系列以阿坝为蓝本的家族小说；……优秀的作家总能在其作品中为我们营造出别具一格的艺术审美空间，而一个独创性的故乡世界对于作品而言更是有着至关重要的地位。

福克纳的约克纳帕塔法世系作品，尤其是他在《喧哗与骚动》中对故乡杰弗生镇的叙述，对莫言创作的高密东北乡、苏童的枫杨树故乡、阿来的边地世界等都有重要影响。以故乡为蓝本，透过对家族往事的回忆和现状的描绘，来表达作家对故乡的体认和情感寄托及对时代变迁的感受，成为许多当代作家不约而同的追求。对故乡的怀念、向往甚至仇恨，是每个人都难以排遣的情怀。随着现代化进程的加快，人们在不同地域之间的频繁流动成为可能。经常或长期性的外出成为许多人不得不面临的现实处境，而经济潮流对家族认同的冲击又常常导致人们产生莫可名状的愁绪。这种地理、心理、情感上的困扰，促使作家们在作品中对故乡的过去和现状及其未来进行了一次次的精神膜拜、文化体验及反思。

在莫言看来，"故乡始终是一个主题，一个忧伤而甜蜜的情结，一个命定的归宿，一个渴望中的或现实中的最后的表演舞台"❸。在莫言的童年和青少年时期，故乡的情景已经烙印在他的脑海，渗透至他的血脉，莫言的精神和灵魂已经永远地属于故乡，不论是黑暗还是苦难，都是故乡给作家最好的财富。于是我们看到从《红高粱家族》一直到《丰

---

❶ 莫言. 福克纳大叔，你好吗？[J]. 小说界，2000（05）.
❷ 苏童. 自序七种 [M]//苏童散文. 浙江文艺出版社，2000：247.
❸ 莫言. 超越故乡 [M]//莫言散文. 浙江文艺出版社，2000：232.

乳肥臀》，莫言向我们展示了高密东北乡这个地方人们的生存状态、生存活动。在充满了生存考验的地方和时代里，东北乡人的野性和顽强进发出闪亮的光泽。如果说"红高粱"象征的还是东北乡人们的自然生命形态和野性力量，那么"丰乳肥臀"则充满了大地母亲的坚韧、圣洁和信念的力量，是故乡民间文化和精神的体现，东北乡成为了一个具有象征意义的母性世界；张炜笔下的故乡，不管是"芦清河畔"还是"葡萄园"其实都成为一种精神上的故乡——野地——的代名词。张炜站在野地的历史和现实的对比中，敏锐地感觉到社会转型阶段人们普遍衍生出的迷惘、焦虑，试图向作为人类原初故乡的野地的回眸中寻觅一份心理的稳妥和栖居，张炜对野地的融入或者寻找，实质上是"寻找一个原来，一个真实"❶。张炜将自己全部的情感和思考、努力来营建一个自给自足的精神故乡，为迷途的现代人指明了一条回归的道路；苏童的很多小说都以枫杨树作为故事发生地，很明显有着对福克纳约克纳帕塔法世系的借鉴。在《一九四三年的逃亡》《米》《罂粟之家》等小说中，苏童虚拟了一个名为枫杨树的村子，重新审视了家族祖先在故乡所发生的故事。正如苏童自己所论述的，"我知道少年血是黏稠而富有文学意味的，我知道少年血在混乱无序的年月里如何流淌，凡是流淌的事物必有它的轨迹"❷，他所力图寻找的正是故乡黏附在身上无可摆脱的对家族、人生的规约。"准确地说，'枫杨树'故乡作为苏童的一种想象的疆界日益丰饶，是他纸上的'家园'之所在，也是种种人事流徙的归宿"❸；阿来以恣肆的才情、充沛的想象，将一个长期被人忽视的川藏交接处的边地世界勾勒得栩栩如生。作家曾说："我作为一个藏族人更多是从藏族民间口耳相传的神话、部族传说、家族传说、人物故事和寓言中吸收营养。"❹ 川西北部阿坝藏族羌族自治州的故乡在阿来的家族小说《尘埃落定》等作品中得到了明显的呈现。他对阿坝地区的地理与文化特点给予了持久的关注，创作出迥异于其他作家的边地故乡世界：神秘、炽热、奔放、苦难而又具有种种神奇的魅力。阿来在自己生长了近 40 年

❶ 张炜. 张炜自选集·融入野地 [M]. 作家出版社, 1996: 5.

❷ 苏童. 自序七种 [M] //苏童散文. 浙江文艺出版社, 2000: 246.

❸ 杨经建. 家族文化与 20 世纪中国家族文学的母题形态 [M]. 岳麓书社, 2005: 37.

❹ 阿来. 阿坝阿来 [M]. 中国工人出版社, 2004: 157.

的边地世界中尽情地吸收故乡民间生活的养料，熔铸以现代人的审美和智性眼光，构建出令人叹为观止的边地家族世界。对于作家来说，故乡的经历和记忆、情感是他们取之不尽、用之不竭的创作源泉。一个作家可以在小说中为自己的文字涂抹上任何一种色彩，却无法摆脱故乡对自己的深远影响，细心的读者和评论家总能在类型迥异、千姿百态的文学世界中发现故乡对作家的根本性的制约。莫言在谈到自己的创作经验时，如此坦承："一个作家难以逃脱自己的经历，而最难逃脱的是故乡经历。有时候，即便是非故乡的经历，也被移植到故乡的经历中。"❶

《喧哗与骚动》中的白痴班吉虽然人已 33 岁，却仍然停留在 3 岁时的认知水平上，但是在他有限的认知里，却有着对故乡小镇的刻板认同。有评论家认为："在他（指班吉——引者注）的世界中，一切事物都必然按照他的'秩序'存在，一切经验都必须符合他的模式。在他看来，这种秩序与模式是至高无上的，它们的任何变化都会使他惊恐不已，痛苦不堪。"❷ 班吉的这种认知固然是对物质与名称概念的僵硬认同、"使我们联想到原始思维"❸，但是又何尝不是他对于自己的故乡经验（虽然停留在 3 岁的阶段）的一种顽固的表达和认同，只有故乡的一切仍然保持现状才能使班吉感到安全和依靠。这一点在昆丁身上表现得更加明显。昆丁从小对南方故乡的传统文化十分认同，他试图在现实世界中建立一种以南方故乡传统为基点的秩序，为此他把妹妹凯蒂的贞操也纳入进来，并认为那是故乡传统美德、家族荣誉的一种神圣的象征。当现实世界的变迁使昆丁没有能力维护心目中的、理想化了的南方故乡传统时，他的精神支柱完全崩溃，于是只能通过自杀来解脱。班吉和昆丁的困境也昭示着福克纳和读者，美国的南方故乡已经一去不返，他们成了回不了故乡的游荡天涯的旅人。在这种对故乡进行情感化表达的讲述冲动中，现实的故乡已经升华为精神上、信念上、文化上的故乡，由此而衍生出一股别样的浪漫色调。

与此相似的，许多中国现代作家笔下的故乡与现实的故乡发生了一

❶ 莫言. 超越故乡 [M]. 莫言散文. 浙江文艺出版社，2000：245.

❷ 李维屏. 英美意识流小说 [M]. 上海外语教育出版社，1996：203.

❸ 吴晓东. 从卡夫卡到昆德拉：20 世纪的小说和小说家 [M]. 生活·读书·新知三联书店，2003：157.

种位移或者说变形，作品中的故乡虽然也有某种现实生活的依据，但是已经变为一个无数次涌现在其心底的一种情结，一种梦境。在 20 世纪 80 年代以来的家族小说中我们发现了一个非常有意思的现象——作家们不约而同地对故乡进行了融注作家强烈情感体验和期望的梦幻化的叙述，在具有童话色彩的世界里为我们讲述了故乡的历史和现状及其未来的命运。作家们在创作过程中不断地为故乡消减或者增添某些内容，这并不仅仅是为了吸引读者，也不单纯是满足创作的需要，而更多地是为了安抚内心永远悸动不安、迫切渴望着回归故乡的灵魂。作家们为自己营造了一个更加美好的精神家园，并进行了一次精神上的返乡仪式，以此获得自我的确认和情感的慰藉。而事实上，也只有离开过（如福克纳）或者离开了（如莫言、苏童、阿来、余华等）长期生于斯长于斯的故乡，作家们才有可能获得对故乡的超越性的认识和思考："作家的确需要远离故乡，获得多样的感受，方能在参照中发现故乡的独特，先进道德或是落后的；方能发现在诸多的独特性中所包含着的普遍性，而这普遍性，正是文学冲出地区、走向世界的通行证。"❶

对故乡进行梦幻化、童话化乃至魔幻化叙事的家族小说在莫言、苏童等作家的作品中得到了体现。在谈到自己与马尔克斯的区别时，莫言这样认为："马尔克斯是世界级大作家，但他写不了高粱地，他只能写他的香蕉林，因为高粱地是我高密东北乡文学王国的一个重要组成部分，这里反抗任何侵入者，就像当年反抗日本侵略者一样。"❷ 原因就在于，故乡往往是盛产传说和故事的地方，那些流传在故乡中的妖魔鬼怪、奇人奇事的故事对于作家进行具有地域特色的梦幻叙事是一笔巨大的财富，也是别的作家难以取代的优势。虽然莫言家族小说中涉及鬼神的地方不多，但是他却"承认少时听过的鬼怪故事对我产生的深刻影响，它培养了我对大自然的敬畏，它影响了我感受世界的方式"❸。这种对非现实故事的喜欢，对莫言的创作起到了一个潜在却重要的规约作用。在莫言的《红高粱》《高粱酒》《高粱殡》《丰乳肥臀》等家族小说中洋溢着张扬的生命意志和野性的力量，借助于意识流动、切割组合的

---

❶ 莫言. 超越故乡 ［M］//莫言散文. 浙江文艺出版社，2000：251—252.

❷ 同上书，246 页。

❸ 同上书，249 页。

结构以及融感觉与变形于一体的瑰丽多彩的形象语言，高密东北乡在人们面前呈现出天马行空般的梦幻特征。莫言认为，故乡的风景之所以魅力无穷、富有灵性，根本原因在于作家的童年已经深深地契入了故乡，血脉流淌着故乡的基因。虽然小说中的人物和环境都来源于故乡的存在，但是"文中的景物都是故乡的童年印象，是变形、童话化了的，小说的浓厚的童话色彩赖此产生"❶。苏童从小生活在一条类似香椿树街的街道上，正是在南方故乡的生活使他在以后的创作中执着地表达着自己对故乡的体认："一群处于青春发育期的南方少年，不安定的情感因素，突然降临于黑暗街头的血腥气味，一些在潮湿的空气中发芽溃烂的年轻生命，一些徘徊在青石板路上的扭曲的灵魂。"❷ 在苏童看来，自己作品中的历史只是对家族历史的一种体验和想象，小说中的悲观、虚无的主题不过是作家本身对人性、生命、社会和历史观点的回忆性折射，因而在苏童的小说中更是弥漫着一种无法排遣的虚无、颓败。在《一九四三年的逃亡》《罂粟之家》《米》《妻妾成群》等家族小说中，故事随着叙述者的情绪跳跃铺展，象征性的场景和个人潜意识的通感表达为作品铺上了一层如梦如幻的氛围。以诗歌创作步入文坛的阿来，将诗意的笔调注入到对故乡边地的家族叙述中。边地故乡与众不同的地理风景、民间习俗、文化信仰，对阿来的家族小说创作产生了微妙的影响。作为一个藏民，阿来主要是从民间口耳相传的神话、部族传说、家庭传说、人物故事和寓言中吸收营养，那些在乡野中流传于百姓口头的故事包含更多的藏民族原本的思维习惯，正是这种原始、朴素的思维方式和审美习惯造就了阿来在家族小说中谱写自然环境、民族风俗、人物故事中的梦幻气氛。此外，在北村《施洗的河》、余华《在细雨中呼喊》、高建群《最后一个匈奴》中也有着朦胧、象征场景和细节的描写，故乡在情感化的叙述、喻示性的气氛中记载着作家们对生存状态的追寻和思考。

### 三、时间体验与故乡寓言

福克纳在《喧哗与骚动》中对时间概念有着自己独特的表述。他曾

---

❶ 莫言. 超越故乡［M］//莫言散文. 浙江文艺出版社，2000：247.
❷ 苏童. 自序七种［M］//苏童散文. 浙江文艺出版社，2000：246.

借昆丁之口道出了自己的时间观:"这表是爷爷留下来的,父亲给我的时候,他说,昆丁,这只表是一切希望与欲望的陵墓,我现在把它交给你;你靠了它,很容易掌握证明所有人类经验都是谬误的 reducto absurdum(归谬法),这些人类的所有经验对你祖父或曾祖父不见得有用。我把表给你,不是要让你记住时间,而是让你可以偶尔忘掉时间,不把心力全部用在征服时间上面。因为时间反正是征服不了的,他说。甚至根本没有人跟时间较量过。这个战场不过向人显示了他自己的愚蠢与失望,而胜利,也仅仅是哲人与傻子的一种幻想而已。"时间的一维性注定了它的不可逆性,人在与时间的交战中早已注定了自己失败的命运。从这个意义上看,人从一出生就面临着死亡的降临,人的生命历程其实也就是一个不断走向死亡的过程,对人类而言这是很残酷,但却是最本质的命运。墨西哥诗人帕斯认为,传统小说主要呈现出空间特征,空间是可见的永恒之形式,而时间则几乎处于一种不大变动的状态;而进入现代后,人们成了时间里的流浪者,时间代表了一种流动和不安❶。萨特在《福克纳小说中的时间:〈喧哗与骚动〉》一文中,曾经对小说中的时间观念有一个非常精妙的比喻,认为福克纳小说中的时间仿佛一个坐在敞篷车里往后看的人所见到的景象——永远只有"过去"和马上就要成为过去的"现在",而没有指向前路的"未来"。正是由于丧失了指向未来的可能性,《喧哗与骚动》中的许多人物都不可避免地陷入丧失希望、对前途感到惶恐乃至绝望的精神窘境中,发现在生活中已经没有更多值得体验和追求的东西,生命已经没有了趣味,于是沉溺于过去或现在(如班吉、杰生、康普生先生、康普生太太等),或者干脆结束自己的生命(如昆丁)。这种对现在和过去时间的专注,导致了时间的断裂,未来在这个维度里已经消失了其合理性。这样做,如同"给时间斩首,去掉了时间的未来——也就是自由选择,自由行动的那一面"❷。没有了选择的权利,"现在"逐渐为过去力量所吞噬,自己也变成了一个远去了的、飘渺的记忆,"现在"的感觉也成了引导自己回到"过去"的一

❶ 吴晓东. 从卡夫卡到昆德拉:20 世纪的小说和小说家 [M]. 生活·读书·新知三联书店,2003:166 - 167.

❷ [法] 萨特. 福克纳小说中的时间:《喧哗与骚动》[M]//李文俊. 福克纳评论集. 中国社会科学出版社,1980:164.

种触媒、一种情境。

这种时间观念或时间哲学对中国现代作家有着不可低估的影响，因为在阿来、苏童、北村、李佩甫、张炜等作家的家族小说中，我们也明显地发现了一个二维时间系的存在——作品里只有过去和现在的时间观念，而没有指向未来的时间。在这种情况下，作品中的时间体系或是对现在时态的关注，"记忆的碎片仿佛是都被塞进'现在'这个时刻的，一下子把'现在'撑满了，仿佛在膨胀，成了一种加法，因此，'现在'就无限延长，仿佛悬置在那里"❶，或是对过去的回忆，作品不注重对故事、人物的成长性及对此后发展的影响，而比较注重在记忆的碎片中展现历史中的事物。

在阿来的《尘埃落定》中我们能够明显地感受到一股悲怆、无奈的沉溺于过去的情绪记忆。在小说中，"尘埃"构成了整个土司家族末日的中心意象，整部小说就是一部寓言，一切的人和物都在尘埃中上场和谢幕。所有的一切似乎都成了尘埃，曾经腾空，却没有根基，注定要归于茫茫大地，这是历史发展过程中不可阻挡的趋向："尘埃落定后，什么都没有了。是的，什么都没有了。尘土上两个鸟兽的足迹我都没有看到。大地上蒙着一层尘埃像是一层质地蓬松的丝绸。"一股关于民族历史不可逆转的沧桑感顿时涌现出来。随着土司制度覆灭命运而去的也包括对传统藏族文化的自觉认同，这一点在阿来的《空山》中表现得尤为突出，机村的被毁灭正是丧失了对传统宗教、文化的信仰后而导致的。李佩甫的《羊的门》《城的灯》虽然讲述的是关于现代中原的故事，但其文化内核却仍然是过去的，即对谋略交错、战争不断的古老中原孕育下的传统文化的反思。虽然时代到了现在，但是人们的文化心理、思维方式仍然停留在封建时代，作家的叙事时间对准的正是这种永远没有未来的蒙昧状态。正是从时间哲学的维度，我们得以理解呼天成何以一人掌控全村人的命运、甚至让人们不约而同地像狗一般地叫唤。与很多作家不同的是，李佩甫在小说中传达的是一种批判性的思考，他对过去与现状的描绘蕴含着对国民性这一内容的沉重反思，而且从小说中我们也

❶ 吴晓东. 从卡夫卡到昆德拉：20世纪的小说和小说家［M］. 生活·读书·新知三联书店，2003：168.

难以发现其对未来时间及其所象征的改造可能性的乐观态度。正如小说开头所描绘的，你"会对这块土地产生一种灰褐色的感觉，灰是很木的那种灰，褐也是很乏的那种褐，褐和灰都显得很温和，很亲切，一点也不刺眼；但却又是很染人的，它会使人不知不觉地陷进去，化入一种灰青色的氛围里。那灰青是淡调的，渐远渐深的，朦朦胧胧的，带有一种迷幻般的气蕴"，"同时，也还蕴含着一股滋滋郁郁的腻甜，那又是从植物的根部发出来的生长讯号，正是死亡的讯号哺育了生长的讯号，于是，生的气息和死的气息杂合在一起，糅勾成了令人昏昏欲睡的老酒气息"。与其说这是对呼家堡自然环境的描写，不如说是对呼家堡、平原乃至中华民族历史的一种追溯和悲观。在看似温情脉脉的现实生存环境中，一种令人昏沉的历史一直绵延到现在。作家似乎也不对这种历史、现状的改变抱有任何的信心，所以《羊的门》中的呼天成虽然已死，但是平原上的现状不会有什么实质性的改变，《城的灯》中为数不多的亮点刘汉香也死于非命，从而向读者昭示了一个带有浓厚悲观主义色彩的观点——现在来源过去，而又孕育未来，历史和现在注定了以后的平原中的时间及其所代表的文化也不会有实质性的改变。

而在成一的《白银谷》、周大新的《第二十幕》这两部反映中国商业家族命运的小说中，也并未呈现出对于未来时间的乐观态度。无论是《白银谷》中的山西西帮票号重要一支的太谷康家，还是《第二十幕》中丝织尚家，在前现代性的维度中都难以有更好的发展，由盛而衰成为必然的命运。最根本的原因或许在于，两个家族处在没有未来的历史维度中，历史和现状决定了它们的结局只能是寂灭，而这局限是个人能力所无力改变的。小说中的康家和尚家只能在对辉煌历史的回忆与现实中的无谓奋斗中完成一个家族的过渡阶段，而后走向溃散。

《喧哗与骚动》是一部关于人类生存意义的现代寓言，生活于现代的人们因为丧失了对生存价值的清醒认识和自觉追求，因而精神萎顿、情感焦虑而价值虚无。福克纳匠心独运，在小说中设置了四个章节，前面三章分别由班吉、昆丁和杰生的视角叙述，第四章则将作者显现出来进行全能视角的叙述。富于深意的是，福克纳在作品中的第一、第三和第四章设置的标题分别是1928年4月6日、7日和8日，时间正好在西方复活节的这一周的时间中，并分别对应着基督受难日、复活节前夕和复活节；而小说第二章的标题时间为1910年6月2日，这一天恰好是基督圣体节的第八天。从中我们可以发现，福克纳在小说中设置的四个章节就明显地对应着基督受难的四个主要日子，从而将康普生家族的命运与基督历史紧密地关联起来。"福克纳在小说中巧妙融入神话原型，大量引用神话模式，以神话人物来反衬康普生家子孙，揭示他对现实社会的病状和人类的未来所作的思考。神话的力量使《喧哗与骚动》超越了特定时空的限制而升华为一部探讨人类命运的现代寓言。"❶ 吴晓东先生在论及《喧哗与骚动》的特色时认为，约克纳帕塔法县是福克纳想象中的世界，隐含着作家所力图揭示的两个层面，"一方面是日渐远去的让人既怀恋又质疑的战前（南北战争）南方理想，另一方面却是同样富有魅力的具有全新幻景的现代意识"❷。在对美国南方故乡及其命运的敏锐发现和感悟中，福克纳揭示了现实生活中的南方故乡存在的诸多不幸：美国内战之后的南方世界的传统价值观念的失落和人们的精神危机，以此来展现南方社会在特定历史时期的混乱和衰败。

与此相似，中国现代作家也在家族小说中表达着故乡理想和对家园的渴望，但不幸的是，这种文化理想、地域风俗、民族命运在社会向现代化迈进的过程中失去了生机。随着时间的流逝，其中的部分制度、传统或品德与社会越来越脱轨，最后逐渐地被抛入历史荒原之中。于是，家族小说这一幕幕或悲壮或屈辱的场景，揭示了一个个关于文化、地域、民族命运的寓言。阿来的《尘埃落定》通过傻子亡灵般的叙述，向人们固执地传达着作家对于藏民族文化、历史变迁的喟叹。面对历史车轮滚滚向前碾压，作品主人公的宿命感表露无疑。《尘埃落定》在现实生活的基础上，将民族历史进程与个人生存境况有机地统一起来，在神秘氛围中勾勒整个藏民族的心理巨变进程，谱写出这个民族的历史寓言。这种宿命与沧桑，是"一种精神的寻找或发现，一种被作者感受到了的关于历史与人性或'人的过程'的旋律：'尘埃'徐徐升起，'尘

---

❶ 廖白玲.《喧哗与骚动》：一个现代寓言［J］. 上饶师范学院学报，2004（04）.
❷ 吴晓东. 从卡夫卡到昆德拉：20世纪的小说和小说家［M］. 生活·读书·新知三联书店，2003：148.

第一章 《喧哗与骚动》与中国现代家族小说的故乡叙事

埃'缓缓落下,优美而又残酷,是人为又是命定"❶。莫言的《红高粱家族》以山东高密东北乡为故事背景,展现了那些故乡中人们原始、野性、自由的生命意志,希望以此来改造现代文明的孱弱。在《红高粱》中,作为叙述人的"我"匍匐于现代文明下,与"我"爷爷一辈相比已经变得懦弱、无用,作家借此"表达了对民族文化中伦理规范的批判和对现代文明的否定,对延伸到历史血脉深处中原始生命的礼赞"❷。对故乡和家族历史的追溯,既是作家向祖先们原始野性生命表达敬意和寻求自我拯救的过程,同时也说明这种自然生命力在现代文明的侵染下不可避免地消失。作品如同一则带有谶纬意味的寓言,揭示了现代文明对于生命力的严重束缚。在张炜的《家族》《柏慧》等家族小说中,作家对故乡中的人与人、人与社会、人与自然的关系怀有一种深切的焦虑。现代社会的经济浪潮、工具理性已经严重地破坏了人们生存的地理故乡和精神家园,无家可归成了现代人面临的一种严峻挑战。张炜在小说中试图通过融入野地的方式,为自己重新寻找一个寄托个人情感的故乡。但是作为精神故乡而出现的葡萄园、芦清河畔、野地也面临着现代文明的侵蚀,它们究竟能够持续多久也是作家难以解答的命题。正如张炜在《柏慧》中对象征着精神故乡的葡萄园的描写:"总觉得一切都在向我们的葡萄园逼过来。我们就像当年那批莱夷人的后裔,不断退守,最后不得不失去这一小片海角……"这何尝不是葡萄园和精神故乡在现代社会中的尴尬处境?到了先锋派和新生代、晚生代作家那里,家族小说中的人们已经完全地离开或者丧失了(精神)故乡,他们在精神荒原中踯躅而行。洪峰的小说以解构的方式来重新审视家族的历史,在拆解现代小说的深度模式、淡化人物的基础上,揭示了现代人精神状态和生存境况。《瀚海》以戏谑的笔调对祖辈们的历史进行了消解,环绕在长辈们头顶的肃穆、庄重被琐屑、偶然和狼狈所替代。《奔丧》中的叙述者"我"在回家奔丧的过程中表现得异常冷漠,不仅沿途有着观赏风景的雅兴,而且看到姐姐的哭泣、父亲的遗容竟然觉得非常好笑。作家通过这个让人惊愕的故事,"表现的是现代人的'冷漠症',即有关'厌父情

❶ 周政保.  "落不定的尘埃"暂且落定——《尘埃落定》的意象化叙述方式 [J]. 当代作家评论, 1998 (04).

❷ 田中阳, 赵树勤. 中国当代文学史 [M]. 湖南师范大学出版社, 1998:334.

结'和'渎神'的现代神话"❶。在这些当代家族小说中，我们已经难以看到温情脉脉、予人精神慰藉的故乡图景，取而代之的是现代人的冷漠、戏谑，原初意义上的故乡乐园离人们愈加地遥不可及。从某种意义上看，当代人试图通过家族叙事确认精神故乡的努力也显示出一定程度的虚拟性和幻想性。作品犹如一则寓言，向人们揭示了一个残酷的真相：故乡已经远去，现代人已经找不到回家的路途了。

## 四、精神故乡与"原罪意识"

"原罪"（Original Sin）是基督教重要神学命题之一，也是基督教重要教义之一。在《旧约·创世纪》中记载着原罪意识的雏形。耶和华神创造出世间的万物，其中的男人和女人开始并没有智慧，也不为自己赤身裸体而害羞，眼睛也不明亮。在蛇的诱惑下，夏娃偷吃了伊甸园中的果子作食物，又给她丈夫亚当吃了，于是人类的始祖有了智慧、羞耻和痛苦。耶稣和华神决定惩罚蛇与夏娃、亚当，决定诅咒蛇"比一切的畜生野兽更甚；你必用肚子行走，终身吃土"❷（《神的审判：14》），而对夏娃则加增了怀胎和生产儿女的苦楚和对丈夫的恋慕、依赖，亚当则必终身劳苦才能从地里获得吃的，并且被驱逐出伊甸园。夏娃和亚当偷吃伊甸园中的禁果，违背了耶稣和华神的旨意，是对上帝的亏欠和恶行，于是这罪恶感便永远地遗传给了子孙，成为了人类所有灾难、痛苦、罪行和死亡的根源。换言之，在上帝面前人类都是以罪人的姿态出现，不管这人是古稀之年还是初生的婴儿，即便夭折的婴儿也由于他有与生俱来的原罪而成为罪人。又因为人类的这种罪恶是与生俱来的，因此被称为原罪。正是由于有了无法选择和逃避的原罪，人类才迫切地需要被救赎，才需要"救世主"，于是基督教和她的基本教义便产生了。因为人类灵魂有了瑕疵，我们的后代也必然背负道德的宿债。《圣经》上说："世人哪，你们默然不语，真合公义吗？施行审判，岂按正直吗？不然，你们是心中作恶，你们在地上秤出你们所行的强暴。一离母腹，便走错

---

❶ 田中阳，赵树勤．中国当代文学史［M］．湖南师范大学出版社，1998：409.
❷ 中国神学研究院．圣经——串珠注释本（新旧约全书）［M］．中国基督教协会，1995：11.

路，说谎话。"❶（《诗篇：58》）这种与生俱来的叛逆本性也是从原罪而来，即便是初生的婴儿也具有天然的罪恶的本能。

所谓原罪，通常包含有三个方面的内涵，本意乃指"蛇出于嫉妒之心，诱惑人祖偷食智慧之果，从而触怒了上帝，把他们贬谪人间带罪修行""'原罪'观念的另一延伸意义，就是基督教伦理道德的贞操观""'原罪'意识作为人性的一种不可确认的神秘因素，它往往又体现为一种人类原始生成的蛮性力量。"❷福克纳在《喧哗与骚动》中体现了原罪意识的三种内涵。昆丁对妹妹凯蒂的爱护渐渐演变为具有乱伦色彩的扭曲之爱，他们在花园里的长期生活与伊甸园的生活形成了某种空间的类似，"暗示了昆丁兄妹之间的特殊的夫妻之情"❸。康普生家的花园里有一棵黎树，当大姆娣过世时凯蒂不顾爸爸的警告爬上树窥探，这时候"有一条蛇从屋子底下爬了出来"。这与夏娃不顾上帝的旨意偷吃禁果十分相似，也预示了她被逐出家门的命运。同时，作者在小说中多次描绘了这样一幅场景：黎树枝叶中有个小姑娘，她的屁股上尽是泥巴，她正趴在树上偷看。这里的弄脏了的衬裤象征着凯蒂的失贞和堕落，也暗含着她将面临极为严厉的惩罚，因为在包括昆丁在内的美国南方家族看来，"凯蒂的贞操是一种极为神圣的概念，它不仅代表了传统的美德，而且象征着康普生家族的荣誉"❹，这里体现的又是基督教伦理道德的贞操观；而在杰生和小昆丁那里，两人已经彻底丧失了爱与宽容，他们之间实质上是一种暴力/反暴力、压迫/反压迫的关系，人类本性中的原始野性遗存逐渐爆发出来，并且往往做出令人惊骇的举动。应该注意的是，原罪意识与忏悔意识是同一个事物的两个方面，原罪意识必然伴随着忏悔意识。

与《喧哗与骚动》相似，中国现代作家们在家族小说中也表现出了对于原罪意识的兴趣，如李佩甫的《城的灯》、铁凝的《大浴女》等；而另一些作家不仅受到福克纳小说的影响，而且他们本身就对《圣经》

❶ 中国神学研究院．圣经——串珠注释本（新旧约全书）［M］．中国基督教协会，1995：1118.

❷ 宋剑华．基督精神与曹禺戏剧的原罪意识［J］．文学评论，2000（03）.

❸ 赵晓丽，屈长江．死之花——论福克纳《喧哗与骚动》中昆丁的死亡意识［J］．外国文学研究，1987（01）.

❹ 李维屏．英美意识流小说［M］．上海外语教育出版社，1996：205.

相当熟悉，甚至有着信仰。在莫言的《丰乳肥臀》、陈染的《私人生活》中就明显有着《圣经》的影子，像《施洗的河》的作者北村本身就是一个虔诚的基督徒。于是，在当代的众多家族小说中我们能够明显地发现原罪意识的存在和影响。《圣经》中的亚当和夏娃被逐出伊甸园是因为受到了蛇的唆使，当代家族小说中人们被逐出精神、感情、故乡的伊甸园则主要是因为有了利益的诱惑。李佩甫《城的灯》中的冯家昌和刘汉香在故乡相互爱慕、相互支持，度过了一段浪漫而珍贵的时光；周大新《第二十幕》中的尚达志与盛云纬本从小就青梅竹马，即将谈婚论嫁；阿来《尘埃落定》的傻子"我"迎娶了茸贡女土司的女儿塔娜，沉浸在甜蜜的爱情生活里；方方《风景》中的七哥，在北京大学读书时认识了教授的女儿，并且关系一度火热；……这些精神伊甸园的存在，说明"曾经拥有过的纯真与上帝造人的初衷完全是一致的"，但是"当诱惑激活了邪恶的智慧以后，道德的天平才发生了剧烈的倾斜。这个诱惑当然不是神话传说中的蛇，而是与蛇具有着同样毒性的贪欲"[1]。正是因为人的无止境的贪欲的介入，冯家昌抛弃了村支书的女儿刘汉香而攀上了军队高干的侄女，尚志达为了家族丝织业的发展舍弃了心爱的恋人，塔娜受到了旺波土司大儿子的挑逗而背着傻子与之偷情，七哥抛弃教授的女儿娶了一个比自己大八岁且丧失生育能力的高干女儿；等等。于是，这些人们被驱逐出了精神的伊甸园，而成为了原罪的象征，他们此后的一系列越走越远的行为也使其背负了更加沉重的罪人色彩。

中国虽然没有基督教伦理道德规约下的贞操观，不存在"基督徒把无玷的童贞性神圣化为带来得救的原则，神圣化为神世界、基督教世界之原则"[2]，但是传统农耕文明熏陶下的青年女性更"带有古典浪漫主义的抒情色彩""她们的个体肉体激情被湮没在一种公共权力结构之中"[3]，因而女性的贞节被赋予了额外的内容。随着宋明理学的强化，中国人在对待贞操观念上变得日益保守，出现了"饿死事小失节事大"的贞节观。历史上的褒姒、妲己、杨玉环等许多女性都成为了国家灭亡或衰败的替罪羊，原因就是人们认为女性的诱惑是男性消沉、堕落的根

[1] 宋剑华. 基督精神与曹禺戏剧的原罪意识 [J]. 文学评论, 2000 (03).
[2] ［德］费尔巴哈. 基督教的本质 [M]. 商务印书馆, 1995: 222.
[3] 张柠. 没有乌托邦的言辞 [M]. 花城出版社, 2005: 13.

第一章 《喧哗与骚动》与中国现代家族小说的故乡叙事

源。由于传统社会对淫乱的行为处罚极度严厉，这更加重了涉及其中人们的"难以摆脱的罪恶感、羞耻感和后悔感"❶。赵玫《朗园》中的萧萍萍，潘军《风》中的唐念慈，成一《白银谷》中的杜筠青、邱泰基老帮之妻姚夫人等作品中的女性都是这种贞操观的叛逆者，但是在她们内心深处又有着深沉的忧虑，她们的提防、犹豫、退却、后悔本身就意味着对自身罪愆的认识和良心的自我谴责；而一旦事情败露，这些女性人物往往会承受来自社会、家族和外界的严厉惩戒、甚至性命堪忧：陈忠实《白鹿原》中的田小娥最后被公公鹿三亲手杀害，苏童《妻妾成群》中的梅毓被扔到了枯井，成一《白银谷》中的杜筠青被迷晕而假死后杳无音讯，等等。

人类同时兼具社会属性和动物属性，其中动物属性伴随着人类的始终，使我们不可避免地具有非神性的动物本能，例如，暴力、复仇、嫉妒、暴怒、傲慢、贪婪等，并且在极端情况下表现得非常明显。阿来《尘埃落定》中土司们相互杀戮、对性爱疯狂追逐、对权力无比觊觎，这些贪念推动着人们为了目标而努力，但最终却都在欲望的支配下沉迷于此无法自拔。汪波与麦其土司之间的长期战争、行刑人的血腥残杀、复仇阴影挥之不去，仇恨渐渐变成了一种生命本原的冲动和习性，为了复仇而复仇，甚至连宗教也都沾染上了这种浮躁的气息，门巴喇嘛、活佛、翁波意西都身不由己地卷入宗派纠纷当中彼此仇恨；铁凝《大浴女》中的尹小跳、尹小帆在妹妹出生后不忍被分享母爱，强烈的嫉妒心促使她们在尹小荃即将遇险时无动于衷，并在遇险后保持了缄默；苏童《米》中的五龙，从枫杨树故乡流浪到城市后不择手段地追求米和女人，沉溺于对粮食和性欲的追逐；等等。在这个过程中，人类的动物属性和社会属性的矛盾表现得相当尖锐，它们的斗争显露出人类生命意志的躁动及其盲目性。

现代作家们将原罪意识引入家族小说有其多重考虑。首先，通过原罪意识的形成及其发展反思家族历史与社会变迁，可以从一个新的角度挖掘家族的独特经验。正如昆丁的自我反思之于美国南方家族命运的揭示一样，陈忠实在《白鹿原》中借助黑娃这一具有明显原罪意识的形象

❶ 杨经建. 家族文化与20世纪中国家族文学的母题形态 ［M］. 岳麓书社，2005：223.

表达了作家对近百年中国历史的思考。陈忠实通过一个家族逆子的叛逆、出走、报复、回归、殒命的过程，审视了 20 世纪前半叶中国发生的历史巨变和家族命运变迁。作品将黑娃的原罪意识与中国近现代历史的复杂性联系起来，在黑娃对家族、对党国的几次叛逆中折射出了时代的特定语境。余华的《活着》通过一个败家子浪子回头、具有原罪意识的故事审视了中国现代历史的某些为人们忽视的角落。如果摆脱某些评论家对富贵历经艰险而顽强生存的所谓苟活哲学论调的束缚，而从富贵个人对原罪的认识和承担的角度来看，《活着》可以说是一部非常典型的原罪小说。富贵在接受命运的惩罚时，意识到了自身罪愆的所在，承受了命运所安排的一切，在面临亲人一个个离去的现实时，表现出了坚毅、忍耐的精神，这或许是逆来顺受、活着就好的苟活哲学所难以概括的。其次，原罪意识的介入较好地剖析了人类和家族本身所存在的痼疾，揭示出人类自我疗救的可能和途径。阿来在《尘埃落定》中的"我"是众人眼里的傻子，却有着对罪恶、腐朽的土司制度必然覆灭命运的清醒认识，以替父辈们偿还宿债的方式实现了自己的超越。也只有这样，才能解释为何"我"放过多吉次仁，甘愿被他杀死而不反抗的事实，原因就在于"我"意识到了土司家族的罪恶，力图以宽容对待暴力、以虔诚洗刷原罪，从而获得灵魂的安妥。张炜的《古船》、铁凝的《大浴女》、北村的《施洗的河》，也分别以对人类原罪的有力表现给人们留下了深刻印象。

基督教向人们昭示，只有意识到自身的罪愆，并身体力行地赎罪，人类才可能获得灵魂的拯救。反之，则不但不能得到拯救，反而会因此而步入罪恶的深渊。为了获得救赎，人们应该虔诚地信仰上帝，在灵魂与圣灵的结合中坦然面对命运，在圣洁、虔诚的生活中实现自我的救赎。原罪意识的作品予人以巨大的震撼，在道德觉醒、情感净化的过程中使人们得以窥探自身的瑕疵。基督教认为，人类只有通过灵魂的救赎才能从原罪的状态中得到解脱。与《喧哗与骚动》通过宗教信仰、净化灵魂的方式加以拯救不同，中国当代家族小说出现了几种不同的救赎方式，或反省自身（如张炜《古船》、铁凝《大浴女》），或坦然接受命运的惩罚与安排（如余华《活着》、阿来《尘埃落定》），或是在向命运发出抗诉无效后寻找灵魂的皈依（如北村《施洗的河》、陈忠实《白鹿

原》）。忏悔即是对自身原罪的体认，希望能够获得救赎。反映这类救赎意识的作品主要有李佩甫的《城的灯》、京夫的《八里情仇》、陈忠实的《白鹿原》等。这些小说中都有一个圣洁高贵、勇于牺牲的拯救者形象，他们为了他人的幸福甘愿承受苦难。《城的灯》中的刘汉香似乎天生就具有圣洁的色彩。上中学的时候，刘汉香就为家贫买不起鞋的冯家昌缝制了布鞋，放在他回校必经的路旁。当冯家昌参军离开了家乡，刘汉香又舍弃待遇优越的工作，不顾村人的闲言冷语，搬进了杨家照顾老姑父一家。当冯家昌为了升迁而移情别恋，刘汉香也以博大、宽容的心原谅了昔日的恋人。"与冯家昌形成反证性比照的是作为圣母和理想道德的化身出现的刘汉香""刘汉香这位农村女性形象完全浸透着李佩甫对宗教神圣性的敬仰，她几乎是一位东方化的圣母。"❶ 失去恋人的刘汉香将全部精力放到了发展种植业、引导全村人致富的事业上，丝毫不考虑个人利益。即便是在被一群十来岁的毛头小伙勒索、折磨的时候，她也一直在默默地祷告：救救这群孩子，救救这群孩子。怀着家族对于刘汉香的亏欠和自己对她的敬爱，冯家和拒绝了大哥冯家昌的人生规划，毅然留在农村，一边守护刘汉香一边教书写书。在小说的结尾，飞黄腾达的冯家四兄弟来到刘汉香的墓前拜祭，表达着自己的忏悔之情。京夫《八里情仇》中的荷花、陈忠实《白鹿原》中的朱先生，他们身上也都体现了自我拯救或拯救他人的圣洁色彩。

值得注意的是，虽然在中国传统的文化系统中缺乏基督教式的原罪意识与忏悔意识的发展空间，但这并不意味着中国缺乏原罪意识。在摩罗先生看来，原罪意识是一种人类与生俱来的意识觉醒，它不因国度、历史、民族的差别而限制其存在范围。也就是说，原罪意识并不局限于基督教文化体系中，早在基督教诞生之前原罪意识即成为人类的一种生存体验和精神习惯："因为一个物种不可能放弃维系自己的生命的努力，他必须不断地伤害那些无辜的动植物，维持个体生命和种族的生存。只要这种摄取生活资料的努力无法停止，人类的罪孽就无法停止。这种与生俱来的、无可摆脱的罪孽境地，才是原罪的最初的准确含义。这就是

---

❶ 杨经建. 家族文化与 20 世纪中国家族文学的母题形态［M］. 岳麓书社，2005：184.

人类原罪意识的真正起源。"❶ "当人类在观念上给自己设定了偷窃者和掠夺者身份的时候，也就从道德上体验到了一种自觉丑陋的窃贼心态，那种亏欠感、负罪感于是成为一种与生俱来的集体无意识。这种集体无意识就是滋生原罪意识的温床。"❷ 与基督教文化和人类普范性的两种原罪意识相对应，中国当代家族小说中也体现出了两种不同的忏悔方式，即刘小枫先生所谓"宗教情怀"与"审美情怀"。刘小枫先生在《拯救与逍遥》一书中，曾对中西文化中的罪恶观念及其反思形态有过精妙的阐释："陀思妥耶夫斯基的情怀一开始就指向尘世的恶，曹雪芹的情怀则首先指向诗意的处境能否葆有完满的情性。可以说，曹雪芹禀有的是审美情怀，陀思妥耶夫斯基禀有的是宗教情怀。""审美情怀靠精神假象来隔离现世恶，世界的现存状态只是审美假象逾越的对象。基督情怀必得承负现世的恶，有一种放不下的心肠。对于审美情怀来讲，'放不下的心肠'恰恰是必须破除的'执'。"❸ "对于中国诗人来说，并没有一双由'犯罪的'知识开启的理性眼睛。进入儒家、出于庄禅是一条即成之路，其核心问题始终是能否容忍变成一块寡情的石头，在大荒山下与草木虫鱼一起做逍遥的蝴蝶梦，除非有一天某种新的精神因素带来新的精神素质。"❹ 也就是说，诞生在不同文化系统中的中西原罪意识，会在其救赎方式上存在着巨大的差别。如果说基督情怀濡染下的西方原罪意识强调的是个人面对现世恶的承担，以直面苦难的勇气忏悔达到清楚罪孽的目的，那么中国传统的原罪意识则是以审美情怀超脱现世的恶，不是去面对恶，而是逾越、逃避，让自己的心灵在荒山草木之中消弭现世的情感。

在北村的《施洗的河》、铁凝的《大浴女》、娲娲的《原罪》、莫言的《丰乳肥臀》等作品中，我们可以明显地看到作家对基督教原罪意识的吸收和运用。刘浪（《施洗的河》）自幼在父亲刘成业的棒打、责骂和威吓下成长，在樟坂一上岸就被劫的事实让他决定以恶抗恶。但是在成为樟坂黑势力的头目之后，刘浪始终没有获得价值确立的满足，他不知

---

❶ 摩罗. 原罪意识与忏悔意识的起源及宗教学分析 [J]. 中国文化, 2007 年第 2 期。
❷ 同上书。
❸ 刘小枫. 拯救与逍遥 [M]. 华东师范大学出版社, 2007: 254.
❹ 同上书, 第 250 页。

第一章 《喧哗与骚动》与中国现代家族小说的故乡叙事

道自己需要什么、应该做什么，生活糜烂而空虚，始终逃脱不了万念俱灰的惶惑和生命力的萎顿。在这种情形下，刘浪皈依了宗教，希望在基督教的世界里获得精神上的庇护，同时也完成了自己灵魂的忏悔和救赎。尹小跳（《大浴女）》因为童年时代对妹妹尹小荃的死负有主观的罪责，长期生活在原罪的精神压力之下。在经历了生活的磨炼后，尹小跳直面自己灵魂的阴影部分，敞开了自己的心扉，以认同自身负罪的形式进行了忏悔，终于稀释了原罪意识带来的心灵恐惧和自责。小说围绕"原罪与救赎"这一核心命题，展开了对个体精神存在的独特思考："它超越了国人的价值观念中通常采用的对'无知犯罪'的宽宥态度，和人们对童心的推崇和无条件赞扬，而是在童心的纯洁和稚嫩中看到了隐含的邪恶，并且将其认定为一种普遍的生存状态；又在对这邪恶的拷问中，将其转换为催人自新、促人向善的积极力量，从罪恶之下发现了真正的洁白。"❶ 正是这种对基督教原罪意识以及由此产生的拯救精神的体认，这些作品向我们展现了一条洗涤灵魂、重获新生的救赎之路："耶稣的'大宏大愿'以不惜承受世间恶的爱把人领回到神圣者手中，而神圣者的救恩并没有解脱一切。基督教是爱的宗教，圣爱因承负恶而沉重，是救赎而非解脱的爱。这就是为什么基尔克果说，无论世界荒诞残忍、还是阳光明媚，上帝就是爱。"❷ 在基督教精神中，并没有一个可以解脱一切的终极处境，"忏悔心理的发生，不是出于道德律令，不是出于良心发现，乃是出于对自身生存的悲剧性的自觉，出于对宇宙间最高存在所怀怜悯和大爱的感知，而出生的对于赦免和救赎的信念和期待。忏悔的最关键的内涵，对宇宙最高生命对我们的仁爱和救赎保持信心"❸，这与中国佛学、道家精神企图"通过深切的价值关怀进入彻底解脱的存在状态"❹ 形成了巨大的差别。

佛学的根本出发点是人生无常，主张通过消除妄念而获得生命的圆融。在刘小枫先生看来，佛教是一种独特的理性主义，"对于理性主义

❶ 张志忠. 现代人心目中的罪与罚——《大浴女》与《为了告别的聚会》之比较兼及陀思妥耶夫斯基命题（下）[J]. 长城，2004（03）.

❷ 刘小枫. 拯救与逍遥 [M]. 华东师范大学出版社，2007：226.

❸ 摩罗. 原罪意识与忏悔意识的起源及宗教学分析 [J]. 中国文化，2007（02）.

❹ 刘小枫. 拯救与逍遥 [M]. 华东师范大学出版社，2007：226.

来说，时间哪有什么恶（当然也没有什么善），善恶都是人的妄念产生出来的"；"禅宗不仅'不思善、不思恶'，而且彻底破坏精神语言的明晰性，尤其要模糊询问宗教真实的语言的明晰性，抹杀任何区分和限定，在'非思量'中'难得糊涂'。"❶ 并由此走向一种绝对限度上的逍遥之境。由于中国文化长期受到佛道思想的影响，因此中国当代作家在家族小说的创作过程中必然会无意识间流露出对传统文化的某种认同。这些家族小说在对个人原罪进行反思时，更多地依靠审美情怀来隔离，而不是承负现世的罪。作品中的人物期望通过对现世的解脱来实现心灵的安稳，在一种绝对隔绝的状态规避原罪。《羽蛇》是这类作品的代表。羽（《羽蛇》）从小就背负了害死弟弟的罪名，从此变得十分自闭和耽于幻想。此后羽处于一种难以排遣的负罪感中，最后她主动要求切除脑垂体，在极端化的举动中获得了灵魂的解脱，并为自己幼年的行为进行了赎罪。小说中流露出对西方原罪意识的某种认同，但在精神深处所体现出来的仍然是传统文化中的审美情怀。面对无处逃避的罪恶感，羽不是选择对现世痛苦的担负以获得灵魂的升华，而是采取极端的措施切除脑垂体，让自己进入到一个无知无觉之境。中国传统原罪意识追求的是对恶的隔绝与个人的超脱，但"信奉大空的精神已经把灵魂搞得空空荡荡，只求解脱而不会思虑能为混乱的世界承担什么呢"❷? 中国当代作家更喜欢通过与现世恶的完全隔绝来净化自己的心灵，期望以这种方式实现个体的逍遥。在竹林的《女巫》、赵玫的《朗园》、成一的《白银谷》等作品中，读者们都能够轻易地发现主人公意识到自身或家族的原罪之后的自我隔绝。隋抱朴（《古船》）长年独坐在磨房里冥思苦想，对家族原罪的反思和对历史中血与泪、苦难与绝望的发现，使他对自己、对人性产生了深深的疑虑，最后在弃绝现实闭门思过中获得了思想、情感、认识的升华，实现了自我灵魂的救赎。须二嫂银宝（《女巫》）原本是一位纯洁善良的农村姑娘，却被迫成为"女巫"。老村长须柳生利用银宝母亲偷盗麦穗相要挟，强奸了银宝，并生下女儿春芳。春芳与须柳生的儿子须明华是同父异母的兄妹关系，却阴差阳错地私定终生并产下怪

❶ 刘小枫. 拯救与逍遥 [M]. 华东师范大学出版社，2007：237.
❷ 同上书，第 255 页。

胎。须二嫂得知事情后，认为是自己不该那么诅咒须柳生一家。"尽管她所诅咒的事已经应验了，可是冥冥中的报应却落到了女儿的身上。"当须二嫂在追寻观世法师的途中见到大海，她内心深处的原罪意识得以彰显，在河流流向大海的浪花中，她领悟到了荡涤原罪的最好方式："河载负着数不清的世代向迷茫的未来流去，花瓣的芳香和落叶的幽魂，清晨的曙光和黄昏的阴影，还有各种人生，各种冤屈，各种罪恶，全消失在河的波涛中。"既然世间的一切不过是虚妄的瞬间，放弃现世的苦难与偏执，以结束生命的方式实现灵魂的解脱便成为了最好的选择。须二嫂看到了"海有博大的胸怀，海有净化罪恶的坚韧与耐力"，于是她毫不犹豫地走向大海深处，寻求自身原罪的解脱之道。康重允（《白银谷》）也是在终日的烧香念佛中接受命运，对家族的罪愆进行了体认，在与外界的隔绝中力图消弭个人的原罪。这些人物有一个共同点，即他们都采取了消弭个人意志的方式处理自身或家族的原罪，从而成为一块与草木虫鱼无异的寡情的石头。

中国进入新时期之后，文化生态日益多元，这为西方原罪意识向中国文学渗透提供了契机，《施洗的河》《丰乳肥臀》《原罪》等作品均鲜明地体现了西方基督精神的影响。在《原罪》的题记与后记中，娲娲这样表达自己在小说中所要表现的原罪意识："人类的始祖亚当和夏娃违背上帝的命令，偷食禁果，犯下原罪，传给后世子孙，成为人类与生俱来的罪恶与灾祸的渊源。时至今日，人世间仍延续着初始的轮回，演绎着现代神话故事。"❶ 作家"终于找到了让人们不易忘掉的支点，那便是《圣经》的启迪。人生在世就是替人类始祖赎罪，这就是原罪的概念"❷。应该注意到，异质文化之间碰撞、渗透、交流、整合的过程是极其复杂的，我们很难用一种文化系统阐释另一个文化系统中的精神现象。对中国这样一个迈向现代化道路的发展中国家而言，西方文化的强势地位在很长一个历史时期内难以改变，这构成了中国文学的一个重要的参照系。同时，传统文化仍然焕发出生机，并对中国作家产生根本性的影响。"忏悔意识是西方文学的文化基因之一，内省意识则是中国古

---

❶ 娲娲. 原罪·题记 [M]. 大众文艺出版社，2002：扉页.
❷ 同上书，第372页。

代、近代文化机制的一个重要组成因素。这两种表现形态相似而又含义不同的反省意思，在文学作品的某些方面，显示出中西文化特质的区别。但是，当历史的步伐跨入现代，各个国家和民族不再划地为牢，各种文化相互交流也越来越频繁。西方忏悔意识移植进中国，改造和丰富了中国的内省意识，使中国文学的文化特质出现新的变化。这种变化，对中国现代文学产生了积极的影响。"❶ 当代中国家族小说中的原罪意识既有着对民族普范性的原罪无意识的继承，又有着对西方原罪观念的接受与整合。在中西文化的碰撞、融汇中，中国当代家族小说同时吸收两者的精神资源，从而产生出了融汇中西文化特质的佳作。于是，我们看到一些外表比较激进的作品，其内在精神却有可能仍然保持一种传统精神特质（如《羽蛇》）；或是在传统风味的表面下，现代观念与传统文化的互相融合（如《尘埃落定》）。与西方基督教原罪意识突出灵魂救赎不同，中国当代原罪意识的家族小说还表现出注重道德自省、社会政治反思、文化反思的内涵。究其根本，这正是诞生于两种不同文化氛围的小说所必然镌刻的文化母体的烙印。

总之，《喧哗与骚动》与中国现代家族小说中的故乡叙事之间存在着诸多的关联，中西家族小说跨越文化差异的对话对于我们探寻人类的精神故乡和家园有着重要意义。在现代化席卷一切的时代，失去了精神根基的人们更应该认真思考中西家族小说对于这些问题的思考。家族小说中的故乡叙事是人类彷徨时对于来路的回眸、迷惘时对于起源的追溯，只要人类文化依然延续，那么他们对于故乡的追寻就永远会持续下去。

❶ 吴定宇. 西方忏悔意识与中国现代文学 ［J］. 中山大学学报, 1989（03）.

# 第二章 《百年孤独》与中国现代家族史书写

　　1982 年，哥伦比亚作家加西亚·马尔克斯荣膺诺贝尔文学奖而引发的拉美文学旋风席卷着中国的原野，震撼和激励了处于文化身份、文学变革双重焦虑之中而又雄心勃勃的中国作家，他们似乎从马尔克斯的成功中看到了中国文学走向世界的希望。从那以后的 20 余年间，马尔克斯的创作及其思想一直影响和启悟着中国文学的发展。这一时期文学的亲历者和见证人王蒙对此曾有过这样的描述："在这 20 年里，他（加西亚·马尔克斯——笔者注）在中国可以说获得了最大的成功。别的作家在中国也有影响，像卡夫卡、博尔赫斯，还有三岛由纪夫。一直到苏联的艾特玛托夫，捷克的米兰·昆德拉，都是在中国红得透紫的作家。但是，达到加西亚·马尔克斯这样程度的还是比较少的。""有那么多的作家几乎同时受到一位拉美作家如此巨大的影响。崇拜马尔克斯的，绝不是莫言、余华两个人。"❶ 著名作家张炜也指出："他（加西亚·马尔克斯——笔者注）的确是迷人的，新时期十年中的影响超过了所有的外国作家。"❷ 的确，20 世纪后期中国不同地域、不同流派的诸多作家，从北国边塞的郑万隆到南方异域的韩少功、李杭育，从齐鲁大地的莫言、张炜到神秘秦川的贾平凹、陈忠实，从儒文化浸染的中原地带的刘震云、阎连科到遥远神奇的藏域高原的扎西达娃、阿来，他们无不以形态各异的创作实践回应了马尔克斯在中国文学中的特殊的艺术魅力及其巨

❶ 王蒙，郜元宝. 王蒙、郜元宝对话录［M］. 苏州大学出版社，2003：6—7.
❷ 张炜. 域外作家小记——马尔克斯［M］//融入野地. 作家出版社，1996：385.

大影响的存在。❶ 本章旨在从影响研究的角度，考察和梳理 20 世纪后期中国家族小说对马尔克斯《百年孤独》的接受与借鉴，以期从中发掘经验和启示，为未来中国文学发展提供思考。

## 一、从认同到疏离：《百年孤独》的传播与接受

马尔克斯及其小说《百年孤独》对 20 世纪后期中国文学的强烈刺激与深刻影响，已成为文学史上一个不争的事实。谈及"影响"，美国比较文学家约瑟夫·T. 肖认为："各种影响的种子都可能降落，然而只有那些落在条件具备的土地上的种子才能够发芽，每一粒种子又将受到它扎根在那里的土壤和气候的影响。"❷ 以此分析马尔克斯在现代中国传播与接受之原因主要有二：一方面，有降落着的"影响的种子"，即 20 世纪后期以来以马尔克斯为代表的拉美魔幻现实主义在欧美乃至世界范围内的"爆炸性"影响；❸ 另一方面，也许是更重要的方面，则是有"条件具备的土地"，即作为接受主体的中国文学与马尔克斯的文学有着极为相似的历史文化语境和现实文化境遇。两者历史文化语境的相似性，集中体现在中国、拉美这两块地域辽阔且有着悠久文化传统的大陆共同拥有神奇、丰富的自然遗产和文化遗产。首先，为马尔克斯魔幻现实主义文学提供丰厚精神资源的拉丁美洲神奇的自然景观、神秘的神话

---

❶ 这些作家大多都明确承认马尔克斯及其作品对自己的影响和启示。例如，郑万隆在《走出阴影》一文中表示："我所作的毫无轰动效应以大兴安岭为背景的系列小说《异乡异闻》，没有'拉美文学爆炸'，没有我对博尔赫斯、加西亚·马尔克斯作品的偏爱，没有他们的影响和冲击，是绝不会有现在的情绪和样式，也许就写不出来了。"（《世界文学》1988 年第 5 期）又如，陈忠实创作完《白鹿原》后在回答一个评论家提出的"哪个作家、哪部作品对你的长篇写作影响最大"的问题时，谈到：外国作家作品是马尔克斯的《百年孤独》等。（陈忠实：《关于〈白鹿原〉的答问》，《小说评论》1993 年第 6 期）再如，莫言在《两座灼热的高炉》一文中写道："对我影响最大的两部著作是加西亚·马尔克斯的《百年孤独》和福克纳的《喧哗与骚动》。"《百年孤独》"值得借鉴的……是加西亚·马尔克斯的哲学思想，是他独特的认识世界、认识人类的方式。"（《世界文学》1986 年第 3 期）

❷ ［美］约瑟夫·T. 肖. 文学借鉴与比较文学研究［M］//张隆溪. 比较文学译文集. 北京大学出版社，1982：38.

❸ 法国作家让·保尔·萨特在 20 世纪 60 年代就提醒他的法兰西同行"执当今世界文学之牛耳者，乃拉丁美洲作家"。"世界文学的未来属于拉丁美洲的叙事文学。必须把眼光转向这种文体，真正优秀的创作将在那个大陆"。陈众议. 南美的辉煌——魔幻现实主义［M］. 海南出版社，1993：3；美国作家格雷厄姆·格林也自叹弗如地认为："当今世界文学的中心在拉丁美洲。"陈众议. 魔幻现实主义大师——加西亚·马尔克斯［M］. 黄河文艺出版社，1998：9.

传说和悠久的文化传统，同样存在于中国大地。比如，扎西达娃、马原、阿来等笔下的西藏就是一个典型例证。这块神秘的雪域高原不仅留存有令人惊叹的自然奇观，而且还蕴藏着丰厚且鲜为人知的神话传说和宗教信仰。在藏族小说家那里，他们不需要费尽心思地去虚构一个神话、一个魔幻世界，因为他们就生活在一个被神话所包围的魔幻世界之中，他们的现实就是神话，神话也可说就是他们的现实。因此，当扎西达娃们一接触到马尔克斯，就天然地产生了顿悟与共鸣，进而找到了表现这种自然和文化的手段。其次，从《离骚》、魏晋志怪、唐传奇到《西游记》《红楼梦》，中国传统文学中从来就不乏"神秘性"的因子。这种神秘文学传统使 20 世纪后期的许多中国作家在接触马尔克斯的魔幻现实主义文学时，似曾相识之感油然而生，并自信也能创造出中国式的魔幻现实主义文学。这种地域上与文化上的契合，无疑是马尔克斯能够在中国产生强烈反响与认同的重要原因。不仅如此，同处于第三世界的中国作家与马尔克斯的现实文化境遇与心态也极其相似："一是与西方文化无缘的'他者文化'命运与角色的认同；二是心怀'复兴'自己民族文化的使命感；三是对本土文化的光大阐扬的努力最终又寄希望于西方文化霸权的承认，因此他们都渴望找到一种通向西方文化权利认可的途径。"❶ 马尔克斯在世界范围内的巨大成功，使当代中国作家确信，他们同样可以借鉴西方文学技法、发掘传统文化遗产而获得辉煌，成为"世界文学的一部分"，所以，他们给予马尔克斯以崇高的敬意和热情的拥抱。由此可见，马尔克斯被中国文学接纳是中国作为接受主体主动选择的结果。具体而言，马尔克斯及其《百年孤独》在现代中国的传播与接受经历了三个阶段。

第一阶段：冷漠与误读（20 世纪 60 年代—1981 年）

加西亚·马尔克斯的文学创作始于 1947 年，1955 年发表的短篇小说《伊莎贝拉在马孔多观雨的独白》和中篇小说《枯枝败叶》，初步显示了他构思新颖、笔法多变的才华。此后，陆续出版的主要作品有中篇小说《没有人给他写信的上校》（1961）、短篇小说集《格兰德大娘的葬礼》（1962）、短篇小说《巨翅老人》（1968）、报告文学《一个海上

---

❶ 张清华. 中国当代先锋文学思潮论 [M]. 江苏文艺出版社, 1997：101.

遇难者的故事》（1970）、短篇小说集《一个难以置信的悲惨故事——纯真的埃伦蒂拉和残忍的祖母》（1972）、长篇小说《家长的没落》（1975）、文学谈话录《番石榴飘香》（1982）、长篇小说《霍乱时期的爱情》（1985）、长篇小说《迷宫中的将军》（1989）等。1967年《百年孤独》的发表为他赢得了世界性声誉。《百年孤独》标志着魔幻现实主义的成熟，也是拉美魔幻现实主义的代表作。为此，1971年美国哥伦比亚大学授予马尔克斯名誉文学博士称号，次年，他荣获拉丁美洲文学最高奖——委内瑞拉加列戈斯文学奖。马尔克斯自20世纪60年代就已在拉丁美洲、欧洲和美洲产生了广泛的影响，获得了极高的赞誉。而此时的中国文学界，正沉浸于阶级斗争的拼杀和"文化大革命"狂欢，极左的封闭的政治环境中，对人的"阶级性"的偏执，限制了我国对拉美乃至世界文学的接受视域，对现实主义文学的独尊以及对西方资产阶级文学（尤其是现代派文学）不加甄别的拒斥，导致了将马尔克斯的魔幻现实主义与欧美现代主义文学一起视为"腐朽没落"的资产阶级文学而予以了漠视。我国当时对拉美文学有过零星的介绍，但目光主要滞留在同是社会主义的古巴，而且对古巴文学的评介，又集中于被我们视为"革命"作家的何塞·马蒂和纪廉。❶

　　"文化大革命"结束后，拨乱反正、思想解放的春风，将拉丁美洲文学"爆炸"的冲击波引入了中国文学界的视野。1979年南京大学中国西班牙、葡萄牙、拉丁美洲文学研究会的成立，更是为马尔克斯在中国的传播与接受打开了一扇窗户。同年，西班牙语文学研究者林旸在《外国文学动态》发表了第一篇介绍马尔克斯及其作品的文章《哥伦比亚魔幻现实主义作家加西亚·马尔盖斯及其新作〈家长的没落〉》，之后，段若川、陈光孚、朱景冬、王乐央、林一安等从事外国文学研究的学者，陆续在《世界文学》《外国文学动态》《外国文艺》《译林》《文艺研究》《河北文学》等刊物发表马尔克斯作品的选译和相关评介，让

------

　　❶ 据有关统计，从1953年到1963年介绍古巴革命作家何塞·马蒂的文章多达22篇，在整个拉美文学的评介中占了较大比重。

中国读者见识了马尔克斯这朵异域奇葩。❶ 然而，由于极左思维的惯性作用，评价中也出现了一些不恰当的政治性误读。如有文章认为："《百年孤独》则借助一股旋风将全村卷走了事。这种虚无主义的答案证明作者感到了社会的弊病，但对弊病的根源及社会的前途还处于迷茫的状态。"❷ "魔幻现实主义小说的目的，就在于通过荒诞的描写去突破当局的舆论钳制，从而收到暴露和冷嘲热讽的效果。"❸ 这无疑影响了对马尔克斯的深层把握。总之，这是少数先行者引进与传播马尔克斯的时期，虽存在译介零碎和文本误读的弊端，但开创之功值得肯定。

第二阶段：热忱与认同（1982 年—20 世纪 90 年代前期）

就马尔克斯与中国文学而言，1982 年绝对是一个具有界标意义的年份。从这年开始的十余年间，马尔克斯在中国的传播与接受进入高潮，而这一接受高潮的直接诱因与进入标志即是加西亚·马尔克斯 1982 年 10 月 21 日无可争议地获得了诺贝尔文学奖。马尔克斯获奖的爆炸效应迅速将中国翻译界、理论界和创作界的视线拉向了拉丁美洲这块神秘的大陆，三界同人的热情认同、相互呼应、合力并进，将马尔克斯在中国的传播与接受持续推向高潮。

翻译界率先掀起了译介加西亚·马尔克斯《百年孤独》的热潮。自 1982 年《世界文学》第 6 期发表《百年孤独》（选译）以后，《十月》杂志旋即推出了《百年孤独》部分译介，台湾远景出版事业公司在较短时间内出版了宋碧云翻译的《百年孤独》全译本，1984 年大陆又有高长荣和黄锦言翻译的两个版本问世。这一时期，马尔克斯的小说作品包括一系列对话，几乎都被翻译成中文，前一阶段译介片段零碎的局面得以根本性改观。

与此同时，理论界的研究也日渐广泛深入。1983 年 5 月，"全国加西亚·马尔克斯及拉丁美洲魔幻现实主义讨论会"在西安召开，与会者

---

❶ 例如：《外国文学动态》1979 年第 8 期、1981 年第 11 期分别刊登了林旸的《哥伦比亚魔幻现实主义作家加西亚·马尔盖斯及其新作〈家长的没落〉》、赵德明的《加西亚·马尔克斯的新作〈记一桩事先张扬的凶杀案〉》。又如《外国文艺》1980 年第 3 期刊登了陈光孚的译作《马尔克斯短篇小说四篇》，1981 年第 4 期又发表了尹承东的评介文章《哥伦比亚作家马尔盖斯的新作》。

❷ 陈光孚．"魔幻现实主义"评介［J］．文艺研究，1980（05）．

❸ 陈光孚．当代拉丁美洲小说的流派和题材［J］．拉丁美洲论丛，1980（03）．

以加西亚·马尔克斯及其创作为个案，探讨了魔幻现实主义的特点、由来和发展演变。这一时期我国的研究者开始超越以往一般性介绍马尔克斯的局囿，在借助国外成果的基础上表现出对马尔克斯及其《百年孤独》的独特思考，发表和出版了一批学术含量较高的论著：论文有林一安的《拉丁美洲的魔幻现实主义及其代表作〈百年孤独〉》（《世界文学》1982 年第 6 期）、陈众议的《〈百年孤独〉及其艺术形态》（《外国文学评论》1988 年第 1 期）、李继兵的《多义的暗示——〈百年孤独〉的象征艺术》等；著作如张国培的《加西亚·马尔克斯研究资料》（南开大学出版社 1994 年）、林一安的《加西亚·马尔克斯研究》（云南出版社 1993 年）、张志强的《世纪的孤独：马尔克斯与〈百年孤独〉》（海南出版社 1993 年）等。

创作界的积极参与和主动模仿也是此高潮期的一个重要表征。如果说 1982 年之前中国对《百年孤独》的接受主要局限在外国文学研究界对它的译介而创作界应声寥寥的话，那么在马尔克斯获诺贝尔文学奖的巨大刺激下，这种状况迅速发生了改变。此期，创作界开始积极关注马尔克斯，并出现了一股势头强劲的模仿、借鉴其魔幻现实主义的文学热潮。"小说原来可以这样写！"这句马尔克斯在巴黎阅读卡夫卡时所顿悟的话，在此时已成为接触到马尔克斯的中国小说作家们的共识。马尔克斯魔幻现实主义文学的成功经验，催生了 20 世纪 80 年代中期的"寻根文学"思潮，启悟了韩少功、莫言、李杭育、王安忆、扎西达娃、张炜、陈忠实、余华等一大批作家。

第三阶段：深化与疏离（20 世纪 90 年代后期—2005 年）

20 世纪 90 年代中期以后，随着拉丁美洲魔幻现实主义文学高潮的消退，马尔克斯及其《百年孤独》在中国的传播与接受也逐渐由热烈归于平静。此时，中国学者和作家开始冷静地回顾与反思马尔克斯在中国传播与接受的过往，反省自身简单盲从和机械模仿的失误，试图走出影响的重围，重构自己的研究视角和本土化文本，这无疑是接受走向深化、接受主体成熟的表现。由此，对马尔克斯的接受步入了一个更为深刻、更为丰富的层面。

从研究方面来说，接受的深化主要体现为多元、开放接受视角和视阈的引入与运用。此时中国学界不再将视域集聚于马尔克斯《百年孤独》的概念、源流、主题和人物的一般性分析，而是引入存在主义、叙事学、后殖民主义等多样化视角探讨其丰厚意蕴与艺术价值。例如，陈煜《现代神话：〈百年孤独〉的存在主义》一文揭示了孤独蕴含的存在主义哲学，吴祖明的《停滞的时间，孤独的死亡：论〈百年孤独〉的时间意识》从叙事学的角度阐释了马尔克斯的两种时间运行模式，陈众议的《全球化？本土化？——20 世纪拉美文学的二重选择》则注意到了马尔克斯魔幻现实主义的后殖民主义文学特质。❶ 比较视域的开启主要显现出两个向度：一是将马尔克斯及作品置于世界文学范围内进行比较考察，如田炳祥的《南北美洲交相辉映的奇葩——论〈百年孤独〉与〈所罗门之歌〉的成功与魅力》；二是将马尔克斯及作品与中国文学现象、作家个案联系起来阐发，如邓时忠《民族性的发掘、阐扬和批判——寻根小说与魔幻现实主义》、陈春生的《在灼热的高炉里锻造——略论莫言对福克纳和马尔克斯的借鉴吸收》等。❷ 这些都极大地拓展和深化了马尔克斯的阐释空间。

就创作而言，接受的深化则表现为一些作家对马尔克斯《百年孤独》中魔幻现实主义的主动疏离与有意"撤退"。90 年代中期以降，莫言、余华、阎连科等作家为摆脱影响的焦虑，对马尔克斯的魔幻现实主义显露出愈来愈强烈的疏离与抗拒意向。莫言早期小说《透明的红萝卜》《红高粱家族》等有着浓重的借鉴、模仿马尔克斯的魔幻现实主义的痕迹，但到世纪之交写作《檀香刑》时，他以将具魔幻意味的几万字文稿"推倒重来"之壮举，宣告了对魔幻现实主义的"有意识地大踏步撤退"。李锐也对自己曾模仿马尔克斯的魔幻叙事表示了不满，在《旧址》重印时，他主动将有着《百年孤独》印迹的小说第一句"事后有人想起来"删去。❸ 从这里，我们看到了中国作家主体的自觉和艺术的

❶ 陈煜. 现代神话：《百年孤独》的存在主义 [J]. 绥化师专学报, 1995 (05)；吴祖明. 停滞的时间，孤独的死亡：论《百年孤独》的时间意识 [J]. 江汉大学学报, 1997 (05)；陈众议. 全球化？本土化？——20 世纪拉美文学的二重选择 [J]. 外国文学研究, 2003 (01).

❷ 田炳祥. 南北美洲交相辉映的奇葩——论《百年孤独》与《所罗门之歌》的成功与魅力 [J]. 国外文学季刊, 1998 (04)；邓时忠. 民族性的发掘、阐扬和批判——寻根小说与魔幻现实主义 [J]. 西南民族学院学报, 1996 (03)；陈春生. 在灼热的高炉里锻造——略论莫言对福克纳和马尔克斯的借鉴吸收 [J]. 外国文学研究, 1998 (03).

❸ 王尧. 李锐、王尧对话录 [M]. 苏州大学出版社, 2003：160—161.

成熟。

## 二、魔幻写作：从形似到"离形得似"

读马尔克斯的《百年孤独》，首先让读者为之瞩目的是魔幻现实主义创作方法的运用及其在美学上呈现的神奇魔幻效果。瑞典文学院在给加西亚·马尔克斯的评语中说，作者在《百年孤独》里"创造了一个独特的天地，那个由他虚构出来的小镇。从 20 世纪 50 年代末，他的小说就把我们引进了这个特奇的地方，那里汇聚了不可思议的奇迹和最纯粹的现实生活。作者的想象力在驰骋翱翔：荒诞不经的传说、具体的村镇生活、比拟与影射、细腻的景物描写，都像新闻报道一样准确地再现出来"❶。这段话准确地指出了《百年孤独》的魔幻现实主义创作特征："将幻想变为现实，而又不失其真实性。"作者通过大胆离奇的构思和想象，将实实在在的触目惊心的现实生活和源于神话传说的幻想糅合起来，呈现出一整套色彩斑斓、风格独特的艺术图景，使读者产生一种亦真亦幻、似幻还真的"怪诞"神奇的艺术感觉：俊姑娘被床单卷上天空；老吉普赛人梅尔加德斯留下的羊皮书手稿预言着家族命运；马孔多这座镜子城最后被一阵飓风刮走……当然这其中渗透着拉丁美洲特有的文化特质：大自然的神秘景观、神秘的宗教传说与神话、恐怖的传奇故事，再加上宿命般的洪水、战乱、瘟疫、失忆，这些都给固有的百年家族文化罩上了一层浓郁的神秘氛围。

《百年孤独》的"变现实为神奇而又不失其真"，让长期以来固守传统现实主义创作的中国文坛为之耳目一新。莫言在谈到自己受到魔幻现实主义风格影响时曾说过："我在 1985 年写的作品，思想上艺术上无疑都受到外国文学的极大影响，主要有加西亚·马尔克斯的《百年孤独》……它最初使我震惊的是那些颠倒时空秩序，交叉生命世界、极度渲染夸张的艺术手法……"❷ 贾平凹则表示："我特别喜欢拉美文学，喜欢那个马尔克斯还有略萨……他们创造的那些形式是多么大胆，包罗万象，无奇不有，什么都可以拿来写小说，这对我的小家子气简直是当头

❶ ［哥伦比亚］高长荣：《〈百年孤独〉译后记》，加西亚·马尔克斯：《百年孤独》，高长荣，译. 北京十月文艺出版社，1984.

❷ 莫言. 两座灼热的高炉［J］. 世界文学，1986（03）.

第二章　《百年孤独》与中国现代家族史书写

一个轰隆的响雷！"❶ 而"写西藏的作品，如何能传达其形态神韵呢？生活在西藏的藏汉族作家们苦恼了若干年，摸索了若干年，终于有人从拉丁美洲的'爆炸文学'——魔幻现实主义中悟到了一点点什么"❷。

在外来艺术思维的启示下，中国作家触发了埋藏在心中的艺术种子，唤醒了自身所具有的乡土根性的艺术灵感。20世纪后期中国家族小说对《百年孤独》魔幻现实主义表现手法的借鉴尤其是对民间神秘文化资源的开掘，突破了传统现实主义机械反映现实的局限，使文学向着其审美本质靠近，呈现出浪漫与神秘相交织的独特美学意蕴。从这一意义上说，魔幻小说为本时期家族文学完成了一次文化观念与审美风格的变革。当然，中国家族小说这一变化成为一次真正意义上的现代性变革，前后经历了一个从形似到形神结合到"离形得似"的过程。从80年代的《西藏，隐秘岁月》到90年代的《白鹿原》《尘埃落定》，再到21世纪之初的《受活》，我们能清晰地看到魔幻写作"中国化"的轨迹。

中国家族小说对《百年孤独》的借鉴最早表现为其作品普遍显现出一种"神秘化"的创作倾向。民风乡俗、历史神话和民间传说被大量挖掘与呈现，一个个充满鲜丽浓郁的地域品格和民族特色的"神秘家族"在作家笔下得以构建。被拉美的"响雷"惊醒后，贾平凹由传统社会写实小说转向以商州的地域文化与民间文化为背景，传奇性的人文景观、民间风俗和佛道鬼神观念，借助幻觉和潜意识创造出的种种神秘事物诸如狼幻变为人，意淫得以怀孕等，营造了一个具有幽深的神秘氛围的商州世界。

更具代表性的则是以扎西达娃等作家的西藏家族史书写。西藏独特的历史、奇异的地貌、神秘的宗教习俗及其特有的伦理文化等都很适于施展魔幻现实主义的表现手法。扎西达娃试图借魔幻现实主义来表现本民族文化和心理，探询西藏家族的生存历史和生存体验。在《西藏，隐秘岁月》等作品中，他用不断旋转的年轮、记事的皮绳扣、虔诚的朝圣者、供奉于洞中的活佛，一幅幅富有原始色彩与魔幻魅力的藏民生存图

❶ 李锐，贾平凹. 答《文学家》编辑部问［M］//贾平凹文集·求缺卷. 陕西人民出版社，1998：329.

❷ 编者. 换个角度看看，换个写法试试——本期魔幻小说编后［J］. 西藏文学，1985 (06).

画，描绘出藏民族遥远而神秘的宗教世界，神话与现实，宗教传统与风土民情糅合在一起，创造了一种似真似幻略带神秘的藏民生活氛围。不仅如此，扎西达娃并不满足于简单描摹生活的表面现象，而是喜欢把西藏放在古老的传统与不可阻挡的历史潮流的冲突中，试图去写出民族的真正精神气质。

但是藏族家族叙事究竟该表达一种什么样的民族文化精神？又该用什么样的方式来表达？民族化的追求和走向世界的强烈愿望之间的矛盾，是许多藏族作家难解的情结悖论。对于当时初登文坛的扎西达娃来说，似乎也并未能解决这一问题：一个是受着现代理性的熏陶的扎西达娃，另一个是沐浴着藏传佛教巨大高远的神秘文化的扎西达娃。"婚腰间的皮绳结也并非用原始的方法在记录毫无意义的日子。它不是电子表所能代替的，尽管后者在记时方面更精确。皮绳结不是科学。它是别的，是扎西达娃不敢不能不会轻易否定的东西，是扎西达娃在小说文本中正欲营造'荒诞感'时突然从心灵深处涌出的庄严而又神圣的东西。"❶ 面对在现代理性文明冲击下的古老的藏族文化，扎西达娃内心的矛盾也传染给了其笔下的塔贝、次巴、贝拉们，并将其永远悬置在追寻"民族性"的路上，"路上人"的迷茫和探索成了扎西达娃文学的主题。

作家视野中"民族性"的模糊未定，必然影响了民族文学写作的深度和力度。扎西达娃的"西藏魔幻现实主义"制造的"神秘性"往往就只能停留在西藏文化的表层，而缺少某种内在意蕴作为我们对神秘的进一步体味，乃至对西藏文化的体味。最终这种学来的"神秘"附着于作品上，成了"为魔幻而魔幻"。这样一来，与《百年孤独》共通的只是在表层——神秘的地域色彩、引人入胜的传说与神话、匪夷所思的"梦幻与现实"。但以《百年孤独》为代表的拉美魔幻现实主义作品则远不止这一层：对于拉美魔幻现实主义来说，"神秘性"是渗入骨髓的，是融入民族文化内部的固有特质。在《百年孤独》中，民族风俗的古老遗存、神话传说与原始信仰融合之下的原型复现，显然不仅仅作为一种环境因素起着烘托作用，也不是出于猎奇的心理去记述神灵鬼怪的逸事趣

❶ 寇才军. 由扎西达娃和阿来的创作看当今藏族作家文学的发展 [J]. 西南民族学院学报, 1999 (03).

第二章 《百年孤独》与中国现代家族史书写

闻，而是作为一种文化形态被创作主体认知。如小说中那个发动过三十二次武装起义、躲过了十四次暗杀、七十三次埋伏和一次行刑队的枪决的神化了的现代英雄奥雷良诺·布恩地亚上校是古代印第安祖先崇拜的产物。不仅如此，现代拉美社会多元文化并存也是"魔幻"的来源之一。在马孔多，梅尔加德斯德的磁铁被誉为神铁，放大镜在日光照耀下制造热和火也被认为是神奇的体现，吉普赛人带来的冰更使马孔多人屏息相视，甚至当马孔多人看了电影之后，非常气愤，因为他们为一个已经死亡并且埋葬的人物流了同情的泪，而这个人物却变成阿拉伯人重新出现在另一部影片中。由于拉美文化呈开放性和混合性，因而各种文化的原生状态被保留了下来。现代科学和远古迷信交织在一起，技术层面的科学理性和生命意识的非理性状态，成为魔幻现实主义创作手法的客观地理因素。当马尔克斯以民族的神话传说为蓝本叙述拉丁美洲的兴衰时，也就深刻地传达了拉美混合文化这样一个根本的民族特征。

不只是扎西达娃们的藏域家族小说，在中国文学学习魔幻写作的初期，也许是急于求成心态的驱使，中国作家对自己文化传统的发掘还不够，致使外来文化进入时，能够产生两者交融的契合点不多，或者契合了也不够深入从而导致作品本身貌合神离。贾平凹的"商州家族世界"，以及莫言的"红高粱"家族，……看上去"魔幻"味十足，但"形似"的成分更多一些，他们与魔幻现实主义相通的更多是在表层：变幻莫测的神秘气氛、引人入胜的神话与传说、匪夷所思的"魔幻与现实"……这些地域文化的展现最初固然可以给读者带来阅读上的新奇感和震撼感，却未能准确把握民族文化特征，故而并未触及《百年孤独》魔幻写作的精髓。

20世纪80年代，中国魔幻现实主义小说热潮逐渐降温。但小说的神秘叙事在中国文学中并未退场。90年代的文坛，《白鹿原》《尘埃落定》等作品接连推出，闪烁着令人瞩目的神秘色彩。《白鹿原》对中华传统文化隐秘性和神秘性的现代审视，《尘埃落定》中智者和愚者双重历史身份的"二少爷"独一无二的视角下的民族寓言，不难看出对80年代中国家族叙事中魔幻现实主义创作的反思，并都表现出由横向移植的高峰开始逐渐转向立足民族本位、注重本土体验的特征。中国文学对《百年孤独》的"变现实为神奇而又不失其真"的真谛的理解和接受在逐步深入。家族小说中的"魔幻写作"进入第二阶段：走向神似。

　　这一阶段的典型代表莫过于陈忠实的《白鹿原》。神秘的白鹿精魂，可怕的白狼踪迹，怪异的鬼魂哀号，诡谲的乡贤预言以及冥冥中操纵着人物命运的历史文化传统，使《白鹿原》充满了魔幻神秘的色彩，在一定程度上与《百年孤独》的魔幻现实主义极为相似。但这部中华民族的秘史不再是对马尔克斯的简单模仿和照搬，它是基于对本民族文化历史传统、本民族思维方式和本民族精神心理状态进行深入思考之后，创造性地借鉴魔幻现实主义的结果。魔幻现实主义常常打破生与死、人与鬼、人间与阴界的界限，善于表现死而复生、亡灵显现、人鬼对话等。在《百年孤独》中，老处女阿玛兰塔"同死神一起在走廊里缝衣服"。死神是一位穿着蓝衣服的长发妇女，"并没有任何令人毛骨悚然的地方"，"还请阿玛兰塔帮她穿针线"。她吩咐阿玛兰塔六月六日开始织自己的裹尸布，并"告诫说在完成制作裹尸布的那天傍晚"阿玛兰塔"将没有悲痛，没有恐惧，也没有苦楚地离开人世"。而在《白鹿原》中，也同样出现了阴阳界的交合，人鬼的相斗与生死界限的消弭，但这些描写均已显现陈忠实在自身文学传统的根基上汲取外来文学营养进行艺术创新的自觉追求。在朱先生的传奇生涯中，我们看到的是中国文学对圣贤的塑造传统：未卜先知，洞察前世今生。小娥死后魂附在鹿三身上，并托梦给婆婆和白胡氏，要白鹿村为她修庙塑身，那来历不明、如真似幻的飞蛾，其实就是她郁结不解、冤屈无告、不甘心沉沦于幽冥的精魂所化。这一情节是对中国古代小说、戏剧创作中显灵诉冤传统的继承。在小娥的鬼魂身上，我们看到了从唐传奇以来中国古典文学对命运坎坷的弱女子的处理方式，小娥集窦娥、祝英台、白素贞、聊斋女鬼等形象于一体。这种对传统文化与广为流传的民间传说的汲取，并赋之以现代派的象征、隐喻意味，与《百年孤独》对拉美文化与世界文化的利用有异曲同工之妙。

　　其实还不仅如此。古老而博大精深的中华传统文化长时间内在一个相对封闭的空间缓慢发展，本身已经具有一定的隐秘性和神秘性，要揭示中华传统文化精神的真实内涵，是无法回避这一点的。但单靠单一写实的传统现实主义表现手法已经无法完成这样的使命，陈忠实创造性地

第二章 《百年孤独》与中国现代家族史书写

051

借鉴了《百年孤独》魔幻现实主义的一些表现手法，表达自己对中国传统家族文化、民族意识和民族精神深层隐秘诡异的思想内涵的反思理解。直观的社会真实同"形而上的真实"交相观照，梦幻、寓言式的符码同历史发展的印痕贴合一起，的确使我们看到了如作者所言的"放开"了的"艺术视野"。❶

在这"放开"了的"艺术视野"里，我们不难看到，从80年代的刻意模仿、追求形似到90年代的追求形神兼备，伴随着对魔幻手法创作真谛与文学创作本质的领悟渐渐深入，中国作家开始悟出：魔幻写作手法本身或许并不重要，重要的是对"如何写"的观念的改变与突破。《百年孤独》的魔幻写作对于中国文学来说，一个更重要的启示是魔幻效果背后的文学创作因子：摆脱成规，不拘传统的想象与虚构，自由地探索现实真实。《百年孤独》开放的艺术精神、兼容并包的艺术态度，使它能在更大程度上直面现实。

莫言是较早领悟到这一点的中国作家。从《红高粱》到《檀香刑》，他不再拘泥于用"长翅膀的老头，坐床单升天之类的鬼奇细节"❷，来营造神秘的民间氛围，而是以独特的"感觉爆炸"的方式来营造自己的文学世界。在民间乡土的广阔天地中，莫言将奇特的感觉世界和种种奇闻逸事构成了一个个光怪陆离的艺术世界，想象与虚构成为魔幻现实主义与莫言文学世界的共通点。

21世纪之初阎连科推出家族小说《受活》，因作品浓郁的乡土色彩、大量的超现实写作所带来的怪诞的美学意味，被人冠以"中国的魔幻现实主义"之名。阎连科却说："我不是拉美文学的信徒，我想通过自己的写作寻找到一条中西结合的通道。……我想在内容上完成超现实主义写作与中国穷苦人生活的结合，而不单是文本意义的实验。"❸ 这位"乡土中国"的书写者认为我们面临的生活现实"越来越复杂，越来越令人难以把握。任何一种主义、一种思想，都无法概括我们的生活现实和社会现状。……一切写实都无法表达生活的内涵，无法概括受苦人的

❶ 陈忠实. 《白鹿原》创作漫谈 [J]. 当代作家评论, 1993（04）.

❷ 莫言. 两座灼热的高炉 [J]. 世界文学, 1986（03）.

❸ 阎连科，杜悦，张倩侠. 关注穷苦人书写"疼痛"——作家阎连科访谈录 [N]. 中国教育报, 2004 - 06 - 24.

绝境"❶。于是他突破了"乡土中国"的传统现实主义创作模式，将人物置于荒诞不经的背景和框架中，将超现实主义写作与中国穷苦人生活相结合，为我们提供了认识乡土中国、认识底层民众的苦难生活的另外一个视角。小说为我们设计了耙耧山区一个叫受活庄的偏僻山村。虽然那是一个被人遗忘的角落，不仅自然环境十分恶劣（时常六月下雪，冬日酷暑），而且绝大多数村民有残疾，极少有健全者，但过着自足平静的生活。柳县长是一个从基层上来的农村干部，满怀政治理想，雄心勃勃，想出了一条致富门路——在家乡建立列宁纪念堂，从俄罗斯买回列宁遗体，作为展品让人观瞻，从而带领人民致富。"受活庄"里上百个聋、哑、盲、瘸的残疾人组成"绝术团"巡回演出，成为柳县长筹钱买遗体的工具，经历了一场轰轰烈烈的致富狂想。中国乡村社会在寻找生存变革时的荒诞性努力在一系列喜剧化叙事情境中展现出来。在受活庄的残疾人试图融入中国"现代"社会时，受活庄开始灾难不断。在经历了一系列非人的遭遇之后，受活庄又不得不回到最初的生活之中，在茅枝婆的带领下要求退社，受活人重新开始"世界之外"的生活。小说以植物性的章节命名（从"毛须""根""干"直到"叶""花儿""果实""种子"），正文的描述与序言的讲述相结合，具象化的真实细节和奇异的虚拟想象互渗，人物命运呈现出某种时空的轮回观。写实主义与超现实主义之间的叙事张力使乡村的苦难、人性悲剧得到了有力的表现。

阎连科对"乡土中国"的全新书写让我们欣喜地看到，中国家族小说对《百年孤独》魔幻写作的借鉴已进入"离形得似"的境地，中国作家已开始真正领悟到拉美魔幻现实主义的精髓。

### 三、家族史叙述：从民族命运的观照到生存本体的言说

家族向上承接着历史，向下连接着个人，是一个具体而微的民族缩影，并包含了丰富的人、社会、民族、国家与文化话语内容。所以20世纪60年代世界范围内的殖民地国家及地区均掀起民族寻根与民族身份重新确认的运动，反映在文学上，家族史写作成为作家追根溯源的一

---

❶ 李陀，阎连科对话录. 受活：超现实写作的重要尝试 [J]. 南方文坛，2004（02）.

种普遍方式。作为拉美文化寻根运动的重要代表，马尔克斯的《百年孤独》亦成功地使用了家族史写作这一叙事模式，通过描写布恩蒂亚家族的百年兴衰，诠释了拉美这个大洲百年来的遭遇，同时超越了民族的层次，承载起了对于人类生存本体的关切、对人类命运与现代人精神状态的思考，使得这部作品既带有强烈的民族特色，又能获得世界性意义。《百年孤独》的这种家族史叙述方式正契合了经由家族史反思民族命运与人类命运的中国作家的心态，在文化寻根式微以后，《百年孤独》的家族史写作开始成为中国文坛新的关注和借鉴焦点。不过，对拉美民族命运的观照与对人在生存本体意义上的孤独的言说在《百年孤独》中达到了完美的融合，而在 20 世纪后期以降的中国家族小说中，这一主题则是由几批作家分阶段合力完成的。

## （一） 对民族命运的观照

家族是中国最基本的社会组织，"家国同构"是封建中国根本的政治制度，"一部中国历史，就是一部家族统治的兴衰史"❶。因而家族小说也是 20 世纪中国文学中最具涵盖力和表现力的题材类型之一。从《红楼梦》"写尽繁华"的封建大家族的悲剧到 20 世纪的传统家族文化批判，它们以家族命运映照社会变迁，以家族成员的纠葛透视世态人情，使得家族小说历史深度与生活容量并存，成为文学史上不容忽视的景观。不过在 20 世纪 50 年代至 70 年代，小说创作展现焦点为"大集体主义社会"，作为个体存在的家族则几乎被完全消解。从 20 世纪 80 年代中后期开始，作为寻根精神的继续与延伸，扎西达娃的《西藏，隐秘岁月》、张炜的《古船》、陈忠实的《白鹿原》、阿来的《尘埃落定》等佳作接连问世，开辟了当代家族历史小说的新途径。

扎西达娃的中篇《西藏，隐秘岁月》展现了西藏帕布乃岗山区廓康村村民五代人的命运，它既可称为民族缩影的家族、村社和人的发展简史，也是一篇关于西藏现代历史的文化寓言。扎西达娃颇具匠心地运用了编年史的写法，对 1910—1927 年，1929—1950 年，1953—1985 年三段时距里西藏社会的历史变迁做了神话式的高度概括。他力图通过藏民

---

❶ 李军. "家"的寓言——当代文艺的身份与性别［M］. 作家出版社，1996：18.

族独特的历史认识方式与所谓现代文明的冲突，来体现这个民族的顽强的生存意志与文化传统。小说中的次仁吉姆无疑可以看作是"一个种族的女神"，是藏民族精神信仰与文化血脉的化身，她的轮回出现既是藏民族生命观念的体现，也是作家信仰的表达。尽管她历经了现代社会的重大变迁，相继受到了各种强势文化的冲击，并且小说中最后一个次仁吉姆将要去美国加州大学留学，隐喻着接受现代世界的潮流是当今这个民族继续生存的必然趋势。但每一个女人都是次仁吉姆的神启寓言却从另一个方面说明：藏民族的精神信仰的思想内核和坚韧的民族意志与生存方式，将永远存续下去。

张炜乘着他的"古船"，借着一个封闭的中国胶东小镇——洼狸镇，书写了隋、赵、李三家的命运浮沉，演绎出20世纪后半期中国的全部历史。张炜写出了一个中国式的布恩地亚家族：在一心向往外部世界希冀走出闭塞的洼狸镇而被视为异类的隋见召身上有着老布恩地亚的影子；终日埋首于磨房中沉默劳作的隋抱朴、不甘心命运摆布的隋见素，沉溺于发明创造的李知常，如圣女般脱俗的隋含章也都不同程度带有布恩地亚家族成员的特征。《百年孤独》中那卷揭示出家族命运的羊皮书，在《古船》中成为《天问》《海通针经》与《共产党宣言》，分别代表着对历史的追问、对外部世界的探寻以及对现状的怀疑。张炜借隋家两代人对这三部书的研读，建构了一部正史记载之外的中华人民共和国成立后的历史，以反思造成历史悲剧、家族悲剧及百姓悲剧的真正根源。尤其是《天问》与《共产党宣言》的并置，赋予了这一诘问以历史深度与对现实的讽刺力度，而小说强烈的批判意识也摆脱了家族的限制站到了历史的高度。

陈忠实的《白鹿原》以巴尔扎克的"小说被认为是一个民族的秘史"作为题记，说明作家的创作动机是关于我们这个民族命运的思考。《白鹿原》开头的第一句话——"白嘉轩后来引以为豪的是一生里娶过七房女人"，与《百年孤独》开篇第一句话——"许多年之后，面对行刑队，奥雷良诺·布恩地亚上校将会回忆起他父亲带他去见识冰块的那个遥远的下午"，形式上惊人相似。在《白鹿原》中，历史浓缩在一个相对封闭有着自己稳固的宗法文化的"仁义"坡塬上，家族间的争斗（白、鹿两家）和几代人的命运遭际，展示了从清末辛亥革命、民国初

期、抗战到共和国成立半个多世纪的历史行程。显然陈忠实在有意学习马尔克斯。当然陈忠实并不完全进行模仿，他保持了中国现实主义文学传统的精神，放弃了马尔克斯时空倒流式的语言叙事方法，采用线条清晰、思路开阔的传统形式按时空顺序有条不紊地展开叙事。《白鹿原》借家族这条固结着民族文化的缆绳，集中探讨了中国传统的儒家文化对于人性，对于人的生命意义和民族生存状态的作用。就像马尔克斯想通过描写马孔多人世代相传而又荒诞不经的历史，揭示拉美民族散乱无序的集体孤独心理状态和民族文化精神衰败的原因一样，陈忠实也想通过对中国西北黄土高原的一个偏僻农村半个世纪的历史演变状况，通过白、鹿两姓同一家族内部的长期争斗，揭示出中国数千年来历史文化传统精神得以延续不断的原因，反映出深植于这一文化传统之下的更深层次的民族文化意识的精髓，反映出中华民族的集体无意识的文化弊端。

从以上作品可以看出，中国作家的目光渐渐从地域转至家族，从文化转至历史。家族写作在偏执于政治、社会历史的权威性结论的反映之后重新回归历史的民间本体，凭借着家族这一块历史文化的"珍贵标本"，追寻历史运动背后隐藏着的民族精神和历史的魂灵，展示了当代中国作家对民族、社会和历史进程强烈关注和思考。《百年孤独》经由家族而反思民族的主题在中国 20 世纪 80 年代中后期以来的家族史写作中同样得到了很好的实践。

## （二）人类生存本体的言说

《百年孤独》中的现实感、历史感以及对民族命运的关注，易使富有启蒙意识的 80 年代中国作家感到亲切和容易把握。相比之下，小说中重视个人的命运以及人的心灵的非理性世界的特点，在当时中国作家多少感到有些隔膜和难以接受。故而《百年孤独》的主题"孤独"成为一种人的本体性的生存境况而不是民族存在方式在新时期中国作家中引起共鸣，是在中国文学的创作观念逐步回归其本体性——表现个体对世界的理解，个人作为独立的主体突破民族与历史等宏大话语的束缚而成为家族小说表述的中心之后。

这一新的创作趋势主要体现在 90 年代以后的家族历史生态小说创作中。苏童的《罂粟之家》《1934 年的逃亡》，格非的《敌人》，叶兆言的《枣树的故事》，余华的《呼喊与细雨》、王安忆的《伤心太平洋》等小说，一反《家》《四世同堂》开创的以家喻国、在各种时态中撰写正史的创作范式，重新审视中国家族及其所涵括的民族生存历史，开创了中国家族小说的新类型。"家族成为生存的镜象描绘，个人心理经验中的内在矛盾被提到了高于文化心理的从未有过的高度。"❶

随之而来的纯体验式的呈现性表述被推至前台。这主要表现在叙事时间上向人物主观意识转化，注重人们的心理时间对历史的感受，以往貌似客观的历史被改写成为主观形态的历史，在此《百年孤独》的时间模式得到再创性运用。《百年孤独》采用了一种独特的家族史叙事方式和结构，以某一将来做端点，从将来回到过去，如小说开首句"许多年以后，奥雷连诺上校站在行刑队面前，准会想起那久远的一天下午，他父亲带他去见识冰块"。"多年以后""许多年后""多年之后"是《百年孤独》的重要叙述语言，这道叙事语式确立了叙事时间与故事时间之间的循环回返的圆形轨迹，叙事时间从过去跨进现在，又从现在回到过去。而且在马尔克斯那被赋予了循环轮回的历史观。这样，小说循环的叙事方式和结构形态恰好同小说的孤独主题构成和谐统一的整体。哥伦比亚和拉美大陆的现实矛盾，马尔克斯对民族和人类命运深深的关切与痛苦的思索，也就在这一时间循环结构中呈现。

这个循环往复的时间结构使时间和命运交织一起，人们在时间的年轮中无法摆脱轮回的命运，使小说蒙上了不可逃脱的宿命色彩与魔幻情调，因而早在寻根文学创作高潮时就已被借用。李锐在评论其《旧址》时说："大家都知道，十几年前正是拉丁美洲的文学爆炸传到中国来的时候。马尔克斯的《百年孤独》正风靡中国内地。这部小说对新时期文学的影响可谓巨大深远……两相对照，一眼就可看出我的那一句话是仿照马尔克斯的。这并非我一个人的刻意模仿，这是当时的流行腔。"❷ 不

❶ 何向阳. 家族与乡土——二十世纪中国文学潜文化景观透视 [J]. 文艺评论, 1994 (02).

❷ 李锐. 春色何必看邻家——从长篇小说的文体变化浅谈当代汉语的主体性 [M] // 网络时代的"方言". 沈阳春风文艺出版社, 2002: 75. 其《旧址》第一句话为："事后有人想起来，公历 10 月 24 日，旧历九月廿四那天恰好是霜降。"

过《百年孤独》的时间模式引发中国文学现代意义上的叙事变革是始于先锋小说的时间实验。在先锋小说处，小说时间乃是在作家记忆和历史意识双重过滤下的想象性重演，它永远具有当下性。先锋作家总是以人物主观意识来中断、转换、随意结合故事时间，以致使小说故事时间无法沿线形状态前进。小说文本中叙事时间上的这种变化的标志之一可表现为"多年以后""多日以后"的运用。如"多日之后，父亲在一个傍晚站在院中时，蓦然感到难言的冷清"（余华《世事如烟》）；"在这个发现之后很久，也就是一九六八年五月八日那一天，一个年轻的女子向我走了过来""多日之后的下午，我离开了自己的寓所"（余华《此文献给少女杨柳》），等等。而这道对先锋小说来说具有"母题"意义的语式明显来自马尔克斯《百年孤独》的"许多年后……"。叙事借助这道语式促使故事转换、中断、随意结合和突然短路，传统现实主义的线形、整一的故事时间变得支离破碎，从而彻底消解；过去、现在、未来被打通，现实与历史可以自如对话。不过，时间的空间化虽使在单向度时间结构的历史中被遗忘的许多生存体验得以展现的同时，也将小说创作引入了形式主义的歧途。

家族历史生态小说家从自己对时间、历史、人的存在与小说本质的思考出发，有选择地接受了先锋小说在时间实验上的探索成果，《百年孤独》时间模式得到了再创性运用。《百年孤独》的"许多年后……"及其变形导致客观时序被破坏，时间空间化，作家们穿梭于过去与现实，个体与家族之间，恢复了历史小说的文学虚构性与民间性，个人言说历史的欲望得以实现。如叶兆言在《枣树的故事》中，随心所欲地穿插进"很多年以前""很多年以后"，如"尔勇多年以后回想起来，却觉得窗前曾经辉煌一时的白脸，实在愚不可及""多少年来，岫云一直觉得当年她和尔汉一起返回乡下，是个最大的错误"。《枣树的故事》中五个叙述者利用他们与岫云的不同关系独自进入故事，中断了正在进行的叙述而转移到由另一个叙述者叙述的故事中去。这样的处理使故事的同一性遭到破坏，让读者从不同角度读到了同一故事的不同版本，从而使历史不仅成为叶兆言个人心中的历史，也成为书中人物与读者心目中的历史。

显然，中国文学反思历史和人类自身的眼光开始出现质的变化，历史与文化隐退为叙述背景和结构，个人主体性变得突出，历史与现实对"个人"的双重挤压状态无情地凸显出来，人的本体意义上的生存体验如荒诞、孤独意识得到大量凸显。

王安忆90年代的家族叙事似乎要在叙事时序上竭力地违反常规，打乱客观时序，表现出强烈的反传统现实主义小说线性时序结构的倾向。故事展开的物理时空为叙述人的心理时空所代替。这种做法在《纪实与虚构》《伤心太平洋》中都有所体现。在《伤心太平洋》王安忆讲了一个父系家庭的故事。王安忆通过插入"我"在太平洋游览的过程和几十年前发生在太平洋的重大历史事件，使时间进行大跨度的跳跃，且不标明起讫。作品一下由"我"的时间到祖父的时间，曾祖母的时间，跨越了半个世纪，一下从具体人的分秒生存时间到太平洋的宏大历史时间。这种空间化时间对混沌的现实生活进行了晶化透视以及对人的生存状态做了重新认识，从而使王安忆寄寓在那两个意象——"岛屿"和"海洋"上的对现实人生命运的深层感受——人的无根飘浮感和人在漂泊中极力想挽留些什么的迫切愿望得以彰显。

同样，余华《在细雨中呼喊》配合回顾性视角，以记忆的逻辑结构贯穿全作，在拥有双重的过去和现在的时间之流中，在雨夜空旷的黑夜里喊出了让人战栗的"孤独的无依无靠的呼喊声"。苏童则在过去与现在的"对话"中，描绘了萦绕着浓郁的罂粟花香气的枫杨树故乡里一大批挣扎在孤独的怪圈中的苦涩灵魂，蒋氏是孤独的，无论为人为妻为母，她漠视他人的存在也被存在的他人漠视，她是枫杨树世界孤独的个体存在。孤独也成为家族中人们生存境遇的一个突出特征。无论是强悍的父辈抑或是怯懦的子辈，幺叔、演义还是狗崽，在生命长河的跋涉中，都无法走出孤独的怪圈。孤独使人物行为走向无序，也正是孤独使整个枫杨树世界弥漫着一股挥之不去的糜烂、颓废的死亡之气。而格非在《迷舟》《风琴》《敌人》等作品中着力于探究历史的空缺与错位，近于冷漠的叙述中透露出作者对生存的偶然性与不确定性深深的迷惘。

也正是从这时开始，《百年孤独》哲学命题上的终极意义与孤独意识的丰富内蕴被重新认识。中国作家对《百年孤独》孤独主题的解读和接受突破文化与历史的层面，进入形而上的哲理层面。在个人化写作的

90年代，这层意义突破地域、民族和历史的表障而凸显出来，对人本体意义上的生存焦虑与孤独状态的书写使中国作家与《百年孤独》、与"毛猿"的孤独，"大甲虫"的痛苦和"等待戈多"式的迷惘开始获得了某种内质上的默契。

# 第三章 《根》与中国现代
# 家族小说的文化契合

　　1976 年，适值美国建国两百周年之际，黑人作家亚历克斯·哈利发表了一部名为《根——一个美国家族的历史》的长篇小说。小说讲述了一个黑人从非洲被掳至美国并繁衍家族的故事，促使人们深入地反思黑奴制度，并迅速成为一本超级畅销书。《根》问世后，荣誉接踵而至，连接获得普利策奖特别奖、美国有色人种协会斯平加恩奖章。1977 年根据《根》改编成的同名电视连续剧在美国上映，一举获得九项埃米金像奖。在美国有近三百所大学将《根》列为历史课程必读书，并将其引入中学课程。美国的《费城通讯》《匹兹堡新闻》等称之为"是对美国文学杰出不朽的贡献""是一份强有力的文献""所有识字的美国人都应该阅读"❶。《根》及同名电视剧在美国的热销、热映，极大地促进了这部小说在世界范围内的传播和接受。直到 21 年后，在美国《娱乐周刊》举办的电视发展史上 100 条重大新闻的评选中，小说《根》的改编排名第四，甚至排在了 1969 年人类首次登月电视直播之前。《根》风靡美国后，引起了世界的关注，相继被介绍、翻译到许多国家。1977 年，我国的《世界文学》杂志社开始摘译刊登这部小说。1979 年 7 月，由陈尧光、董亦波等翻译的《根》的中译本由三联书店推出，这是国内首次完整地翻译这部小说，首次印刷即达十万册。1980 年，陈雄尚等注释的《根：节选本》由上海译文出版社出版。

## 一、悬置与渗透：《根》在中国的历史命运

　　与《百年孤独》《喧哗与骚动》等国外作品获得中国作家的普遍欢迎与赞赏不同，《根》自翻译、出版之后，虽然销量十分可观，但是在

---

❶ 聂珍钊.《根》和非虚构小说［J］. 外国文学研究，1989（04）.

读书界却并未引起与其名气相当的反响，陈思和先生就认为："文化寻根意识不是舶来品。亚历克斯·哈利的《根》并没有给我国新时期文化带来什么直接的后果。"❶ 韩少功在谈到 1984 年深秋在杭州由《上海文学》召开的文学会议时也认为，"后来境外汉学家谈'寻根文学'时总要谈到的美国亚历克斯·哈利所著小说《根》，在这次会议上根本没有人谈及"❷。类似的评论似乎表明一个令人尴尬的现象：《根》虽然在世界范围内掀起一股寻根的热潮，却并未对中国的寻根文化以及此后的寻根意识产生任何的影响。如果事情真的如此的话，那么一些学者十分肯定的寻根文学"是在中西文化的又一次相遇和碰撞中所做出的一次崭新意义上的文化本土化的选择"❸ 又该做何理解？1984 年一群青年作家和学者于杭州讨论文化寻根问题，此时，"境外某些汉学家谈'寻根文学'时必谈的加西亚·马尔克斯，也没有成为大家的话题，因为他的《百年孤独》还未译成中文，他获诺贝尔奖的消息虽然已经见报，但'魔幻现实主义'这一陌生的词还没有什么人能弄明白"❹。"这种文化寻根意识的确立与外来文学的影响也不无关系"❺ 又是通过什么作品来实现的呢？作家阿来在谈到西方文学时，认为对自己影响最大的是美国文学："我主要关注美国文学的三个领域，一是黑人文学。黑人在美国算是异族，是美国的少数民族。他们的文化相对于美国主流文化是亚文化。我喜欢第二次世界大战以后的黑人文学，而不是更早的《根》那样的'反抗'文学，第二次世界大战后的黑人文学之所以有这么大的成就，它们保留了非洲的文化传统，但并不是狭隘地保留，它们坚持自己立场，又有普世的思想，走在时代的前列。"❻ 出于相似的民族结构和文化环境，阿来对作为"异族"的黑人文学有着自己的偏好。虽然阿来误将《根》视为第二次世界大战前的作品，却鲜明地对这部作品中过于强烈的"反抗"

❶ 陈思和. 当代文学中的寻根意识 [J]. 文学评论, 1986 (06).

❷ 韩少功. 杭州会议前后 [M] //文学的根. 山东文艺出版社, 2001：219.

❸ 张冠夫. 我与你：一种新的叙史语言的诞生——对《心灵史》《纪实与虚构》《家族》的一次集体解读 [J]. 文艺争鸣, 1998 (03).

❹ 韩少功. 杭州会议前后 [M] //文学的根. 山东文艺出版社, 2001：219.

❺ 陈思和. 中国当代文学史教程 [M]. 复旦大学出版社, 1999：279.

❻ 吴怀尧. 怀尧访谈录专访阿来：文学即宗教 [OL]. 吴怀尧搜狐博客"吴怀尧·中国作家富豪榜"，http：//wuhuaiyao. blog. sohu. com.

意识表达了不同的看法。如此，在为数不多的当代中国作家谈及《根》的言论中，我们似乎很难发现这部作品为新时期文学所带来的丝毫影响。《根》的长期脱离学者的视野，究竟是评论家和作家的疏忽，还是历史性的误会？

要解决这个问题，我们必须跳出以小说谈论小说的狭小圈子，应对当时的文学环境进行考察，才能获得更真切的认识。进入新时期后，中国文学一方面衔接上了与"五四"文学隔断数十年的血脉，另一方面则加强与世界文学的联系。整个 20 世纪 80 年代，某种意义可以视为中国当代文学的一个补课阶段，伴随西方文化的集体涌进，中国作家们也开始进行文化、文学及相关学科知识的恶补。莫言在谈到 80 年代的文学氛围时说："上个世纪 80 年代初期，大量外国文学作品被翻译到中国，我们的作家眼界大开，看到了拉美的魔幻现实主义、法国的新小说派等。""改革开放了，这时候思想界、文艺界、美术界等各个领域都在创新，也都在大胆地向西方借鉴学习。"❶ 针对一些人认为的寻根文学是本土文化的产物的观点，诗人周伦佑有这样的精辟分析："'寻根文学'总该是中国本土的种子了吧？也还不是。作为新时期文学的一次'补课'行为，它仍然是西方文学思潮影响的结果：从广泛的意义上看，它被动于美国黑人作家哈利克斯·费利的小说《根》的启发，具体的创作方面则主要是借鉴马尔克斯的《百年孤独》。作为当时'寻根文学'在理论上最系统表述的四川'整体主义'，虽然以宋儒周敦颐的《太极图说》为出发点，但不仅'整体主义'这个名称是从美国未来学家阿尔温·托夫勒的《第三次浪潮》一书中借来的，其基本方法也完全是西方的'系统论'和'信息论'的，仍未摆脱西方文化的影响。当前走红中国文坛的后现代主义小说及其批评理论，更是西方当代文化思潮直接影响的结果。"❷ 可以说，对西方文学、思想、艺术的吸收和借鉴，是 20 世纪 80 年代的一大特色，在世界范围内有着巨大影响力的《根》，似乎没有理由为作家们所忽略，但为何当时却未能成为作家们和评论家们关注的焦点、并在许多年后仍然避而不谈呢？韩少功的一段话或许可以给我们一

❶ 莫言. 阅读与人生 [J]. 中国德育，2008（10）.

❷ 周伦佑. 中国当代文学向何处去？——二十一世纪汉语文学写作面临的困境与选择 [OL]. 滑动门诗歌网，http://www.slide-door.com.

些启发。韩少功在追忆 1984 年的杭州会议的情景时，虽然认为这次会议上亚历克斯·哈利的作品"根本没有人谈及"，但是他又补充说："即便谈及大概也会因为它不够'先锋'和'前卫'而不会引起什么人的兴趣"❶，这或许便是问题的症结所在。在 20 世纪 80 年代，西方的各种新潮文化与理论先后涌进中国，追新逐异成为许多作家的共同期待："尽管许多探索小说很难严格区分其从属的品格，但在思想艺术的倾向上却有其共同的特征，那就是，强烈的'现代意识'、鲜明的反传统倾向和自觉的标新立异。"❷ 与《百年孤独》《喧哗与骚动》这些更具"现代意识"和"标新立异"色彩的作品相比，以现实主义笔调写就的《根》不获当时作家们的青睐便是一件很好理解的事情，这是《根》的时代性命运。

但这并不意味着《根》将永远从中国作家和读者的视线中消失。在 20 世纪 80 年代之际，中国作家普遍表现出的对西方现代主义文学及技巧的兴趣，"既是源于对这种文学现象的新奇感，也是发自内心的一种反拨的骚动。所以当我们谈论得最热烈的时候，实际上却带有浓郁的自叹不如的'补课'色彩"❸。西方现代主义在中国的落潮，说明了"西方现代主义所宣扬的反理性、反传统、反文明，所崇尚的与世疏离的'自我中心意识'、孤寂绝望的'世纪末'情绪、背弃读者的'贵族化'倾向，以及语言内容上的晦涩难懂、艺术形式上的光怪陆离、生活底蕴上的虚飘浅浮，等等，这些都不能不与中国的传统文化背景、人文精神品格发生冲突，与接受主体的心理特征和欣赏习惯发生对立"❹。同样在这一时期，中国社会出现了家族文化复兴的趋势，内化于中国传统文化精神深层的家族意识，在政治高压消失之后重新浮出地表。家族文化重新成为一种文化和精神资源，被文学界和思想界所关注，具有丰富文化意蕴的家族文学作品成为作家们关注的焦点。《百年孤独》《喧哗与骚动》等家族小说的成功，向人们昭示了家族这一文化母题的巨大潜质。在这种背景下，风靡美国且震动世界的家族小说《根》，不可能被中国

---

❶ 韩少功. 杭州会议前后 [M] //文学的根. 山东文艺出版社，2001：219.

❷ 田中阳，赵树勤. 中国当代文学史 [M]. 湖南师范大学出版社，1998：233.

❸ 同上书，第234页。

❹ 同上书，第234页。

作家等闲视之。只是由于 20 世纪 80 年代的躁动文化心理和时代思潮，人们更愿求新求异，而不太愿意对那些看起来不够先锋、现代的作品给予足够的时间进行消化。

20 世纪 80 年代以来，《许国璋英语》作为大学英语教材得到普遍使用，其中就收录了《根》的节选本。随着大学英语教育对《根》的介绍和学习，为数众多的青年学生都曾受惠于这部著名的家族小说。不仅大学课堂上有这部经典小说的身影，在一些地方的高中英文课本上也有《根》（*Root*）的节选，从而使这部作品深深镶嵌进青年一代的文化记忆中。国内电视台曾在 90 年代初引进了由小说《根》改编而成的 12 集电视连续剧。1998 年，郑惠丹翻译的《根》由译林出版社出版，并于 1999 年重印。评论界对这部作品的认识也逐渐升温❶。评论家何向阳女士就认为："中国作家无论身居闹市还是暂留乡间的，都是'进了城的乡下人'，这种移民的漂泊心理与软弱感，使他们更在意识上而非方法上默契于同是大洋彼岸而处于北纬方位（地理纬度与心理纬度都更接近）的阿历克斯·哈利的《根——一个美国家族的历史》，'寻根热'可以证实，这部追溯祖先而描摹出一个非洲黑人家族七代经历与感受的书曾引起的震撼。"❷ 虽然很多作家并未公开宣称《根》对自己创作的重要启示意义，但这并不能否认《根》作为一部优秀小说的辐射范围和知名度，也不难从具体的作品中发现它实际上对中国当代作家潜移默化的影响，对作家来说，他并不一定要按照作品的内容作为指导，"而只需要一点点启示就足够了，因为他们某种程度上也是更加敏感、高明和天然的"❸ 家族文化的参与者和感悟者。作家萧乾在《老北京的小胡同》一文中写到了小说《根》对自己的影响："四十年代我在海外漂泊时，每当思乡，我想的就是北京的那个角落。我认识世界就是从那里开

---

❶ 例如，陈兆荣. 隐形流浪：关于《根》的文化解码 [J]. 西北师大学报（社会科学版），2001（01）；曾竹青. 当代美国黑人文学寻根热潮 [J]. 湘潭大学社会科学学报，2002（04）；袁巍. "根"在哪里——评黑人文学作品《根》[J]. 云南云南财贸学院学报（社会科学版），2007（06）；徐超. 《根》：文化休克困境下的故乡想象 [J]. 华中师范大学研究生学报，2008（05）.

❷ 何向阳. 家族与乡土——二十世纪中国文学潜文化景观透视 [J]. 文艺评论，1994（02）.

❸ 张清华. 境外谈文 [M]. 花山文艺出版社，2004：232.

第三章　《根》与中国现代家族小说的文化契合

始的。还是位老姑姑告诉我说，我是在羊管（或羊倌）胡同出生的。七十年代读了美国黑人写的那本《根》，我也去寻过一次根。大约3岁上我就搬走了，但印象中我们家好像是坐西朝东，门前有一排垂杨柳。当然，样子全变了。"尤为耐人寻味的是，曾经认为《根》不够先锋而难以引起人们兴趣的韩少功对这部作品其实非常熟稔。在《世界》这篇随笔中，韩少功曾如此描述自己对于《根》的认识："美国长篇小说《根》里面有一段情节：主人公一次次逃亡，宁愿被抓回来皮开肉绽地遭受毒打、不惜冒着被吊死的危险，决不接受白人奴隶主给他的英文名字，而坚持用非洲母语称呼自己：托比。可惜，只剩下这样一个血淋淋的名字，一代代秘密流传下去，也只具有象征意义。作为托比的第七代后裔，小说作者只能用英文深情地回望和寻找非洲白人强加给他所有同胞的基督福音，无法解决那一片大陆上累积的问题：债务、战乱、艾滋病，还有环境和技术。"❶《根》的影响虽然不像其他一些世界名著那样经常为作家谈起，但它与中国作家心中普遍存在的对故乡和家族的依恋是相通的，寻根精神一旦与其相遇，往往转化为现实的行动，而不是文字的表述。囿于现有的资料，我们将以平行研究的方法，对《根》与《最后一个匈奴》《家园笔记》《纪实和虚构》进行文本细读，以期揭示它们之间的异同之处，加深我们对于中西家族小说关系的深入思考。

## 二、《最后一个匈奴》：寻找文化之根

亚历克斯·哈利曾这样慨叹道："当你开始谈论家庭、世系和祖先时，你就是谈论地球上的每一个人……"❷ 他所表达的正是家族对人类命运的根本性制约。从这个意义上看，"家族的命运在某种意义上也就是人类文化的命运，家往往是文化象征，找'家'就是在找文化的根。流浪的命运其实象征的是文化的漂泊"❸。亚历克斯·哈利认为，疏离家族的精神谱系就是对文化之根的背弃，"奴隶贩子使众多的美国黑人失去了根，这是奴隶制最大的罪恶。黑人要想获得真正的解放，就必须找

❶ 林建法，傅任. 中国当代作家面面观 [M]. 华东师范大学出版社，2002：12.

❷ 杨静远. 关于《根》，根——一个美国家族的历史 [M]. 生活·读书·新知三联书店，1979：757.

❸ 金岱. 世纪之交：长篇小说与文化解读 [M]. 广东人民出版社，2002：493.

到自己的根"。为了完成对家族和故乡的体认，为了将遗存心中的文化之根重新连接起来，作家在小说《根》中的创作过程中，发现了家族的血脉变迁，终于寻找到了非洲的祖居地，完成了对家族文化之根的寻找和确认。《根》对美国和非洲黑人文化的情感以及随后的拉美魔幻现实主义对美洲印第安文化的兴趣，引起了世界范围内的关注，"至少表明了一种古老民族文化被现代世界的承认，表明了世界多种文化之间的沟通、交流以及平等互渗的可能性"❶。与此相似地，中国当代作家也纷纷以血缘为纽带，借助家族先辈的命运变迁和对民族文化的重新发现，表达作家对家族精神谱系的确认和对民族精神、地域文化、风俗习惯的关注。

新时期著名作家高建群长期生活于陕北高原。历史上匈奴分裂之后"南匈奴长期羁留在陕北高原上了，成了现在延安以北的人种血缘因素的重要部分"❷。自称为"长安匈奴"的高建群，毫不隐藏自己对陕北文化的认同，他认为"要对陕北的各种文化现象溯本求源，最后应归结到民族交融——即农耕文化和游牧文化的结合这一点上。而诸次民族交融中，发生于公元二世纪的这次匈奴迁徙是最重要的一次"❸。匈奴民族虽然已经被汉民族同化，但精神基因与血脉关联却并非完全丧失，而是成为陕北人民的一种集体无意识。高建群提出了"作家地理"的概念："地理的哲学意识甚至是支撑思考、支撑一本书的主要框架"，是"作家个人精神构造中的地理"，"它既是作家生活过的地方，更是作家的精神游历之地"❹。在高建群的长篇小说中，一个重要的主题就是陕北的历史文化。从《最后一个匈奴》《六六镇》到《古道天机》，高建群向人们展示了陕北的文化特质、心理世界，透过匈奴后代的生存状态我们似乎看到了人类坎坷而漫长的文化演变。在作家的笔下，"西部的每个人、每件事，甚或一件东西都可能是一个故事、一部传奇"❺。

---

❶ 陈思和. 当代文学中的文化寻根意识 [J]. 文学评论, 1986 (06).

❷ 汤敏. "长安匈奴"和他的西部情结——著名作家高建群访谈 [J]. 西部人, 2004 (01).

❸ 同上书.

❹ 邓勇军. 作家高建群提出"作家地理"新概念 [J]. 出版参考, 2002 (17).

❺ 汤敏. "长安匈奴"和他的西部情结——著名作家高建群访谈 [J]. 西部人, 2004 (01).

第三章 《根》与中国现代家族小说的文化契合

　　与《根》对非洲祖先和文化的执着追寻相似，高建群在《最后一个匈奴》中同样追寻着匈奴禀赋的剽悍、自由的生命意志和厚重的民族文化。《最后一个匈奴》分为上、下两卷，上卷讲述了匈奴士兵与陕北少女的爱情、黑大头逼上后九天、杨作新收编土匪力量几个核心事件，下半部分则以杨作新之子杨岸乡的艰难生存境遇及命运的戏剧性变化为中心，将杨、黑两大家族从清末到当代的命运进行了波澜壮阔的表达，再现了匈奴民族在陕北高原留下的文化烙印。自称为"长安匈奴"的作家也在这个过程中与匈奴民族建立了文化血脉关联。小说开始于一个匈奴士兵与陕北姑娘的爱情传奇，这是一个富于文化意味的象征。对于这样一段富于传奇色彩的历史和陕北高原这块特殊的地域，作家在择材中对传统给予相当的重视。这种对传统的重视表现为对具有传奇性质的匈奴文化的重新寻找和体认，作家"对高原斑斓的历史和大文化现象表现出极大的热情"，试图为历史的行动轨迹寻找到一点蛛丝马迹❶。高建群笔下的陕北，无论是民间的传统艺术唢呐、剪纸、石刻，还是安塞腰鼓、西北民歌、率性自然的男人和女人，抑或独特的历史、地理风情，都将轩辕黄帝后代的精神风貌展现得淋漓尽致。陕北既是作家的生活之地，也是一个精神上的家园，而这又与匈奴民族的历史和文化紧密相连。对陕北文化之根的寻觅，必然无法绕过匈奴文化的遗存。作家立足陕北文化圈，怀着敏锐的历史眼光和文化直觉，寻找到了黄土高原的文化源头和精神根据地，力图在剽悍、个性、张狂、自由的匈奴文化中建立精神栖息地，作为当代人寄托灵魂的根基。高建群小说表现的"大起大落、大悲大恸中人本身的强健的力，潜在的生命尊严和野性的顽强"以及"人在与厄运搏斗中的人生韵味"❷，正是他与匈奴文化对接之后的发现。通过对古老民族野性力量的寻找和激活，《最后一个匈奴》具备了深厚的文化价值。

　　亚历克斯·哈利曾说："我希望我的书能给所有的黑人一种感受，使他们知道他们是从哪里来的，并且为此感到骄傲。我们因为缺乏归属感而觉得身为黑人是可耻的，我现在所做的就是把我们的'根'归还给

❶　高建群. 最后一个匈奴·后记 [M]. 作家出版社，1993：580.
❷　朱珩青. 高建群和他的长篇新作《最后一个匈奴》[J]. 小说评论，1999（03）.

所有的黑人。"❶ 为此，在《根》中作家执着于对美国黑人的文化之根的追求。小说的核心思想即在于表达黑人应知道自己的根在哪里，只有寻找到了民族文化之根，黑色的皮肤才不再是可耻的。凭借作家的执着，使朱富雷村流落在外的黑人们与被时代割裂的民族历史、文化建立了联系。通过与祖先的对话，或对祖居地的探访，哈利消除了无根的苦楚，实现了对家族、民族的文化确认。应该承认的是，"《根》中的非洲形象更多的是一种对遥远的故乡的一厢情愿的想象。肯特家族以及美国黑人在美国白人文化霸权中丧失了自己的传统文化，又在觉醒的民族意识中开始思考如何重建属于自己的民族文化。文化漂泊的群体缺少可以依赖的文化根基，所以回望过去便成为他们在重建自己民族文化开始时候的首选。于是，非洲在他们的想象中被抽去了那些不和谐的因素，成了一个人间的天堂。美国黑人刻意的抽掉 18 世纪非洲的落后和暴力，原因是为了塑造一个完美的健康的非洲文化传统"❷。

《根》自从 1979 年被完整地介绍到中国之后，人们对它存在着程度不同的误读。由于小说描述了一个非洲黑人被掳到美国之后的生活，于是被当时的批评者上升到了批判资本主义制度的高度。有人曾这样评论，"美国黑人横遭凌辱，不能归因于他们对自己的非洲起源缺乏知识和自豪感，而是由于他们身负着美国奴隶制及其恶果——种族压迫和歧视，以及资本主义制度下的阶级压迫这个双重负担。片面地强调非洲的心理上的'根'，会使人忽视或遗忘美国的现实的'根'"❸。其实，这部小说虽然有着反抗奴隶制度的内容，但更重要的是表现出对黑人文化的寻找。这也就是为何作家会在小说的前 32 章不厌其烦地展现昆塔·肯特及其家族、部落在朱富雷村的生活场景、宗教信仰；即便是昆塔到了美国之后，作家也详细地描述了他对故乡的怀念。当昆塔·肯特发现自己身上的非洲文化根基日渐稀薄时，他意识到需要通过传宗接代的方式留住文化之根。因此，他给女儿起了非洲名字吉西，并将非洲的语言和

❶ 杨静远. 关于《根》[M] //根——一个美国家族的历史. 生活·读书·新知三联书店, 1979：755—756.

❷ 徐超.《根》：文化休克困境下的故乡想像 [J]. 华中师范大学研究生学报, 2008 (01).

❸ 同❶。

生活经验传授给她，希望借此来维系非洲的文化根系。随后，吉西也像父亲那样，将自己的非洲文化一代代地传递下去，最后终于由作家哈利这一代人依据其中的线索，找到了自己的精神故乡。同样地，《最后一个匈奴》绝非革命历史题材小说可以概括，正如作家自己所说："我的长篇小说除了一个革命的背景，还有一个就是陕北大文化的背景。"❶《最后一个匈奴》的主旨不在于对革命历史的追忆，而在于对陕北古老文化的探寻、现代的延续以及对这种古老文化与新时代关系的反思。其根本目的在于恢复自己与祖先、当代陕北与历史文化的联系，希望将断裂的历史与文化重新融汇到陕北高原的精神之中，通过与民族文化之根的对话消除当代人的文化迷惘。为此，小说花费大量篇幅描写了久远年代发生的匈奴士兵与陕北姑娘的爱情，并将其作为黄土高原文化来源之一加以体认。小说虽然写到了革命与战争，但是就整部小说的容量而言，陕北的文化现象占据着更大的比重。作品对吴儿堡的来历、陕北人的性格特点的描绘，对信天游、剪纸、石刻的描绘，更多地带着作家对陕北文化的思考："他试图用笔来探解西北地域文化中隐藏的诸多奥秘：毕加索式的剪纸和民间画；令美国研究者赞叹的绝不同于温良、敦厚、歌乐升平、媚俗的中国民间舞蹈的安塞腰鼓；以赤裸裸的语言和热烈的激情唱出来的西北民歌；响遏行云的唢呐；堂吉诃德式、斯巴达式的男人和女人；西北出土文物上留存的男女交媾图恰是近年科学家揭示的人类基因图谱……"❷在对杨、黑两家三代人的命运追溯中，我们看到雄心勃勃、坚忍强悍的古老民族性格已经潜移默化地延续到当代陕北人身上，对他们传奇人生的描写，其实就是展现陕北文化的传奇与雄伟。同时，小说对陕北民歌、剪纸、石刻等文化习俗的描写，不仅让读者领略到了黄土高原人们的生活状态，而且揭示出了这种生活状态之下的文化积淀。从这个意义上看，《最后一个匈奴》更近似于对陕北文化的一次返程之旅、对匈奴古老民族生存与衍变之谜的一次集中探究。小说题记中引用的贺拉斯名言"我建造了一座纪念碑"，所预示的是作家对发现陕北文化之根的一种自信。

---

❶ 汤敏."长安匈奴"和他的西部情结——著名作家高建群访谈［J］.西部人，2004（01）.

❷ 同上书。

对民族文化根基的追寻，是《根》与《最后一个匈奴》一致的地方，但是又有所区别：《根》中将非洲描述为一个美好、淳朴的所在，而无视其文化中的落后、愚昧因素，无疑是将非洲文化理想化、绝对化了；《最后一个匈奴》则一方面对民族文化表现出了同样强烈的追寻愿望，另一方面又审视了这种文化自身的缺陷。在高建群看来，陕北高原"浓厚的文化沉淀也迷蒙了一部分人，使他们躺在文化上睡不醒。进而心安理得，懒于走出去，理所当然也缺乏东部人的创新精神"❶。作家瞩目于黄土高原的坚韧与神秘，也不回避陕北人的生存本相：贫瘠的大地，目空天下，艰难的生活，安于现状、缺乏创新的生存状态，等等。

## 三、《家园笔记》：非虚构小说与叙述之变

亚历克斯·哈利在《根》中执着地追寻祖先的文化血脉，其中隐含着这样的意图，即"在解决他们来自何处、是什么人这个问题的基础上，能进一步弄清'根'文化的精髓与魅力，这样可以在客体道德环境下更好地依靠'根'文化树立自信、渡过难关、找准方向，从而实现和主流文化的共赢"❷。为了凸显黑人文化在美国社会与文化中的历史地位、坎坷之路及现实处境，亚历克斯·哈利将自己的家族历史写进了小说，以突出作品的真实性与现实指向。《根》是作家依据自己家族长辈口头流传下来的历史和文化，并辅以翔实的资料考证写成的。在20世纪60年代，亚历克斯·哈利即萌发了为自己的家族写一部书的念头。于是，他依据祖母所讲述的自己家族在美国的支系和传说，试图寻找到隐藏已久的家族文化之根。为此，作家在华盛顿国家档案馆、国会图书馆、美国革命儿女图书馆等地四处寻找资料和线索。在谈到作品的真实性时，作家曾说："我是尽我所知并且尽我所能地使《根》这部书中关于每一代人的叙述，都能在我的非洲家庭或美国家庭保存得很好的口述

---

❶ 汤敏. "长安匈奴"和他的西部情结——著名作家高建群访谈 [J]. 西部人，2004 (01).

❷ 张军. 美国裔族文学中剪不断的"根"文化 [J]. 名作欣赏，2008 (12).

历史中找到根据，其中很大一部分我都可以按例用文件材料加以确证。"❶ 结合作品的内容、作家生平及其创作谈，我们不难得出一个结论：《根》是一部成功的非虚构小说。

所谓非虚构小说，是美国小说家杜鲁门·卡波特于 20 世纪 60 年代提出的一个概念，主张"把生活中真实存在的典型事件进行艺术处理，赋予它们以文学性，把它们变成一种独特的作品""用小说手法描绘现实生活中的真人真事，用文学的语言真实记录具有典型意义的社会事件"❷，以期收到出奇制胜的效果。非虚构小说有一个重要的特点，即作品的主要人物、主要事件必须是真实的。亚历克斯·哈利在《根》中所描写的昆塔家族的历史几乎都是真实的，除了因为年代久远和不在场导致的对话和情节是"根据我的研究使我感到可能发生过的事"❸ 之外，其他的内容完全是依靠图书馆、档案馆、博物馆的历史资料、自己实地考察以及与专家的探讨得出的结论，"作品中的人物、事件、时间、地点、甚至某些细节，大多可以通过文件加以确认"❹。

这种将家族真实历史小说化的表现方式，在作家谈歌的《家园笔记》中同样得到了鲜明的体现。《家园笔记》讲述了野民岭的古、李、韩三姓家族在中国百年历史进程中的恩怨，历经国共合作、内战、抗日战争、改革开放几个时期，展现了燕赵大地上波澜壮阔的历史风云和慷慨悲壮的民族精神。谈歌说："这部小说，是根据我十几年来对父亲和母亲家族的历史与传说的采访笔记而写成。""我曾苦苦思索那些历史和传说的真实程度，以至常常思索到痛苦不堪的地步。我渴望那些历史和传说的真实，但又害怕那些历史和传说的真实。我很吃力地思考着那些历史和传说的真伪。"❺ "我写这本书的动因很复杂，我是想给我多年收集的家乡资料做一个总结，这个总结是以我父亲家族和我母亲家族为背景进行的。我不可能以几男几女作为主角开始这个故事，因此我必须选择一个样式，使我能够在书中随意地调换场景。但是无论是人物、主题

❶ ［美］亚历克斯·哈利. 根［M］. 陈尧光，等，译. 生活·读书·新知三联书店，1979：747.

❷ 聂珍钊.《根》和非虚构小说［J］. 外国文学研究，1989（04）.

❸ 同❶。

❹ 聂珍钊.《根》和非虚构小说［J］. 外国文学研究，1989（04）.

❺ 谈歌. 家园笔记·总结［M］. 人民文学出版社，1999：541.

还是日期，我都不可能杜撰。""四十多年来，我听到了许许多多关于我那毁誉参半的父辈们和祖宗们的传说，诱使我花去了整整十年时间到处查阅关于他们的史料。"❶ 可以看出，谈歌在《家园笔记》中描写的史实并非来自作家的虚构，而是有着资料与考证的依据。小说虽然大多表现的是历史事件，但是作为小说贯穿前后线索的"我"的存在，为历史确立了一个现实参照系。谈歌将考察记录下的家族人物经历和历史事件进行关联，对真实存在的家族命运做了历史确认。之所以如此强调家族历史的真实性，与作家的创作主旨是有着密切联系的。在作品中，谈歌写到了当代野民岭人在危机面前的冷漠胆怯与责任感的匮乏，十分痛心与忧虑。作家试图借助对家族真实人物性格、精神的发掘，确定物欲横流时代里当代人可以依凭的精神根基。在社会转型、思想多元而芜杂的时代中，重新走进三大家族的精神历史，"发掘山民们身上蕴藏着和凝聚着的意志和力量、聪明和智慧"成为作家探询家族历史的内在动力。确认百年家族历史的真实性，成为作家解决当代人思想贫弱症候的一种途径。这种急于寻找到精神之根的文化冲动，使得作家在认识历史时迫切探究其真实存在，这也就无怪乎作家何以对父亲和母亲家族的历史做了十几年的笔记了。

美国非虚构文学创始人之一的汤姆·伍尔夫曾总结过非虚构文学的发展经验，认为这类文学形态中存在着四种基本的表现技巧，其中的一种为第三人称视角，即"通过某一人物的眼睛叙述故事，使读者产生置身于人物的心灵之中的感觉，亲自感受人物所感受的一切。传统的新闻报道习惯采用自传作者或传记作家一再使用的'第一人称叙角'——'我在哪儿看到……'这种语调给人一种距离感，甚至一种说教感，因此局限很大"❷。小说的视角随着某一阶段的核心人物的出现而将关注焦点转移至其身上，阶段性核心人物的思想、行为、情感成为叙述的重要内容，而之前的主要人物则隐遁背后。随着新阶段的到来，一个新的叙事核心人物出场，如此反复。值得注意的是，这种第三人称视角与小说为强调真实性而设置的当事人"我"的第一人称视角是并行不悖的。第

❶ 谈歌. 家园笔记·开场白 [M]. 人民文学出版社, 1999: 10—11.
❷ 张沛沛, 刘利华. 当代美国的非虚构小说的艺术魅力 [J]. 文艺争鸣, 2007 (01).

三人称和第一人称视角在小说的进程中起着不同的作用，二者呈现互补而非对抗的关系。这种视角在《根》中得到了全面的体现。小说从第1章到第117章中采取的是第三人称视角，从第118章开始，"我"才开始成为叙事的主体。前面的117章讲述了昆塔·肯特由非洲被掳到美国、结婚生女、吉西被卖到别处、乔治远走英国等家族的系列故事，这些经历分别在昆塔、吉西和乔治等人物的视角中发展，读者透过他们的眼睛观察家族的历史和变迁。而从小说的第118章到小说结尾，第三人称视角变为第一人称视角，由"我"来查找和确定家族的历史。随着第一人称视角"我"的出现，小说的叙述视角多样化了，在"我"对过去时空的追忆中不断地加入对祖先曲折经历和悲惨命运的回忆和慨叹。作品通过"我"重回非洲祖居的经历，使历史与现实形成了交错的形态，在说书人的讲述中让人将历史上的事件重新经历了一次。这种历史与现实对话的丰富语境，使时间与空间具体化，叙事因此变得丰富多样起来，哈利可以无拘无束地讲述自己的经历、感受、议论。视角的多维与时空的自由安排，成为《根》一个十分突出的叙事特点。

在谈歌的《家园笔记》中，小说的视角随着人物变化而变化。这部作品除去开场白和总结之外，小说的正文部分共为5章，每个章节的小节几乎都是围绕着人物或核心事件来叙述，如第2章的第1节标题为"四舅"、第2节标题为"姥爷古鸿光"、第5章第3节的标题为"大伯李震杰"等鲜明地体现了这种特点。小说的每个小节围绕一个核心人物或核心事件展开叙述，以这个人物的经历展现家族生活的一个时期或一个片段，并通过各个阶段性核心人物的思想、行为、情感来还原百年家族历史的风云变幻。而到新的章节中，新的人物替代原来的人物成为叙述的焦点，之前的核心人物悄然隐藏在家族历史中。这部小说不仅对随人物而变化的视角有着表现，而且对第三人称视角与第一人称视角的对接与转换有着更为集束性地使用。如果说《根》的第一人称视角还是到小说的末尾部分才浮出的话，那么在《家园笔记》中第一人称视角与第三人称视角的关系则更为复杂，二者相互连接，自由变化，使得叙事显得丰富多彩。在通常的家族小说叙事中，作者几乎都扮演着无所不知的全知叙事者，不但能够将当事人经历的事情了解得细致入微，而且对主人公某个时刻的隐秘内心也有着透彻的把握。这种全知叙事方式，一方面展现了人物的心灵世界的复杂，另一方面也使人们对小说内容的真实性产生了怀疑。谈歌在《家园笔记》中将第三人称视角和第一人称视角的优势进行了结合：有据可查的历史作品采取第三人称视角，尽可能客观地叙述；对于那些无法验证的传说，小说一律采用限知视角，借助于"我"对当事人后来的采访、资料的稽考、逻辑的推理以及猜想等方式进行补充，以保证小说叙述的可靠性与真实性。为此，小说采用了"插话""补遗"这两种方式作为补充，以使家族历史不至因某些链条的断裂而失去信史的可信度，同时也可以弥补单一视角造成的人物形象的单一。在小说中，谈歌经常在叙述中掐断故事的讲述，通过插话、补遗两种形式交代相关人物的命运和结局。这样进行处理，不仅使小说中的相关人物的命运保持连贯，人物的性格展现得更加立体，而且作为家族百年历史的有效补充，夯实了小说的真实基础，丰富了作品的历史厚度与精神深度。

应该说明的是，谈歌在《家园笔记》中采用的非虚构小说及第三、第一人称视角，也与中国历史文化有着密切的关系。司马迁的《史记》在以第三人称视角记述历史事实之后，结尾部分的"太史公曰"的出现顺利地实现了文本向第一人称视角的转换，这种叙述方式对于作家的创作起到了一个潜移默化的启迪作用。同时，兴起于魏晋南北朝的笔记小说，历经唐宋的成熟而极盛于明清。这种文体在讲求叙事的简淡、平实风格的同时，还擅长议论、展示知识，这对谈歌的《家园笔记》的创作自然也有着一种潜在的制约，这是应当补充的。

## 四、《纪实和虚构》：寻求归宿与永恒漂泊

叶舒宪先生曾如此论及"失去的天堂"："所谓失去的天堂，指那种先于现存人类状况的一种至福状态，一种理想化的和谐完美状态。由于人类祖先的过失和堕落，或者由于宇宙发展的循环法则，现在人类已经远离这种逝去了的初始天堂状态，处在社会衰败和道德沦丧之中。"❶ 这一点在亚历克斯·哈利的小说《根》中得到了鲜明的体现。小说描绘了18 世纪的非洲居民的生活，其中以肯特家族生活的朱富雷村为代表。在

---

❶ 叶舒宪. 高唐女神与维纳斯［M］. 中国社会科学出版社，1997：120.

*第三章 《根》与中国现代家族小说的文化契合*

作者哈利的笔下，昆塔在非洲的生活时期被先验地作为了人类天堂的完美状态。而后随着罪恶的贩奴制度的实行，这个天堂被逐渐地打破，或者说一些人被迫离开了乐园，成为飘零在外的流浪儿。昆塔在白人及其非洲帮凶的袭击下，漂洋过海来到陌生的美国，成为无家可归的孤魂野鬼。昆塔因为被贩卖至美国而与家族失去了关系，吉西牵涉帮助黑奴逃跑而被强行从父母身边转卖，乔治则被作为筹码抵押给了英国公爵，哈利虽然亲戚众多却因为无法确立自己的起源而泛起无根的漂泊之感。从某种意义上看，他们都成了家族孤儿，或被迫离开亲人，或斩断了文化血脉，切断了与家族的关联。昆塔普遍呈现出一种悬空感，这是强烈的孤独体验的典型，也是被隔绝之后的苦楚。因此，昆塔"等到下次新月升起的时候，他苦恼地往葫芦里又扔了一粒石子以后，他有一种难以言状的形单影只之感，似乎他已与世隔绝了""日复一日，年复一年，他变得越来越逆来顺受，直到最后不知不觉地忘了本"。没有了家族的庇护，昆塔和他的后代们都成了被逐出非洲朱富雷村的孤儿，孤独无助、茕茕孑立。

在王安忆的《纪实和虚构——创造世界方法之一种》中，我们也不难发现家族关系被孤立之后的孤独与彷徨。与《根》中因为奴隶制度的侵扰而导致家族的悲剧不同，《纪实和虚构》中的家族命运是由于革命导致的。孤儿习性的母亲为了让"我"做闺秀和革命接班人，阻断了"我"与家族的一切关系，"没有家乡的悲哀涌上我的心头，我想我们是多么不幸啊，连个正式的家乡都没有"。随着父母进入上海后，"我"依然像个外乡人，没有复杂的社会关系，也没有任何亲戚甚至连祭祖扫墓的仪式都几乎完全避免了。就是在这样一种状态之下，"我"愈加感觉到起源的重要性："起源对我们的重要性在于它可使我们至少看见一端的光亮，而不至陷入彻底的迷茫。""在这世界上，旧的关系渐渐在解除，新的关系却来不及建立。死去一个相熟的人，剩下的我们就又孤单了一点。"身处茫茫人海的大上海，"我"体味到了深入骨髓的孤独。在上海这座城市人们"所在的位置十分不妙，时间上他们没有过去，只有现在；空间上，他们只有自己，没有别人"，而这，居然构成了上海这个繁华都市的生存现实。

正是这种离开家族之后的孤独体验和寂寞情绪，使得置身其中的人们总是努力寻找着安妥灵魂、拯救自我的可能。"对于每一个作为个体存在的人来说，当他意识到自己是一个孤单、分离的个体，终其一生是个死生无常的困境时，每个人就会通过自己认同的途径，回到最初无死无生、谐和一体的乐园。"❶ 这个乐园，就是栖息灵魂的家族和故乡，就像亚历克斯·哈利所言，"血统联系的共同感有一种魔术般的魅力……团聚使人感到一个家族关心它自己，为它自己而自豪"❷。为了找到自己的起源、解决"人是怎么来到世上，又与她周围事物处于什么样的关系"❸ 的问题，哈利开始从语言的线索出发，寻找自己祖先的来源、家族的历史。经过非洲语言学家的指点，哈利来到了非洲西部的冈比亚，终于找到了两百年前祖先生活的故乡。为了确定祖先昆塔由非洲至美洲的命运，哈利开始搜集各种档案资料，包括一支皇家军队驻守冈比亚的记录、昔日进驻北美港口的贩奴船拍卖奴隶的广告、法律契约档案，大致勾勒出了昆塔在美国的经历和家族的发展历史。在此基础上，哈利创作了这部《根》，为自己和家族寻找精神的根据地。

王安忆的《纪实和虚构》分为两个部分来追述家族的历史，一个是"我"的母系家族的历史，一个是"我"的童年的回忆，它们分别对应于起源和成长两个关键词。小说从纵、横两个维度，即家族的历史与"我"童年的生活出发，最后统一在当下这个时间点。在王安忆看来，"没有家族神话，我们都成了孤儿，恓恓惶惶，我们生命的一头隐在伸手不见五指的黑暗里，另一头隐在迷雾中"。于是寻根溯源，确定家族的历史，便成为建构个体精神支撑和生命原点的迫切需要。为此，作家从母亲的姓氏"茹"字入手，进行了历史、文献的探究，将自己追认为北魏游牧民族柔然的后代。"她以心灵去接触心灵，企图建设关系。她心理很明白，建设关系是为了安慰孤寂的心灵。"作家通过资料的搜集和考证，使勾勒出的家族历史在小说中显现并且保存下来："文字使他们祖祖辈辈的经验不致流失，文字还使他们建设与保存一种精神的价值，作为他们生存与战斗的目标。"在这个过程中，"我"似乎找到了解

❶ 杨经建. 家族文化与20世纪中国家族文学的母题形态 [M]. 岳麓书社，2005：140.
❷ 杨静远. 关于《根》[M] //根——一个美国家族的历史. 生活·读书·新知三联书店，1979：757.
❸ 王安忆. 纪实和虚构——创造世界方法之一种·序 [M]. 人民文学出版社，1993：5.

第三章 《根》与中国现代家族小说的文化契合

除寂寞和孤独的良药。

无论是《根》还是《纪实和虚构》，都采用了一个特别的视角，即"我"在小说中的直接出场，这在以真实性为要素的历史题材或家族题材小说中不能不是一个引人瞩目的现象。"对于创作主体和历史对象而言，两者超越时空的相遇不应被简单视为'我'走向历史的结果，从这种叙述关系的开放的对话性质来说，这是两者分别在等待、寻求对方的真正意义上的相逢，而两者的意义和本质都有待对方开启。因而，'我'与历史的建立在叙述关系基础上的意义关系的确立实在已成为了一个象征性的文化仪式，双方都借由对方而摆脱了从形式到本质的缺欠状态，接近于圆满。"❶"我"构建了新的家族神话，但这种家族神话并不是绝对和权威的，而是更多地包含了一种个体对历史的塑造和认识过程。或者说，想象成为了一种有效的遏制个体孤独的方式，丧失了根基的现代人在将想象家族的历史作为了慰藉灵魂的首选。于是，现实的生存处境产生了精神生活的需要，重构家族历史的过程必然包含了作家对个体现实境况的某种期许，精神的需要成了追溯和确定家族演变的一大潜在动因。现实的孤独体验愈深，精神深处渴望的荣耀愈迫切，寻找家族历史、勾勒先辈传奇的心理便愈加焦渴。于是，小说中的"我"开始了建构自己家族的历史或神话，试图实现精神深处的自我确认。"虚构一个世界与当下世界相对照，满足一下人生的各种梦想，尤为现代社会的一种文化病。"❷ 这种通过写作释放无根焦虑、将家族历史的精神文字化、物质化，成为许多作家对抗虚无与焦虑的策略。作家可以"创造"世界，可以"书写"历史，而后获得焦虑精神的释放和自我确认的满足。

在《根》中，哈利通过从档案、文件、证明、资料中获取家族先辈的历史，这似乎表明作家通过精神的追溯，已经确立了家族历史，重建了个人与家族的精神关联。但是，这种回归的可信度又往往值得怀疑。首先，虽然哈利不断地从档案馆、图书馆、各类文件资料中寻找到了相关的材料和细节来支撑自己的寻根之旅，但这种文化寻根却是经不起推

❶ 张冠夫. 我与你：一种新的叙史语言的诞生——对《心灵史》《纪实与虚构》《家族》的一次集体解读 [J]. 文艺争鸣，1998（03）.
❷ 张新颖. 坚硬的河岸流动的水——《纪实与虚构》与王安忆写作的理想 [J]. 当代作家评论，1993（05）.

敲的。哈利在小说中设置了这样一个对比情境：一方面是文化灿烂、历史悠久的非洲，一方面是根基浅薄、建立不久的美国；一方面是其乐融融、和平宁静的村落生活，一方面是惨无人道残酷专制的庄园生活；一方面是理想化的自由非洲、温情家族，一方面是黑暗的美国、精神的漂泊。从这样的国别、文化、语境的对照体系中，我们不难发现作者所力图展现的深层追求。"按照弗莱的观点，当虚构的成分亦或是神话情节在历史中明显地存在时，它不再是历史，而成为历史和诗歌结合的产物，这种史性与诗性的结合正与'理想引导着人们的生活'的非洲特色吻合。"❶ 其次，昆塔试图通过教育女儿吉西有关非洲的知识和家族的历史的方式保持家族文化的流传，被事实证明是失败的。吉西接受的有关非洲的教育并不系统，而且影响也并不深远。吉西更多表现出的是对基督教文化的信仰，生活方式也与父亲有着很大的差异。到了乔治以及汤姆这两代，他们已经不再考虑离开美国重返非洲，而是考虑如何攒下足够的钱来换取自由。昆塔希望流传下去的传说、历史和文化统统烟消云散，到哈利时所残余的只言片语已与非洲文化产生了巨大的隔膜。"关于非洲的传说在乔治和汤姆等人眼里已经抽出了对昆塔·肯特所期盼的那份对非洲的渴望，剩下的仅仅是一个干巴巴的有关非洲的'符号'，一个抽象的概念。"❷ 毫无疑问，作家似乎希望凭借若干朦胧符号和艰涩的概念，希望唤醒美国黑人的文化信念。但是就像小说所描述的，虽然"我"重新回到了非洲，但是由于文化传统的中断和语言的阻隔，"我"已经无法在非洲找到家的感觉：当我来到朱富雷村时，70多个村民紧紧地围住了"我"，"我内心深处产生了一种内脏在搅动和翻腾的感觉；我茫然不知所措，真不知道是怎么一回事……""我发现自己原来仍是个混血儿……在血统纯粹的人群中间，我觉察到自己并不纯粹，这种察觉令我感到无地自容。"再者，作者虽然尽力采取可证可查的资料作为线索，但这并不能将久远的家族历史完整地再现。于是，作家不得不依赖想象与推理。作家在小说中坦承："由于大部分故事发生时我还没有出

---

❶ 陈兆荣. 隐形流浪：关于《根》的文化解码 [J]. 西北师范大学学报（社会科学版），2001（1）.

❷ 徐超.《根》：文化休克困境下的故乡想像 [J]. 华中师范大学研究生学报，2008（01）.

第三章 《根》与中国现代家族小说的文化契合

生，因此绝大部分对话和情节，都必然只能是我所知道的发生过的事，和据我的研究使我感到可能发生过的事，两者的一种小说化的混合物。"由于年代的久远，真正的家族历史已经永远无法还原。加上长期的家族流浪，昆塔家族中的人们已经逐渐地淡化了自己身上的非洲色彩，受到美国强势文化的规约。"流亡导致了'失语'，失语使他们的生存不得不接受'主人的话语'（master discourse），无奈之中认同了一个不愿接受的现实，而且越是被剥夺得赤贫如洗，精神空白就越大，于是越加迫切地去重构精神世界的乌托邦。"❶ 脱离了母体，又缺乏后天的滋养，昆塔的后代们已经在语言、宗教、文化、习俗、思想等方面与非洲隔绝，永远也无法真正地融入到之前的那个大家族了。

在《纪实和虚构》中，王安忆已经放弃了写作神话的观念，将写作视为是一种自我的想象和宣泄。在小说中，作家直面历史与生活本质，揭穿了小说所具有的似真实假性，认为文学创作不过是虚构与想象的过程。在文学创作中，可信性与可靠性在这里是不存在的，至少是不绝对的；唯有纪实和虚构的手法与技巧，能够成为小说的内容。相比于形式与手段的优势地位，真实与历史已经斑驳得无法识别。《纪实和虚构》中记录了作家构思和创作小说时所留下的思维痕迹。王安忆一方面追求着这部家族小说的真实性："我明知我其实是在虚构一部家族神话，却还是摆脱不了真实性的羁绊。我甚至怀疑我所以没有家族神话，是因为我的家族是一个野蛮家族，他们确实壮如禽兽，缺乏生命的自觉。当他们消亡之际，他们都没有留下一点记号，给后代人们，有朝一日好召集起我们对他们进行一通追思"；但另一方面，作家又认为："写一部家族神话不可没有英雄。没有英雄做祖先，后代的我们如何建立骄傲之心。我选择社仑做我的英雄祖先，因他有勇有谋，胸中藏龙卧虎。"在追述家族的历史时，作家先是认为自己是北魏游牧民族柔然的后代，后来又并归入蒙古，之后才辗转到了江南茹家渎。在寻找和确认自己的真正祖先时，小说一会儿采用正史的权威话语，一会儿采用民间传说，甚至连作为最主要依靠的"我"母亲和曾外祖母的叙述及记忆的真实性也存在

❶ 陈兆荣. 隐形流浪：关于《根》的文化解码 [J]. 西北师范大学学报（社会科学版），2001（1）.

疑问。因为这种种历史的真假并存以及"我"的主观感觉的存在，使得作家所发现的家族历史也难以称其为确史，而是充满了诸多不肯定性。在小说的结尾部分，王安忆甚至直接揭示作品中的纪实和虚构方法："我就想，我做作家其实是要获得一种权力，那就是虚构的权力。虚构这事情就好比白兔将菜籽种在地里，来年收割了白菜。于是我便牢牢握住虚构这武器。一握就是几十年。我虚构这虚构那。"而"作家是那种以假想世界来安慰真实人生的魔术师，俗话就叫人类灵魂工程师"。为了使虚构显得更加真实，"我在虚构这纵横两个世界时，我努力要做的，就是寻找现实的依据。我一头扎进故纸堆里，翻看二十五史，从中寻找蛛丝马迹。我还留心于现实的细节，将此细节一丝不苟地写在我的虚构中。我甚至以推理和考古的方式去进行虚构，悬念迭起连自己都被吸引住了"。此前小说中所描绘的茹氏家族的历史，堂而皇之，到了结尾时作者却又自我否定了这些勾勒的可靠性，强调小说包括其中的家族历史都不过是自己的虚构而已，从根本上瓦解了企图通过小说创作来寻找家族精神根基的方式。

在《纪实和虚构》中，王安忆这样表达自己对家族小说的理解："人类纵向的关系真是个好资源。我以为家族小说其实就是在此形势的深化发展中产生的，它是一种寻求根源的具体化、个人化的表现，它是'寻根'从外向内的表现。它还带有一种逆向寻找的形式。他们从今天的自己出发，溯源而上去追寻历史。他们从自身这一个具体的人的发展过程，推而广之地去考察人类的历史，是以一推百，以一推万的方式。家族小说在表面上带有一种回家的味道，它好像流浪得疲劳了，终于回了家来，心情平静。"在作者的描述中，我们发现家族小说不过是作为个体的写作者，从自己的现实处境和精神需要出发，溯源而上去追溯历史的结果。追溯历史的过程，不是人类性、群体性地溯源，而是由写作者一种个人化的、具体化的行为。但问题是，这种通过写作来缓解无根压力的策略又往往为现实所证伪，"因为写作的魔力其实是一种幻想，不可能把焦虑'写出来'后内心就不再存在焦虑，释放之后还会有新的焦虑来充满，重新爬满生命的每一处。这种局面必然降临的原因是，以一种个体行为的写作去解决普遍的现代焦虑是一种妄想，这个问题本身

即不可解决"❶。也就是说，以个人的寻根溯源而欲解决群体、整体性的精神困惑，只能是一种悲壮的妄想。其结果只能是依然找不到回家的方向，依然漂流在精神的茫茫疆域。正如有评论家所描述的，"天堂就是终极的家乡，'无法回去'则决定了人只能'流离飘荡在地上'，只能做一个永远的异乡人。由于人类远行太久了，家园的记忆已经淡漠，回去的道路也已经衰朽，我们的一切的生存努力，都不过是在时间里，在天堂和尘世之间挣扎而已""你此刻在家就永远在家，你此刻孤独就永远孤独"❷。

1977 年，《根》被介绍到中国，迄今已有 40 多年的时间，与《根》内容、精神十分相似的中国寻根文学思潮也已渐渐沉寂。这部生不逢时的经典家族作品也少为中国作家所谈及，但是中国现代家族小说并没有停止发展的脚步。经过作家们的对于西方家族经典的吸收以及不断创新，中国现代家族小说在寻根文学之后悄然创作了一系列在主题、艺术上相似的家族寻根作品。《根》作为一部纪实性的家族寻根小说，它在中外家族小说的发展史上具有一般意义上的家族文本所不具备的特点。如此，我们在《根》与中国现代家族小说之间找到了一个比较研究的切入点，在这个这个切入点上我们比较了《根》与《最后一个匈奴》《家园笔记》《纪实和虚构》之间的诸多相似之处，对于加深我们对于《根》与中国现代家族小说之间，乃至其与中国寻根文学之间的关系提供了一个新的、合理的阐释空间。

---

❶ 张新颖．坚硬的河岸流动的水——《纪实与虚构》与王安忆写作的理想［J］．当代作家评论，1993（05）.

❷ 谢有顺．文学的常道［M］．作家出版社，2009：9.

# 第四章 《金瓶梅》：中国现代家族小说的一种文化资源

作为中国古代一部大百科全书式的长篇巨著，《金瓶梅》在明清家族小说中的位置已经无可动摇。在研究者看来，《金瓶梅》是明清家族小说的先声，直接影响到了此后300年的家族文学创作，"家族小说即以婚姻、家庭、家族为描述轴心、扩及点染世态人情，或者进一步将关怀的层面延伸至家国兴亡的小说，简单地说即以家族为焦点透视世情的小说""明清两代的家族小说，以《金瓶梅》为嚆矢纵延三百余年，蔚为小说史上的一大景观"❶。更有研究者指出了这部作品的在明清家族小说中的首创意义及示范价值："明代家族小说的开山之作是被笼统称为'世情小说'的《金瓶梅》，以西门一家而及天下，以家庭交际圈来展现社会人生，呈现出家庭——社会半网络式叙事模式。"❷《金瓶梅》问世以来受到历代读书人的重视，同时也遭受了非常多的争议。喜爱《金瓶梅》的人，称赞它为"一部引人注目的具有划时代意义的现实主义文学巨著。它以现实生活为题材，描摹世态人情，曲尽其致，实可与《空楼梦》并驾齐驱，各有特色，难以轩轾"❸。老棣在《文风之变与小说将来之位置》中也认为："读《金瓶梅》者，当知其痛骂世态炎凉；读《红楼梦》者，当知其警惕骄奢淫逸。"❹ 对人们通常认为的"金"俗"红"雅的观念提出了不同意见；在《义侠小说与艳情小说具输灌社会感情之速力》一文中，作者从小说与社会感情关系的角度审视了《金瓶

❶ 梁晓萍. 明清家族小说界说及其类型特征 [J]. 浙江社会科学，2004（03）.

❷ 王建科. 明清长篇家族小说及其叙事模式 [J]. 陕西师范大学学报（哲学社会科学版），2003（01）.

❸ 吴大逵.《金瓶梅——中国文化发展的一个端面》序 [M] //陈东有. 金瓶梅——中国文化发展的一个端面. 花城出版社，1990：1.

❹ 老棣. 文风之变迁与小说将来之位置 [M] //陈平原，夏晓红. 二十世纪中国小说理论资料（第一卷）1897—1916. 北京大学出版社，1997：227.

梅》，认为"小说家之注意一女子，极写其缠绵恻怛之意者，是诚默体社会之情，而主动其无形之输灌力也"，"虽家国之大，民族之繁，无不可以情通达者，即无不可以情结合者"❶，这是对小说之艳情描写的一大肯定。贬斥《金瓶梅》的人则认为这是一部诲淫诲盗之书，"贬者谓之'诲淫'，'坏人心术'，'丧心败德'。一直到20世纪初，还有人说《金瓶梅》为淫书，如邱炜蒦《五百洞天挥麈》，极贬《金瓶梅》，称其'淫媟荡志'"❷。不论对待《金瓶梅》的观点是褒是贬抑或中立之态，都无法回避这一点，即小说已经作为一个富有争议的作品，在知识分子群体和社会各界中产生了广泛的影响。

《金瓶梅》之所以引起历代读者和研究者的重视，除了其颇富争议的身体叙事和对道德说教的背离之外，便是作品中所描写的西门庆家族的家庭伦理、日常生活、市民心态、官场风云与商场经历，客观逼真地再现了16世纪至17世纪初中国封建社会商品经济的发展对市民价值观念的渗透，以及商品经济与封建专制政治之间错综复杂的关系，深刻地表现出历史转型时期中国传统社会价值观念的冲突、家庭伦理关系的嬗变以及人情冷暖的世情纠葛，成为了客观记录那个时代的大百科全书。从家族小说的角度来看，《金瓶梅》也是中国古代一部优秀的章回体长篇家族小说。它以西门庆家族为中心，通过亦官亦商的西门庆的活动线索，巧妙地将时代思潮的变迁、道德观念与礼教文化的嬗变、时代语境的转变等多重生活场景融为一体，具有重要的历史意义、民俗意义，同时又对此后的中国家族小说创作产生深远影响，成为此后历代家族小说创作难以绕开的经典范本。署名为兰陵笑笑生❸的《金瓶梅》既有着中

❶ 伯：《义侠小说与艳情小说具输灌社会感情之速力》，陈平原，夏晓红编：《二十世纪中国小说理论资料（第一卷）1897—1916》，北京大学出版社1997年版，第229页。

❷ 邓邵基，史铁良主编：《20世纪中国文学研究·明代文学研究》，北京出版社2001年版，第410页。

❸ 自《金瓶梅》问世以来，关于其作者的争论从未停止。一些学者经过考证得出了一些观点，如袁中道认为作者是"西门千户"家的"绍兴老儒"，谢肇淛认为作者是"金吾戚里门客"，沈德符认为作者是"嘉靖间大名士"，宋起凤认为作者是王世贞，谢颐认为作者是王世贞门人，等等。参见陈东有：《金瓶梅——中国文化发展的一个断面》，花城出版社1990年版；刘辉：《金瓶梅成书与版本研究》，辽宁人民出版社1986年版；周钧韬编：《金瓶梅新探》，百花文艺出版社1987年版；徐朔方：《论金瓶梅的成书及其它》，齐鲁书社1988年版。本文采用《金瓶梅》作者为兰陵笑笑生一说。

国古典文学的章回结构、铺写技巧，又表现出了相当的创新意识和叛逆精神。首先，《金瓶梅》以对性欲心理和情爱生活的敏锐捕捉和淋漓尽致的表现，一反传统道德文化所秉承的善美观念，将身体这一道学家长期遮盖的对象置于小说美学的视域，使文学回归人性立场。《金瓶梅》的这一创作立场，在 20 世纪反抗封建思想、追求自由解放的文化语境中激起了广泛的共鸣。其次，虽然《金瓶梅》仍然保留了一些道德说教的痕迹，但是它已经冲破了传统的伦理观念对文学的限制，"对那些在新的历史条件下出现的非道德化人物更感兴趣，以满腔的热情表现他们背叛传统道德的邪恶行为""这种变化，无疑标志着小说典型观念的一次突破"❶。另外，《金瓶梅》中以亦商亦官的西门庆的经历为线索，连接起了朝廷官员、外戚内宠、富商豪贾，将一个破落财主和药材铺老板扶摇直上的秘密鞭辟入里地揭示了出来，从而将中国早期商品经济发展的方式与中国封建官场逢凶化吉左右逢源的秘诀有机地结合起来，为后世盛行的官/商场家族小说的发展提供了重要的启示。而上述三个方面，无论是身体叙事的锋芒毕露还是冲破传统道德文化的束缚，抑或对后代小说题材和叙事模式提供的借鉴，又都与家族产生了密切的关联。《金瓶梅》契合了民族文化心理，将社会变迁、价值冲突融会于家族叙事之中，引起了作家们对家族叙事的浓厚兴趣，并作为一部经典家族小说被之后的中国作家反复借鉴和改写。也许正是《金瓶梅》这种题材的丰蕴性、思想的先锋性和家族叙事的典型性，使它成为历代作家接受程度最深、影响时间最长的家族长篇小说之一。清末的苏曼殊甚至认为《金瓶梅》明显超过了《红楼梦》，后者"全脱胎于《金瓶梅》，乃《金瓶梅》之倒影"❷，其言或许夸张，但《金瓶梅》在历代的影响之深、之广由此可见一斑。

## 一、从隐退到凸显：《金瓶梅》的传播与接受

《金瓶梅》问世后，局限于当时的文化环境和印刷条件，主要是通过知识分子之间的人际传播和刻版传播扩大其影响，覆盖范围多局限于

---

❶ 宁宗一，罗德荣.《金瓶梅》对小说美学的贡献［M］. 天津社会科学院出版社，1992：102—103.

❷ 侯忠义，王汝梅.《金瓶梅》资料汇编［M］. 北京大学出版社，1985：480.

蜕变与守望

当时的士大夫阶层。进入 20 世纪之后，伴随印刷技术的进步、传播途径的增多以及文化市场的逐渐形成，《金瓶梅》的传播不再仅仅通过誊写、刻印、点评的方式进行，而是增加了书籍印刷、舞台表演、影视艺术等多种途径，从而极大地拓展了其传播和影响。

在文学界，很多作家都与《金瓶梅》结下了不解之缘。鲁迅在《中国小说史略》中专门分析明代人情小说，认为"作者之于世情，盖诚极洞达，凡所形容，或条畅，或曲折，或刻露而尽相，或幽伏而含讥，或一时并写两面，使之相形，变幻之情，随在显见，同时说部，无以上之"❶，对《金瓶梅》的内容、思想、争议及局限都有十分精辟的描述。老舍对《金瓶梅》也十分熟悉。早年老舍先生在英国任教的时候，他就帮助语言学家克莱门特·艾支顿翻译中国古典小说《金瓶梅》。在伦敦大学亚非学院的图书馆中文部里，在老舍图书架前至今还保留着克莱门特·艾支顿翻译的《金瓶梅》英译本，"打开书，扉页的上部印着'献给我的朋友舒庆春'几个英文，十分醒目""1946 年以后老舍先生到美国讲学，在一个题为《中国现代小说》的讲演中，他提到了艾支顿的《金瓶梅》译本"❷。1927 年剧作家欧阳予倩创作了剧本《潘金莲》，这是一部为潘金莲翻案的作品，开了此后"翻案风"的先河。尽管由于这部剧作将潘金莲塑造为现代妇女解放的先驱形象受到人们的诟病，但是作品却成功地将女性平等和独立解放的观点向社会进行了传播，产生了广泛的影响。

人们通常依据张爱玲的《红楼梦魇》而认为她受到的《红楼梦》的影响，而忽略了《金瓶梅》对张爱玲小说或许更为深刻却内在的制约。在散文《童言无忌》中，当张爱玲谈及对衣着、色彩的看法时，非常自然地想到了《金瓶梅》中的一处细微描写："家人媳妇宋蕙莲穿着大红袄，借了条紫裙子穿着；西门庆看着不顺眼，开箱子找了一匹蓝绸与她做裙子。"而在胡兰成的《民国女子》中也记录了这么一个细节。当胡兰成想要描绘张爱玲的行坐姿态而苦于没有好词句时，张爱玲说道："《金瓶梅》里写孟玉楼，行走时香风细细，坐下时淹然百媚。"她不仅

❶ 鲁迅. 吴俊编，校. 鲁迅学术论著［M］. 浙江人民出版社，1998：124.
❷ 舒乙. 老舍和《金瓶梅》［J］. 文艺报，2004 - 04 - 29.

对作品非常熟稔，而且对小说的认识也达到了一般人难有的高度。譬如，张爱玲在《红楼梦魇·自序》中曾说："我本来一直想着，至少《金瓶梅》是完整的。也是八九年前才听见专研究中国小说的汉学家屈克·韩南（Hanan）说第五十三回至五十七回是两个不相干的人写的。我非常震动。回想起来，也立刻记起当时看书的时候有那么一块灰色的一截，枯燥乏味而不大清楚——其实那就是驴头不对马嘴的地方使人迷惑。游东京，送歌僮，送十五岁的歌女楚云，结果都没有戏，使人毫无印象，心里想'怎么回事？这书怎么了？'正纳闷，另一回开始了，忽然眼前一亮，像钻出了隧道。"❶ 这是现代杰出的小说家与古代小说家的心灵沟通，也是张爱玲对《金瓶梅》创作手法和结构设置的学习和借鉴。由此可见，张爱玲熟读《金瓶梅》已经到了烂熟于心脱口而出的地步了。"张爱玲非常看重《金瓶梅》的美学和文学含量，却并不把它仅仅当作文学写作的摹本与借鉴，而是在此同时，以自由且自然的态度，于经意或不经意之间，深入发掘和评价着其多方面的文化价值。"❷ 基于对《金瓶梅》的熟稔，张爱玲在自己的小说中也吸收了不少小说的思想和技巧。《金瓶梅》中所塑造的情欲泛滥、有些邪佞色彩的女性，与《十八春》中的顾曼璐、《金锁记》中的曹七巧等人物具有相当的共通之处。同时，张爱玲对《金瓶梅》中"仔仔细细开出整桌的菜单，毫无倦意，不为什么，就因为喜欢"❸，因此在自己的家族小说中也总是不厌其烦地描写出家族生活的日常细节，家长里短，悉悉索索，读来更让人有着身临其境的感受。"同学者研读《金瓶梅》主要依靠学理分析有所不同，张爱玲的读'金'在很大程度上是借助心灵的悟性，换句更直接也更具体的话说，是借助一个作家面对文学作品所特有的敏感和直觉。"这不仅"使得她对《金瓶梅》的判断，常常能够别具只眼，举重若轻"❶，而且也使得她对这部小说的吸收和借鉴并不是简单地模仿，而是有着自己独特体验的化用。创作过《家》《春》《秋》《憩园》《寒夜》

　❶　张爱玲. 红楼梦魇·自序［M］. 哈尔滨出版社，2003.
　❷　古耜. 张爱玲读《金瓶梅》［N］. 白城日报，2008－03－29.
　❸　张爱玲. 中国人的宗教［M］// 金宏达，于青. 张爱玲文集（第四卷）. 安徽文艺出版社，1992：111.
　❶　古耜. 张爱玲读《金瓶梅》［N］. 白城日报，2008－03－29.

等家族小说的巴金，也受到《金瓶梅》的影响。1976年，巴金在给李致的信中曾说："《金瓶梅》我有一部，在运动初期烧掉了，因为怕小棠他们找到翻看，这部书我自己也看不下去，从未看完过，烧掉也并不后悔。"❶ 从巴金的文章及信函来看，他似乎一直对《金瓶梅》持有某种程度的抵触乃至批判的态度，但是这并不能否认他受过这部小说的影响。在巴金的家族小说中，我们不难发现他对《金瓶梅》的吸收和改造：《家》《春》《秋》等作品中阴森专制的大家族、勾心斗角纷争不断的家族事务以及所表现的"一个正在崩溃中的封建大家庭的全部悲欢离合的历史"（《激流·总序》），与《金瓶梅》表现的西门庆家族的淫逸、争斗、崩溃有相似之处。《憩园》中姚国栋一家吃喝玩乐、挥金如土，"这种带资本主义色彩的'新式'统治阶级家庭终究免不掉封建官僚家庭的没落崩溃结局"❷，与《金瓶梅》中"主人公西门庆——中国16世纪后期的一个商人如何爆发致富又如何纵欲身亡的历史"❸ 有着很大的相似。到了《寒夜》中，虽然小说中的汪家人丁并不兴旺，而汪文宣也缺乏西门庆那样的财势和欲望，但是曾树生和汪文宣的母亲为争夺对汪文宣的控制权而展开的婆媳战争，中间所隐含的"女性"支配"男性"欲望冲突，与《金瓶梅》中成群的妻妾争夺西门庆的宠幸有着异曲同工之妙。这些，都说明巴金虽然明显地表露出对《金瓶梅》的排斥，但在内心之中已经深受其影响。不难理解，巴金越是在理性层面表达对《金瓶梅》的批评和反感，越是证明他已经受到了作品的影响，这种深入心灵的影响往往会不经意间为作家提供艺术的借鉴、技巧的运用和思想的启迪。也就是说，当一个作家在有意识地规避《金瓶梅》对自己影响的时候，他已经在另一个层面上以之作为艺术和思想的参照系，明白无误地表明了自己与作品的密切关系。

纵观20世纪上半期《金瓶梅》的传播和接受，我们可以发现它与中国社会的剧变紧密地联系在一起。五四新文化运动时期，反对封建主义的热情高涨，保守的传统文化和道德观念受到限制，《金瓶梅》出现

❶ 李致. 巴金的内心世界——给李致的200封信 [M]. 四川人民出版社，2006：51.

❷ 凌宇，颜雄，罗成琰. 中国现代文学史 [M]. 湖南师范大学出版社，1999：366.

❸ 宁宗一，罗德荣.《金瓶梅》对小说美学的贡献 [M]. 天津社会科学院出版社，1992：226.

了传播和阅读的第一次繁荣，形成了出版和研究热潮，从而进一步推进了这部小说在我国范围内的传播和影响。但是战争的频仍和民族的灾难、严峻的生存压力和紧张的文化心态，使得20世纪上半期中国社会对《金瓶梅》的认识和接受长期停滞不前。

进入20世纪下半叶之后，《金瓶梅》的传播和接受则因为特定的时代语境和政治氛围而历经曲折。中华人民共和国成立初期，毛泽东曾表达对这部小说的看法，尽管他认为《金瓶梅》"这本书写了明朝的真正的历史。暴露了封建政治，暴露了统治和被压迫的矛盾，也有一部分写得很仔细"❶，但是他又认为"《金瓶梅》可供参考，就是书中侮辱妇女的情节不好，各省委书记可以看看"❷。此后，随着政治局势的日渐动荡和文化界的批判运动，《金瓶梅》逐渐作为一部禁书而丧失了公开传播的机会。这一情况，一直到了新时期之后才慢慢好转起来。进入改革开放之后，中国的极左的政治路线和文化政策不断地被打破，西方文明的大量涌入一方面使中国文化与世界文明不断接近、融合，另一方面则促使人们思考民族的文化之根、精神立足点问题。作为古代具有重要影响力和富于争议的小说，《金瓶梅》自然在传统文化热潮兴起之际吸引了人们的目光。1985年，人民文学出版社出版了戴鸿森点校的《金瓶梅词话》的洁本，首次印刷即达10000册。这个本子的出版还有更重要的意义，即它是由官方出版社出版发行的《金瓶梅》的第一个整理本，代表着官方对这部小说的态度发生了重要变化。1987年，齐鲁书社出版了由王汝梅、李昭询、于凤树点校的《张竹坡批评第一奇书金瓶梅》，印量达10000套。随后一年，北京大学出版社出版了北京大学图书馆善本丛书，其中包括依照北大图书馆藏本影印的《新刻绣像批评金瓶梅》。1989年6月，齐鲁书社又出版了王汝梅会校的《新刻绣像批评金瓶梅》。1991年，浙江古籍出版社出版了张兵、顾越点校，黄霖审订的《新刻绣像批评金瓶梅》。1994年10月吉林大学出版社出版的王汝梅校注的《皋鹤堂批评第一奇书金瓶梅》。1995年8月岳麓书社出版了白维国、卜健校注的《金瓶梅词话校注》，等等。

---

❶ 陈晋. 毛泽东读书笔记解析［M］. 广东人民出版社，1996：1417.
❷ 何香久.《金瓶梅》传播史话———一部奇书在全世界的奇遇［M］. 中国文联出版公司，1998：238.

随着《金瓶梅》的大量出版和广泛传播，越来越多的当代作家阅读或熟悉了小说故事。《金瓶梅》的丰富内涵和百科全书式的构架，使很多作家从中获得思想、语言、手法、结构上的启迪，从而对他们的创作产生潜移默化的影响。余华的小说《兄弟》（上）出版之后，评论界对这部作品保持了一段时间的缄默之后集体开火，小说中反复出现的"偷窥""屁股""性欲"等频率颇高的字眼也成为了人们批评之处。余华的《兄弟》（上、下）力图通过一个家族的历史变迁展现两个时代相遇的境况。在表现两个不同时代的差异时，余华借助的是不同时代的人们所具有的不同欲望以及处理欲望的方式，在小说的上半部即"文革"时期，欲望表现为偷窥、暴力和死亡；在新时期之后即小说的下半部分，欲望则直接演化为性欲的泛滥和放纵以及精神的瓦解。在对欲望的描绘和表达上，小说与《金瓶梅》有着相当的一致性，尤其是两部作品在表达人们所面临的欲望的充斥和精神溃败语境时，余华与笑笑生有着精神旨趣上的一致。难怪有研究者直言不讳地说："比照晚明的《金瓶梅》，《兄弟》与它的共同点都是对欲望的表达，而这一表达都通过身体得到了展示。"❶

与余华相比，苏童对《金瓶梅》的接受更为自觉，也更为深刻。在谈到自己的创作经验时，苏童曾认为自己的作品"也许得益于从《红楼梦》《金瓶梅》到《家》《春》《秋》的文学营养"❷。苏童的代表作之一的《妻妾成群》，讲述的是一个封建大家族中的姨太太们的生活，这个屡见不鲜的题材因为写出了某种《金瓶梅》的神韵而给人们留下了深刻的印象。尽管苏童说过："当初写《妻》的原始动机是为了寻找变化，写一个古典的纯粹的中国味道的小说，以此考验一下自己的创作能量和功力""而我的创造也许只在于一种完全虚构的创作方式，我没见过妻妾成群的封建家庭，我不认识颂莲梅珊或者陈佐千，我有的只是'白纸上好画画'的信心和描绘旧时代的古怪的激情。"❸ 这与其说是作家的自谦或避讳，不如说他已经对《金瓶梅》等中国古代经典小说烂熟于心，

❶ 夏雪飞. 知识分子的悲情叙述——解读余华的小说《兄弟》[J]. 青海社会科学，2007（02）.

❷ 苏童. 自序七种 [M] //苏童散文. 浙江文艺出版社，2000：249.

❸ 同上书.

将潘金莲、李瓶儿、吴月娘、春梅等形象成功地改写为一个个烙印着苏童个性色彩的女性人物。尽管如此，我们仍然能够从苏童笔下的人物中发现其与《金瓶梅》的一些相似神韵。例如，苏童《妻妾成群》中捻一串佛珠、乍看不动声色的大太太毓如，与《金瓶梅》中念佛行善、似乎不介入妻妾争斗的吴月娘；外表温柔敦厚、实则心狠手辣的二姨太卓云，与外表不断忍让实则冷酷对待前夫花子虚的李瓶儿；多情而刚烈的三姨太梅珊，与风情万种而嫉妒心极强的潘金莲；由清纯聪颖逐渐变得富于城府的四姨太颂莲，与由恬静淡泊而心机渐深的孟玉楼；……无论是从阴柔、晦暗的基调，还是从生活场景的描绘、人物心理的刻画，无论是从情节的设置、语言的雕琢，还是妻妾恩怨发展脉络，我们都不难发现苏童对《金瓶梅》的把玩与熟稔。正是因为有了对古代经典小说的谙熟，苏童才以自己灵动的笔墨，勾勒出一幅栩栩如生的中国封建生活的妻妾生活图。

格非素来以现代主义创作令文坛瞩目，但是在《人面桃花》这部小说中他却对《金瓶梅》表达了自己的敬意。在回忆长篇小说《人面桃花》的创作过程时，格非这样说道："开始我想采用一个繁复精美的结构，简单来说，我想挪用地方志的叙事形式，写一部小说。但我的内心对现代主义产生了很大怀疑，我觉得随着社会的不断变化，读者的耐心在丧失，这么写小说像是在打一场不是对手的战争。重读《金瓶梅》使我最终决定另起炉灶。它的简单、有力使我极度震惊，即使在今天，我也会认为它是世界上曾经出现过的最好的小说之一。我觉得完全可以通过简单来写复杂，通过清晰描述混乱，通过写实达到寓言的高度"，"我觉得传统是不可能回到的，我不是清朝和明朝的人，不会知道他们怎么想做了什么，但我们可以通过想象回到传统，从新的视角介入传统，跟传统对话。"❶ 在另一次访谈中，格非再度提到了《金瓶梅》，认为这部小说"是通俗的，但是意韵很深远"，"好的小说应该有意蕴有味道"❷。

陈忠实凭借长篇小说《白鹿原》在当代文坛声誉鹊起。在一次演讲中，陈忠实如此谈论自己对《金瓶梅》的认识："大伙儿那么关注《金

❶ 术术．格非：带着先锋走进传统［J］．新京报，2004 - 08 - 06．
❷ 术术．格非聊天实录：好的小说应该有意韵有味道［EB/OL］．新浪网读书频道，2007 - 01 - 23. http：//book. sina. com. cn．

第四章　《金瓶梅》：中国现代家族小说的一种文化资源

瓶梅》无非是里面的性描写。当你仔细阅读时，他写性的就是那些词，也就厌烦了。我认为《金瓶梅》能传世至今，除了行文叙事相当自然。更深层次的是它对社会底层深刻洞察后所获取的强烈生命体验和生活关怀。”不仅如此，他还毫不讳言自己受《金瓶梅》的影响所表现出的性描写：“《白鹿原》的创作里头也有性，当然只是一部分角色。在创作时，我在墙壁上写上三原则：不回避，撕开写，不作诱饵。随着人民思想认识水平的提高，回避不足取。写就要写到实质。关键是第三点，不作写作的诱人鱼饵，如做不到这一点，是作家的无能，更是堕落。”❶

池莉在就自己的作品中也表现受到《金瓶梅》的影响，甚至表现出了一定程度的认可之情。在《有了快感你就喊》中，池莉这样写道：“还有两支炭棒笔，这是从大号的废旧电池里头磨出来的，是他少年顽劣的明证，在电影院的公共厕所里的木板隔断上，胡写乱画，画一个椭圆形的圈，四周再画上黑茸茸的毛，这就是女性的生殖器了……他还摹仿小说《金瓶梅》，勾勒了一幅春宫图。春宫图上面的女人，健康、丰腴，脚跷得老高，是一个活泼的女人。卞容大将自己的双手插进裤口袋，摇晃身子，吹口哨，吹那种没有名堂的小调：大姑娘美呀，大姑娘浪，大姑娘走进青纱帐。”不仅如此，池莉小说中所表现出来的语言的身体化、性趋向化也是一大特点。评论家李建军曾经做过统计，在《生活秀》《看麦娘》《来来往往》《怀念声名狼藉的日子》等小说中就出现过“我操”“野鸡满天飞”“群奸群宿”“狗日的”“搞女人”“阴毛”“裸体”等涉性词汇达数十次之多，这与《金瓶梅》中使用的“一条棍”“老淫妇”“溺尿”“玉体”“屄”“肏”“辣骚”等口头词汇有着某种趣味的相似性。从这个角度来看，同样是描写小市民生活的作家池莉，被人冠之以小市民作家或许并不是一种偶然。

在王朔看来，《金瓶梅》是一部比《红楼梦》更具有原创性、更伟大的作品：“原来我觉得曹雪芹是最大的腕儿。可前一阵儿一看《金瓶梅》，哟，发现《红楼梦》里有的是抄的。过去，也看过《金瓶梅》，

---

❶ 陈忠实，刘卫平．细说陕西文坛的前前后后［OL］．西北大学国家大学生文化素质教育基地木香园网站，http：//www. xdmxy. com.

全是挑着洁本补遗的地方看，没耐心等着故事发展。这回发现《红楼梦》不光是思想抄，连细节也抄。好多环境，情节都是《金瓶梅》里的。《红楼梦》里司棋去厨房打架，蒸了一碗鸡蛋羹，跟那柳什么家的打起来了，然后说什么大主子小主子谁都要怎么着，这菜没法做了，嘟嘟囔囔做慢了，最后领着丫鬟把厨房给砸了。《金瓶梅》里就有这段。还有来旺儿跟尤二姐说大观园里的姑娘，宝姑娘，冷得怕哈口气就化，林姑娘是怎么着。这在《金瓶梅》里说的是潘金莲和李瓶儿。虽然语词上有变化，明朝的口语发生过变化。但说的事，意思是一样的。后来我看了一篇评论《红楼梦》的东西，说林黛玉的性格就是潘金莲的性格，薛宝钗的性格就是李瓶儿的性格。我看还真是这么回事。林和潘都是拈酸拿醋弄小性儿，表现出来潘是闹猫，林黛玉是闹情儿。这样看《红楼梦》好象高了。但它是从那脱胎来的。敢情这曹爷也不是旱地拔葱自个儿蹳出来的，也借鉴。差点儿看走了眼。"❶

新锐作家毕飞宇以其小说《玉米》《平原》《推拿》等享誉文坛，他也是一位资深的"金"迷。"他写作《玉米》的情境非常有意思，他经常一边放着摇滚，一边翻着《金瓶梅》《水浒》，一边写着《玉米》。"❷ 在熟悉和喜爱《金瓶梅》的毕飞宇看来："写性就是写性，它本身就是事件和行为。"❸ 新生代作家冯唐对《金瓶梅》的语言推崇备至，认为"中文总结男人的物欲，最简洁的是《金瓶梅》"，进而冯唐还对该书名字的由来提出了自己的独到见解："崇祯版《金瓶梅》的序言猜想书名的由来：'盖金莲以奸死，瓶儿以孽死，春梅以淫死，较诸妇为更惨耳'，所以用这三个人的名字缩成书名。我的猜想是，金子似指潘金莲，实指财富，瓶子似指李瓶儿，实指酒，梅花似指庞春梅，实指女色。金钱酒色，是中国男人最大的物欲。"❹ 由此可见作家对这部小说的熟悉程度。除此之外，还有很多作家如孙犁、葛红兵等也都受过《金

❶ 王朔，等. 我是王朔 [M]. 国际文化出版公司，1992：71－72.
❷ 李洱. 传媒时代的小说虚构——李洱在上海市作协的演讲 [N]. 解放日报，2008－02－10.
❸ 荆歌. 五作家关于"性描写"的一次对话 [J]. 报刊荟萃，2006（07）.
❹ 冯唐. 有物先天地 [OL]. 冯唐新浪博客. http://blog.sina.com.cn/s/blog_471facb10100cely.html。

第四章 《金瓶梅》：中国现代家族小说的一种文化资源

瓶梅》的影响❶。

事实上，《金瓶梅》不仅在文学领域内有着重要的影响，而且在社会生活的各个方面都有着广泛的知名度。在学术界，《金瓶梅》的研究贯彻了整个 20 世纪。在戏剧领域，为潘金莲翻案之作也不少，自 20 世纪 20 年代欧阳予倩的《潘金莲》之后，1985 年四川剧作家魏明伦创作了荒诞川剧《潘金莲———一个女人和四个男人的故事》，此后出现了一批有关《金瓶梅》的戏剧；随着影视媒体在人们生活中的影响日大，《金瓶梅》越来越多地被改编成为影视作品而得以传播，其中香港地区拍摄的《金瓶梅》的作品最为丰富。据资料显示，1955 年，由王引导演，吴家骧、李香兰出演的第一部《金瓶梅》亮相。此后，周峙禄、李翰祥、罗卓瑶、谭铭、张绍林、高志森、钱文琦等人分别导演的与《金瓶梅》有关的电影、电视剧达 20 部之多，如《金瓶双艳》《惠莲》《武松》《金瓶风月》《少女潘金莲》《潘金莲之前世今生》《恨锁金瓶》《新金瓶梅》《水浒传》《情谊英雄武二郎风流女子潘金莲》《潘金莲调戏西门庆》《金瓶梅》；等等。正是由于《金瓶梅》影响的广泛与久远，使得生活在不同地区、不同时代的作家们都会有意无意地阅读作品、熟悉或知道故事梗概、人物形象。《金瓶梅》的影响已经远远超出了一部文学作品的范畴，日益演化为民间故事、社会文化而流传开来，从而在另一个方面提高《金瓶梅》作品本身的知名度，促使更多的人们来了解故事或者阅读作品。

《金瓶梅》对 20 世纪中国作家所产生了广泛而持久的影响，几乎所有的作家都知道或阅读过这部作品，了解其中的基本内容。作家生存于中国，即使他没有刻意去看《金瓶梅》，但是根据《金瓶梅》改编的戏曲、影视已经将其中的人物、故事幻化成熟语或集体无意识，影响到他们对小说的构想，对中国作家们的创作产生了或明或隐的影响。即便一些家族小说作者没有谈及《金瓶梅》对自己创作的影响，我们也可以从它们相似的题材、内容、表现方式中发现二者的联系。总而言之，无论是直接阅读还是潜在影响，《金瓶梅》对于中国现代文学创作都是一个

❶ 孙犁.《金瓶梅》杂说［M］//孙犁书话. 北京出版社，1997；侯检. 评论家葛红兵、赵玫肯定《拯救乳房》［N］. 潇湘晨报，2003－06－18.

无法绕过的参照物。

## 二、作为身体叙事资源的《金瓶梅》

一般认为，中国上古时代对待性的态度是较为正常、健康的。在《诗经》的诸多诗篇尤其是《国风》中，就收录了较多描写男女之情的作品。由于《国风》是搜集自当时各地的民间歌谣，从中可以看出当时社会对待男女性问题上的释然态度。如《褰裳》曰："子惠思我，褰裳涉溱。子不我思，岂无他人？狂童之狂也且！子惠思我，褰裳涉洧。子不我思，岂无他士？狂童之狂也且！"上古时代人们谈性、看性态度之坦然，是后来深受礼教约束的人们所难以想象的。至于中国古代对性的态度发生巨变的原因，谭桂林先生曾有过精辟的阐述："由于文人的堕落与礼教的强化，以至于国民对于两性关系的认识一直处于蒙昧的状态，并且由此而向两个极端发展。一个极端是严酷的禁欲，两性之间的关系被纯粹视为一种承宗传代的生殖活动，如果有谁要到两性关系中寻找快乐，那就是非礼之念，非分之想；另一个极端则是荒唐的纵欲，不仅把性看作人生得意时的尽欢与失意时的消遣，而且把性用阴阳交合的观念将其神秘化，于是房中术、采补术等泛滥流传，几乎成了中国的国粹。"❶ 这种情况到了明朝中后期出现了变化。在兰陵笑笑生创作《金瓶梅》的时代，正是封建社会商品经济发展的时期，中国的传统社会关系和思想观念悄然发生了转变。《金瓶梅》的故事发生地点是在山东省的临清州，是历史上著名的京杭大运河河畔的商业重镇，繁荣的运河经济与商业社会的初步发展促使了市民阶层的形成，人们的思想、道德和文化观念已与之前的"士农工商"的社会等级结构呈现出鲜明的反差。同时，思想领域内"异端邪说"的突起，使人们得以从严密的理学说教中获得新的自由空间。针对理学中的"存天理，去人欲"的观念，泰州学派的重要人物何心隐提出了"有欲"说，认为"孔孟之言无欲，非濂溪之言无欲也。欲惟寡则心存，而心不能以无欲也。欲鱼欲熊掌，欲也；舍鱼而取熊掌，欲之寡也。欲生欲义，欲也；舍生而取义，欲之寡也。欲仁非欲乎？得仁而不贪，非寡欲乎？从心所欲，非欲乎？欲不逾矩，

---

❶ 谭桂林. 论 20 世纪中国小说的性爱叙事［J］. 文艺争鸣，1999（01）.

非寡欲乎?"❶ 此种说法正是从欲的多寡的角度进行辨析，从而确定了欲望的合理性存在。李贽则从道德观念与物质利益的关系出发，强调了物质利益第一的思想："穿衣吃饭，即人伦物理；除却穿衣吃饭，无伦物矣。世间种种皆衣与饭耳，故举衣与饭而世间种种自然在其中，非衣饭之外更有所谓种种绝与百姓不相同也。"❷ 经过了这些思想家们的努力，肯定工农商贾追求各自欲望的合理性的主张得到了广泛的传播，这对当时封建保守的礼教思想是一次沉重的冲击，"反映社会发展要求的近代启蒙思想对当时的社会，尤其是对文学艺术、对城镇市民、对商业小社会中的成员影响是巨大的"❸。正是这种对人的本能欲望的肯定、对封建礼教的抨击，与新兴的商品经济大潮暗合，促使人们更多地表现出对各种欲望的追求。《金瓶梅》所体现的市民生活常态、价值观念以及在两性关系上的对性的狂热追求，同样与这股时代思潮有着密切关系。

《金瓶梅》作为一部奇书，遭受的最多非议在于作品中赤裸裸的性描写，这也是这部优秀家族小说长期遭受冷遇和误解的重要原因。一直到 20 世纪 80 年代，随着社会的进步和人们思想观念的开化，人们对这部小说的看法才真正地改变。《金瓶梅》之所以一直被视为"淫书"而遭禁，是与其中的内容与思想观念息息相关的。在小说中，我们可以看到西门庆家族及其周围的人几乎都沉溺于性爱之中难以自拔：小说中的西门庆作为打老婆的班头、坑妇女的领袖，其人生目标非常明确，那就是要尽可能地占尽天下女子，因此西门庆毫不满足地夺人妻女、淫人姐妹。西门庆的一句名言将其对性欲的追逐揭示得淋漓尽致："咱只消尽这家私广为善事，就使强奸了嫦娥，和奸了织女，拐了许飞琼，盗了西王母的女儿，也不减我泼天富贵!"其家族中的成群妻妾、仆妇丫鬟也是想法设法寻找自己的"性福"，潘金莲自不必说，李瓶儿、王六儿、惠莲、春梅、如意儿等为了满足一己之欲，亦是无所顾忌。如此露骨地表现市民阶层对个人欲望的追求，在当时不能不说是一个惊世骇俗之举。而依照今天的眼光来看，前人视为洪水猛兽的《金瓶梅》中的性描

❶ [清] 黄宗羲.《明儒学案》(卷三十二)《泰州学案》一 [M] //周骏富，辑. 明代传记丛刊. 台北明文书局，1991：735.

❷ [明] 李贽. 焚书 续焚书 [M]. 中华书局，1975：4.

❸ 陈东有. 金瓶梅——中国文化发展的一个断面 [M]. 花城出版社，1990：76.

写，已无碍观瞻。"人性首先是在身体器官的活跃状态上得以显现。近代以来文艺创作的一个重要功能，就是表达来自身体器官与外部世界接触产生的感受，这是表达'自我意识'的一条特殊渠道，或者人性解放的一种特殊的叙事方式。压制'自我意识'最有效的办法，首先就是压制和扭曲器官的功能，使之丧失敏锐的感知能力。"❶ 也就是说，作为身体器官行为的性描写首先表现的是人性的觉醒，这是人性解放的一种特殊方式；而对身体器官的囚禁，则在更深层次上是对自我意识的压制和消解。因此，性描写在某种程度上具有了反抗意识形态和文化压迫的意义。而在阿奎纳看来，"灵魂是身体的理式，灵魂之与身体正如意义之与词语"❷，灵魂不是置于身体在之上、使身体匍匐于灵魂之下，而是凸显肉体的内在力量，这就将身体与灵魂的密切关系有机地联系了起来。如果抛开道德说教而从身体与灵魂的根本关联来看，我们不得不承认，《金瓶梅》中的性描写是一种典型的身体叙事，它"展现出晚明时期人之感觉性的生存情状和身体脱离精神监禁之后的快适追求""实际是对'身体'的一种还原性敞开"❸。也只有站此种立场，我们才尽可能地贴近作品，解读出《金瓶梅》所蕴含的丰富社会思想和文化信息。

　　一般说来，中国文学中身体叙事的出现被认为是西方文化思想引进和传播的结果。应该承认，大量的西方文化思想理论和著作的译介，不仅为中国文学的发展提供了叙事资源和方法启示，而且也为中国文学的研究提供了理论视野和思想武器，西方女性主义"躯体写作"理论在20世纪90年代以来中国文学界所产生的轰动和模仿效应可以作为一个有力的例证。"从弗洛伊德、萨特到梅洛·庞蒂、米歇尔·福柯，可谓都在身体的文化及其符号意义的研究上长驱直入，他们为现代身体社会的来临奠定了理论基础。"❹ 作为一种本能的肉体性，身体是一种先验的存在，而非后天的文化熏陶。人类的肉体性，决定了人类文化某种程度上的相同性、兼容性，也就是说，功能相同的肉体会给人们带来类似的身

---

❶ 张柠. 中国当代文学与文化研究 [M]. 北京师范大学出版社，2008：322.

❷ ［英］伊格尔顿. 历史中的政治、哲学、爱欲 [M]. 马海良，译. 中国社会科学出版社，1999：201.

❸ 冯文楼. 身体的敞开与性别的改造——《金瓶梅》身体叙事的释读 [J]. 陕西师范大学学报（哲学社会科学版），2003（01）.

❹ 谢有顺. 文学的常道 [M]. 作家出版社，2009：56.

体感受、心灵体验，进而在不同的文化语境中产生出类似的文化经验和文学资源。"在意识形态的历史中，人的肉体性，从来就具有颠覆意义。它是意识形态矛盾的策源地；它的敌人是非物质、非肉体；它是新经验谋杀旧经验的危险地段；它是历史时间中的'紧急状态'。没有这种'紧急状态'就没有文学。"❶ 故此，将中国文学中身体叙事的出现看作是对西方文化思想的一种简单移植或呼应是偏颇的，这种观点忽视了任何一种文化都有其自身的独立性和特殊性的事实。研究者敏锐地发现中西文学中的肉体叙事（身体叙事）对各自文学叙事的重要影响："文化史一再证明，每一次人的解放，都是从肉体开始，都是人的肉体与'上帝'和'撒旦'的战斗。从文学的角度看，那就是叙事方式充当了文化和意识形态的异端，这是一种反压抑、反文化的异端叙事方式。但丁的诗歌、薄伽丘的《十日谈》、乔叟的《坎特伯雷故事》、拉伯雷的《巨人传》、萨德的小说、波德莱尔的诗歌、劳伦斯、亨利·米勒、纳波科夫、达里奥·福、《金瓶梅》，等等，都是文学史上异端叙事的里程碑。没有这些异端叙事，我们很难想象文学史的样子。"❷ 中西文学史上的叙事经典都具有范本的意义，对此后的文学发展起着一种潜移默化的作用。《金瓶梅》作为中国文学史上一部具有强烈叛逆色彩和异端风貌的小说，开创了一个烙印着自己印记的文学时代——"新的人物群体、新的社会关系、新的追求、新的观念、新的道德准则在潜滋暗长，在迅速崛起，传统的生活模式出现'礼崩乐坏'的局面，这些现象在长篇小说中还是第一次出现""无论是从思想还是从艺术上看，在中国小说史上，《金瓶梅》所标志的转变都具有里程碑式的意义"❸。《金瓶梅》极力渲染的市井人物的身体叙事（性描写）及其情趣、价值观念，对封建礼教、传统小说的人物塑造、思想观念等都是一次巨大的颠覆，并由此开创出一个影响广泛、注重身体叙事的文学传统，这或许是这部小说在文学史上最为重要、最为人忌讳、也最富争议之处。

　　尽管儒家经典著作中也承认人的色欲的存在，认为"食色，性也"（《孟子》），"饮食男女，人之大欲存焉"（《礼记》），但由于封建礼教

❶　张柠．中国当代文学与文化研究 [M]．北京师范大学出版社，2008：327．
❷　同上书，第327页。
❸　宪之．"金瓶梅"现象 [J]．文艺理论与批评，2004（05）．

的强化与文人思想趣味的庸俗，历史上人们对待两性的关系以及身体的属肉性都持有一种讳莫如深的态度。公然谈性论性固然是大逆不道，文学作品中偶尔出现的身体叙事也是为道学家们所竭力呵斥。封建礼教的尊崇者们追求"发乎情，止乎礼"（《论语》）的定规，于是便有了"欲败度，纵败礼"（《尚书》）、"养心莫善于寡欲"（《孟子》）、"好色而不淫"（《诗经·国风》）这样的谆谆教导。中国文化中长期存在着压抑身体、蔑视身体的传统，并逐渐地发展、形成为一整套消解个人肉体存在和精神觉醒意识的文化、政治体系，"古代是通过阉割（男）、裹脚（女）、酷刑的震慑力等，现代是通过政治批判（也附带着身体折磨）和道德谴责，它们时刻在提醒你，身体是罪恶和欲望的策源地，是该受约束、压制和审判的。这种思想的过度发展，导致了整个社会都过着黑暗的身体生活，它的直接后果是，助长了身体的阴暗品性的发展，却抑制了身体中正常品质得以存在的空间"❶。《金瓶梅》的出现因此而在中国文学史上具有极其重要的价值，它所表达的身体本能的欲望、突出的不可遏抑的身体觉醒意识以及对身体快乐的追求，都与中国传统文学的身体旨趣形成了一种巨大的对立状态。因此，《金瓶梅》这样的"作品的伟大意义，根本不在于为我们伸张了多少时代思想，而在于它们为中国历史保存了一个个活生生的身体：西门庆的身体，潘金莲的身体，武大郎的身体""正是通过这些具体的身体，我们得以知道了那个时代的人是怎样生活的（而不是怎样思想的），知道了他们的生与死，以及他们细节化的喜怒哀乐和七情六欲。也正是在这个时候，我们开始触摸到中国历史上那些一直处于暗处的日常生活"❷。当《金瓶梅》作为中国文学的一种文化资源和精神启迪而存在，并与一定时代的文化语境、思想潮流形成共鸣时，那么它对中国作家的影响便由潜在的思想启迪转化为文学创作的显在事实。

事实上，尽管中国的传统文化中压抑身体的力量一直存在，但这并不能完全阻止人们身体意识的觉醒和他们对身体感受的自觉表达，只要身体存在这个事实没有改变，那么文学对身体的关注不会完全停止。在

---

❶ 谢有顺. 文学的常道［M］. 作家出版社，2009：53.

❷ 同上书，第55页。

第四章 《金瓶梅》：中国现代家族小说的一种文化资源

20 世纪二三十年代，张恨水的《金粉世家》《啼笑因缘》等家族小说，为我们再现了民国时期上至总理下至天桥鼓书艺人的生活经历，将一个个活生生的身体体验和情感经历表现了出来。无论是樊家树、沈凤喜还是金燕西、冷清秋，他们都能够坦然地表达着自己的情感需求，那细腻的心理、扑面而来的身体气息，让读者领略到了一股鲜活生动的人间气息。40 年代的张爱玲，虽然深陷上海，但她所关注的却不是文学的革命性、时代性，而是那无处不在的身体感觉：柴米酱醋、吃饭穿衣、看戏品茗、家长里短。长期受到功利主义文学观束缚的中国文学，在这里卸载了"载道"的要求，转而对身体的自然本能和丰富、细腻感受进行了关注。这种对待身体的正视，在长期受到礼教文化禁锢的中国已是离经叛道。然而，这种对于身体叙事的文学诉求并未得到作家的群体响应。在民族存亡的时代语境中，政治压倒了文学，革命控制了身体。当身体的肉在属性和革命的政治属性不可避免地发生着矛盾冲突，身体便不可避免地承受着来自政治的强大压力，直至最后消失了自己的声音："革命，在表面上是改造思想，最后达到的效果却是改造身体——思想是通过身体来体现的；思想在里面，它的命是革不掉的，只有外面身体的命被革掉了，它里面的思想才会最后消失。所以，革命变质后，往往变成了一场消灭身体的运动：它或者造就一个个驯服的身体（像'文革'时期那些弯着腰生活的知识分子），或者把一个个不驯服的身体（如张志新、李九莲、顾准等人）折磨至死，让他们的身体变成一个无"❶，于是"写作成了'传声筒'，'留声机'，没有了自我，没有了真实的身体细节，一切都以图解政治教条或者统治者意志为使命"❷。体现在文学中，便是 20 世纪 40 年代至 70 年代中国文学对于身体叙事的逐渐讳莫如深，只是到了新时期之后情况才逐渐地开始转变。

在莫言的《红高粱》中，我们看到了身体叙事意识的重新觉醒。小说所描写到的"我"爷爷余占鳌和奶奶戴凤莲在高粱地里的野合，在当时可谓是惊世骇俗："他把我奶奶抱到蓑衣上。奶奶神魂出舍，望着他那脱裸的胸膛，仿佛看到强劲剽悍的血液在他黝黑的皮肤下川流不

❶ 谢有顺. 文学的常道［M］. 作家出版社，2009：49.

❷ 同上书，第 50 页。

息……奶奶心头撞鹿，潜藏了十六年的情欲，迸然炸裂。奶奶在蓑衣上扭动着。余占鳌一截截地矮，双膝啪哒落下，他跪在奶奶身边，奶奶浑身发抖，一团黄色的、浓香的火苗，在她面上哗哗剥剥地燃烧。余占鳌粗鲁地撕开我奶奶的胸衣，让直泄下来的光束照耀着奶奶寒冷、密密麻麻起了一层小白疙瘩的双乳。在他刚劲动作下，尖刻锐利的痛楚和幸福磨砺着奶奶的神经，奶奶低沉喑哑地叫一声：'天啊……'就晕了过去。奶奶和爷爷在生机勃勃的高粱地里相亲相爱，两颗蔑视人间法规的不羁心灵，比他们彼此愉悦的肉体贴得还要紧。他们在高粱地里耕云播雨，为我们高密东北乡丰富多彩的历史上，抹了一道酥红。"小说中的这段身体叙事，明显是受到了《金瓶梅》的影响。且不说小说中描写的"我奶奶"戴凤莲的父亲胡编乱造的唱词"武大郎喝毒药心中难过……七根肠子八叶肺上下哆嗦……丑男儿娶俊妻家门大祸……啊—吔—吔—肚子痛煞了俺武大了——只盼着兄弟公事罢了……回家来为兄弟申冤杀他个乜斜……"单就小说在20世纪80年代中期时所具有的带有先锋性的身体叙事，在反抗封建礼教、表现觉醒的身体感受以及"偷情"之于小说的作用而言，与《金瓶梅》便有着精神旨趣上的一致性。

对身体由回避到正视和热衷，是《金瓶梅》对中国小说的独特贡献。它通过对一个个鲜活个体的生命体验，开创了一个与传统中国封建文化、道德礼教相背离的生命空间。王蒙的《活动变人形》塑造了倪吾诚这个经过西方文化影响、却在中国文化中日渐消沉的"多余者"形象，借此描绘了旧中国知识分子向往现代文明却找不到出路的矛盾状态和灵魂挣扎。这一点在小说中的身体叙事中得到了鲜明的体现。小说借倪吾诚在澡堂中的洗浴，传达出经历中西文化的他具有的独特身体经验："他模模糊糊地感到了中国人对于人的身体、人的肉身的无比贬抑的心理重压。所谓肉体凡胎。所谓臭皮囊。所谓一身臭肉。所谓人欲横流的罪恶与存天理、灭人欲的征伐。简直想不出有这样的愚蠢来作践自身。而这种作践、这种对人身、对人的肉体的蔑视、敌视、压抑和自惭形秽的心态……使身体常常处于一种令自我羞愧的状态。"这是倪吾诚对中国文化的一种冷峻审视，揭示了传统文化蔑视身体的传统。作为对身体的正视，倪吾诚有着自己独特的反抗方式，那就是"至少一星期他要洗一次澡""他要脱个赤条条一丝不挂！他要爱惜自己的可怜的、受

尽委屈的却仍然是洋溢着生的渴望的身体。他要一遍又一遍地在热水里泡，一遍又一遍地往身上打着胰子，一遍又一遍地冲，一遍又一遍地搓，一遍又一遍地洗。""他希望获得确证，可以确认自己是清洁无瑕的。只有到这时候他才感到自己是和史福岗等一样的人，只有这个时候他才感到自己的身体是文明的。""二十余年的精神大厦轰然坍落，一个赤条条的我从废墟上站立而起！回首一望，自己的家乡，自己的祖先，自己的妻眷，仍在万丈深渊的黑暗重压之下。而他硬是睁开了几千年不准睁的眼睛！"

与倪吾诚这种卑微、懦弱的反抗相比，小说中年纪轻轻便守志的姜静珍则更显示出中国封建礼教对身体的压抑到达了何种惊人的地步。姜静珍自守寡以来，每天早晨必做的工作便是面对镜子，极其认真、仔细地化上浓妆，这时她才感觉到自己身体的存在："一天之中，只有在这个时候她感到一种神秘的力量在酝酿，在积累，在催促她，她感到一阵紧迫的心跳，她身上开始发热，有一种强烈的要哭、要发昏、要上吊、要闹个天翻地覆的冲动在催着她。"当化妆品涂抹到脸庞的时候，姜静珍才感觉到作为女人，她的身体仍然存在着，而不是作为一个守志的女性肩负着道义、责任等诸多外在的力量。在每天化妆之后，姜静珍端详镜中的自己后，会突然歇斯底里地用清水卸掉所有的化妆。之所以出现这种匪夷所思的现象，最根本的缘由恐怕在于她的内心深处一直有着身体意识的苏醒和外在道德舆论的压迫，二者在她心中不断交锋、挣扎，这其中又以外在道德舆论的压力更为强大，迫使姜静珍回到社会所期望的守志状态中去。"她清醒地知道她的使用化妆品的理由、权利和历史已经终结，化妆品已经与她无缘，方才的使用更像是一种怀旧和送葬的仪式。"姜静珍不仅自己是蔑视身体存在的传统文化的受害者，同时也是他人身体觉醒意识的钳制者之一。在妹夫倪吾诚与妹妹姜静宜感情出现矛盾时，姜静珍直接参与到对倪吾诚的舆论压迫和道德谴责中去，使他们努力维系着一段痛苦的婚姻。《活动变人形》在 20 世纪中国文学史上的一个重要贡献，便是敏锐地发现了中西文化关于身体意识的巨大差异，揭示出中国文化中蔑视身体存在的强大力量。面对身体的觉醒和冲动时，中国人"没有兴奋，只有羞惭。只有龟缩和躲避。只有被捉拿被责骂的罪恶感。无地自容"。

在苏童的《妻妾成群》《米》，刘恒的《伏羲伏羲》，铁凝的《玫瑰门》，赵玫的《我们家族的女人》，陈染的《私人生活》等一系列作品中，我们都不难发现身体意识在文学中的苏醒和所具有的强大生命力。可以说，《金瓶梅》之于 20 世纪中国文学的最重要的价值，便在于作为一种文学资源和思想力量，鼓舞和支撑着中国作家重新认识和接受为历代政治势力所贬斥、压抑、处于边缘或潜隐状态的身体叙事。正视身体在人们生活中的重要作用，以文学的方式展现身体的魅力，是《金瓶梅》对 20 世纪中国文学的重要启迪。

在《金瓶梅》的身体叙事中，历代读者和评论家均看到了一点，即这种身体叙事带有明显的玩弄、猥亵色彩，而缺乏双方的情感升华。在小说中，西门庆疯狂地追逐女性和沉醉于性爱，他最直接的目的是为了满足自己的身体欲望，借此表达自己作为"官商结合的暴发户那睥睨一切、不可一世的气概"❶。为了满足自己的肉欲和征服欲，西门庆不会去考虑对方在生理上、心理上的感受，而只是追求自己的满足和快乐。为此，西门庆在自己欲望膨胀时，便会强行与异性进行交合，甚至不惜用"品箫""倒入翎花""倒插花""焚香炙肉"等方法来摧残对方的身体，以满足自己宣泄的快感。因此，有研究者认为小说中的身体叙事"带有极严重的单方面玩弄色彩，而不是具有双方享乐特征"❷。应该说，这一说法比较准确地把握住了《金瓶梅》中身体叙事的基本色彩，能够代表众多研究者的基本看法。

但是如果对小说文本进行细读，我们不难发现这一观点其实也有偏颇之处，即人们从小说所看到的只是身体叙事的一个方面，而忽视了背后所隐藏的人们挑战封建礼教、追求女性欲望满足的内容。中国传统文化也承认"饮食男女，人之大欲存焉"（《礼记》）的观点，但是这里的"大欲"更多指的是传宗接代的家族意义，而忽略了男女双方所具有的身体感受和精神快乐。换句话说，中国传统文化所认可的男女性行为，必须是为了传宗接代这一结果，而不是作为过程存在的性行为本身。如果文学作品中所表达的身体叙事超越了"发乎情，止乎礼"（《论语》）

---

❶ 宪之．"金瓶梅"现象［J］．文艺理论与批评，2004（05）．

❷ 陈东有．金瓶梅——中国文化发展的一个断面［M］．花城出版社，1990：188．

的标准，即便是真情投入而产生的肉体与精神上的合一体验，也会被视为"淫荡"而丧失了存在的合法性。这也是《金瓶梅》被历代有着封建色彩的道学家斥之为诲淫诲盗的内在原因。《金瓶梅》中所大肆描写的男欢女爱、颠鸾倒凤的场景以及双方在性爱过程中获得的快乐体验和欲望的满足，与封建伦理所强调的"节欲""灭人欲"的要求构成了何啻万里的反差，这也决定了作品在中国文化中可能遭遇的误读甚至批判。

事实上，《金瓶梅》固然描写了西门庆的发迹和纵欲史，但这并不意味着与他交合对象的女性只能被动地扮演着受虐的角色。潘金莲、李瓶儿等女性人物与西门庆交合时，她们不仅是作为西门庆的泄欲对象而存在，而且也有着自己明确的主体意识，追求着身体的快乐和欲望的满足。长期以来人们对《金瓶梅》的解读陷入到了某种道德主义的误区中去，或将小说中涉及的男女身体叙事一概视为男权主义的流露加以批判，而忽略了作为另一方的女性从中所具有的主体性。实质上，潘金莲、李瓶儿们"正因为让身体摆脱了灵魂（精神）的管束，获得了在体论的位置和本体论的意义，所以身体自性的冲动和欲望，就成了一种自然而然的'不容己'的合理性行为。这种'身体主义'所探寻的是身体自身的需求和快乐"❶。正是听从着身体的驱使，潘金莲、李瓶儿、王六儿、林太太等众多女性遵循着"身体的快乐原则，因而才能进入一种'狂欢化'的境地。这一'狂欢'摆脱的不仅是文化的束缚和禁忌，而且连性别的等级和权力也一同抛弃了"。潘金莲等人不仅是西门庆泄欲的工具，"也可以反过来把西门庆当作泄欲的工具。于是'幸福'的追求便定位在了'身体'的感觉性情状之上，身体的满足成了幸福的同义词，'幸福'与'道德'彻底分离了"❷。虽然作家站在传统文化的道德立场来加以评判，将身体叙事归结为道德伦理的匮乏，并以几乎所有西门家族的成员均无好的结局作为对后世的劝诫。但是，我们更应该看到的是，小说用男女主人公们对身体的狂欢化追求彻底地暴露了封建道德文化的虚伪性和荒谬性，将阉割人性、蔑视身体的传统文化的畸形特征深刻地揭示出来，从而对封建文化以及男权文化进行了无情的嘲讽和颠

❶ 冯文楼. 身体的敞开与性别的改造——《金瓶梅》身体叙事的释读［J］. 陕西师范大学学报（哲学社会科学版），2003（01）.

❷ 同上书。

覆，使小说因此而在一定程度上具备了强烈的反封建礼教和男权文化的色彩。

张竹坡在《第一奇书非淫书论》中认为："夫微言之而文人知儆，显言之而流俗知惧。不意世之看者，不以为惩劝之韦弦，反以为行乐之符节，所以目为淫书，不知淫者自见其为淫耳。"❶ 作为一部思想杂呈、内容丰富的经典家族小说，《金瓶梅》为后世提供了诸多可供借鉴之处。而在女性主体意识日益鲜明的当下，《金瓶梅》中所提供的反抗封建礼教、消解男权文化优势的内容日益为人们所重视，并为当代作家尤其是女性作家在家族小说中的身体叙事提供了借鉴。当代女性作家在作品中表现出的这种身体叙事的资源，一方面是"西方女性主义思想和本土的'新女性'文化与文学为女性文学提供了思想理论资源"❷，于是在 20 世纪 90 年代在西方女性主义"躯体写作"理论导引下中国当代文坛也掀起了一股（女性）躯体写作浪潮；另一方面，这些身体叙事又往往吸收了中国古代章回小说尤其是《金瓶梅》中的身体叙事资源，并以现代女性主义理论观照，形成了一种独具特色、集古今身体资源于一体的叙事方式。在铁凝的《玫瑰门》中，我们看到了这种受益于《金瓶梅》身体叙事的当代女性家族小说所表现的身体经验。作品中的司绮纹既要忍受花心丈夫的情感背叛和财产掠夺，又必须忍受代表着封建家族权威的庄老太爷的"道德"贬抑和嘲讽。忍辱负重的司绮纹发现自己被丈夫庄绍俭传染了花柳病之后，她万念俱灰，恸哭一场。经历过封建礼教的压抑和家族男权的蔑视，司绮纹犹如一朵浸润着毒汁的罂粟花在庄家开始绽放起来。于是她不再循规蹈矩、低眉顺眼，而是经常赤裸着下身叉开双腿在床上静等。"她觉得这是世界上最自然的姿势，这姿势有着一种无所畏惧的气势，一种摄人心魄的恐吓力量，它使那些在做爱时也不忘娇柔作态的预先准备好优美动人姿势的女人黯淡无光了，这种女人也包括了从前的她自己"。肉体惨遭丈夫凌辱和玩弄的司绮纹，在内心深处爆发了对封建礼教的愤懑、对男权文化的亵渎之心："她决心拿自己的肉体对人生来一次亵渎的狂想，那不是爱也不是恨，那只是一种玩世不恭

---

❶ 王汝梅，李昭恂，于凤树，校点．张竹坡批评第一奇书金瓶梅［M］．齐鲁书社，1987：20．

❷ 赵树勤．找寻夏娃——中国当代女性文学透视［M］．湖南师范大学出版社，2001：5．

的小把戏。"于是司绮纹选择了庄老太爷作为自己的亵渎对象。一天晚上，司绮纹走进了庄老太爷的房间，将自己赤条条的身体向庄老太爷敞开，并且用自己清香的身体把他整个儿地覆盖了。铁凝在这里展现了她对中国古代小说的熟悉，其中《金瓶梅》作为中国古代小说身体叙事的集大成者和异端叙事的代表，自然给予作家以重要的启示。"但是，在铁凝的作品中，我们看到的并非如《金瓶梅》中描写的那种赤裸裸的'生活再现版'的性爱场面，而是经过铁凝利用美学思想加工提炼过的两性故事。她既表现出女性那最原始的心理、生理欲望，又给人一种很好的分寸感，不至于达到污秽、肮脏、淫艳的地步。"❶小说中的司绮纹采用的方法是向以《金瓶梅》为代表的言情章回小说学习，她"运用着模仿着她翻弄过的章回小说里那些旷久的女人为唤醒男人那一部分的粗俗描写"，"她压迫着他，又恣意逼他压迫她。当她发现他被吓得连压迫她的力量都发不出时，便勇猛地去进行对他的搏斗了"。"虽然她只看见了他那青筋毕露的打着皱褶的脖子和脖子上的青筋的暴怒，她仍然模仿着做着……"在这场惊心动魄的对封建礼教和家族男权的恶战中，司绮纹以肉体为武器进行了酣畅淋漓的亵渎，并由此而彻底击溃了庄老太爷所谓的道德优势，从此他再也无法用《女儿经》中的道德观来贬抑司绮纹的一切了。在这场战斗中，司绮纹成了名副其实的胜利者。

在陈忠实的《白鹿原》中，透过田小娥这个带有悲剧性色彩的女性形象，我们也不难发现她的滥交行为带有报复封建礼教和白鹿原男权家长制尊严的性质。在追求男欢女爱被人发现之后，田小娥被"刺刷"，这使得她对白嘉轩所维护的封建礼教和所代表的男权社会彻底绝望。正如田小娥所说，"我惹了谁了？我没偷掏旁人一朵棉花，没偷扯旁人一把麦秸柴禾，我没骂过一个长辈人，也没揉戳过一个娃娃，白鹿村为啥容不得我住下？"受鹿子霖教唆后，田小娥开始了主动出击的报复。将白孝文带入一个破旧废弃的砖瓦窑后，田小娥"扬起胳膊钩住孝文的脖子，把她丰盈的胸脯紧紧贴压到他的胸膛上，踮起脚尖往起一纵，准确无误地把嘴唇对住他的嘴唇，白孝文的胸间潮起一阵强大的热流。这个

---

❶ 吴延生. 艰难的跋涉　不懈的追求——从人物塑造看铁凝近期小说审美视角的变化[J]. 名作欣赏·文学研究, 2007 (11).

女人身上那种奇异的气味愈加浓郁，那温热的乳房把他胸脯上坚硬的肋条熔化了，他被强烈的欲望和无法摆脱的恐惧交织得十分痛苦。在他痛苦不堪犹豫不决的短暂僵持中，感觉到她的舌尖毫不迟疑地进入他的口中。那一刻里，白孝文听到胸腔里的筋条如铁笼的铁条折断的脆响，听见了被囚禁着的狼冲出铁笼时的一声酣畅淋漓的吼叫"。面对封建礼教和男权家长的权威，田小娥不再是被动地埋怨，而是主动地大胆出击。

不可否认，《金瓶梅》在对 20 世纪家族小说中的身体叙事也存在负面的影响。首先，就《金瓶梅》中身体叙事的整体来看，对单纯的动物本能的发泄和身体欲望的简单迎合在一定程度上成为许多作家尤其是男性作家容易走进的陷阱。"蔑视身体固然是对身体的遗忘，但把身体简化成肉体，同样是对身体的践踏。当性和欲望在身体的名义下泛滥，一种我称之为身体暴力的写作美学悄悄地在新一代笔下建立了起来，它说出的其实是写作者在想象力上的贫乏——他牢牢地被身体中的欲望细节所控制，最终把广阔的文学身体学缩减成了文学欲望学和肉体乌托邦。肉体乌托邦实际上是新一轮的身体专制——如同政治和革命是一种权力，能够阉割和取消身体，肉体中的性和欲望也同样可能是一种权力，能够扭曲和简化身体。"❶ 其次，《金瓶梅》的身体叙事中隐藏着一种女色归罪的深层意识，这与作家的封建道德立场和男权意识息息相关。小说中的女性几乎都被塑造成充斥着欲望，在肉体狂欢中度日的形象。一定意义上，女性的身体成为了欲望的符号和男性快乐的策源地。虽然在具体的身体叙事中包含了女性的灵肉合一的体验，但从小说的大局来看仍然承载了作家的色空观念，"所谓对'情色'的认识，实际上也就是对女性'性征'的认识；对之所作的批判，也就是对女性'性征'的道德归罪""为了彻底制止欲望的泛滥，作者索性将女性的身体作幽闭处理，也即以闲置或禁锢的方式，断绝女性的生理本能，铲除女性的性别特征"❷。就 20 世纪中国家族文学的历史来看，男性作家的家族叙事中夹杂了较多的男权文化的思想遗存，往往有意无意地将女性的身体作为一种罪恶的渊薮加以看待。李佩甫的小说《羊的门》表现的是乡村家族

❶ 谢有顺. 文学的常道 [M]. 作家出版社，2009：66.
❷ 冯文楼. 身体的敞开与性别的改造——《金瓶梅》身体叙事的释读 [J]. 陕西师范大学学报（哲学社会科学版），2003（01）.

第四章 《金瓶梅》：中国现代家族小说的一种文化资源

中渗透的权力意识。作为呼家堡最有权威的人物，呼天成让秀丫脱光了衣服之后"并没有走过来，呼天成在土垒的泥桌前坐着，手里拿的是一张报纸，那时候，呼家堡就有了一份报纸，那是一张《人民日报》。呼天成拿着这张报纸，背对着秀丫，默默地坐着，他在看报。油灯下，报纸上的黑字一片一片的，一会儿像蚂蚁，一会儿像蝌蚪，一会儿又像是在油锅里乱蹦的黑豆……"在这里，呼天成将秀丫的裸体当作了一种道具，用异性的光洁身躯来锻炼自己的意志力。"他曾多次问自己，你到底要什么？仅仅是要一个女人么？你要想成为这片土地的主宰，你就必须是一个神。在这个时候，你就不是人了，你是他们眼中的神。神是不能被捉住的。哪怕被他们捉住一次，你就不再是神了"，因此，"几个月来，呼天成给自己树立了一个敌人。他发现，像他这样的人，是需要敌人的。这个敌人不是别人，就是他自己。他不怕那个人，他甚至可以把那个人的灵魂捏碎！可他却没有这样做，他把那个人当成了一口钟，时时在自己耳畔敲响的警钟。那人是在给他尽义务呢，那人就是他的义务监督，有了这样一个人，他就可以时时地提防另一个自己了"。也就是说，呼天成虽然并没有猥亵的行为，但在精神深处却是将女性的身体当作了一种罪恶加以看待的，他必须在异性的裸体面前锤炼自己的意志，女性的身体成为了一种羞耻的存在。在陈忠实的《白鹿原》、刘恒的《伏羲伏羲》等作品中也存在着女色归罪的文本信息。

## 三、《金瓶梅》与中国现代家族小说的叙事伦理

伦理指的是调节人与人、人与社会之间的一种关系准则和行为规范。小说叙事也有着自己的伦理，它是小说之所以成为小说的独特的叙事准则、表达规范。小说的这种叙事伦理，"不探究生命感觉的一般法则和人的生活应该遵循的基本道德观念，也不制造关于生命感觉的理则，而是讲述个人经历的生命故事，通过个人经历的叙事提出关于生命感觉的问题，营构具体的道德意识和伦理诉求"❶。也就是说，小说的叙事伦理指向的不是生活的、现世的"一般法则"和"基本道德观念"，不是用"理则"压制"生命感觉"，而是超越现世伦理表达着自己关于

---

❶ 刘小枫. 沉重的肉身［M］. 上海人民出版社，1999：4.

生命的感觉、建构具体的道德意识，在此基础上表达出作家的伦理诉求。这一伦理诉求突破了现世生活道德的束缚，直抵人性的深处，因而具有重要的文学发现价值和精神价值。《金瓶梅》之所以在中国小说史上具有十分独特的地位、且自问世以来伴随着长久的争议，其根本原因就在于小说中所体现出的叙事伦理的超前性，这在历来强调文以载道的传统文人和评论家那里，无异于一次公然的挑衅和离经叛道。若跳出俗常的现实伦理观念的束缚，而以小说叙事伦理的审美性、超越性和人类性进行审视，则往往会有新的领悟和发现。

在中国古代，文学作品首先是作为一种道德教育的手段和工具存在。这种道德属性，又与现实的道德标准、伦理规范时常重叠，发展到极致，则是以现实生活中的道德标准、伦理规范来看待文学创作，要求文学作品中表现的道德伦理诉求与现实道德伦理诉求完全一致。否则，文学作品一旦背离了这条既定的轨道，便不免受到"不道德""诲淫诲盗"的指责。长期生活于道德主义、伦理规范日益僵硬的社会，使得作家在文学创作时将作品叙事伦理限定在社会舆论所认可的伦理规范之中。无论是所谓的"文以载道"还是对"人格与文格"关系的强调，实际上都是将文学中的道德伦理与现实生活中的道德伦理简单等同了起来。事实上，作家往往是具有两重性的人，文学作品中的道德伦理观念与作家在生活中认可的道德伦理并不一致。这也就是荣格所说的作为个人的艺术家和作为艺术家的个人之间的差别：作为个人的艺术家，是指艺术家的个人癖性和个人局限性，即他日常生活中的形象；作为艺术家的个人，是指艺术家在其作品中的形象，实际上也就是他所创造的艺术世界。这里所体现的是两个不同层次的概念，一个是现世的、实际生活中的观念，一个是审美性的、精神性的观念。忽视了这一点，一味地将两者等同起来，会在很大程度上造成文学叙事观念的畏缩不前。《金瓶梅》之所以被视为一部里程碑式的作品，一个重要原因就在于它冲破了传统的文以载道的文学观念，抛弃了现世生活的道德伦理对作家审美观念和艺术想象力的严重束缚，使得作品能够得以跳出俗常的伦理说教而臻于艺术的博大境界。这既是对中国古代小说叙事伦理的一次有力的背叛，也是对此后中国家族小说尤其是 20 世纪中国小说叙事伦理的重要启迪。在《金瓶梅》中，作品描写的主人公已经不是英雄豪杰、王公大

臣，也不见了英勇报国的冲天豪情、救死扶伤的美好品德，作家将审美眼光聚焦于长期为文学史所遮蔽的那些非道德人物形象身上，刻画他们对俗世道德的背叛、永无止境的欲望、自私自利的灵魂，这是对中国传统小说俗常道德伦理观念的一次突破和颠覆。于是，几百年来人们都在慨叹《金瓶梅》所缺少的光明、无处不在的黑暗，却恰恰忽视了这才是《金瓶梅》之为其本身的巨大魅力。我们必须跳出传统的审美视域，从小说的叙事伦理去看待《金瓶梅》中的人物，这样才能在"丑"角遍布的艺术世界中发现中国传统社会和人们内心深长期被隐藏的真实。如果不能跳出现世的道德伦理束缚，仍然习惯于用传统的"文以载道"的观念去衡量小说，自然容易陷入到对人物言行的震惊和思想的迷惑彷徨之中。

在《金瓶梅》中，我们难以发现仁、义、节、孝、忠的存在，目光所及之处皆是鲜廉寡耻、荒淫无度的人物。小说中的女性人物，已经没有了传统小说中常见的温柔贤惠、忠贞不屈的美德，而沦为了追求享乐、自私自利的角色。潘金莲永不满足的性爱欲望，李瓶儿私通西门庆气死丈夫花子虚的阴冷，吴月娘为牢牢掌握家族经济大权的冷酷与无情，等等，都是女性心理变异的表现。《金瓶梅》所展现的道德沦丧的现实，根源于作家对现实生活的透彻观察。明朝中后期资本主义萌芽的出现和发展，使得商人社会渐渐形成，传统的封建伦理道德受到了来自商业文化的强力挑战。作者发现了这一重要的社会变化，并以自己的生动描绘揭示出这个群体的生活方式和精神世界。诚如评论家所言："《金瓶梅》以它缜密的笔触摹写了历来被'密封'着的、为文人所羞于启齿的那一部分生活，这是艺术的死角。《金瓶梅》不仅是死角艺术，也是变态艺术，它是一个变态、病态世界的真实反映。《金瓶梅》艺术旨趣的'反英雄'追求，应当看作是对被戏弄了的'英雄时代'的一种反驳！它的作者以'赴汤蹈火'般的勇气率先跃入丑艺术，这对于丰富和发展我国的文学艺术功不可没。"[1]《金瓶梅》通过作品展示出了一个小说史上罕见非道德人物世界，他们的欲望、罪恶、贪婪、冷酷有力地冲

---

❶ 贺信民. 孽海之花　丑恶之花——也谈《金瓶梅》的美学价值 [J]. 陕西理工学院学报（社会科学版），1988（04）.

击着传统文学所形成的审美习惯，打破了人们的期待视野，重新发现了人的复杂性、多样性，勇于面对现实、审视丑恶的存在。

对于长期以来习惯于将现世伦理道德与文学作品伦理道德紧密联系的读者来说，《金瓶梅》是一部令人震惊而难以接受的作品，他们将作品中的邪恶、淫荡、阴谋归因为作者的诲淫诲盗。但是，更应该看到的是，"文学的道德和人间的道德并不是重合的。文学无意于对世界做出明晰、简洁的判断，相反，那些模糊、暧昧、昏暗、未明的区域，更值得文学流连和用力""固有的道德图景不能成为小说的价值参照，小说必须重新解释世界，重新发现世界的形象和秘密，也就是说，小说家的使命，就是要在现有的世界结论里出走，进而寻找到另一个隐秘的、沉默的、被遗忘的区域——在这个区域里，提供新的生活认知，舒展精神的触觉，追问人性深处的答案，这永远是写作的基本母题。在世俗道德的意义上审判'恶人恶事'，抵达的不过是文学的社会学层面，而文学所要深入的是人性和精神的层面；文学反对简单的结论，它守护的是事物的复杂性和丰富性——它笔下的世界应该具有无穷的可能性，它所创造的精神景观应该给人们提供无限的想象。文学是要回答现实所无法回答的问题，安慰世俗价值所安慰的心灵。"❶ 这便是《金瓶梅》之于中国文学的独特价值和重要启示。从《金瓶梅》这里获得启迪的作家，跳出了将小说的伦理道德和现实生活的伦理道德画上等号的误区，单纯的惩恶扬善已经不能满足 20 世纪中国家族作家对社会的追问和对人性的思考。现实永远不会像中国古代的戏曲和小说一样那样泾渭分明、易辨忠奸，而是有着无数幽暗的角落、精神未曾到达过的地方，《金瓶梅》为他们提供了极其重要的参考坐标、精神资源和写作技巧，启迪着他们如何写出这些文学的死角和道德的盲区。

现世伦理霸权和道德利剑对于 20 世纪以来的中国家族小说作家们已经不那么具有威慑力，他们有意识地深入那幽暗的非现世道德的里层，去探测丰富而隐秘的人性世界，使中国家族小说从善恶分明、敌我对立的道德状态中脱离。

在铁凝的《玫瑰门》中，作家从女性的灵魂变异的角度刻画了司绮

---

❶ 谢有顺. 此时的事物 [M]. 江苏教育出版社，2005：4.

纹这个历经社会与时代折磨的女性。铁凝并没有局限于社会伦理道德的简单批判立场，而是从人性的复杂性着手细致地分析了司绮纹的心理变异过程，将其从温良谦让的传统妇女转变为自私自利、心理变态的"心灵史"惟妙惟肖地揭示了出来：年轻时的司绮纹爱上了革命者华致远，希望能从中寻找到理想的爱情，这时的她洋溢着青春的激情和理想的色彩。革命失败后，司绮纹被父母做主嫁给了浪荡公子庄绍俭。婚后一段时间内，司绮纹依照传统妇女的要求，恪守妇道，勤俭持家，而命运却对她开了莫大的玩笑。丈夫的花心，司绮纹只能默默忍耐，这种忍耐在她被丈夫传染花柳病后终于消失了。此后的司绮纹为仇恨和屈辱所驱使，不仅色诱公公庄老太爷、颠覆其权威，而且变得自私自利、尖酸刻薄。中华人民共和国成立之后，司绮纹预感到政治风暴的来临，于是通过主动上缴私产、讨好街道负责人罗大妈、迎外调人员故意隐瞒妹夫已死的真相等手段，在动荡的社会中保护着自己。而在家族中，司绮纹对儿媳、外孙女的压制、利用也让人感觉到家庭温暖的丧失。对于这样一个人格扭曲、性格畸形的女性，作家并未从现世伦理道德的角度加以简单化处理，而是深入到了人物的精神里层，从中发掘出政治、时代、家族、文化等对司绮纹的无形制约，迫使她采用了一种变态的方式维护自己和家族的安全。

在苏童的《米》中，作家通过农民五龙对大米和女人的疯狂追逐，展现了人性深处潜藏的"食""色"驱动力。小说中的五龙原本是一个逃荒的难民，后入大鸿记米店成为帮工。米店冯老板死后，五龙便成为了新老板，并娶了冯老板的女儿绮云为妻。社会地位发生了巨大变化的五龙，内心深处却保持着饥饿造成的人性扭曲。五龙对于米和女人有着疯狂的追逐，他经常在米仓里发泄着变态的性欲。苏童不是从阶级立场上看待农民五龙，而是从人的自然属性中的"食""性"对人的根本性制约。这种人性深处的食色欲望有着相当的普遍性，而一旦它与社会、历史条件联系起来，已很难从现世伦理的角度进行评判。这部小说的成功之处在于，作品"一方面展示了一种新的历史观，即人类的历史只不过是建立在'食'与'色'基础上的生息繁衍的历史；另一方面还揭示了历史进程中的内在原因，即人类与生俱来的对他人的嫉妒心和仇恨心理。这表明兽性在历史中还依然具有巨大的作用，这种对人类兽性的发掘和在历史进程中的体现的探讨，实际上是对人的复原和对人类历史的理性精神的对抗与消解"❶。从人类兽性的角度来审视一个家族的历史变迁，凸显生命中的丑恶形式，是作家对通常意义上的温情、和睦、充满伦理光辉的家族观念的一次突破，这显示出苏童敏锐的文化勇气和创作触觉，这与《金瓶梅》对人性深处中的兽性因素的发掘有着异曲同工之妙。《金瓶梅》在中国文学史上将小说叙事从现世伦理道德的规约中剥离，为艺术审美开创了一个新的审美空间，这也为 20 世纪的中国作家们提供了重要的思想启迪和创作借鉴。在阿来的《尘埃落定》、王蒙的《活动变人形》、东西的《耳光响亮》、余华的《在细雨中呼喊》、莫言的《丰乳肥臀》、苏童的《妻妾成群》、北村的《施洗的河》等众多作品中，我们也都可以看到作家表现出来的对世俗伦理道德的规避，作品中的众多人物已不再拘囿在现世的伦理约束之中，这与中国传统文学所强调的文以载道、文学叙事伦理等同现实伦理的方式拥有了本质的区别。

由于中国文学"文以载道"的教化功能过于突出，它的精神品质受到了严重的遏抑。"中国文学一直以来都缺乏直面灵魂和存在的精神传统，作家被现实捆绑得太紧，作品里的是非道德心太重，因此，中国文学流露出的多是现实关怀，缺乏一个比这更高的灵魂审视点，无法实现超越现实、人伦、国家、民族之上的精神关怀。这个超越精神，当然不是指描写虚无缥缈之事，而是要在人心世界的建构上，赋予它丰富的精神维度——除了现实的、世俗的层面，人心也需要一个更高远、纯净的世界。"❷ 也就是说，文学作品不仅要反映现实、观照现实，而且还应存在着一个更为超越的所在。这个超越的所在，应该超越现实的好坏、美丑，应该不局限于现实、伦理、民族、社会、国家的层面，而应该直接跳出世间的俗常事物，以一种灵魂的高度俯瞰人间的众生百态，将人心的细腻、变幻建构起来。这种对超越性的灵魂高度的追求，是中国传统文学所缺乏的。《金瓶梅》一大特色就是"作者没有用假定的美来反对现实的丑，这是一个崭新的视点，也是小说创作在传统基础上升腾到一

---

❶ 田中阳，赵树勤. 中国当代文学史［M］. 湖南师范大学出版社, 1998: 433.

❷ 谢有顺. 此时的事物［M］. 江苏教育出版社, 2005: 11.

个新的美学层次。因为所谓哲学思考的关键，就在于寻找一个独特的视角去看人生、看世界、看艺术，这个视角越独特，那么它的艺术越富有属于他个人的、别人难以重复的特质"❶。《金瓶梅》没有局限于美与丑、善与恶的两端，而是跳出了这一审美的误区，而从灵魂的制高点俯瞰着人世间的悲欢离合。在《金瓶梅》的艺术世界中（而非作者有明确道德判断的现实立场中），作者没有陷入是非、善恶、美丑、正邪的两极，而是在一切人类精神可能存在之处发现并细腻地捕捉到了人性、人情的贯通，表现出超越世俗、俯瞰人间的审美追求。《金瓶梅》被一些人视为诲淫诲盗之书，很大程度上在于作者没有依照现实生活中的伦理道德观念进行描写，而是"超越了人间道德的善恶之分""在作品中贯注着一种人类性的慈悲和爱"，这样的作品"不能被任何现成的善恶、是非所归纳和限定，因为他们所创造的是一个伟大的灵魂世界，在这个世界里，每个人都是悲哀的，但又都是欢喜的"❷。

据统计，《金瓶梅》的字数大约为100万，其中与男女（或同性）性行为相关的文字约为3万字。在全书100余处的性行为描写中，性交合的描写又占到了五分之四的比重。新时期以来，在大陆公开发行的《金瓶梅》一般采用的都是经过古人或今人删节过的版本，或再经过部分增删或合订而成。由于全本《金瓶梅》中的一些为人所诟病的性描写已经删除，因而在社会中广泛发行的洁本小说已不再令人感到所谓的"淫荡"，因为情欲描写而导致的"丑""恶"程度也大幅削弱。尽管《金瓶梅》在描写人物性行为时追求客观、真实的效果，于是"一种意见认为《金瓶梅》是一部带有浓厚自然主义色彩"❸的作品。这种观点就小说的叙事大体而言无疑是正确的，但这并不能否认这部小说所体现出来的浪漫化色调，这又尤其表现在作品中所进行的性描写的审美升华中。在《金瓶梅》中，作者通过传统文学作品中经常采取的诗、词、对句等方式来描写性行为，赋予了小说中的性描写以一种诗意色彩。虽然

---

❶ 宁宗一，罗德荣．《金瓶梅》对小说美学的贡献［M］．天津社会科学院出版社，1992：22.

❷ 谢有顺．此时的事物［M］．江苏教育出版社，2005：13.

❸ 宁宗一，罗德荣．《金瓶梅》对小说美学的贡献［M］．天津社会科学院出版社，1992：29.

西门庆所追求的是一己的欲望满足和身体的发泄，而很少顾及异性的感受，但这并不能否认交合双方在这一过程中所获得的身体满足和高潮体验。小说在客观地再现西门庆的纵欲生活时，也对他及其周围人的身体体验进行了较为诗意的描绘，从而细腻地传达出置身性爱中的人们的身体感受，"对研究古代人物性心理、性变态有参考价值"❶。在全书百余次的性事描写中，有20余次采用了五言或七言诗、词、对句、杂体诗等传统文学的表情达意方式，从而为这部带有自然主义色彩的小说赋予了某种隐喻色彩，深刻地揭示出小说人物对性爱的强烈追逐和高潮体验。小说描写西门庆与吴月娘的性行为时，用了"海棠树上莺后急，翡翠梁间燕语频"等句。作品在写西门庆与妓女郑爱月性行为时，中间有"花嫩不禁柔，春风卒未休。花心犹未足，脉脉情无极"等句子。如果说在诗、词、对句中所表现的身体交合与体验更多地依靠联想、暗示而存在的话，那么在小说中描写男女双方巅峰体验最为有力的则是通过"一种诗不像诗，词不像词，曲不像曲，对句、排比掺杂，诗词曲变形的'诗'"❷。小说就由这种"诗"表现西门庆和林氏私通时的身体体验："迷魂阵摆，摄魂旗开。迷魂阵上，闪出一员酒金刚、色魔王，能征惯战；摄魂旗下，拥出一个粉骷髅、花狐狸，百媚千娇。这阵上扑冬冬鼓震春雷；那阵上闹挨挨麝兰暖碘。这阵上复溶溶被翻红浪，精神健；那阵上刷剌剌账挖银钩，情意牵。这一个，急展展二十四解任徘徊，那一个，忽剌剌一十八滚难挣扎。斗良久，汗浸浸，钗横鬓乱；战多时，喘吁吁，枕侧衾歪。顷刻间，肿眉眼；霎时下，肉绽皮开。"这一段语言，将人物癫狂的肉体体验和迷乱心理描绘得绘声绘色，如果抛开西门庆偷情道德因素，单就其语言的通感而言确实颇具特色。应该看到的是，"《金瓶梅》的作者是以鲜明的封建伦理色彩来创造这部言情小说的。作者在进行性行为描写时，自然解脱不了封建伦理的框框，总是持否定态度"❸。但在作品描写性事的诗、词、对句中，则又相当精妙地传达出了当事人的身体感受和情感愉悦之情，这对小说中显在的封建伦

❶ 王汝梅，李昭恂，于凤树，校点.《张竹坡批评第一奇书金瓶梅》·校点后记 [M]. 齐鲁书社，1987：1596.
❷ 陈东有. 金瓶梅——中国文化发展的一个断面 [M]. 花城出版社，1990：197.
❸ 陈东有. 金瓶梅——中国文化发展的一个断面 [M]. 花城出版社，1990：200.

理和道德说教构成了一种隐性、却强有力的挑战。也就是说，作者在创作这部小说的时候，是有着自己的道德评判和思想追求的。作者在书中一方面批判了这种财色欲望，另一方面又不自觉地承认了身体肉感的存在和强大的内在力量，身体的内在力量突破了封建道德的外来束缚，借助小说人物的身体叙事蓬勃而出。从这个角度来看，过去评论者所持有的《金瓶梅》是一部"诲淫诲盗"之书固然是人们对作家追求的封建伦理道德的忽视，而批评作家认为作品一味沉溺于庸俗性行为的观点也无视人物的内在生命诉求和作家对于现世伦理的超越。或许可以这么说，作家创作这部小说的本意乃在于劝谕世人、凸显财色的巨大腐蚀作用，但在具体的创作过程中，作家的超越意识逐渐觉醒，一直束缚着其精神的封建道德在其创作中失去了原有的效力，于是作家在创作过程中不自觉地听从了觉醒后的超越意识发出的指令，用古代俗文学中常见的诗、词、对句、杂体诗等方式隐晦地传达着自己的发现。正是这种曲折、隐晦的超越意识，使作家的意识与潜意识相互交织，追求封建伦理道德的显在力量与追求身体觉醒后的快乐、自由的力量不断抗衡，从而产生了小说中的客观与诗意、淫秽与灵肉合一等诸种带有矛盾的思想、内容和情节。

"一般说来，中国古代文学中不乏性行为的描写，但是，无论是纯文学中的象征式的隐语描写，还是市井小说的赤裸裸的直接描写，都是一种典型的男性话语，"[1] "在中国封建时代的旧文学中，女子只是作为性事的一种工具，一个鼎镬，女性被彻底地物化。在男性作家的笔下，女性的性感觉或者被完全忽略，或者被蒙昧地简化为一种粗野的叫唤。"[2] 这种情况在《金瓶梅》中同样是大量存在着的。但是，作为一部内蕴丰富、思想驳杂的古代经典家族小说，它又不时有着溢出封建旧文学常规之处。例如，小说在描写西门庆与潘金莲私通时，有一首七言律诗表现当时的场景和主人公的身体体验："寂寞兰房簟枕凉，佳人才子意何长。方才枕上浇红烛，忽又偷来火隔墙。粉蝶探香花萼颤，蜻蜓戏水往来狂。情浓乐极犹余兴，珍重檀郎莫相忘。"这首七言律诗运用

---

[1] 赵树勤. 找寻夏娃——中国当代女性文学透视 [M]. 湖南师范大学出版社，2001：26.

[2] 同上书，第34页。

了比喻、象征、拟人等手法，将西门庆和潘金莲在身体交合中产生的巅峰体验以"花萼颤"的形象生动、传神地表现了出来。值得注意的是，在这首律诗的结尾，作者以潘金莲的口吻传达了她在与西门庆的性爱中获得的愉悦和满足。联系作品，可以看出潘金莲在与西门庆的性爱中获得了一种前所未有的身体和心灵的震动。潘金莲可谓命运多舛，自幼被迫学习弹唱供人取乐，又被老年家主收用。后因遭到主妇胁迫，只能嫁给武大为妻。由于王招宣、张大户、武大均不能给予潘金莲应有的身体快乐，武松又以封建礼教拒绝了她的爱情追求，潘金莲成为了男权世界一个饱受凌辱的受害者。只有在西门庆那里，潘金莲才获得了一种真正的身体感受和欲望的满足，故此有"蜻蜓戏水往来狂"之语。正是因为潘金莲在西门庆这里"情浓乐极犹余兴"，身心都获得了极大的满足，所以临别时才会依依不舍地叮嘱"珍重檀郎莫相忘"。人们以往多注意的是小说中正文的描写，而对穿插在性爱叙事中的诗歌缺乏足够的研究，忽视了诗歌所传达的人物的肉体感受和心灵体验。结合潘金莲的经历和这首七言律诗来看，潘金莲作为一个长期受男权压迫、毫无身体幸福可言的妇女，只能通过与西门庆的偷情而获得肉体的满足，可见强加在其身体和精神上的枷锁何其沉重。理解了这首诗，才更能了解潘金莲作为一个被侮辱与被损害的人所具有的反抗意识和悲剧色彩。又如作品描写潘金莲与陈经济性行为的片段："二载相逢，一朝配偶；数年姻眷，一旦和谐。一个柳腰款摆，一个玉茎忙舒。耳边诉雨意云情，枕上说山盟海誓。莺恣蝶采，旖旎抟弄百千般；狂雨羞云，娇媚施逞千万态。一个不住叫亲亲，一个搂抱呼达达。得多少，柳色乍翻新样绿，花容不减旧时红。"这段文字不仅表现了人物当时的行为动作，而且细腻地传达出了人物的表情和心理，将身体的肉在属性和心灵的满足结合得十分巧妙。由此不难看出，《金瓶梅》中的性爱叙事有不少部分是带有鲜明的男性的猥亵、玩弄色彩，但也有一些性爱叙事则带有了明显的女性色彩，不仅以女性的口吻娓娓道来，而且作品叙事的联想、跳跃、视觉感、色彩感也有着明显的女性色彩。之所以《金瓶梅》能够部分跳出物化女性的旧文学传统，或许与其作家的构成有着直接的关系。自《金瓶梅》问世以来的数百年间，人们一般认为是兰陵的笑笑生所作。除此之外，还有其他 20 多种关于作者的说法，其中有两种说法颇值得注意。

潘开沛认为此书乃艺人集体创作，魏子云认为是沈自邠、沈德符父子及其他文人集体创作。如果艺人集体创作一说能够成立的话，那么这一艺人集体中必然包括为数不少的歌妓、优伶，她们可能在某种程度上将自己的体验融进了执笔者的小说文本之中，这或许可以在一定程度上解释小说中女性体验的存在和语言的某些女性色彩。《金瓶梅》的真正作者也许永远无法确定，但这并不能掩盖小说中性爱叙事所存在的女性成分和诗意化表达方式，并对此后中国作家尤其是女作家的性爱叙事带来重要影响。作品摆脱了俗常伦理、道德观念的束缚，创造了能够勾连起任何时代与社会中的普遍记忆的复杂灵魂及其体验。

在 20 世纪 90 年代兴起的中国女性主义写作中，一些女性作家描写了女性家族小说中的性爱叙事，这通常被认为是对西方女性主义文学及其批评的一种借鉴。但同样应该值得重视的是，中国历史上的性爱叙事的代表作品《金瓶梅》已经无形之中渗透至社会生活的方方面面，从而成为这些作家们进行创作时的精神背景和文化资源。同时，《金瓶梅》作为一种文化精神传统，它并不是一成不变的。"传统并不仅仅是一个管家婆，只有把它所接受过的忠实地保存着，然而毫无改变地保持着并传给后代。""而是生命洋溢的，有如一道洪流，离开它的源头愈远，它就膨胀得愈大。"❶ 可以说，当代作家中的性爱叙事不可能脱离《金瓶梅》的传统背景而单独存在。在陈染的小说《私人生活》中，我们看到了作家对主人公躯体体验的细腻描写和诗意提纯："当我的手指在那圆润的胸乳上摩挲的时候，我的手指在意识中已经变成了禾的手指，是她那修长而细腻的手指抚在我的肌肤上，在那两只天鹅绒圆球上触摸……洁白的羽毛在飘舞旋转……玫瑰花瓣芬芳怡人……一艳红的樱桃饱满地胀裂……秋天浓郁温馨的枫叶缠绕在嘴唇和脖颈上……我的呼吸快起来，血管里的血液被点燃了。"这样的躯体叙事，继承了《金瓶梅》中优雅、诗意、联想、朦胧的色彩，文笔美丽动人，而情谊绵延。徐小斌在《羽蛇》中用充满想象的通感手法描写了羽的身体："全身没有一根体毛，触上去冰凉光滑，像是水族的后裔……金乌久久地看着羽，忽然

---

❶ ［德］黑格尔. 哲学史讲演录（第一卷）［M］. 贺麟，王太庆，译，商务印书馆，1981：8.

觉得，羽身上同时有着一种小心翼翼的秀美和放浪形骸的绝决，她可以清淡成一滴墨迹，又可以纵身大水，溺水而歌。她的血管，好像入冬的花茎，干涸的河床，只有在有爱的时候才是美丽。"小说这样描写亚丹的躯体体验："当她一个人独处的时候，她总是忍不住地去抚摸自己已经悄然变化了的身体。在一个月夜，一个月光如水的夜晚，她打开窗帘，就着月光看自己日益突起的乳房，月光下的乳房像陶器一样寒冷而美丽。"在赵玫的《我们家族的女人》中，作家如此描述两性交合时的身体震颤和心灵悸动："那黑暗。那黑暗中的第一阵颤栗。不可禁止的，像沸腾燃烧的黑海。一个一个炎热的浪头滚过去。缓慢而沉重地滚过去。海涨起来。像所有激情的时刻一样。我被他抱紧。我不能动。哆嗦着，以为末日真的来临。或者死。宁可死。""世界早已不复存在，连同我们。只有黑暗。深的黑暗侵袭着……我们曾久久渴望的等待的那一刻，完结。像湍流的水骤然转入一个宁静的港湾，像，从战场归来。"在这些描述中，无论是清淡的墨迹、入冬的花茎还是干涸的河床、陶器一样寒冷而美丽的乳房，都是将具体的身体器官及其细腻感受转化为形象可感的具体物项，并以此来形成一种独特的人生体验，同时也借以对抗男权话语无处不在的侵袭。性爱叙事的特点，在铁凝的《大浴女》《玫瑰门》，陈染的《与往事干杯》等作品中也有着鲜明的体现。此外，在莫言的《丰乳肥臀》、阿来的《尘埃落定》、苏童的《妻妾成群》、张炜的《古船》、李佩甫《城的灯》等作品中，作家也都采用注重小说灵魂表现空间的策略，使叙事深入到了个体存在的隐秘体验和细节捕捉中，展现了丰满、生动的人物灵魂和个性特征，这与《金瓶梅》所开创的小说叙事伦理传统是息息相关的。

不难发现，作为中国家族小说经典的《金瓶梅》，被作家吸收、融会于家族小说后，对 20 世纪中国家族小说的思想内容的更新和叙事伦理的确立起到有力的推动作用。值得注意的是，20 世纪中国作家对封建时代被视为诲淫诲盗的《金瓶梅》所表现出来的浓厚的兴趣，除了反叛封建礼教、勇于表现自我以及思想观念的解放之外，或许更深层的原因还在于作家们对寻找新的写作资源的不懈追求："我们之所以在今天如此强调叙事资源，要把《红楼梦》《金瓶梅》《水浒》重新从书架上取下来，放到自己的案头，是因为到今天，越是全球化，地方性叙事的意

义越是突出，我们自身的文学资源也就越是显得珍贵。当然，我觉得更重要的是，他们用一种拟古式的文体造成一种疏离感，以此对大众传媒所代表的语言、文化进行个人的抗争。他们顽强地拒绝被同化。"❶ 同时，20世纪中国家族小说作家对于《金瓶梅》的重视，往往具有不同的视野和目的，这也使得他们各取所需地汲取着这部经典家族文本的丰富营养。在20世纪的中国家族小说叙事中，作家们创作了不同类型的家族叙事作品，或注重身体叙事的先锋性，或聚焦于叙事伦理的前卫性，这既反映了作家对于《金瓶梅》的熟悉和吸收，也现实了不同作家、不同时代的中国作家对于作品的理解、借鉴存在着微妙的差异。

❶ 李洱. 传媒时代的小说虚构——李洱在上海市作协的演讲［N］. 解放日报，2008 - 02 - 10.

# 第五章 《红楼梦》与中国现代家族小说

鲁迅先生说:"自有《红楼梦》出来以后,传统的思想和写法都打破了。"❶《红楼梦》被认为既是中国古代小说艺术的全面总结,又是现代小说美学的伟大开端。作品问世以来,便长期受到学界的关注和研究,并对后世文学产生了巨大影响。其一,续作、仿作纷呈。据鲁迅先生《中国小说史略》中列举,到道光年中,就有《后红楼梦》《红楼后梦》《续红楼梦》《红楼复梦》等十四种续作出现。续书自不待言,《镜花缘》《一层楼》《泣红亭》《儿女英雄传》等仿书或多或少也有着《红楼梦》的影子。同样,《海上花列传》以前的狭邪小说也都笼罩在《红楼梦》的艺术光环之下。其二,是小说文本的变异,即根据小说文本改编的故事、绘画、戏剧曲艺、影视作品蔚为大观。其三,其后继者一直延绵到 20 世纪叙事文学创作当中。在 20 世纪的中国,许多学者、作家与《红楼梦》有着亲密的关系,他们或是有专著论述,或是在系列文章中涉及有关问题,如陈独秀、胡适、鲁迅、巴金、林语堂、老舍、张恨水、路翎、端木蕻良、张爱玲、琦君、孙犁、刘绍棠、贾平凹、李准、王蒙、刘心武、白先勇等。中国现代的诸多优秀小说,在形象设计、叙事章法、主题要旨、语言风格、象征意象等艺术手段上,不同程度受到了《红楼梦》的影响。

在《红楼梦》的启发和影响下,中国现代文学创作中出现了一个长盛不衰的稳定性小说类型——家族小说。从《红楼梦》到《家》再到《白鹿原》——整整越过了一个世纪的沧桑。"家族"不仅成为中国现代作家争相反映的叙述题材,而且从题旨、人物、情节、语言和讲述方式等因素来看,这类作品业已形成自己的独特风格。因此,系统考察《红

---

❶ 鲁迅. 中国小说的历史的变迁 [M] //鲁迅全集(第九卷). 人民文学出版社, 1981: 338.

楼梦》对中国现代家族小说的影响，可以在比较集中的范围内深入探讨《红楼梦》的艺术精神和美学资源在哪些层面上，以怎样的方式获得了接受、转换与创新。

## 一、共鸣与领悟：现代作家对《红楼梦》的接受

接受（Reception）通常指的是接受者从其他文学或文化中汲取某些成分用于自己的创作或其他文学活动的行为。而有影响才会有接受，在好的作品中"影响""接受"和"创新"是可以融合在一起的。

接受的途径有很多种，阅读文本应该是最直接的一种方式。乌尔利希·韦斯坦因在《比较文学与文学原理》中就提到广泛阅读将对创作产生影响，并援引了亨利希·曼接受蒙田影响的例子。在亨利希·曼的书目中，可以看到他收藏着蒙田的《散文集》，并在书中许多部分作过边批，他的历史小说《亨利四世》中的数处引语从总体上体现了蒙田的精神。对 20 世纪中国作家来说，《红楼梦》是一个重大的存在，这表现在几乎所有的作家读过或了解它，这对他们的创作或多或少会产生影响。有的作家毫不隐藏自己对《红楼梦》的痴迷。张爱玲就是个典型的"《红楼梦》迷"，她说："像《红楼梦》大多数人一生之中总看过几遍。就我自己说，八岁的时候第一次读到，只看见一点热闹，以后每隔三四年读一次，逐渐得到人物故事的轮廓，风格，笔触，每次的印象各各不同。"❶《红楼梦》的精魄已深深注入了张爱玲的作品，因而有人赞誉她的《金锁记》等小说"得《红楼梦》之真传"❷。王蒙声称："我是《红楼梦》的热心读者。从小至今，我读《红楼梦》，至今没有读完，没有'释手'，准备继续读下去。《红楼梦》对于我这个读者，是唯一的一部永远读不完，永远可以读，从哪里翻开书页读都可以的书。同样，当然是一部读后想不完味不完评不完的书。"❸ 他还写过几篇专门研究《红楼梦》的文章，并出版了那本《红楼启示录》的专著。有的作家并没有表现出这种倾心和迷醉，不过查看他们在谈话和文章中对《红楼梦》阅

---

❶ 张爱玲. 论写作 ［M］//金宏达，于青. 张爱玲文集（第四卷）. 安徽文艺出版社，1992：82.

❷ 金宏达. 张爱玲文集·前言 ［M］. 安徽文艺出版社，1992.

❸ 王蒙. 红楼启示录·前言 ［M］. 生活·读书·新知三联书店，1991.

读感悟的描述，仍可以感到《红楼梦》的潜在影响。巴金回忆说："我常常听见人谈论《红楼梦》，当时虽不曾读它，就已经熟悉了书中的人物和事情。"而第一次读《红楼梦》则是巴金十五六岁的时候，可见巴金从小就受到了这部古典名著的熏陶。巴金对《红楼梦》有许多真知灼见，他在1977年写给著名红学家周汝昌的信中系统地谈到了自己对《红楼梦》的基本观点："《红楼梦》是一部伟大的文学作品，是一部反封建的小说。它不是曹雪芹的自传。但是这部小说里有作者自传的成分。我相信书中那些人物大都是作者所熟习的，他所爱过或者恨过的；那些场面大都是作者根据自己过去的见闻或亲身经历写出来的。……对这一点，我根据自己的创作经验，深有体会。"❶ 也有相当一部分作家并不承认阅读以《红楼梦》为代表的古代文学会对自己的创作产生多大影响，鲁迅的话就很有代表性，他自己就说过，他开始做小说，"大约所仰仗的全在先前看过的百来篇外国作品和一点医学上的知识，此外的准备，一点也没有"❷。但在鲁迅的部分专著和系列文章中都谈到了有关《红楼梦》的问题，而且常常将阅读《红楼梦》的感受与现代小说问题联系起来进行阐述。这些作家对《红楼梦》的接受更为潜在化、内质化。从20世纪作家对《红楼梦》的阅读情况可以看出《红楼梦》在作家文化心理积淀之深，那么将其影响转化为新的写作素养便是一种自然趋势和自觉心理。

《红楼梦》在20世纪受到如此多的作家的青睐和推崇，除了它本身的艺术成就，与五四时期确认《红楼梦》在中国小说史上的典范地位有着密切关系。胡适在《文学改良刍议》中说得明白："吾惟以施耐庵、曹雪芹、吴趼人为文学正宗。"❸ 在胡适的带领和推动下，创建了新红学，以一部小说成就了一门学问。20世纪20年代上海亚东书局出版了汪原放标点分段的《红楼梦》，从而使它获得了更广泛的读者，成为那一时代文学青年的第一部爱读的书，并由此影响了一部分现代作家。❹

---

❶ 周汝昌，周伦，等. 红楼梦与中华文化 [M]. 工人出版社，1989：21.

❷ 鲁迅. 我怎样做起小说来 [M] //朱德发，韩之友，选注. 鲁迅选集·杂文卷. 山东文艺出版社，1990：512.

❸ 胡适. 文学改良刍议 [J]. 新青年，1917（02）.

❹ 方锡德. 中国现代小说与文学传统 [M]. 北京大学出版社，1992：22.

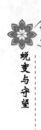

直到今天，《红楼梦》仍是青年们喜爱的书，据东南大学大学生阅读情况抽样调查显示，有 54.8% 的学生很喜欢中国古典名著，大部分人都读过四大古典名著之一的《红楼梦》，有 20% 的学生读过多遍。❶ 而且，《红楼梦》还被纳入了学校教材，"林黛玉进贾府"是高中语文教材中的精读课文，在各个大学中文系《红楼梦》是老师们重点分析的经典作品。王安忆在复旦大学讲授小说学时，唯一分析的古典名著就是《红楼梦》，她还说："那些经典之作是我们取之不尽的财富。"❷ 姚斯在他的接受理论中，就曾谈到许多文学作品被纳入学校教材之后，"它们作为美学标准不知不觉进入一种传统，成为预先确定的期待而使后世的美学态度标准化"❸。

阅读文本是一种最直接的接受方式，《红楼梦》的影响和渗透还以一些无形的、潜移默化的方式进行。以戏曲的形式对《红楼梦》进行改编的情况，20 世纪 20 年代就有人做过统计，改编为南北曲（包括杂剧、传奇）在歌舞场常见的就有《红楼梦传奇》二卷、《红楼梦传奇》八卷、《红楼梦散套》《红楼梦新曲》等。《红楼梦》故事衍为京剧者，最早为现代大戏剧家齐如山先生所作《黛玉葬花》《千金一笑》二剧，齐氏后又编《俊袭人》一剧；南方戏剧家欧阳予倩编《黛玉葬花》《宝蟾送酒》。除此之外，常见的尚有《贾政训子》《晴雯补裘》《黛玉焚稿》《芙蓉诔》《馒头庵》《宝玉出家》《黛玉归天》等。❹ 这些戏曲在当时受到了观众的热烈欢迎。20 世纪 60 年代初《红楼梦》改编成越剧，其后由它拍成的电影风靡全国，"宝玉哭灵"等成为人们百听不厌的经典唱段。1986 年又以电视连续剧的形式改编了《红楼梦》，90 年代伊始摄制完成了电影《红楼梦》❺。这不仅仅大大普及了原著，使阅读这部作品的读者成倍增加，而且带动了对《红楼梦》学习和研究的深入。

❶ 姜平波，郁进东. 大学生阅读情况抽样调查：依然喜爱古典名著［N］. 中国青年报，2003－10－21.

❷ 王安忆. 王安忆说［M］. 湖南文艺出版社，2003：101.

❸ 姚斯. 接受美学方法的局限性［M］//王先霈，王又平. 文学批评术语词典. 上海文艺出版社，1999：166.

❹ 傅惜. 关于红楼梦之戏曲［M］//吕启祥，林东海. 红楼梦研究稀见资料汇编. 人民文学出版社，2001：303—310.

❺ 周思源. 重拍电视连续剧《红楼梦》刍议［J］. 红楼梦学刊，2002（02）.

现代第一部写家族的长篇小说是张恨水于 1926 年开始在《世界时报》上连载的《金粉世家》，他以金燕西和冷清秋的爱情悲剧为轴心，描写了贵族之家人与人之间各种明争暗斗，最后"树倒猢狲散"的凄凉结局。早在 40 年代就有人称《金粉世家》"承继着《红楼梦》的人情恋爱小说"，是"民国红楼梦"❶。虽然作家的文化心态限制了小说所应达到的高度，但作品中体现出的人生虚无感是《红楼梦》式的。在《金粉世家》的作者原序里，张恨水更直接地说："有人曰：此颇似取经《红楼梦》，可曰新红楼梦。吾曰：唯唯。"三四十年代出现的一系列的家族叙事可以说是在《红楼梦》直接或间接的推动下结出的丰硕果实。巴金的《家》一问世，就有读者敏锐地发现了与《红楼梦》有着传承关系，他觉得读完《家》后，脑海中浮现的"便是整个的《红楼梦》上的人与事实"，"这两部小说，无论从什么地方都觉得很相似"❷。端木蕻良对《红楼梦》的熟悉了解和研究有素，在现代小说家中屈指可数。他从 8 岁开始偷看《红楼梦》，一生中不知读了多少次。30 年代末端木蕻良开始研究《红楼梦》，40 年代发表独幕四场话剧《林黛玉》、独幕剧《晴雯》，80 年代出版长篇小说《曹雪芹》。对《红楼梦》的痴恋，潜移默化地影响到他的小说创作。他的长篇小说《科尔沁旗草原》在艺术构思和描写上，可以发现其与《红楼梦》的隐秘艺术关联。虽然作者在后记中表示，他在艺术结构上"采取了电影底片的剪接的方法"，力求与《红楼梦》区别开来，"因为《红楼梦》的烦琐，是由于他的时代的"❸。作者叙说的虽是二者的区别，但反而让人们意会到，《科尔沁旗草原》的艺术创作过程中，是隐含着《红楼梦》这个参照物的。

40 年代抗战烽火燃起了作家们爱国激情，不同于前期家族小说充满了对封建家庭专制的批判和诅咒，林语堂、老舍等人更重在探寻传统文化固有的力量。林语堂的《京华烟云》就是有意模仿《红楼梦》创作的，正如作者的女儿林如斯所介绍的："1938 年的春天，父亲突然想起

---

❶ 徐文. 民国以来的章回小说 [M] //张伍. 忆父亲张恨水先生. 北京十月文艺出版社，1995：125.

❷ 闻国新. 家 [N]. 晨报，1933 - 11 - 7. 吴定宇. 巴金与红楼梦 [J]. 中山大学学报（社会科学版），1996（01）.

❸ 端木蕻良. 科尔沁旗草原·后记 [M]. 人民文学出版社，1997.

翻译《红楼梦》，后来再三思虑而感此非其时，且《红楼梦》与现代中国距离太远，所以决定写一部小说。"❶ 林语堂自己也说："在此期间，犹有一事可记者，即读《红楼梦》，故后来写作受《红楼梦》无形中之熏陶，犹有痕迹可寻。"❷ 很明显《京华烟云》的写作是以《红楼梦》为样板的，小说以家族生活为题材，向外可以展现国家社会的状况和人情，文中就有大量民情风俗、历史掌故、地理风情的描写；向内可以深入人物的内心世界。在情节结构上，《京华烟云》也深受《红楼梦》的影响。《红楼梦》以贾宝玉、林黛玉和薛宝钗的爱情婚姻悲剧为主线，描写了贾、薛、王、史四大家族由盛而衰的全过程，展示了贾宝玉的精神悲剧，青年女子的人生悲剧，贾府的历史悲剧。《京华烟云》则以姚家木兰、莫愁两姐妹和曾家三兄弟的故事为主线，通过姚、曾、牛、冯四大家族的兴衰起落和三代人的悲欢离合，展示了中国社会从义和团运动到抗日战争发生的深刻变化。与《红楼梦》不同的是，小说中对家族制度没有多少明显的批判，家族的败落主要是由于战乱而非子孙的不肖，对家族败落虽伤感却不悲观；而且由于作者旨在向西方读者介绍中国文化，民族自尊心使作者对家族制度褒多于贬。老舍曾说《红楼梦》是"一部伟大的现实主义的作品，而绝对不是一场大梦"❸。正是坚持了这种现实主义精神，《四世同堂》在展现大家庭结构背后大量的消极因素的同时，也对家族绵延的传统美德给予了衷心的礼赞。

革命斗争在摧毁剥削制度和宗法礼教同时，也冲击着家庭、家族和宗族，对血缘婚姻、骨肉情感的漠视和对阶级情感的高度强调，在50、60年代的社会生活中渐趋极端。这一时期家族叙事创作式微，除了《红旗谱》《三家巷》这种带有家族叙事结构倾向的几部小说外，人们很难看到关于家族史和家族生存的叙事。《红楼梦》影响下的家族衰亡和家族争斗的叙事模式在这一时期演化为阶级的对抗和革命的发展。但即便在这样充满革命话语的家族叙事文本中，我们仍可以找到《红楼梦》影

❶ 林如斯. 关于《京华烟云》[M]//林语堂. 京华烟云. 张振玉，译，陕西师范大学出版社，2003.

❷ 林语堂. 我怎样写《瞬息京华》[M]//陈子善. 林语堂书话. 浙江人民出版社，2000：345.

❸ 老舍.《红楼梦》并不是梦[M]//老舍论创作（增订本）. 上海文艺出版社，1982：318.

响的丝丝痕迹。《三家巷》中塑造的主人公周炳形象，可以看到贾宝玉的投影。周炳小时候被称作"长得很俊的傻小子"，他的"傻"与贾宝玉很类似，是表面乖僻邪谬不近人情之态实则聪明灵秀之极。周围人对周炳的评价俨然是《红楼梦》中对贾宝玉的评价："想不到他长的那么俊俏，却配上了这么一副资质！难怪人说长皮不长肉，中看不中吃！这才真是金玉其外，败絮其中呢！"不过时代不同，作者的创作意图也不一样。周炳，作为工人阶级的儿子，势必成为无产阶级的革命英雄。

新时期以来，随着工业化、现代化进程的加快，家族作为制度形态在历史舞台上几近消亡，但作为一种历史形态和文化传统却有一定的稳固性。家族情结的顽固性和家族题材的诱惑力，本身对新时期作家就是一个刺激，伴随反思、寻根思潮的风行，家族叙事又一次崛起于文坛，随后又在新写实、新历史、新感觉、后现代先锋小说中站稳了脚跟。与以往家族小说相比，这一时期的作品倾向以站在民间立场的个人化叙事对意识形态的权威性进行解构，还原历史与人的丰富性和复杂性。新时期家族小说的繁盛，除了社会、历史、文化的原因外，与我国自《红楼梦》以来的家族叙事和国外家族叙事的交互刺激密切相关。虽然国外家族叙事对新时期家族小说的产生和发展提供了直接经验，但在表现自己生活于其间的民族文化特征和民族审美方式时，《红楼梦》则无疑贡献了本土的营养。

《红楼梦》是中国家族叙事的先行者之一，现代家族小说的繁荣可以说离不开《红楼梦》的艺术滋养。如果说《红楼梦》是一泓清泉的话，那么这水的去处应该是读者的心灵，倘若读者领略了水之清水之灵，也会变得清而灵，而这清泉就是一股活水，永远存活于读者的心灵深处，源远流长。

## 二、《红楼梦》与现代家族小说形象体系的建构

人物创造是叙事文学中至关重要的部分。《红楼梦》取材于家庭生活，决定了它对故事传奇性、浪漫性、怪诞性的偏离，而回到近乎平淡无奇的生活本身。故事退居到背景的地位，人物成为叙述的中心。《红楼梦》在塑造人物形象上所积累的艺术经验，至今还是难以逾越的范本。这不仅表现为它塑造了一大批高度个性化的艺术典型，还在于它构

建了一个具有复杂网络联系的形象体系。这一成就具有某种超前性，极富"近代的"小说意义。按照西方小说发展观，小说经历了从"讲故事"到"写故事"的过程，从"故事小说"到"性格小说"的过程。中国现代作家们受西方现代文学的影响，开始深入探讨叙事艺术形式内部的结构、人物、背景等审美因素，本民族经典作品在人物塑造上的成功自然引起了创作者敏感而深刻的兴趣。对《红楼梦》在人物塑造上的成就，鲁迅曾经做过高度评价："至于说到《红楼梦》的价值，可是在中国底小说中实在是不可多得的。其要点在敢于如实描写，并无讳饰，和从前的小说叙好人完全是好，坏人完全是坏，大不相同，所以其中所叙的人物，都是真的人物。"❶俞平伯也曾就《红楼梦》的写实风格，谈到了其中的人物塑造，他说："以我底偏好，觉得《红楼梦》作者第一本领，是善写人情。细细看去，凡写书中人没有一个不适如其分际，没有一个过火的；……我还觉得《红楼梦》所表现的人格，其弱点较为显露。作者对于十二钗，一半是他的恋人，但他却爱而知其恶的。所以如秦氏底淫乱，凤姐底权诈，探春底凉薄，迎春底柔懦，妙玉底矫情，皆不讳言之。即钗黛是他底真意中人了；但钗则写其城府深严，黛则写其口尖量小，其实都不能算全才。"❷作家们更多关注的是《红楼梦》人物刻画的高度个性化、典型化，并深得其中三昧，对《红楼梦》在人物造型、布局上的贡献则谈的不多。细察 20 世纪家族小说创作，就会发现，其中形象体系的构建同《红楼梦》类似，而且随着时代语境的变化不断注入新的文化想像，衍生出更多的意义元素。

《红楼梦》构建的复杂网络联系的形象体系与家庭关系中特定的组织形态相关，如父子关系、夫妇关系、兄弟关系、主仆关系等。在中国家族文化结构中，父与子的关系被视为第一种结构关系，而且是社会关系的基石。中国古代叙事文学中出现过这种具有血缘关系的世代系列的形象群，这些人物形象具有继承性或相似性，如杨家将、岳家将、薛家将、呼家将等英雄形象系列，往往子承父业，精忠卫国、抗敌御侮，这些人物形象性格相差不大，艺术成就不高，但在民间流传很广。《红楼

❶ 鲁迅. 中国小说的历史的变迁［M］//鲁迅全集（第九卷）. 人民文学出版社，1981：338.

❷ 俞平伯. 俞平伯说《红楼梦》［M］. 上海古籍出版社，1998：95.

梦》继承了古代叙事文学的形象群传统，创造了父辈与子辈两大形象群之间关系的新模式，赋予了这两大形象群在文化层面上各自特定的象征意义。贾政和宝玉父子之间的关系不再是"父子兵"的模式，而是表现为冲突和对抗。贾政这一形象不仅是血缘关系上的父亲，而且成为社会和文化秩序的象征。作为子辈形象的贾宝玉兼有长子和幼子的双重身份，一方面必须继承家业的长子身份使其遭受父亲形象的压抑而在总体上显得萎缩，另一方面幼子身份又使其拒绝认同父性秩序，走向反叛。这种人物关系模式以及体现出的丰富的文化内涵及象征意义，对20世纪家族小说的人物形象布局有着重要影响。

　　五四新文化运动是以对传统文化的批判、反思作为发力点。启蒙思想家一齐将矛头指向以孔孟之道为核心的封建旧道德、旧礼教。作为旧伦理的首条——"父父子子""父为子纲"，自然被当作封建宗法社会的中心环节遭到全盘否定。"父辈"成为封建伦理秩序的代表，"子辈"的主体觉醒成为启蒙思想的主题并被赋予时代象征意义。《红楼梦》中对"父"与"子"之间对立关系的具象描绘，自然受到作家们的关注。

　　《红楼梦》中的贾政，是一个圣人的标准信徒，"自幼酷爱读书，为人端方正直"，终身耿介无私，默守圣人之事。一生忠实地维护父权秩序和价值观念，努力督促家族继业人宝玉走仕途经济之道，以保家族永全。在新文化运动的历史情境中，贾政这一父亲形象被认为是封建父权和专制家长的代表，成为现代家族小说此类形象的艺术原型。现代作家有不少人出身封建大家庭，对这样的父亲形象有着深刻认识。作家们从思想的禁锢和感情的钳制两方面，描写父子之间的冲突，揭示封建家族制度和礼教的弊病，暴露父亲作为专制家长所体现出的权威性和残酷性。鲁迅笔下塑造了很多封建父权代表的父亲形象，如《祝福》中的鲁四老爷，《肥皂》中的四铭等。王瑶说过："我们在鲁四老爷身上看到了贾政式的虚伪的'正派'。"❶《伤逝》中的父亲几乎没有出场，但父亲的阴影随处可见，"她以后所有的只是她父亲——儿女的债主——的烈日一般的严威和旁人的赛过冰霜的冷眼"，父亲高高在上的权威控制着家庭成员的生活空间。但鲁迅先生的伟大之处在于他看到了父亲与他们

---

❶　王瑶. 论鲁迅作品与古典文学的历史联系［N］. 文艺报, 1956.

的儿子们一样，同样是封建的政权和神权的牺牲品。因而在写到做了父亲的闰土、华老栓等人物时，寄予了深深的悲悯与同情。"五四"时期，作家们虽然也曾塑造了崇尚礼教的封建专制父亲形象，但父子冲突作为思想文化命题，主要见诸启蒙者的议论、阐发中，对专制父亲的文学描绘还显得不够。

20世纪三四十年代的家族小说以家族故事诠释时代话语和家族理念——关于族群与个体、压迫与反抗、忍耐与出走、毁灭与新生等。在一系列二元式的话语结构中，"父与子"成为象征上述种种的结构核心。作家们在塑造这类封建专制型父亲形象时，虽各有特色，但在本质上与《红楼梦》中的贾政是相同或相似的。巴金、路翎笔下的高老太爷、蒋捷三就是如此，在他们身上，无不凝结着专横、冷酷、虚伪甚至腐朽等特性。巴金出生在一个封建官僚大家庭，从小目睹了大家庭里的倾轧和争斗，家长专制和虚伪礼教造成的悲剧。《家》中的高老太爷是家庭的最高统治者，专横冷酷，把握着全家人生死予夺大权。他将丫鬟作人情送给别人作妾，还随意支配儿孙们的婚姻大事。巴金在《和读者谈谈〈家〉》中就指出："高老太爷是我的祖父，也是我的一些亲戚朋友的家庭中的祖父。……他认为钱可以解决一切问题，他想不到年轻人会有灵魂。"❶ 尽管《家》中没有出现觉慧父亲的形象，但是祖父高老太爷在此替换了父亲，他不仅是家族统治者、封建秩序代言人，而且代表没落势力阻碍、压迫新生力量对自由、进步的追求。巴金创作《家》的动机就是"要向一个垂死的制度叫出我的 J'accuse（我控诉）"❷，因而突出勾勒了高老太爷作为封建专制家长的特性。需要指出的是"父亲"角色由"祖父"替换，使得"父与子"的本文演绎得越发象征味十足，也更具典型意义。"祖"是"父之父也"，"祖"处在宗法社会中家族血缘和政治体制交叉合一的顶端位置，是以男性祖先崇拜为核心的中国历史与文化象征秩序的根本。在"父与子"的时间关系式中，祖父型父亲将"父"与现代化逆向的时距进一步延伸，从文化逻辑上讲，祖父型父亲将更"称职"地承担"父子冲突"中的父亲角色。

❶ 巴金.巴金论创作［M］.上海文艺出版社，1983：213.
❷ 巴金.《家》十版代序［M］//巴金论创作.上海文艺出版社，1983：104.

以上作品主要从批判封建家长制层面来塑造父亲形象，老舍采取文化的角度对这一艺术原型进行了拓展。《四世同堂》中小胡同祁家虽非大家族，但仍是聚族而居，孝悌传家，父辈（祖辈）在家庭中具有血缘、伦理上的崇高地位。祁老太爷是四世同堂的老祖宗，同《红楼梦》中的贾母、贾政这类封建家长一样，是这个宗法制家庭的维护者，最大的人生理想是"四世同堂"。祁老太爷一切依据封建礼教行事，这给孙辈瑞宣带来了无爱的婚姻（虽然这婚姻在艰苦的岁月里幸运地得到巩固、加深），造成夫妻双方长时期的隐隐伤痛。与其他封建家长不同的是，祁老太爷身上混合了市民文化的精髓，奉行"和气生财"的人生哲学，善良朴实又谦卑闭塞，即使是沦为亡国奴，也处处苟且以保全家庭的完整。老舍通过祁老太爷这一形象深刻剖析、反省了父辈形象所代表的平和忍耐、封闭自守的文化精神。

父亲、祖父作为封建落后意识和习惯旧势力的代言人出现，并不是《红楼梦》的独创，曹雪芹的独具匠心之处在于，塑造了一个全新的子辈形象——贾宝玉。他不同于《西厢记》中的张君瑞的形象，张君瑞虽然在一定范围内冲破了封建礼防，取得了一定自由，但当他目的达到之后，他的争取自由的行动也就停止了。贾宝玉形象的出现不仅打破了家族结构中父子相承的稳定关系，而且使父子之间的对立成为维护父性秩序和反对父性秩序的冲突。贾宝玉的叛逆行为具体表现在对统治整个社会的传统观念的虚伪、荒谬和罪恶的本质有着深刻认识，断然拒绝贾府的统治人物（以贾政、王夫人为代表）强迫他走仕途经济的人生道路，不愿意读八股文章，不愿意应酬官场俗套，拒绝家长们安排的"金玉良缘"，坚持"木石前盟"。而且在贾宝玉的观念中，被男权秩序所排斥的女性世界，才是他的理想所在。对于家庭，对于社会，贾宝玉都算一个地地道道的叛逆者。因而贾宝玉被称为"天下无能第一，古今不肖无双"。所谓"不肖"显然是针对父权体制而言，宝玉无法补天，被父权体制所排斥；所谓"无能"则暗示了贾宝玉不愿去补天，与父权体制有意疏远。

《红楼梦》中贾宝玉身上体现的个性反叛，与"五四"时期反对父权家族制度，提倡个性解放无疑有相通之处，我们虽不能说曹雪芹具有现代的个性解放观念，但贾宝玉这一人物形象无疑成为家族叙事中叛逆

者形象的艺术原型。贾宝玉对封建礼教的叛逆集中体现在他对自由爱情的追求上。现代家族叙事中的叛逆形象也是首先从婚姻爱情的角度与家庭权威抗衡，反对婚姻包办制，争取恋爱自由，从中也可以看出《红楼梦》影响的痕迹。

叛逆者形象的大量出现，可以说是 20 世纪文学史上的一个独特景观。在现代家族叙事中叛逆者指的是出身封建大家庭，又受现代新思潮洗礼，从而反对封建宗法家族，追求个性解放的现代青年。虽然贾宝玉与现代青年所处时代不同，但在反叛封建传统势力和争取人生自由方面，均表现出与礼制文化和社会相冲突的美学价值。"五四"时代的启蒙思想家对旧式家庭的父权和夫权集中开火，但在旧家庭解体的过程中，真正受到挑战和破坏的是父权。现代家族叙事文学着力刻画的就是叛逆儿女们向父权宣战。根据与父辈的矛盾冲突的程度不同，我们可以将叛逆的子辈形象分为两类：激情型和矛盾型。激情型叛逆者往往是家中的幼子，没有过多的传统重负，敢作敢为，如觉慧（《家》）、蒋纯祖（《财主底儿女们》）、祁瑞全（《四世同堂》）等是这一类型的代表。觉慧充满热情，信仰"我是青年，我不是畸人，我不是愚人，我应当给自己把幸福争过来"。他们抗争的武器主要是人道主义和个性解放，执着于反抗现实，蔑视封建礼教权威，大胆追求自己的所爱，毅然离开旧家庭去追求光明。贾宝玉的出走是"爱人者的败亡的逃路"❶，最终只能选择抛却红尘这条路。激情型叛逆者的出走或是随着社会变革运动的发展，在经受了挫折和磨难之后逐渐走向成熟，成为社会变革的中坚力量，如觉慧、瑞全等。或是也曾投入社会变革和民族解放的洪流中，但因顽强地坚持自我个性的发展和扩张，走向了孤独之旅，如蒋纯祖等。

矛盾型叛逆者形象主要指生活在封建大家庭的长子形象。在中国的家族关系网中，长子是支撑家族网络的继承人，是家族兴旺的寄托者。然而当社会处于新旧交替之际，他们受到新思想的影响，对传统文化和观念感到不满。他们是处于两难处境中的叛逆者，他们性格具有矛盾性，如觉新、瑞宣、蒋慰祖等属于这一类型。在家族有意识的对长子进

---

❶ 鲁迅.《绛洞花主》小引［M］//鲁迅全集（第七卷）. 人民文学出版社, 1981：419.

行心理规范的时候，长子们从此背上了沉重的历史包袱。为维护家族既成的秩序和固有的习俗，他们既要不违背长辈的意愿，又要维护弟妹的利益。在两面夹击下，长子们往往不得不委曲求全，作出牺牲，因而性格上显得有些懦弱。觉新为了顾全大局，牺牲了个人幸福，按长辈们的意思管教弟弟，讨好一切人，陪太太们打牌，替他们买东西。瑞宣同样的是照长辈们的意愿结的婚，强烈的家族责任感，使他在国难当头也不得不留守困都，挣钱理家。但同时在新思想的影响下，他们又清醒地看到了自己的悲剧命运，从而造成自我的精神灾难。觉新清醒地意识到是"全个礼教，全个传统，全个迷信"害了他，但他却无法反抗，也不想反抗。瑞宣尽到了家庭义务，却为自己放弃理想，逃避对国家的责任而整日里不停自责。蒋蔚祖在父亲与妻子的疯狂争夺下，灵魂承受着地狱般的煎熬，最终不堪重负投水自尽。矛盾型叛逆形象所呈现的悲剧色彩，真实反映了社会变革的复杂性和人性解放的艰巨性。

现代文学史上的长子形象在新时期的家族小说中有了新的发展，他们肩负的不仅仅是一个家庭的责任，在某种意义上来说，应是整个传统文化的重负。《古船》中的隋抱朴表面上似乎放弃了家族责任，实际上却是从更深的文化层次背起了作为长子的重负。和以往的长子形象一样，隋抱朴性格中也有着谦卑柔弱的一面，记忆中童年的恐惧阴影，令他避开世人独自躲在活棺材般的老磨坊，压抑着自我的生存需求。但同时长子意识在他身上根深蒂固，长子的使命感令他日夜不安，他不能像家族的逆子隋见素那样轻装上阵，毫无顾忌；也不能像家族败家子叔叔隋不召那般沉沦颓废。这种使命不再是隋家继续生存的问题，而是在目睹由于家族之间的仇恨造成的种种惨剧（被野蛮致死的姑娘的尸体展览、四十多人被集体活埋、门板撕裂幼童的惨状），对于整个家族、民族乃至人类的命运的思考和忧虑。因而他发出了"我是老隋家有罪的一个人"的忏悔之声。他清醒地看出人类的罪恶带来的悲剧，但在如何展开拯救总是犹疑不决。

随着革命话语对文学的介入，父辈与子辈相冲突的形象体系发生了一些变异，开始了革命"父子兵"的新的时代想象。如梁斌的《红旗谱》中的朱氏、严氏父子，承前启后地反抗阶级压迫，走向革命之路。

不过，父亲形象的革命化，并没有改变旧父新子的文化思维模式，父亲的"旧"在于没有先进思想武装头脑，提着铡刀对抗地主，子辈的"新"是在共产党的领导下，组织群众、领导学潮、开展游击。父子冲突的文化思维定式几乎形成了创作惯性，即便在新时期日益多元化的文化语境中，关于父亲的想象出现了一股理想化趋势，这种惯性仍未失去效力。

在经由对父权的批判进入到对整个封建专制制度的批判的时代，贾政这一形象被视为冷酷、虚伪、反动的代言词，是一个典型的封建卫道士；他身上所体现的传统文化的另一面含义往往被人忽视，在贾府他是一个孤独的、精神负担很重的人物，父辈这一代只有他操心着贾府的兴衰荣辱。他对宝玉的威令重吓、严词训斥，甚至大打出手，是因为他清醒地看到宝玉的不思举业将造成家族功业后继乏人，不免忧心忡忡进而更加卖力地执行继业警劝的职责。曹雪芹在塑造贾政为家族竭尽所能而勉力支持时，造就了中国儒家文化中"知其不可为而为之"的悲剧性人物。新时期家族小说中塑造了众多的父亲形象，在他们身上同样体现了家族权威在历史进程中的坚守，体现了顽强的抗争精神。《白鹿原》中的族长白嘉轩通过宗族家法观念治理家族王国，面对几千年来家族制度所遭受的最为严重的冲击，他始终坚持内省、自励、慎独、仁爱，监视每一个可能破坏道德程序和礼俗规范的行为，自觉捍卫宗法文化的神圣。对待自己，他淡泊自守，"愿自耕自种自食，不愿也不去作官"，一生从未放弃劳动；对待家族成员，他言传身教，用心良苦，提倡教育，耕读传家；对待长工鹿三他以"仁"待之；对待黑娃、兆鹏、兆海等各派人士，他以仁者的胸襟平等待之。但对于违反宗法礼仪的言行，却刻薄寡恩，决不留情。亲生儿子白孝义倒向荡妇小娥的怀抱，他施之二人以"刺刷"；女儿白灵离经叛道，他忍痛断绝父女关系，"只当她死了"。白嘉轩可以说是完美的道德英雄，但是面对民族的现代化进程，家族制度不可避免的瓦解，白嘉轩的永不言退的精神折射出强烈的悲剧色彩。作者陈忠实清醒地意识到"所有悲剧的发生都不是偶然的，都是我们这个民族从衰败走向复兴复壮的过程"❶。但从白嘉轩这一形象的塑造上，

❶ 陈忠实. 陈忠实（中国当代作家选集丛书）[M]. 人民文学出版社，2002：534.

我们可以看出作者内心掩饰不住对理想父亲的向往。李锐的《旧址》中李乃敬同白嘉轩有些类似，但他的抗争与失败更具寓意。李乃敬是九思堂的末代族长，他遵循家族传统，依靠仁、义、礼、智、信治家经商，做事勤勉而富有手腕，所经营的九思堂经受了坐福特牌汽车的洋买办白瑞德和持枪军阀杨楚雄的挑战，终于摆脱困境蒸蒸日上。但他越接近家族所期待的理想人格，他就越陷入困境。他所代表的那套原则正在逐渐失去活力，不再令对手和劲敌感到敬畏。虽然作者借助神秘命运之手，让李氏家族在一场始料不及的历史政变中烟消云散。但我们已经看到在以白瑞德为代表的强大的西方科技文明的竞争和逼迫下，李氏家族必然走向衰败的命运。在此类文本中，父亲形象开始理想化、神圣化，但子辈与父辈的冲突并没有结束，出现了一系列的叛逆者形象，如《白鹿原》中的白灵、鹿兆鹏，《旧址》中的李乃之，虽然他们的文化背景同现代家族叙事中的叛逆者不一样，觉慧们主要以五四新文化为其思想来源，李乃之们则是在左翼思潮和革命话语下成长起来的，但在反抗现存制度上他们的目标是一致的，不过此类形象在新时期家族小说中并未得到更具深度更富内涵的拓展。

多元文化语境丰富了文学创作思路，"父亲"形象也随之不拘一格，既有上述精神偶像型，也有与之相反被解构的父亲形象。《在细雨中呼喊》中的父亲孙广才懦弱、残忍而无能，"我"从养父家回来竟忘了生父的相貌，冲着父亲大喊："我要找孙广才!"这无疑意味着父亲在儿子生存空间的完全退场。苏童的《我的帝王生涯》用极端的方式写了一个无能的强权者，他疾病缠身、多愁善感而且空虚无聊，最终自暴自弃死于非命。子辈对父辈采取了事不关己的冷漠态度，可以看出他们对传统家族背弃的决心，而在否定父权、逃避父权体制时，也放弃了抵抗、拒绝成长，以往富有理想光彩的叛逆者形象在此严重缺席。从《红楼梦》开始的父辈和子辈相对照的形象体系，凸现了父子冲突的文化主题，在20世纪家族叙事中被进一步确置和强化，而且被赋予鲜明的时代色彩，或许我们可以得出结论，旧有家族制度所带来的结构关系，在变形之后，仍然渗透于社会存在的各个层面中。

在中国大多数古典文学作品中，女性只是作为男性形象的陪衬而存在，《红楼梦》将女性作为真正的主角来描绘。曹雪芹在小说的开篇就

声明："知我之罪固不免，然闺阁中本自历历有人，万不可因我之不肖，自护其短，一并使其泯灭也。……亦可使闺阁照传"云云。曹雪芹还是中国文学史上第一个创造理想化的女儿形象群的作家，他对男尊女卑传统观念的反省批判和对女儿身上闪现的个体人格光辉的讴歌，对20世纪家族小说女性形象的塑造影响很大。在这群女性形象群中，以薛宝钗、林黛玉最为耀目，钗、黛同宝玉的金玉姻缘与木石情缘，是贯穿全书的主要情节。钗、黛在性格特征上基本是对立的，这主要表现在与环境（包括传统规范）的关系上。宝钗是自觉压抑个性和消融自我以顺从传统观念和社会规范的要求，体现的是一种传统伦理人格；黛玉则自觉或不自觉地背离这种规范，追求个性自由，体现的是一种自主人格和自然人性。作者着意突出黛玉的个体人格追求和与传统分离的叛逆意识，但看不到作者对钗、黛二人各有褒扬，优长互补，也是不符合实际的。十二钗判词独钗、黛合一："可叹停机德，堪怜咏絮才"；《红楼梦曲》"怀金悼玉"以"山中高士晶莹雪"与"世外仙姝寂寞林"相提并论，可见作者的评价和情感态度。如果钗、黛对立又互补的形象为大观园世界的核心的话，与她们相映衬的几个副本形象则依次展开。与黛玉自主人格相映衬的丫鬟形象是晴雯，她同黛玉一样具有强烈的个体人格意识，极具反抗意识，不同的是性情火爆，富有行动性；优伶形象芳官则体现了优伶的风骨；侍妾形象香菱体现了零落少女的苦命、善良；小姐形象薛宝琴则着力刻画了小姐们的才情和风姿。与薛宝钗传统伦理人格相映衬的丫鬟形象主要是袭人，她温柔贤淑，甘心侍役趋奉，从她身上可以照见宝钗的顺上模样；与之相映衬的还有被贾母称之为老实人的王夫人和李纨，在王夫人身上可以想见宝钗成为宝二奶奶的冷酷模样，从李纨的写照中可以读出宝钗婚后的结局。

20世纪家族叙事在女性人格的塑造上显然借鉴和模仿了《红楼梦》，许多人物同《红楼梦》有不可分割的联系，从中我们可以看出作家们对这两种人格的肯定和赞赏。林语堂曾说："发现中国人脾性的最简易的办法，是问他在黛玉和宝钗之间更喜欢哪个，如果喜欢黛玉，他就是一个理想主义者；如果喜欢宝钗，他就是一个现实主义者。"[1] 林语

---

❶ 林语堂. 中国人［M］. 学林出版社，1994：268.

堂在创造《京华烟云》中的人物形象时就从《红楼梦》那里得到了丰富的创作灵感，他在1940年写给郁达夫的信中提道："重要人物约八九十个，丫头亦十来个。大约以红楼人物拟之，木兰似湘云，莫愁似宝钗，红玉似黛玉……"❶ 姚莫愁这个形象就是参照薛宝钗塑造的，保留了宝钗为人实际、大方得体、成熟稳健、聪颖圆滑的性格特点，摒弃了其伪善、保守的一面。莫愁虽实际，但并不看重金钱和地位，所以嫁给了家境清贫却富有学识的孔立夫；婚后将照顾好丈夫和孩子视为人生的幸福。虽然姚木兰才是作者欣赏和偏爱的理想人物，但姚莫愁的举止更符合现实中的传统伦理规范，同样得到了作者理性上的肯定。而且因为林语堂写作该小说主要是为了向西方读者介绍中国文化，他让莫愁凭自己的聪颖和不愠不火的处世态度赢得了婚姻的幸福。木兰与莫愁这对姐妹身上闪现的个体人格光辉可以说在作品中交相辉映，同样令人难忘。

《红楼梦》中的女性无论是顺应传统观念和社会规范的传统伦理人格还是背离这一规范的自主人格，最终都逃不过毁灭的命运，这贯穿了作者关于男性对于女性态度的自我反省和拷问，成为启发20世纪文学对女性问题进行探讨的宝贵文化资源。"激流三部曲"中瑞一、惠表妹，体现出传统伦理人格之美。瑞一身上具备了符合封建道德规范的妇德，她知书达理、温柔体贴、善解人意、宽厚待人，为人妻、为人母、为人嫂、为人媳，她都做得沉稳妥帖。却因为高家迷信血光之灾，为避免背负"不孝"之名，不得不搬到城外小镇临产，最后难产而死。惠表妹受传统观念的束缚，压抑自己的情感，放弃理想爱人，被迫他嫁，终究抑郁而死。遵从社会规范的传统人格并没有让她们获得幸福，反而成为社会、时代的牺牲品。巴金对她们的人格主要是理解、同情和肯定，而将批判的锋芒指向操纵女性命运的男权社会。

《四世同堂》中的韵梅，是具有传统伦理人格的典型家庭妇女，在她身上体现了老舍在传统优秀文化基础上重新建构民族新人格的思考。韵梅温柔敦厚、隐忍谦让而且自尊心很强，虽然跟丈夫之间总有一层隔膜，她仍尽职尽责去做公婆认可的能干媳妇，亲友赞赏的祁家少奶奶，

---

❶ 林语堂. 林语堂自传 [M]. 江苏文艺出版社，1995：254.

丈夫承认的贤内助。在家国危难之际，是韵梅们忍辱负重、坚毅沉着地支撑起整个家庭。但从韵梅身上，可以看出这种传统人格在现代历史语境中遭遇的尴尬局面——无法与接受了现代话语的男性进行精神对话。她非常轻视与男性眉来眼去和打扮得像"妖精"似的"自由女性"；面对丈夫的冷淡态度，认定自己是毫无罪过的苦命人，没有意识到他们之间文化观念和爱情观念的差异。如何在现代语境中发展这种人格，是作者超越《红楼梦》提出的现代命题。

李锐的《旧址》中李紫痕这个人物身上，可以说继续了这一命题的追问。李紫痕的传统伦理人格体现在她对拯救家族的热望几乎达到了盲目而又异常执拗的程度，并化作一次次悲壮的举动。父亲死后，她以自我毁容的方式，告别作为姐姐、作为未婚女性的自我角色，为了弟妹担当起母亲的角色，以最大的坚忍和力量培养家族的唯一男性骨血李乃之，希望未来的一天他能成为家族的继往开来的人物。李氏满门男人被枪决后，她又承担起抚养家族遗孤的艰巨任务。但是李紫痕辛苦带大的弟弟成为家族的掘墓人，抚养的遗孤在"文化大革命"中死于非命，她的理想终于破灭。传统女性的伦理人格对封建家庭结构的稳定延续起过重大的平衡作用，李紫痕的死有着极强的隐喻性质，意味着支撑家族的最后一线母性之光的熄灭。

薛宝钗般顺应传统观念和社会规范的传统伦理人格得到了现当代作家的肯定，同时我们也看到这类女性摆脱不了身处男权社会的困境。而像林黛玉般高洁、自尊、自爱、藐视混浊男性世界的自主人格，与"五四"以来提倡的个性主义有着相通之处，更是受到作家们的喜爱和赞美。林黛玉在封建礼教制约下的贾府敢于追求自己的幸福，她对宝玉的爱从相互猜疑到彼此表白心事，是对封建礼教下男女婚恋的一种叛逆，是对自身命运不屈的挣扎。巴金《家》中的梅小姐同黛玉一样美丽、忧郁富有才情，也曾有过纯洁、自由的爱情，可惜最终化为过眼云烟。与黛玉不同的是，梅芬的意识中，除了恋恋不舍的爱人之外，还有不可违的母命，不可反叛的礼教，至死必从的丈夫，传统理念的毒害使她甘愿处于被支配的地位，用强烈的宿命感来承受生活给予她的不公平。黛玉虽然死了，但她赢得了宝玉的真爱，在某种程度上，黛玉对爱情的追求和对命运的挣扎是成功的。而梅芬的死，人们除了感慨封建礼教对她的爱情的摧残，也遗憾于她自身的软弱与顺从断送了选择幸福生活的权利。

张恨水《金粉世家》中的冷清秋，性格中有薛宝钗式的厚道谦恭、通情达理，但主要还是林黛玉式的孤僻缄默喜欢独自静处，带有传统文人的清高色彩，这使她永远无法融入妯娌间的无聊的嬉闹解闷和搬弄口舌中。冷清秋毕竟是受过现代教育的女学生，自主意识在她身上体现得更鲜明。婚姻伴侣是她自己选择的，而当丈夫一次次伤害她的自尊，婚姻无以为继时，她勇敢地承认自己当初的年幼与单纯，毅然离开金家走向自立之路，"我为尊重我自己的人格起见，我也不能再去向他求妥协，成一个寄生虫。我自信凭我的能耐，还可以找碗饭吃，纵然找不到饭吃，饿死我也愿意。"从冷清秋身上，我们看到在时代精神的感召下，20世纪作家超越曹雪芹的意向，但这种自主人格带有感伤的古典情调，与热情浪漫更具主体性、能动性的现代个性主义还是不同。冷清秋挣脱封建婚姻枷锁后，感情生活趋向枯竭，唯一的寄托便是培养儿子成人。冷清秋是社会转型时期的产物，半封闭半开放的半殖民地社会塑成了她这种半新半旧的自主人格。

林黛玉的自主人格还含有崇尚心灵真实和自然的一面。黛玉始终不合流俗，傲岸卓立，并非是不谙人情，相反她灵性十足。黛玉一进贾府便留意到各色人等的差异，诸如贾母的怜惜，凤姐的喧哗和假意，邢王二位夫人的深藏不露，赦政二位舅舅的避而不见，从众人中一眼认出命定的知己宝玉。但她从不人云亦云，随波逐流。省亲场面上，她写出的是"一畦春韭熟，十里稻花香"的清新诗句；杯光箸影中，她行的酒令是《牡丹亭》《西厢记》的词文；听戏取乐中，她也不会同宝钗那样点上一出老太太爱听的戏文。自主的人格使她向往灵魂的绝对自由和真实，她是抱定"质本洁来还洁去"的人生宗旨，心甘情愿走向无望的天空。林黛玉这种自然人格在20世纪家族小说创作中得到了延伸。《科尔沁旗草原》中的水水既有女孩天真的羞涩娇态，又具原始的野性的美，"宛如山林草泽的精灵，真率而又放荡，柔媚而又倔强"，富有诗意地吸引了富家少爷丁宁的目光。水水身上的自然人性是远离社会教化而形成的，宛如一块未经雕琢的璞玉，而林黛玉则是"出淤泥而不染"，其对人格独立、灵魂自由的坚持更显可贵。贾平凹《浮躁》中的小水，一望

便知也是用"水作的骨肉",纯洁美丽,对爱情忠贞执着,是美与爱相结合的受难天使。当金狗深陷囹圄、穷困潦倒之时,小水却一往情深生死以之,在监狱外流连徘徊地唱着秦腔以表心志。

曹雪芹在赞美女性美好人格的同时,并没有否认她们人格中的缺陷。黛玉孤高清洁却又心胸狭窄,宝钗端庄敦厚但城府深严,袭人善体人意而奴性十足,晴雯刚烈自尊但性格暴躁,迎春温顺善良而懦弱无能,探春精明能干却讲求事功,惜春孤介厌俗而为人凉薄。其中王熙凤的美艳能干且泼辣阴毒更是惹人注目,作为18世纪中国贵族大家庭中的当家媳妇,她凭着自己的天才与苦心,在贾府诸多矛盾中见风使舵,多方应付。然而要在男权社会的强大压力下掌握权力谋取财富,王熙凤的人格只能走向扭曲、毁灭,"弄权铁槛寺"是暴露凤姐的贪欲;"毒设相思局"是指斥凤姐的残忍。此外,作者还在许多小地方刻画了凤姐的权诈,譬如说鲍二家的被打后上吊而死,她家人要打官司,凤姐起初暗吃一惊,但立刻说要反告她们"借尸讹诈"。王熙凤式被男权社会扭曲的人格在20世纪家族小说中得到再现和延伸。现代家族叙事在写到中国旧家庭时,总会写到这类人格扭曲的女性,如张恨水《金粉世家》中的三少奶奶王玉芬,路翎《财主底儿女们》里的金素痕;等等。

张爱玲在《金锁记》中塑造曹七巧这一人格严重扭曲的女性形象时,进一步探讨了其人格扭曲的深层原因。张爱玲毫不留情地拨开了所有的粉饰,她用冷酷的笔调描述了曹七巧在生活的腐蚀和社会的重压之下,"做稳奴隶"的可悲境地以及在男权社会的重压下充分暴露出来的人性弱点:她自觉自愿地用金钱扼杀自己的情感、尊严、灵魂及其他人的幸福,她的生活一片荒凉。曹七巧与王熙凤类似的根本之点是对金钱的强烈的占有欲,造成她对男性强烈的仇恨心理。为了金钱,她斩断了与姜季泽的旧日情丝,赶走了可能侵害她金钱的亲侄,对儿子、女儿也严密防范。而情欲的干枯使她变得乖厉、冷酷、疯狂。她恶意打听儿子长白和媳妇寿芝的夫妻生活,还到处宣扬,逼得寿芝每日以泪洗面,成了"两只手蜷曲着像死去的脚爪"的枯骨。对女儿长安的婚事蓄意破坏,致使女儿爱情的终身不幸。王熙凤虽毒辣,仍不失原始母性的温情;曹七巧的怨毒则泄向自己的亲人,其人格之扭曲更让人触目惊心。

张爱玲曾说《红楼梦》是她"一切的源泉"❶，可以说张爱玲成功借鉴了《红楼梦》塑造人物的方法，写活了曹七巧这个人物。在探究女性悲剧的社会根源时，某些方面她比曹雪芹更深入，张爱玲认为是卑微的经济地位和社会地位使女性成了金钱的牺牲品，"也许她用的是她自己的钱，可无论如何是从男人的袋里掏出来"，这并不完全是个人的悲剧，除了人性的弱点，男性社会造成的生存环境也要对她们的悲剧负主要责任，她们在社会的强大压力下选择的生活道路是无奈的，挣扎是徒劳的。在这方面，我们看到《红楼梦》的影子投射其中，在男权社会中强大的社会压力及心理压力下女人只能走向毁灭，扭曲。张爱玲通过曹七巧这一人物展示了女性人格的扭曲和丑陋，揭示男权主义社会是一个疯狂的世界，是一个无爱的世界，"没有一样感情不是千疮百孔的"。

这种对男权社会对女性人格的扭曲的展示和探索，在新时期部分女性小说中得到延续。由于受西方女权主义的影响，这种探索更加自觉。以铁凝的《玫瑰门》为例，其中的主人公司绮纹是一个有着强烈权力欲的女人。在屡次被男性社会秩序拒绝以后，司绮纹变得疯狂和邪恶。她通过引诱公公和控制儿子来实现对丈夫未竟的占有；她嫉恨儿媳和孙女的自由，以窥视的方式来满足自己种种受压抑的欲望。这同《金锁记》中的曹七巧一样，因为不能容忍女儿可能拥有的幸福而亲手扼杀了它。司绮纹既是自虐者又是施虐者，作者铁凝对此抱有一种同情的悲哀，在男权中心的社会，似乎只有通过这种"疯狂"，从能证实女性自我的存在。曹雪芹以男性的角度塑造了不同的女性人格，并以此反省他们长久以来对待女性的态度，现当代文学的创作者们从这种探索中吸取了精神实质上的养料，试图逐渐唤起女性从社会和自我的双重弱化中觉醒，真正摆脱历史的、文化的、生理的、心理的诸多桎梏，成为自在的女性优美地生存着。

## 三、《红楼梦》与现代家族小说悲剧性审美基调的形成

《红楼梦》之所以能持久地震撼读者的心灵，最大的奥秘，就在于它的悲剧性。一般思想史喜欢说西方文化是"罪感文化"，与之相对的，

---

❶ 张爱玲. 红楼梦魇·自序 ［M］. 哈尔滨出版社，2003.

中国文化被认为是乐感文化，不具有深沉历史悲剧感和人类命运感，"中国人很少真正彻底的悲观主义，他们总愿意乐观地眺望未来"❶。这种精神已经被称为中国人的普遍意识或潜意识，文学中自然也有所体现。王国维说："吾国人之精神，世间的也，乐天的也，故代表其精神之戏曲、小说，无往而不著此乐天之色彩。始赞悲者终赞欢，始于离者终于合，始于困者终于亨。"❷ 并指出文学史上即便有悲观主义的底色的作品也会被涂抹上快乐的表色，如《牡丹亭》之返魂，《长生殿》之重圆。而《红楼梦》的出现，一改以往作品的大团圆结局，人物的共同归宿是"落了片白茫茫大地真干净"，是"彻头彻尾之悲剧也"❸。它以人生的无常，命运的无情，美的被毁，强烈地震撼着读者，激起读者爱怜、惋惜、伤感、悲愤种种复杂的情感，让读者体验到悲剧的审美感受。

曹雪芹在中国悲剧艺术史上做出的重大突破和创新，在其后的漫漫时空中，并没有承续下去，反倒出现了《红楼复梦》《补红楼梦》《续红楼梦》等改悲剧结局变团圆结局的作品。可以说，直到20世纪，尤其是家族叙事的出现，曹雪芹创新的悲剧传统才得以发扬光大。悲剧意识，成为《红楼梦》与中国现代家族小说创作的共同的审美基调和精神内核。

与曹雪芹相似的个人身世和家族命运之感怀，是现当代作家悲剧意识的来源之一。鲁迅就出生于一个渐趋没落的士大夫家庭。少年时，鲁迅的家庭发生了重大变故，先是祖父被捕入狱，接着父亲又患重病去世。在家庭由小康坠入困顿的过程中，他体验到了社会的黑暗和世态的炎凉。人生最初的经验和记忆给鲁迅后来的思想与创作以深刻的影响。张爱玲的显赫家世更是直追曹雪芹，她的祖父是清代名臣张佩纶，祖母则是李鸿章的女儿，说是簪缨之族、鼎食之家丝毫不为过。但到张爱玲父辈，已是功业已逝、荣华不在，而父母的不和更导致张爱玲的不断逃离，从父亲的深宅逃向母亲的公寓，又孤身一人到香港求学，因战事爆发又逃回上海。在光怪陆离的沪港洋场社会，经过了由贵族仕女到洋场

❶ 李泽厚. 中国古代思想史 ［M］. 天津社会科学出版社，2003：295.
❷ 王国维.《红楼梦》评论 ［M］//王国维文学论著三种. 商务印书馆，2001：12.
❸ 同上书，第14页。

名流的人生历程，真切感受到传统封建文化向现代物质文明转化时期人们苍凉而复杂的心态，其创作染上了浓郁的悲剧色彩。其他如巴金、丁玲、端木蕻良、吴组缃、路翎或是出身于没落的封建世家，或是对这样的大家庭有着深刻的了解。当代作家虽然没有现代作家如此直接的世家经历，但中国以家族为主体的社会制度历经两千年的嬗变、巩固，已内化为国民性格中的深层心理结构，家族意识已经超越时空沉淀在国民的血液中。在家族日渐式微并最终解体的过程中，作家们对家族命运的叙述殊途同归地走向了颓败、没落和消亡。

曹雪芹在《红楼梦》中屡屡发出"生于末世"的慨叹，这是出自于对日益衰落的社会的一种强烈的危机感和忧患意识。20 世纪的作家们虽所处时代不同，但同样对社会，对人生，对文明，充满着危机感。20 世纪上半时期，对于鸦片战争以来民族长期受侵略、被奴役的深重灾难以及在内外压力下凸现出的诸多悲剧性矛盾冲突，中国先进的知识分子有着深刻的体认。这也促使知识分子们从物质文化层面，到政治制度层面，再到思想文化层面的全面反思和艰难探索，最终导致五四新文化运动的兴起，这次革命扫荡着旧的生活方式和文化形式。但同时新生活新文明的轨道尚在建构中，各种斗争既是庄严的、残酷的，同时自身又具有严重的难以克服的弱点，因此形成尖锐的悲剧性矛盾。如端木蕻良的长篇小说《科尔沁旗草原》，路翎的《财主底儿女们》，由于人物自身的严重弱点而使作品弥漫着一种悲壮色彩。新中国的成立，获得了民族独立，但富国强民的探索过程中充满了艰辛和挫折。极左思潮蔓延、反右斗争扩大化以及"文化大革命"的爆发给国家带来了动荡，给人民心灵造成极大的创伤，促使新时期作家以更广阔的视野，更深沉的思考，探究中华民族发展的艰辛和坎坷，作品中普遍体现出深沉的忧患意识，强烈的社会责任感。90 年代大众消费文化的骤然升温，对文学中心地位的冲击，导致作家普遍处于失语状态，而渴望与世界文学进行对话，文学尤其是小说的创作呈现一种焦虑感。如果从美感的角度考察，可以说 20 世纪的文学创作贯穿着浓重的悲剧色调。

美国作家史沫特莱（A. Sodeley）有一次对毛泽东说，她听过许多人唱《国际歌》，她感到中国人和欧洲人不一样，中国人唱起来更悲哀或者说更悲壮一些。毛泽东回答说，近代中国人的经历是受压迫的经历，

第五章 《红楼梦》与中国现代家族小说

所以他们有一种深沉的悲哀感，他们也比较喜欢读古典文学中悲哀的作品。❶ 20 世纪的中国作家对《红楼梦》呈现出的悲剧性是有深切感受的，胡适在谈到《红楼梦》这部"吾国第一流的小说"时，赞赏曹雪芹的悲剧观念，认为《红楼梦》的结局打破了传统"大团圆"俗套，写"林黛玉与贾宝玉一个死了，一个出家做和尚去了""这种不满意的结果方才可以使人伤心感叹"，并使人对于社会人生、思想体制等发生一种反省❷。鲁迅也曾谈到《红楼梦》笼罩着悲凉气氛，"宝玉在繁华丰厚中，且亦屡与'无常'觌面，先有可卿自经；秦钟夭逝；自又中父妾厌胜之术，几死；继以金钏投井；尤二姐吞金；而所爱之侍儿晴雯又被遣，随殁。悲凉之雾，便被华林，然呼吸而领会者，独宝玉而已"❸。《红楼梦》的"悲凉之雾"也被 20 世纪中国作家所呼吸领会，这对他们的创作不可能不产生影响。《红楼梦》摒弃大团圆结局而体现出的悲剧意识和悲凉情调，成为了 20 世纪家族叙事的审美源头。

《红楼梦》是家族叙事的典范之作，其主题的表达具有多义性，鲁迅就曾说过："单是命意，就因读者的眼光而有种种。"❹ 不过，无论是对以贾府为代表的四大家族的兴衰变化的展示，还是对以宝黛爱情故事为中心的年轻女性的命运的书写以及对贾宝玉个体生存和生命体验的描述，都渗透了浓烈的悲剧意识。这三层悲剧的性质不尽相同，家族悲剧是腐朽事物的灭亡，而女儿悲剧和贾宝玉的悲剧则是作者所追求的理想和热爱的美好事物的毁灭，它们一起形成的悲剧意蕴表明了悲剧的普遍性质。但是女儿悲剧和贾宝玉的悲剧是在家族环境中发生的，是随着家族悲剧的发展而发展，家族悲剧的阴影笼罩着《红楼梦》里所有的悲剧。

现代叙事文学在继承《红楼梦》的家族主题的同时，也继承了主题表达上体现出的悲剧意识。由于中国现代家族小说创作并非属于某一具体流派或团体，而是分散于不同的创作流派，我们依据家族主题模式的

❶ 严家炎. 世纪的足音 [M]. 作家出版社，1996：9.

❷ 胡适. 文学进化与戏剧改良 [M] //胡明. 胡适精品集. 光明日报出版社，1998：147.

❸ 鲁迅. 中国小说史略 [M]. 浙江文艺出版社，2000：184.

❹ 鲁迅.《绛洞花主》小引 [M] //鲁迅全集（第七卷）. 人民文学出版社，1981：419.

不同，将之大致划分为三种类型：一是以家族叙事演绎社会历史；二是以家族叙事述说个人心史；三是以家族叙事展示女性命运。它们共性地流露出悲剧意蕴，但是通过不同的方式加以呈现。

《红楼梦》聚焦于贾氏家族，一方面由一家而及天下，涉及并描写了贾家与其他四大家族错综复杂的联系以及天下国家的社会现实；另一方面通过贾家兴衰变化的过程来演绎社会历史的起伏跌宕。这给 20 世纪的作家留下了深刻印象。丁玲说过，她读《红楼梦》起码二十遍以上。她在谈到《母亲》的创作动因时说，1931 年回故乡，听过许多自己家庭和亲戚间的动人故事，深深感到一个家庭或一个人身上发生的变化，"包含了一个社会制度在历史过程中的转变"。因此，她要通过《母亲》的创作，"描绘出变革的整个过程与中国大家庭的破产和分裂"。在艺术表现上，她"有意识地想用中国手法，按《红楼梦》的手法来写"❶。巴金根据自己在大家庭多年生活体验，混着血泪写了"一个正在崩坏中的封建大家庭的全部悲欢离合的历史"❷，他还说"我不单要给我们的家族写一部特殊的历史。我所要写的应该是一般的封建大家庭的历史"❸。

根据不同的家族形态与历史的不同纠缠，我们又可将此类家族小说大体分为三类：一类以贵族官僚世家和累代同居的庶民家族为表现对象，即一般所说的城镇封建大家庭，多见于现代，如《金粉世家》《激流三部曲》《财主底儿女们》《京华烟云》《四世同堂》等；一类以乡村、小镇不同种姓的个体小家庭所构成的宗族为表现对象，多现于当代，如《古船》《白鹿原》《第二十幕》《家族》《旧址》等；一类以少数民族的家族史为表现对象，如《穆斯林的葬礼》《尘埃落定》等。

城镇封建大家庭类叙事的主题倾向于通过描写大家庭的兴衰过程及揭露大家庭的罪恶造成的种种悲剧来折射时代风云。《红楼梦》在第二回就借冷子兴之口介绍了荣宁二府的衰败气象，"如今生齿日繁、事务日盛，主仆上下，安富尊荣者尽多，运筹谋划者无一；其日用排场费用，又不能省俭，如今外面的架子未倒，内囊却也尽上来了……更有一

---

❶　方锡德. 中国现代小说与文学传统［M］. 北京大学出版社，1992：24—25.
❷　巴金：《〈家〉十版代序》，见《巴金论创作》，上海文艺出版社 1983 年版，第 104 页.
❸　同上书，第 106 页.

件大事：谁知这样的钟鸣鼎食、翰墨诗书之族，如今的儿孙，竟一代不如一代了！"曹雪芹从物质基础到精神世界全面揭示了这个贵族世家衰败的悲剧命运，展现了封建末世的繁华和衰败。现代很多作家出身于封建大家庭，因而在主题上有着相似的悲剧创造。从物质基础看，《家》中的第二代除了做律师的克明，克定、克安是典型的坐吃山空的败家子，高老太爷尸骨未寒，就已为争夺家产闹得不可开交。《金粉世家》里媳妇忙着攒私房钱，儿子忙着花公家钱，母子、夫妻、妯娌、嫡庶之间充满了算计。金铨一死，断了经济来源，豪门之家不免金银散尽、一败涂地。从精神世界看，这类作品中写到的封建世家子弟或是仗着祖荫，不学无术，游手好闲，或是养戏子、逛窑子，一掷千金，或是闲聊打牌、嫖赌逍遥。还有一种像曾文清虽然善良、聪明，但生命力逐渐为封建的贵族文化所耗蚀，变成了一个生命空壳。面对失去物质和精神维系力量的家族没落趋势，几乎所有的人都可能产生悲凉的心态。不过现代作家多是站在社会革命和家庭革命的思想高度来展现家族衰败的悲剧命运，可以看出他们领会了《红楼梦》对家族悲剧的反思和对封建末世的批判，但没有达到曹雪芹的认识深度，他是从宇宙变易之"道"和盛衰转化之"理"的思维制高点来审视家族衰败历史，《红楼梦》在家运中落的凄凉景象中贯注了人生苍茫、命运无常的悲剧性人生体验，蕴含着价值主体的衰微、本然存在的消亡。

悲剧是把"人生的有价值的东西毁灭给人看"❶。伴随着家族的衰落，上演着一幕幕人生悲剧。《红楼梦》主题的表层意义就是向我们展示男女主人公的婚姻爱情悲剧，现代家族叙事继承了这一主题，通过提出恋爱婚姻问题，来反抗家庭专制。封建家长们所代表的封建礼教、迷信造成了一幕幕爱情婚姻悲剧，《家》中几个女性的不幸，都是来自爱情婚姻的不自主。美丽而富有才情的梅芬由于父母的包办婚姻如秋日落叶般抑郁致死；身为下贱、心高志洁的鸣凤逃不脱封建礼教的囚笼；通情达理的瑞钰也是封建婚姻的牺牲品。《四世同堂》中的瑞宣和韵梅默默忍受着无爱的婚姻还不得不努力调整适应。《金粉世家》中冷清秋和金燕西的爱情，倒没有这些外力的阻挡。冷清秋出身于一个比较开明的

❶ 鲁迅. 再论雷锋塔的倒掉［M］//鲁迅全集·杂文卷. 山东文艺出版社, 1990: 63.

家庭，有幸婚姻自主，但宗法大家庭并没有为他们的爱情提供生长的土壤。丈夫的纨绔作风令夫妻间的感情逐渐冷淡，等到经济发生危机，她更加认识到"女子屈服于金钱势力，实在可耻，作纨绔子弟的妻妾，真是人格丧尽"。自主婚姻最后也只能以离家出走的悲剧告终。这更加提醒了人们不改变制度，不改变女性传统的生活方式，爱情婚姻的悲剧性质永远改变不了。

这类叙事的另一个经常出现的主题是出走。现代青年们以个性解放为武器反叛封建家庭，最终从家中出走，这与贾宝玉的叛逆和出走有着本质的不同，但同样充满了悲剧色彩，这恰恰是"历史的必然要求与这个要求实际上不可能实现之间的悲剧性冲突"。《家》中的觉慧、《财主底儿女们》中的蒋纯祖，都怀着兴奋和热情的冲动从家中出走。《家》对出走后的青年的生活没做具体明确的描写，但可以看出，巴金对此持乐观态度，而且出于对国家危亡的关注，巴金在写作中放弃了个性解放，青年们出走后自觉地将个体消融于以国家形态表现的群体中，觉慧们的反叛是不彻底的。路翎对青年的出走带有一种冷静和悲观的观照，蒋纯祖出走后，理想和梦想受到乡间宗族势力和道德伦理的巨大牵制，在现实面前青年们只是软弱的空想家，他们的出走只能以悲剧收场。个性解放的"不可能实现"的原因主要在于：一是家族本位的传统文化压抑个性，缺乏成长土壤；二是由于家族叛逆者自身性格的局限。青年们对自由、独立的追寻只能化作一个苍白的梦。

宗法家族类叙事舍弃了《红楼梦》和现代家族叙事中对家族日常琐事和男女私情的描写，将家族与乡土联系起来，表现现代化对家族和乡土的冲击，拉大了时间跨度，以近现代一系列真实的历史事件为背景，展开家族浮沉、代际恩怨、民族发展的进程。这类作品在营造家族世界时，拒绝意识形态的注入，做出了个人化的象征处理，引发人们对传统、现实、文化和生命的种种思索。这类作品在描摹家族身世时，挖掘出家族在民族现代化道路上必然解体的历史悲剧命运，"当旧制度自身相信而且也应当相信自己的合理性的时候，它的历史是悲剧性的"❶。从

---

❶ ［德］马克思，恩格斯．《黑格尔法哲学批判》导言［M］//中共中央马克思、恩格斯、列宁、斯大林著作编译局．马克思恩格斯选集（第一卷）．人民出版社，1972：5．

147

第五章 《红楼梦》与中国现代家族小说

这一角度看，这类家族叙事与《红楼梦》是相通的。《红楼梦》冷峻地展示了贾府衰败的必然趋势，同时也显现了家族权威和家族成员如贾政、王夫人、秦可卿、王熙凤、贾探春、薛宝钗、袭人等执着于自身的价值信念，企图力挽狂澜的顽强意志。贾府第一个感受这种悲凉之雾的是秦可卿，她临死前托梦王熙凤，希望家族"能于荣时筹画下将来衰时的世业，亦可常保永全了"。王熙凤虽是脂粉堆里的英雄，最终也是"哭向金陵事更哀"；后虽有"敏探春兴利除宿弊，识宝钗小惠全大体"，只可惜一个是"生于末世运偏消"，一个是落得"金簪雪里埋"。家庭成员对家族继业人贾宝玉寄予厚望，时刻不忘进行警劝，贾政对宝玉的笞挞更是将这种热切希望转为极端失望的情绪表现得淋漓尽致。然而宝玉的叛逆到最终出家使得家族兴旺的希望化为泡影。

曹雪芹在揭示家族崩溃的必然趋势的过程中，对封建社会一些根本性制度包括家族制度展开了深入的批判。宗法家族类叙事不再停留在批判家族和家族制度的层面上，而是通过家族在历史进程中的坚守和变化，审视家族的精神指向和权力运行机制对民族文化性格的巨大影响，是对失落的传统文明的一次乌托邦设计。因而就有了像白嘉轩（《白鹿原》）、李乃敬（《旧址》）、宁周义（《家族》）等具有永不言退、独自坚守的悲剧精神的好家长。周大新的《第二十幕》以近百年中国社会动荡不安的历史变迁为背景，谱写了以丝织业传家的尚家五代人，为实现造霸王绸的家族梦想而坚忍奋斗的坎坷历程。在结构性人物尚达志身上，家族的利益和梦想的追求，已化为生存中最强烈的欲求和目的。每一次挫败激起的是双倍的艰辛努力奋起，在遗嘱中仍不忘叮咛后人合力实现家族梦想。只是家族在传统农业文明生存环境中所形成的保守与僵硬的天然弱症，致使造出霸王绸的家族梦想未能实现。但整个家族成员为实现这一梦想而表现出来的牺牲精神和凝聚力，隐含了作者对传统家族以及传统优质精神的赞赏和寻求。《家族》中通过"我"的追忆，展示了历史和现实中的家族命运，家族中的杰出代表宁周义、曲予、宁珂身上体现的"纯粹""理想""美'"善"吸引着"我"，他们所受到的不公平待遇，令"我"不平，却仍然愿意坚守家族的操守。这种延续，不仅仅指血缘、血脉的相承，更是一种生存方式、行为准则、人格操守的认可和延展。

中国现代家族小说中虽有反映少数民族生活之作，但相对较少，而专门以长篇小说来写家庭家族生活和命运的可以说十分罕见，霍达的《穆斯林的葬礼》与阿来的《尘埃落定》是最有分量的两部作品。故事发生在特定的民族之中，就必然带有该民族的色彩，可以说是对《红楼梦》以来家族叙事的丰富。《穆斯林的葬礼》通过三代人的命运沉浮，宏观回顾了一个穆斯林家族漫长而艰难的足迹，揭示了他们在华夏文化与穆斯林文化的撞击和融合中独特的心理结构以及在政治、宗教氛围中对人生真谛的困惑和追求。不同民族文化之间的冲突造成的爱情悲剧令人叹息。阿来的《尘埃落定》相比之下，更富寓言性，它叙述的是20世纪上半叶川康地区一个藏族家族的兴衰故事，展示了土司制度在特定的历史条件下衰败瓦解的过程。

与前种类型的着重点在历史建构与文化渊源上不同，这类家族叙事在家族命运浮沉和人物对立冲突中，将个体心理经验的表述推至前台。家族故事不再是几大家族间的争斗和演进，而仅仅作为故事框架以展示个体的生命体验、心理流动和情感记忆，家族史与个体心灵史、成长史相互交织杂糅。这种个体心理经验呈现出共同的倾向：在对传统家族文化拒斥的同时，个体却经受着绝望的孤独。这同《红楼梦》中贾宝玉对人生苍茫、命运无常、"色空"观念的人生体验有着内容上的不同，但在本质上二者都是强调身处传统家族中个体的生存困境，具有一种令人震撼的人生哲学的底蕴和内涵。

《财主底儿女们》是一部家族叙事的史诗性作品，上部以蒋家的兴衰来演绎社会历史，下部记录了历史事变下青年知识分子苦难的精神世界及其悲剧命运。在写到蒋纯祖在旷野中流亡，在死水般的乡村与封建恶势力搏斗时，路翎强调的是主客体之间的强度肉搏和情感体验，人物的灵魂在崇高和卑下、抗争和败退、正义和邪恶、理性和疯狂中穿行，体验到的是无边的孤独和绝望，找不到出路的生命最终只能走向死亡。《在细雨中呼喊》《罂粟之家》《我的帝王生涯》《施洗的河》等文本常常以第一人称来叙事家族事变，直接展现他们对父辈的冷漠态度和心理鸿沟，个体生存只是在孤独中对恐惧的的深刻体验。以余华的《在细雨中呼喊》为例，文本中以"我"的视角来讲述不幸的童年经历，极度贫穷的家庭、凶狠无赖的父亲、孤苦的祖父、屈辱的母亲令"我"无法依

靠，"我"备受冷落歧视，经常挨打挨骂，像猫一样被送走，又像狗一样跑回来。苦难的生活事项不是作者着力刻画的，儿童奇异而丰富的内心感受才是关注的对象。被家庭成员排斥的孤独感过早地吞噬了纯粹天真的儿童心灵。在外部世界对"我"压迫、排斥、拒绝时，"我"潜意识中也涌溢出对家族的拒斥和逃避。父亲的殴打，兄弟们的冷眼旁观，被"我"记在了作业簿上并立誓偿还，"时隔多年以后，我依然保存着这本作业簿"。在南门被领养的生活，不但不觉得委屈不适，反而觉得养父养母才是真正的父母。而养父母的去世，我的生存重新陷入徒劳无益的绝望挣扎之中，"再也没有比孤独的无依无靠的呼喊声更让人战栗了，在雨中空旷的黑夜里"。

《红楼梦》的女儿悲剧是在家族环境中发生的，这构成了一个无可逃遁的命运之网，救赎者叛逆者顺从者都深陷其中，这似乎成了女性的宿命，不可逃避无以解脱。即便在新时期以母族谱系为定义的家族小说中，我们仍可以深切感受到女性悲剧命运的宿命对作家、对作品人物强烈的冲击与摧毁。女性在现实社会的悲剧宿命不仅是身处18世纪的曹雪芹关注的焦点，也是整个男权时代关注女性问题的思想家、文学家们共同的话题。在提倡"妇女解放"的20世纪，女性作家继承了曹雪芹对女性命运的思索，出现了《玫瑰门》《纪实与虚构》《羽蛇》《我们家族的女人》《无字》等继续探求女性生存困境的作品。

无史的悲哀。这些女性文本中都试图用女性生活史来替代传统以男性为中心的家族史，男性或是退到文本边缘，或是全线缺席，对母性谱系的追寻和母女关系的书写成为女作家们言说的对象，但结果总是徒劳。《羽蛇》里的羽逃离了家庭，摆脱了她的血脉，却发现自己什么也不是，"是个零，一个永远的零"。当羽在风和太阳下发现那片心中的碑林时，却注意到所有的碑上都没有碑文、没有名字，漫山遍野的无字碑其实就是女性历史空白的象征。张洁的《无字》讲述了女作家吴为以及家族几代女性的婚姻故事，她们的历史就同标题"无字"所隐喻的，在父权制的笼罩下，女性只能处于无史的状态。王安忆的《纪实与虚构》从生存最切近处——血缘基因开始叙述。为摆脱女性漂浮的命运，苦苦追寻血缘的历史，把自己的血缘身份归宗到"茹"姓的母系家族中，最终虚构出一个母系家族神话。但同时作者又禁不住感慨："我一直把母亲作为我们家正宗传代的代表，这其实已经说明我的追根溯源走向了歧路，是在旁枝错节上追溯，找的却是人家的历史。"

　　女性命运的悲剧在家族小说中大多与情感有关。在《红楼梦》中，概括女儿命运的《红楼梦曲》以"开辟鸿蒙，谁为情种"开头，贮藏普天下所有女子过去未来的簿册的所在地是"太虚幻境"的"孽海情天"，从黛钗到"金陵十二钗"到"千红一哭""万艳同悲"，她们的悲剧都是围绕着"情"字展开。宿命的情感悲剧造成了一代又一代女性的生命悲程，20世纪女性作家继续述说着这一宿命。《无字》中以女主人公吴为作为叙事主角，追叙了三代人的爱情遭际。在世袭传统的压迫下，祖母墨荷与母亲叶莲子的爱情命运是可怜的，但像吴为与胡秉宸在革命时代建立的、以反叛为前提的自由之恋，到最后竟也脆弱得不堪一击。张洁混着血和泪，写下这部无字天书，把人世间善男信女对待情事的一点点虚幻，尖锐地挑破了。赵玫的《我们家族的女人》以"我"与"他"的爱情自叙为主体，穿插了"我"家族中女人们的故事。在肖氏大家庭的三代人中，男男女女的情感命运无一例外是在劫难逃，而女性始终处于被伤害的地位，她们或被逼疯，或者惨死，或是生命枯萎。在"我"离婚回到父母家时父亲便说："命是天意。你注定要离婚要带着孩子重返家园，你是我们这家族的女人，所以你只有服从。"在这些文本中，女性命定的一切悲苦不是来自贫困和落魄，而是情感的创伤和痛苦。在女性的悲剧命运中，家族已化作一个背景，成为一个民族文化的象征和缩影，如神秘的符咒统摄着一代又一代女性，从曹雪芹到20世纪作家所揭示的女性生存事实，让人触目惊心之余细细思索女性的生存环境，寻找改变女性命运的策略。

　　与《红楼梦》的悲剧主题相应，曹雪芹通过一系列意象、意境和情趣韵味的创造，使《红楼梦》充满了悲凉情调。创造意象、意境是中国古代诗人的审美要求，20世纪叙事文学的发展中，逐渐融进了中国传统的审美理论。《红楼梦》在叙事意象和意境上取得的成功，无疑成了中国现代作家极力追求的目标。

　　《红楼梦》中的叙事意象创造是对我国古代诗词意象艺术的继承和演变。这些叙事意象具有丰厚的审美内涵，并与全书的故事叙述和悲剧意义指向有着深度的契合。《红楼梦》第27回"埋香冢黛玉泣残红"出

现了"残红"的意象。在中国古诗词中，以"残红"喻落花，喻时光易老，青春难驻的惆怅。《红楼梦》中灵活地化用了这一意象，书中曾以各种不同的花刻画黛玉的容颜和性格的各个侧面，以桃花喻其色，海棠喻其姿，菊、兰、荷喻其质。美艳柔弱的花朵在一夜风雨中凋落，正如倾国倾城的美人倏忽间的香消玉殒。无怪乎宝玉听了黛玉的《葬花吟》引发了人生空幻之想，心头顿生无限悲伤。已然褪去生命色泽的花瓣，飘落得是何等凄美惨烈！人物命运与残红的意象纠缠难分，令人感到时光易老，从中体验到浓郁的人生悲凉感。

《金锁记》的作者是深领其悲凉意味的。张爱玲从中受到启发，在小说中穿插了"月亮"意象的描写，以制造悲凉的环境氛围。小说开篇就通过月亮意象将读者带入伤感、凄清的故事氛围："三十年前的上海，一个有月亮的晚上……然而隔着三十年的辛苦往回看，再好的月色也未免带点凄凉。"月亮随着故事情境的不同改变着形状和颜色，但总透露出一股悲凉。在长安眼里是"模糊的缺月，像石印的图画，下面是白云蒸腾，树顶上透出街灯淡淡的圆光"，伴着呜呜的口琴声，将长安屈从母亲淫威，小小年纪委屈又苍凉的心境表露无遗。当芝寿被丈夫和婆婆折磨得精神恍惚，揭开帐子往外看，"窗外还是那使人汗毛凛凛的反常的明月——漆黑的天上一个灼灼的小而白的太阳"。把恐怖凄厉的气氛渲染得恰到好处。当曹七巧拉着儿子不怀好意地打听小夫妻私生活时，玻璃窗外，"影影绰绰乌云里有个月亮，一搭黑，一搭白，像个戏剧化的狰狞脸谱。一点，一点，月亮缓缓的从云里出来了，黑云底下透出一线炯炯的光，是面具底下的眼睛，天是无底洞的深青色"。小说结尾又照应开头，说"三十年前的月亮早已沉下去，……然而三十年前的故事还没有完——完不了"。月亮是照样的升落起降，阴晴圆缺，这人间的悲剧也在照样上演着，没有完结，给小说的悲剧气氛再添上浓重的一笔，《红楼梦》的神韵鲜明地复活在这一创造里。

每一个旧式的大家庭几乎都有一座后花园，在以往的叙事文学中，后花园多是才子佳人幽会之所，并没有成为作品不可缺少的部分。《红楼梦》中创造了大观园这一意象，使为传统小说所排斥或忽视的自然景物成为典型环境的重要组成部分。大观园最初是作为帝妃的"省亲别墅"，几乎集中了中国古典园林建筑艺术的精华和大自然的一切美景；

同时大观园又是《红楼梦》中的"女儿国"，是女性美的依托，是一个充满青春、爱和美的世界。而随着女儿们如流云般被风吹散，家族被抄，大观园也荒芜下去。宝玉进园哭祭黛玉，已是花木枯萎，几处庭馆彩色久经剥落，满目凄凉。《红楼梦》中大观园由繁华到衰败，奠定了整个作品的悲凉情调，成为20世纪家族叙事中此类意象的原型。

　　《家》《财主底儿女们》都写到了家中的后花园。《家》中后花园里上演的一幕幕场景，欢乐是一点点消散，悲哀却一片片涌上来。正月初八湖边观烟花，湖滨飘荡着悠扬的笛声和青年人的歌声，处处欢声笑语。元宵节湖上众人寻欢，洋溢着温情，却透着些冷清，吹响的笛声也带着悲音。到鸣凤跳湖自杀，花园湖面上笼罩的已满是凄惨的薄雾。但《家》中的后花园仅是人物活动的环境，并不像大观园那样具有象征意义。《财主底儿女们》中的蒋家花园在精神指涉上的意义则更贴近大观园。"到过蒋家的人决不会忘记两样东西：古董和后花园。"后花园是蒋家人的精神家园，代表着家族曾经有过的荣华富贵和非凡气派，但随着家族走向穷途末日，花园里满是衰颓的气息。家族的主人蒋捷三在凝望树林里的那片荒芜的草地时，经常是一片恐惧从心灵的深渊油然升起，似乎从中看到了家族命运的预示。家族中的每个人都与之有着特殊的情感联系，"后花园则对于蒋家全族的人们是凄凉哀婉的存在，老旧的家庭底子孙们酷爱这种色调；以及在离开后，在进入别种生活后是回忆底神秘的泉源"。即便是逃离后花园走向旷野的蒋纯祖，也是不无留恋。他的身上带有后花园熏陶出的蒋家人天生的贵族意识和懦弱心理。在逃亡途中，他的优柔寡断使得富有正义感的朱谷良被烧杀抢劫的石华贵杀掉；在几次恋爱中，他始终保持着骄傲而又虚伪的姿态，致使爱情死亡。他的极端个人主义和抹杀不掉的贵族意识使他最后困死在旷野之上。凄凉哀婉的后花园折射出蒋氏家族的总体精神走向。

　　中国现代家族叙事对后花园意象进行了拓展和延伸，构建了老屋意象，《家》中的高公馆、《憩园》中的憩园、《财主底儿女们》中的蒋家大院、《旧址》中的九思堂都是这样的老屋。老屋既是大家庭成员活动的空间，也是大家庭中礼教吃人的历史见证。家族中的成员在时代潮流中随风飘散，只剩下老屋守着隐藏其中的秘密，继续发霉发烂。《旧址》中所写到的老屋"九思堂"极富寓言色彩。家族后人李京生回到故乡寻

找老屋，那旧居早就变成了一个大杂院，所看到的只是一点残存的遗迹，面对家庭的旧址，李京生的心态跟在这里参观的旅游者没有不同，连他自己也被这种冷静弄得吃惊了。在家族叙事中，后花园意象、老屋意象以今不如昔的面貌、颓废的情调象征封建大家族的必然崩溃，而在《旧址》中，老屋意象不仅仅象征某一具体家族，而是象征一种文化体系，从汉代一直延续到今天的传统社会结构和文化价值，它的面目全非和走向消亡，更令人黯然神伤。

黑格尔说过："艺术的最重要的一方面从来就是寻找引人入胜的情境，就是寻找可以显现心灵方面的深刻而重要的旨趣和真正意蕴的那种情境。"● 在叙事文学中，情境是场面与动作的统一体，场面展示空间架构，动作表示时间进程，二者共同构筑出创作主体的情感和意旨。《红楼梦》中的情境设置融入了作者和人物的情感，对整部作品的情绪和基调起了渲染和铺垫作用。

《红楼梦》第 75 回至第 76 回中秋赏月，是悲凉情境创造的典型例子，作者在中秋月色下，依次展开了异兆悲音、高台品笛、月下鹤影、湘黛联诗等一系列情境的描写。先是贾珍率众姬妾在"风清月朗，上下如银"的月色中赏月，"大家正在添衣饮茶，换盏更酌之际，忽听那边墙下有人长叹之声。……未了，只听得一阵风声，竟过墙去了。恍惚闻得祠堂内格扇开阖之声。只觉得风气森森，比先更觉凄惨起来，看那月色时，也淡淡的，不似先前明朗。众人都觉毛发倒竖"。长叹声、风声、格扇开阖声与月色由明朗而惨淡相结合，渲染出一种带有神秘色彩的警示性气氛，赏月者的情感也随之乐极生悲。待贾母等人赏月，闻听"呜呜咽咽，悠悠扬扬"的笛声，最初倒是"烦心顿解，万虑齐除"，但气氛由热变冷；及至深夜，那笛声"比先前越发凄凉"，贾母有触于心，不免堕下泪来。听者赏月的怡情雅兴被笛声带来的悲怨凄凉所替代，折射出贾府统治者内心深藏的没落隐忧。黛玉、湘云在凹晶馆闻笛声，唱出了"寒塘渡鹤影，冷月葬花魂"这样颓败凄楚的调子。总之，《红楼梦》借中秋月夜表现了弥漫于贾府内外上下的一片衰飒之气，刻画了"大厦将倾"压在众人心头的深重忧惧和隐忧，预示贾府的没落命运已

● ［德］黑格尔．美学（第一卷）［M］．商务印书馆，1997：254.

无可挽回。

《金粉世家》细腻地刻画了冷清秋从第一次进金府到嫁入金府再到离开金府，人物眼中场景的变化，写出了主人公对这座华府由热闹艳丽到凄冷孤寂的感受，颇得《红楼梦》中林黛玉进贾府及潇湘馆种种精彩场景描写的真传。《金粉世家》第79回"凄凉小院忆家山"，冷清秋一个人对着一盏惨白的银灯，听着楼外一阵阵雨声，"那雨声借着松里呼呼的风势，那一份凄凉景象，简直是不堪入耳"。这与黛玉"风雨夕闷制风雨词"有着异曲同工之妙。《家》中多次写到高家小儿女们的游园场面，随着每次游园节令的转变，游者的心境也渐次萧条、冷落、凄凉，借此反映家族没落的趋势，可以明显看出对《红楼梦》悲凉情境创造的借鉴。

《红楼梦》许多情境的创造还依赖于诗词曲赋等韵文形式来实现，而在20世纪叙事中全部都是用散文形式来完成，《家》《金粉世家》中对环境氛围的描写，往往拘泥于过程的细致刻画，显得有些琐碎。对此有所突破的是张爱玲和苏童，他们抓住最鲜明的情景、瞬间，使场景呈现出一种跳跃性，小说既呈现古典的诗画情境又富有现代感。苏童的《妻妾成群》中所有的景物和环境描写，很少有鲜亮活泼的颜色，文中穿插出现的是凋零的紫藤、枯萎的雏菊、长满青苔的井、雪白的秋霜、凄清的雨、萧煞的雪等阴冷景物，流动的场景如梅珊唱戏、飞浦吹箫、颂莲醉酒都是颓废幽怨的，荒索灰暗是笼罩在一切事物、心灵的永恒感觉，置身其中，每个人似乎都被一张巨网压迫，无法挣脱，难以喘息。而且苏童在《妻妾成群》中还通过季节的转换，来暗示人事的沧桑变幻，从初夏颂莲进入陈家大院，经过秋天，到夏天，对应着颂莲由受宠到遭冷落，最后发疯的命运。季节轮换，周而复始，人事也如此，梅珊的死亡，颂莲的发疯，并没有影响陈家大院，来年的春天，陈家又迎来第五位姨太太文竹。

从以上分析看，中国现代家族小说中呈现出的悲剧性审美基调，同《红楼梦》有着千丝万缕的联系，有助于探讨中国新文学审美意识的生成和发展的内在依据，有助于克服学界过分依凭西方文学参照而忽略中国传统文化的思维定式。

## 四、《红楼梦》与现代家族小说叙事艺术的发展

中国叙事文学发展至 20 世纪呈现出与以往截然不同的面貌，人们往往更关注西方文学对中国文学的影响，而忽视了传统中国文学在这场嬗变中所起的重要作用。譬如小说，若以现代小说的观念来审视古典小说，大多数与现代概念的小说相差甚远。唯独有一部例外，那便是《红楼梦》。很多文学理论家、作家从世界的小说演变史的角度，以历史的"古代""中古""近代""现当代"的进化观念为参照进行对比，指出《红楼梦》在中国小说由"古代"向"现代"进化的过程中具有里程碑式的意义。石昌渝在《中国小说源流论》中指出《红楼梦》是"白话小说的终结，《红楼梦》已经完全具备了现代小说的品格"❶。在著作中阐述了《红楼梦》具有现代小说的某些叙事特点。其实早在 20 世纪 40 年代就有人注意到了《红楼梦》在叙事艺术上的现代意味，吴宓就是很突出的一位，他在美国哈佛大学中国学生会的一次演讲中说："《石头记》（俗称《红楼梦》）为中国小说之杰作。其入人之深，构思之精，行文之妙，即求之西国小说中，亦罕见其匹。……若以西国文学之格律衡《石头记》，处处合拍，且尚觉胜佳。盖文章美术之优劣短长，本只一理，中西无异。"❷ 美国前哥伦比亚大学教授、文学评论家夏志清说："假如我们采用小说的现代定义，认为中国小说是不同于史诗、历史纪事和传奇的一种叙事形式，那么我们可以说，中国小说仅在一部 18 世纪的作品中才找到这种形式的真正身份，而这部书（指《红楼梦》——引者）恰巧就是这种叙事形式的杰作。"❸ 吴宓、夏志清等人对《红楼梦》叙事艺术现代意味的肯定，是符合曹雪芹的创作实际的，尽管曹雪芹不可能拥有西方先进的文学理论，但人类的艺术之理是相通的，凭着对生活的深切感受和审美体验，凭着自己的艺术天才和创作灵感，曹雪芹将"传统的思想和写法都打破了"。

正因为《红楼梦》在叙事艺术上与现当代小说并没有古今时代的隔

❶ 石昌渝. 中国小说溯源论［M］. 生活·读书·新知三联书店，1994：395.

❷ 吴宓.《红楼梦》新谈［N］. 民心周报. 1920－03－27，1920－04－03.

❸ ［美］夏志清. 中国古典小说史论·导论［M］. 胡益民，石晓林，单坤琴，译，江西人民出版社，2001：13.

阁，在 20 世纪中西方文学相互冲撞、对立、融合的语境中，自然受到作家们的青睐。蒽子认为："该是更好地读《红楼梦》的时候了！……如果写小说，曹雪芹的手法总该一点一点去学！"❶《红楼梦》是中国古代家族叙事的集大成者，20 世纪家族小说在叙事艺术上有借鉴西方家族小说的地方，但我们也可以看到《红楼梦》影响的痕迹。

结构是叙事文学重要的形式因素，是故事的组织形式和叙事方式。曹雪芹在"写法"上的一个伟大成就是创新了家庭家族在叙事中的结构功能。叙事艺术表面看来是外在形式的问题，实际上与人的生存体验紧密相连，与叙事内容息息相关。《红楼梦》是一部伟大的写实小说，尚"真"既是他塑造人物、描写生活的指导思想，也是他组织叙事、结构章法的基本原则。立体网络结构正是适应这种家族叙事艺术创造的要求而构建的，何其芳曾用一个生动的比喻说明《红楼梦》的艺术特色："像生活和自然本身那样丰富复杂，而且天然浑成。"❷ 令人惋惜的是，《红楼梦》之后的《后红楼梦》等续书，尽管在情节的补续方面极尽翻空出奇之能事，对《红楼梦》结构上的高超造诣却视若无睹。真正在叙事结构上对《红楼梦》进行借鉴并加以创新的应当是 20 世纪家族小说。

巴金的《家》在结构布局上隐隐可以看出《红楼梦》的影响，以四世同堂的高家为中心，附带写出了觉新的姑太太张家、外婆周家、姨妈钱家等家庭的兴衰和变故。与此相关联，展现了高家的年轻人和其他家庭的年轻人梅、琴等人产生的种种情感纠葛。林语堂对《红楼梦》研究多年，十分推崇《红楼梦》的艺术技巧，在结构设计上与《红楼梦》有很多相似点。《京华烟云》以姚、曾、牛、冯四大家族的兴衰起落为情节框架，以姚家木兰、莫愁两姐妹和曾家兄弟的婚恋和家庭生活为主线结构作品。拳民造反、八国联军、辛亥革命、五四运动、军阀混战、北伐烽火、全民抗日等等重大历史事件都以家族人物的视野加以描叙，作品以姚、曾、牛、冯四家的人际交往和社会关系为网络，涉及上至皇亲国戚、总统总理、北洋将军、名士宿儒、文化名人等；中至大官、巨贾、老爷、少爷、太太、小姐等；下至仆人、佣人、车夫、妓女等，所

❶ 巴金，等．我读《红楼梦》［M］．天津人民出版社，1982：20.
❷ 何其芳．论红楼梦［M］//刘上生．中国古代小说艺术史．湖南师范大学出版社，1993：469.

第五章　《红楼梦》与中国现代家族小说

展示的社会空间比《红楼梦》更广阔，带有鲜明的时代感。

中国现代家族小说在叙事结构上对《红楼梦》的继承是多方面的，但至今在整体结构上没有超越《红楼梦》的。这并不意味现当代作家放弃了对《红楼梦》进行突破的努力，以下仅就 20 世纪家族小说在叙事时序上对《红楼梦》的继承与突破进行力所能及的开掘。

中国古代小说大都按事件的自然时序来安排叙事时间。《红楼梦》的总体构思是楔子部分总写石头下凡到复归，点明故事的来历；正文叙述石头在红尘中的所见所闻，是从故事结束处反过头来讲故事的倒叙结构，这是对古代小说时间性叙事传统的突破。这种构思，作者是站在家族历史发展时段的末端，回忆追叙家族兴衰变化，正如开篇所说全书叙述的是"历尽悲欢离合、炎凉世态的一段故事"，为全书营造了"到头一梦，万境归空"的哲理意蕴氛围。采用这种叙事手段来强化家族悲剧，在 20 世纪家族叙事中不断出现，这并非偶然现象，《红楼梦》的示范作用不容忽视。

张恨水的《金粉世家》的楔子明显是从《红楼梦》脱胎而来。开篇就写到此书的来历和小说女主人公冷清秋的结局，"我"街头偶遇冷清秋卖字，被她的气质、才情所吸引，引发"我"的好奇心。从朋友口中得知她颇有来历，便央求朋友告知，集成材料，写出此书。不过《红楼梦》中的楔子有隐喻全书情节和形象主体的作用，而在《金粉世家》中这种倒叙仅是引起读者的悬念的手段，造成人们在艺术欣赏上一种急切期待的心理状态，一个年轻妇人为何在燕市书春，又为何不愿去王家教书而且突然搬家。作者正是利用这一悬念，引导读者进入所要描写的艺术胜境。而且在"尾声"部分还加入了"我"自己的一些见闻，这在《红楼梦》中是没有的。在叙述策略上张恨水也进行了有意调整，《红楼梦》楔子中提到故事是叙述人"石头"的亲见亲闻，又融进了"石头"自身"无才可去补苍天，枉入红尘若许年"的生命感受，因而叙述的情感基调是"满纸荒唐言，一把辛酸泪"的悲怆凄凉。而在《金粉世家》楔子中指出故事的讲述者"朋友"是一个旁观者，记录者"我"也是为稻粱谋而写下这一故事，因而采取不露声色的客观叙述语调，故意保持一种超然的态度，这样与离合悲欢的叙述内容之间就构成了一种艺术张力，形成了耐人寻味的反讽效果。另外，在时间上，作者还有意无意地制造了叙述时间与故事时间之间的反差，叙述时间用了六年，而故事时间却只是一个人漫长生命时间里的一年，而这短短的一年却上演了人一生一世的悲欢离合，加强了人生如梦，世事如戏的悲剧意味，这也是张恨水在结构上继承《红楼梦》的同时对《红楼梦》的突破。

现代作家所处的文学环境与曹雪芹毕竟有很大的不同，他们在借鉴《红楼梦》的艺术技巧时，渗入了现代小说的技巧。张爱玲的《金锁记》开篇也有介绍故事的楔子，"三十年前的上海，一个有月亮的上海……我们也许没赶上看见三十年前的月亮。年轻人想着三十年前的月亮是铜钱大的一个红黄湿晕，像朵云轩信笺上落了一滴泪珠，陈旧而迷糊。老年人回忆中的三十年前的月亮是欢愉的，比眼前的月亮大，圆，白；然而隔着三十年的辛苦路往回看，再好的月色也不免带点凄凉"。开篇便告诉读者故事发生在三十年前，故事将在回忆追叙中展开，但又插入了三十年后的人的感受，打乱了正常的时间顺序，将三十年间人事沧桑在此压缩，令人不免有人生如梦之感，营造出与故事主体的思想情调一致的意象境界和情绪氛围。《金锁记》的倒叙功用不再着眼于故事，而是着眼于情绪，这一点深得《红楼梦》的神韵。在小说的结尾又照应开头："三十年前的月亮早已沉下去，三十年前的人也死了，然而三十年前的故事还没完——完不了。"这一结尾将故事的过去、现在、未来在此重叠，凝结为一点，人的悲剧命运也在一遍一遍重复上演。这些技巧既与《红楼梦》有千丝万缕的联系，又显示了作者的艺术个性。

借助倒叙来节省交代文字，增加小说密度，加强小说的结构感，新时期作家比现代作家运用的更加熟练。不过受《红楼梦》和现代家族叙事的影响，新时期作家的倒叙也不仅仅局限于故事，更着眼于情绪氛围的营造。家族叙事中将家族的衰败首先呈现在读者面前，形成了一个参照系，与昔日家族的兴盛构成鲜明对比，读之不免无限感慨。李锐的《旧址》从李氏家族的终结开始，这场始料不及的历史政变从根本上动摇了李氏家族古老的根基。值得玩味的是，故事层面上的叙述是银城两个以盐业起家的两大家族——李氏家族与白氏家族之间的对抗、兴衰，作者并没有让李氏家族消亡于现代商业竞争中，而是以这种突变方式来结束家族的生存，开篇便使整个作品的意义指向变得隐晦起来。而且在第一章中作者采用了交错叙述，自由切割、扭曲小说的时间，过去与未

来在这里互相穿插，获得了一种特殊的美学效果。第一章第一节中李氏家族男丁的行刑场面、李紫痕昏死在空空如也的房子里、李乃之驾驶着"斯大林55"奔向沃野和李京生的呱呱落地在同一天展开，其中又穿插了多年后李乃之的死亡，李京生到美国与姑母的相聚，后面的两节也采用了同样手法。不同时空场面的交错叙述，突出了对应场面之间的张力，更好地表现了作者创作的主观意图，"历史却抛弃了所有属于人的所谓意志，让那些所有泯灭的生命显得孤苦而又荒谬"❶。张炜的《家族》更是在故事整体上展开了历史时空和现实时空的交错叙述，历史中家族人物行动中所蕴含的纯粹、理想和美与现实中"我"在追寻家族精神时的迷惘、愤慨和执着相互交织，这种不同时空场面的叠印，显示了家族历史是一场绵绵不尽的苦难和奋斗。

我们通过《红楼梦》在中国现代家族小说中的影响痕迹，意在寻找"中国史自身的'剧情主线'"❷。这条主线"没有被西方所抢占或替代，它仍然是贯穿19至20世纪的一条最重要的中心线索"❸。这条"剧情主线"的延续，并非传统与现代之间简单的对应的相似性关系，而是一个动态的过程，现代总是在自觉和不自觉中接受了传统内部存在的富有生命力的因子，并创造性的加以转化，化作自身的一部分。中国现代家族小说对《红楼梦》的艺术风范进行效仿和吸纳，所形成的鲜活的生命力和文学优越性，为我们提供了事实证明。

❶ 李锐，梁丽芳. 关于《旧址》的问答［M］//李锐. 旧址·后记. 山东文艺出版社，2002：313.

❷ 林舟. 永远的寻找——苏童访谈录［J］. 花城，1996（01）.

❸ 陈平原. 小说史：理论与实践［M］. 北京大学出版社，1993：62.

# 第六章　巴金《家》和岛崎藤村《家》的文化比较

　　近现代转型时期，家族是中日社会文化嬗变的焦点话题，中日现代文坛出现了一大批以家族故事作为题材的作品。日本作家"夏目漱石的《从此以后》《道草》、田山花袋的《生》、岛崎藤村的《家》，还有志贺直哉的小说、介川龙之介的小说，等等，都向读者诉说着他们眼中的'家'"❶。家族更是中国现代作家频频涉足的题材领域。现代文学史的第一篇白话小说《狂人日记》，就选择了"意在暴露家庭制度和礼教的弊害"作为现代启蒙的言说开端。随后，《母亲》（丁玲）、《家》（巴金）、《财主底儿女们》（路翎）、《科尔沁旗草原》（端木蕻良）、《呼兰河传》（萧红）、《金锁记》（张爱玲）、《四世同堂》（老舍）、《京华烟云》（林语堂）等家族小说陆续面世。在这些作品中，巴金和岛崎藤村的长篇同名小说《家》尤其值得关注。岛崎藤村的《家》创作完成于1910年，上卷连载于1910年的《读卖新闻》上，下卷以《牺牲》为题发表于同年1月和4月号的《中央公论》杂志。❷小说的内容涉及作者二十六岁到三十八岁这一阶段的生活，反映了这十二年间（1898—1910）日本农村两大封建家族小泉家和桥本家日趋没落的过程。巴金的《家》创作完成于1931年，同年连载于上海的《时报》，讲述的是"一个正在崩溃中的封建大家庭的全部悲欢离合的历史"❸。两部《家》都是家族叙事的经典作品，讲述的都是传统家族没落解体的故事。

　　巴金的《家》和岛崎藤村的《家》既是中日现代家族小说的代表性作品，也是反映两国家族文化的典范性文本。巴金说他的《家》写的是

---

❶　于荣胜. 试论中日近现代小说中的"家" [J]. 日语学习与研究, 2000 (04).

❷　陈德文. 日本现代文学史 [M]. 南京大学出版社, 1991: 81.

❸　巴金. 关于《家》（十版代序）[M] //家. 人民文学出版社, 1962: 442.

"一般的封建大家庭的历史"❶，"在各地都可以找到和这相似的家庭来"❷，"里面的主人公应该是我们在那些家庭里常常见到的"❸。中日学者认为岛崎藤村的《家》"正面地处理了被认为日本社会的最根本的组织——家庭的问题"❹，"对日本社会中残留的家族主义制度作了深入细致的解剖"❺。岛崎藤村自己也说他的《家》"从内部描写了家长制家族制度复杂的结构"❻。两部小说都以家族问题作为叙事中心，故事中渗透着丰富的中日家族文化信息，以至于《中日家族制度比较研究》这样的社会学著作，都专列一节讨论两部小说，把它们当作"近代中日家族制度的缩影"❼。可见，两部小说所提供的家族生活和命运走向，在中国和日本都是非常典型的。

中日家族文化既存在亲缘关系，又走向了分流发展，造成了中日家族文化同中有异，并且影响到中日作家所构设的家族故事的样态。中日社会发展状况和文学观念的差异，亦在家族文本中打下了各自的烙印。在此意义上，中日作家同名小说《家》值得我们深入探究比较。通过比较，既能阐明中日小说家族文化蕴含的异同，又能揭示出中日家族叙事的不同风貌，增进对两部家族小说的理解。

## 一、家族冲突与拯救的悲剧性殊途同归

中日家族制度的差异，使得两部《家》讲述的家族悲剧指向不同的文化病症。日本的父权制家族制度是在七八世纪全面"中国化"❽的过程中确立的，在诸多方面与中国家族制度有着惊人的相似，如祖宗崇拜，忠孝观念，父权家长制，等等。当然，中国的家族制度移植到日本后，因本土化的内在要求，必然有所修正，使之"日本化"，从而造成

---

❶ 巴金. 关于《家》（十版代序）［M］//家. 人民文学出版社，1962：443.

❷ 巴金. 出版后记［M］//家. 人民文学出版社，1962：435.

❸ 同❶。

❹ 吉田精一. 现代日本文学史［M］. 齐干，译. 上海人民出版社，1976：59.

❺ 陈德文. 日本现代文学史［M］. 南京大学出版社，1991：83.

❻ ［日］中村新太郎. 日本近代文学史话［M］. 卞立强，俊子，译. 北京大学出版社，1986：100.

❼ 李卓. 中日家族制度比较研究［M］. 人民出版社，2004：152.

❽ ［日］柄谷行人. 日本现代文学的起源［M］. 赵京华，译. 生活·读书·新知三联书店，2003：171.

中日家族文化的差异。差异是多方面的，在此，我们主要打算阐述家族象征体系和继承制的区别。正是二者的区别，使得两部《家》讲述的中日家族故事各有各的不幸，其悲剧是殊途同归。

中日家族的象征体系就其核心观念来说，各有所侧重。中国传统家族非常重视血缘谱系的延续和增值，四世同堂、香火不断是中国人根深蒂固的家族情怀，绝后是家族大忌。"与传统中国比较，日本家族制度的中心思想是在于延续具体存在的家户经济共同体，甚至为了家户延续的需要，可以调整血缘的系谱继承关系。""日本人所重视的家户生活团体正好是中国人所忽视的，而中国人所重视的系谱血缘关系，日本人则视为是次要的。"❶ 扼要地说，中国家族制度的中心思想是血缘谱系的延续，日本家族制度的中心思想是家业（家户经济共同体）的继承。家族制度核心理念的分野，造成了中日家族财产继承制度的差别。中日家族都是以儿子为家产的继承对象，但中国祖业的继承是"诸子均分"，各房之间的关系比较平等，日本传统家族的产业继承是"长嗣继承"，"家长的地位及家业由长子单独继承"❷。在中日家族中，长子都是家族的继承者，地位都非常特殊。中国家族的长子比弟妹受到的管束更严，家族赋予的期望更高、责任更大。日本的长子同样"自幼就学会一套责任不凡的气派"❸。但是，中日家族的长子在家族的继承上，各有偏重。中国家族的长子更多的是家风、家族气象的承传者，而在分家产时没有多少优势，巴金《家》里的长房——觉新这一房在分家产时并没有占到便宜；日本家族的长子作为家业的继承人，更像是家业的"受托者"或"管理者"❹，岛崎藤村《家》里的老大实独立继承了小泉家的产业，其他兄弟没有插手的份儿。因此，中国的家长或长子容易成为礼教扼杀人性的执行者；日本长子的特权背后则是弟弟独立闯荡生活的心酸，和弟弟为了支援长子维持家业所做出的牺牲。

中国家族"诸子均分"的继承制，留下了家族内部纷争不已的祸

❶ 陈其南．文化的轨迹［M］．春风文艺出版社，1987：95．

❷ 张萍．日本的婚姻与家庭［M］．中国妇女出版社，1984：69．

❸ ［美］鲁思·本尼迪克特．菊与刀［M］．吕万和，熊达云，王智新，译．商务印书馆，1990：38．

❹ 同上书，第39页。

根。巴金自己说《家》的主题之一就是表现家族内部的"倾轧、斗争和悲剧"❶。从家族人物的结构关系来看，巴金的《家》讲述的主要就是高家几代人之间冲突的故事。像高家这类聚族而居的封建大家族，家长积累了巨大的产业，希望在世时享受四世同堂的繁华景象，希望家族基业能够福荫后代、长易子孙。高老太爷也因掌控着家族的礼法和财产，从而成为令人望而生畏的专制家长，"是全家所崇拜、敬畏的人，常常带着凛然不可侵犯的神气"，甚至"幼稚而大胆的叛徒"觉慧"无论在什么地方，只要看见祖父走来，就设法躲开，因为有祖父在场，他感觉拘束"❷。觉民反抗高老太爷的包办婚姻离家逃走时，也曾为以后的"衣食发愁"而有所顾虑。当高老太爷说登报声明逃婚的觉民不是高家的子弟时，甚至觉慧也痛苦地叫了起来："爷爷当真忍心这样做吗?"❸ 觉慧逃离封建家族"狭的笼"时，也是靠高家提供资费。可见，无论克安、克定打着高老太爷的招牌在外吃喝嫖赌的败家劣迹，还是觉民、觉慧对家长权威的大胆反抗，都是建立在庞大的家族基业之上，离不开"衣食无忧"这个前提。正因为此，"在这个家里，祖父似乎就是一切"❹。高老太爷掌控着高家的权力资源，但高家的产业属于家族共有资源，用来"福荫后代"的，高家子弟都是理所当然的继承人，都有权享用。"诸子均分"的继承制预示着家族的共有财产迟早有一天要被分解，变成各房的私有财产。在大家族的共有财产变成家庭的私有财产的中间岁月，吞噬家产的争斗就在所难免。在觉慧眼中，"明明是一家人，然而没有一天不在明争暗斗。其实不过是争点家产!"❺ 私藏字画、偷卖古董、以高家的名义赊账，等等，都是高老太爷在世时争相掠夺、瓜分高家资源的行径。

其实，高家的争斗不仅是争财产，争斗是高家故事的核心叙事元素。父子冲突构成了高家故事的主要矛盾。觉民、觉慧等年青一代与高老太爷争的是权威，是五四提倡的婚姻自由、个性张扬与家长包办婚

❶ 巴金.关于《家》(十版代序) [M] //家.人民文学出版社，1962：443.
❷ 巴金.家 [M].人民文学出版社，1962：69—70.
❸ 同上书，第329页。
❹ 同上书，第321页。
❺ 同上书，第18页。

姻、家长威严的斗争，属于家族内的权力之争，是新旧之争。觉民和冯乐山侄孙女的亲事，是依照传统家族制度由高老太爷决定的。在高老太爷看来，"父母之命，媒妁之言，家长主婚，幼辈不得过问——这是天经地义的道理，违抗者必受惩罚"❶。高老太爷把家长操持儿女婚姻不仅看作一种习俗，而且看作是家长的专属权力，不可反抗和侵夺。对于接受了五四新文化思潮影响的觉民来说，他对婚姻选择权的理解自然不一样，他说："我的亲事应当由我自己作主。"❷ 强调行为主体与权力主体的统一。觉民要求的是爱情婚姻的属己性，他的观念和行为客观上给传统家族"差序结构"带来了解构的危险，违逆了传统家族制度对他的角色认定，直接构成了对家长权威的挑战。高老太爷难以接受这样的节外生枝，他最"关心"的是"他的权威受到了打击，非用严厉的手段恢复不可"，他声言如果觉民不回家接受安排的亲事，"就登报不承认他是高家的子弟"❸。觉民与高老太爷的冲突主要是婚姻选择权的争夺，是家长权威与反家长权威的对抗。家长权威是传统家族制度的根基，神圣不可侵犯性，觉民的抗婚对于高老太爷的打击是巨大的，高老太爷亦准备了最严厉的惩罚手段——取消觉民作为高家子弟的名义权，欲以此维护岌岌可危的家长专制权威。如果说在王权时代，高老太爷的措施是能够奏效的，然而时代不同了，五四时期的新文化观念为年青一代提供了强大的思想逻辑和信念支撑，让他们有了决绝抗争的勇气。而且，传统家族伦理熏陶下的"克"字辈的堕落，对高老太爷构成了更大的伤害，高老太爷感觉孤立无援，使得高老太爷的守旧阵营已丧失存在的合理性，趋向瓦解。传统家族制度阵营内部的溃散，让高老太爷的凶残面孔显得外强中干，惩罚觉民、觉慧的行动显得有些力不从心。

　　克安、克定等与高老太爷的冲突属于旧文化内的纷争，是维系传统家族的礼仪修养与子弟恶俗品性的矛盾。中国家族强调子弟知书达礼、恭顺节俭、修身齐家，这是从内部维系传统家族稳定性的关键所在，外部是家天下的王权政治。但是，传统家族四世同堂、福荫子孙的价值结构，同时也是孕育好吃懒做、争宠使坏、软弱无能、颓废堕落的世家子

---

❶　巴金. 家［M］. 人民文学出版社，1962：342.
❷　同上书，第319页。
❸　同上书，第375页。

弟的温床。因此，家长与败家子弟的冲突是传统家族的恒常主题。克安、克定等败坏的是世家的声誉，从内部腐化了传统家族赖以维持的礼仪，可以说，腐化的不仅仅是人，也是门风，最终指向家族精神的溃散。因此，高老太爷临终时把希望寄托在觉民、觉慧身上，希望他们"好好读书""扬名显亲"。❶ 因为高老太爷明白，没有不死的家长，家长权威是一代代传递的，而世家门风则是需要永远维持的，子弟自强自立最重要。当高老太爷刚过气，灵柩还停在家里，分家的闹剧就已上演。因为家长一死，所有的子弟就成了家产的所有者，都同样享受继承权，为了获得更多的财产，一场更大的纷争也就在所难免。

中国传统家族制度所潜藏的腐蚀力造就了败家子，从内部败坏了大家族谦恭礼让、诗礼传家的四世同堂的精神迷梦，瓦解了大家族存在的文化根基，让家长痛心疾首、孤独绝望；五四新文化播撒的西方个体价值观念所培养的家族"叛徒"，把家族作为剥夺个体价值、制造青年悲剧的魔障，从外部消解了家长的权威，否认了家族制度存在的合理性。内外夹攻，封建大家族不可避免地"往衰落的路上走"。叛逆者和专制家长对此都深信不疑。

在岛崎藤村《家》中，日本家族走向了与中国家族不同的颓败之路。如果说高家的悲剧是冲突的悲剧，家长、败家子、叛逆者相互斗争倾轧，从不同方向摧毁传统家族的精神大厦。那么，日本家族则是拯救的悲剧，是个体为家族献祭的悲剧，大家同舟共济亦难以阻止祖传家业的破产。表面看来，中日两部小说所提供的家族内情迥然不同，但悲剧结局是一样的，其主旨都指向对传统家族文化的质疑和批判。只是中国的家族悲剧更为激愤，因为巴金怀着"我控诉"的心态来写；日本的家族悲剧更为沉郁，因为岛崎藤村采取了"社会冷眼旁观的态度"❷。

"日本人所谓的'家'是最典型的 corporation（此处或可译为'共同体'）。一个家不但有家产和家，而且有家名和固定的家业（指职业而言）。"❸ 家业是家族的实质性所在。家族的消亡不是绝继嗣（日本的婿养子制度多少能够避免这一点），不是家族的分崩离析（日本的家族制

❶ 巴金. 家［M］. 人民文学出版社，1962：359.
❷ 叶渭渠，唐月梅. 日本现代文学思潮史［M］. 中国华侨出版公司，1991：70.
❸ 陈其南. 文化的轨迹［M］. 春风文艺出版社，1987：95.

度难以造成四世同堂的盛况），也主要不是家长制的衰落，而是家业的崩溃。比较而言，中国家族的坍塌更多的是制度和文化上的，中国家族的解体主要是指家族的分裂和家长权威的消淡；日本家族的坍塌更多是经济上的，家业的没落破产是家族沦亡的象征。因此，维持家业是日本家长和家族成员最大的共同愿望。桥本家和小泉家"完了"，也是就家业破产而言。

日本家族的财产继承采取"长嗣继承"，避免了中国家族财产纷争的危机，"恩"与"义务"❶的理念减少了家族成员与家长之间的冲突。"长嗣继承"使长子的权威得到了突显，也要求长子责无旁贷地承担起维持家业的神圣职责。岛崎藤村《家》写的小泉家和桥本家，不存在家产纷争，大家都忍辱负重，共同勉力维持家业。但也正是为了家业的维持和传承，正太和三吉的新家理想被旧家碾碎，桥本家和小泉家走向了悲剧的结局。

桥本家世代以经营药材批发为业，正太是桥本家的长子，也是唯一的儿子，理所当然是桥本家的家业继承人。为此，家里的人便把维持家业的厚望寄予了他。正太能够感受到家里内外的人期待的眼光。朋友父亲充满神经质的目光里似乎在对他说："你的责任重大啊！"❷连家里的老长工痴呆的眼光似乎在异常深情地向他说："少爷啊，你同普通的年轻人一般见识可不行啊……多少人在仰求你的恩德。"❸富于幻想的正太"感到自己在被别人监视的沉闷空气里很难忍受下去"，他"真想躲开这些人的眼睛"❹。而正太对继承家业并没有兴趣，他有着自己的事业取向，他"立志于从事商业，他在东京的时候，主要调查了漆器和印染方面的情况，此外，他也想学习一些绘画知识"，对文学也"颇感兴趣"❺。他喜欢自由，不想守在家里。但桥本家的药材批发事业需要他来继承，因此他不得不遵照父亲的旨意，中断学业，继承家业。为了家业的繁荣，他不能与自己中意的姑娘结婚，而是接受父母的安排，与陌生

❶ [美] 鲁思·本尼迪克特. 菊与刀. 吕万和，熊达云，王智新，译. 商务印书馆，1990：80–82.

❷ [日] 岛崎藤村. 家 [M]. 枕流，译. 江苏人民出版社，1981：17.

❸ 同上书。

❹ 同上书。

❺ [日] 岛崎藤村. 家 [M]. 枕流，译. 江苏人民出版社，1981：19.

的姑娘丰世结婚，达到父母想要的"家庭与家庭的结合"❶的意愿。正太尽管不满"家"的束缚，但他逃脱不了。"一旦旧家庭遭到破坏，他就得不由自主地卷进这个漩涡里去"❷，为拯救残败的家业肩负起自己的义务。他最后病死了，他说："我为家庭尽了全力，因此，我想死后会有人寄于同情的。"❸可以说，正太的悲剧是他作为家业继承人的悲剧，先天派定的家业继承人角色，使得他被动式地承受起维持、拯救家族事业的责任，被剥夺了爱情、事业的选择权利，尽管并非意愿。"家"成了压在桥本家两代人身上的一个沉重负担，桥本家的悲剧是维持家业的悲剧。达雄逃离了家，逃脱了"义务"的枷锁，最终为家族所抛弃，孤苦伶仃。正太接过父亲的担子，想为家族的振兴奋力一搏，结果英年早逝，可以说，他们都是善良的，他们没有作恶，家族制度本身才是悲剧的制造者。

小泉家的故事一开始就带有拯救的色彩，故事的展开也是小泉兄弟不断为维持家业献祭自己的人生。小泉家是完全形态的日本家族，小泉家的故事是"分家"援助"本家"、"分家"为"本家"做出牺牲的悲剧。"本家"与"分家"是日本家族的独特组织形式。"日本社会中有所谓'同族'组织，表面上颇类似于中国的宗族制度，但两者的内容完全不同。同族的基础仍然必须建立在'家'的观念上，是由一个称为'本家'的原有之家及与本家有附属关系的新成立之'分家'所构成的功能团体。典型的本家、分家关系是：由长男继承本家，而次男以下诸子则为分家。不论本家或分家都是功能性的共同体，这显然不同于中国的家族和房之纯系谱的从属关系❹。在小泉家，长兄实的家庭称为"本家"，小泉家的事业全部由实经营，父亲忠宽留下的纪念品也由他保存，几个弟弟无权过问。实的几个弟弟森彦、宗藏、三吉为"分家"，分家没有家业继承权，必须独自谋生。父亲在世时，他们就离开了小泉家在外漂泊流浪，吃了许多为人所不知的苦。长子与其余儿子之间存在权力与经济的不平等，是日本家族的特性。长兄实在小泉家的地位非常显

❶ ［日］岛崎藤村. 家［M］. 枕流，译. 江苏人民出版社，1981：13.
❷ 同上书，第118页。
❸ 同上书，第336页。
❹ 陈其南. 文化的轨迹［M］. 春风文艺出版社，1987：96.

要，"拥有与父权相差无几的特权""但是，行使这一特权的人与其说是独断专制者，毋宁说是受托者"，他"要对全体家庭成员负责，包括活着的、去世的，以及将要出生的。他必须作出重大决定并保证其实行。不过，他并不拥有无条件的权力。他的行动必须对全家的荣誉负责"❶。实不是一个成功的家业继承人，他从事的事业一桩桩都失败了，为此他坐过牢。作为维持家业的长子，实有义务把小泉家失去的财产"无论如何都要重新拿回来。这是为了祖先，也是为了自己的荣誉"❷。虽然实损失了家业，败坏了家族的荣誉，但他仍然是必须给予尊敬的家长，日本社会要求家族中的人"各安其分"。为了恢复家业，实有权利要求几个弟弟给予援助。他接二连三地给三吉发电报，"口气简直就像命令似的，一点不客气地张口就是跟他要钱"。三吉虽然境况不佳，但他感到"难以拒绝哥哥的要求"❸，这是他的"义务"，为"维护家族的荣誉"、恢复家业应尽的"义务"。为了小泉家，三吉和森彦不断地被要求提供各种资助，包括赡养重病在床的宗藏和照顾实的妻子女儿。小泉家的几个弟弟都为家业所累，穷困潦倒，连桥本家也因帮助小泉家而破产。达雄帮小泉家，是因为他的妻子种是小泉家的大姐，日本文化要求他对姻亲尽"情义"，他是"为'情义'所牵连"❹。在中国的家族中，各房对长房以及姻亲之间并没有必然的经济义务，每个家庭都是各自为政的经济单位，高家分家后是各走各的路，少了很多牵累。

总之，小泉家的悲剧是兄弟姻亲互相帮助的悲剧。日本家族中的长子和其余儿子都处于家族"义务"的枷锁中，难以逃脱，岛崎藤村《家》的下卷在杂志上连载时的题目就是《牺牲》，表达的大概就是这个意思。小说中三吉和森彦的感慨发人深思，他们说："像这样扶助我们的亲人，到底是好事呢，还是坏事呢？""我们当初为兄弟们想好的事，现在都事与愿违了。……我们帮助弟兄们是错误的。"❺ "你帮助别人，

❶ [美]鲁思·本尼迪克特. 菊与刀 [M]. 吕万和，熊达云，王智新，译. 商务印书馆，1990：38－39.

❷ [日]岛崎藤村. 家 [M]. 枕流，译. 江苏人民出版社，1981：31.

❸ 同上书，第98页。

❹ [美]鲁思·本尼迪克特. 菊与刀 [M]. 吕万和，熊达云，王智新，译. 商务印书馆，1990：96.

❺ [日]岛崎藤村. 家 [M]. 枕流，译. 江苏人民出版社，1981：243.

第六章 巴金《家》和岛崎藤村《家》的文化比较

自己也遭难，按你一贯的做法去办，落得这么个结果，那也是自然的。我经常这样想，不管是你，还是我，我们弟兄们的一生，饱尝了人所不知的辛劳。这些辛劳嘛，好象差不多全部耗费在亲眷们身上了。"❶ "我们不论走到哪里，不都在背负着一个老朽衰败的家吗?"❷ 岛崎藤村表达了自然主义的宿命论，为旧家族的衰落唱出了一曲挽歌。

## 二、中日家族子辈恐惧与放逐家长权威的异同

中日两部《家》都淋漓尽致地描写了"父辈"的威严与独断，和"子辈"的恐惧与压抑。但是，"子辈"对"父辈"的恐惧感，在中日作家笔下有所区别，一为畏惧，一为敬畏。在巴金《家》中，"子辈"对"父辈"的恐惧是一种畏惧。高老太爷"常常带着凛然不可侵犯的神气"，连最不屑家长权威的觉慧，面对祖父时都像老鼠见了猫，极力回避，"祖父似乎是一个完全不亲切的人"。这种"子辈"对"父辈"的畏惧感，在岛崎藤村的《家》中更多地表现为敬畏，有较多的"敬"的成分。这与岛崎藤村的自然主义的写作立场有关，同时，也与日本家长有意塑造威严的父亲形象有关。比如，小泉家的大哥实"在外面为人处世显得极为很圆滑"，对待自己的弟弟却有着父亲一样的威严。实尽管是个受过惩罚的人，但是几个弟弟每当听到讲起他过去的那些故事，对他仍然抱有"特别的敬重"。桥本家的达雄在外人看来，性情温和，对下人宽厚，但是面对儿子正太时，就立即变得严肃起来，自然地让儿子对他产生敬畏之情。另外，还与日本社会不可违逆的"各安其分"的等级制有关。在日本，"一位受妻子支配的丈夫或者受弟弟支配的哥哥，在正式关系上照样是受妻子或弟弟尊重的。特权之间的外观界限不会因为某人在背后操纵而受破坏；表面关系也不会为了适应实际支配关系而有所改变；它依然是不可侵犯的"❸。因此我们可以在小说中看到小泉家奇怪的一幕：小泉家的家长实经营家业失败后，不得不把父亲的遗嘱和家里的账单交给弟弟，接受远走满洲的建议，弟弟森彦"压着嗓门责

❶ ［日］岛崎藤村. 家［M］. 枕流，译. 江苏人民出版社，1981：291.
❷ 同上书，第294页。
❸ ［美］鲁思·本尼迪克特. 菊与刀［M］. 吕万和，熊达云，王智新，译. 商务印书馆，1990：40.

备"长兄实"以往的所作所为"，以至实的"脸色都变了"，实却仍然默默地接受森彦的"鞭挞"。但是在随后小泉一家一起用餐的正式场合，实又恢复了"家长式的口气"❶。无论畏惧或敬畏，都是一种家长权威。权威就意味着对象的服从，意味着对"子辈"权利、尊严、自由的盘剥和压制，意味着不可违逆。

家长权威令子辈深感恐惧。恐惧隐藏着疏离和拒斥的意味，也提供了放逐家长的可能性。在巴金的《家》和岛崎藤村的《家》中，放逐家长的情形颇为不同，耐人寻味。家长的权威是礼法给定的，不容变易。但是，两部小说都在传统家族的衰颓中谱写了放逐家长权威的变奏曲。

在巴金的《家》中，放逐家长权威是由时代激流所酝酿的年青一代执行，带有解构家族的意味。觉民的逃婚和觉慧的离家，逃避了高老太爷对婚姻的操纵，逃出了高老太爷掌控的家的牢笼。这样，高老太爷的家长权威因为他们的离家出走，就被悬置起来，无法在他们身上实施，"四世同堂"的家族理想也受到冲击。巴金的《家》放逐家长，实质上是放逐家长权威，是以逃离家族、悬置家长权威的方式实现的，觉民的逃婚"使得祖父的命令无法执行"❷。对于"子辈"觉民、觉慧来说，放逐家长权威的行为指向反抗封建家长专制，追求个性解放和爱情自由。

而在岛崎藤村的《家》中，家长不是因为滥用权威而被放逐，而是因为经营家业的失败而被放逐。小泉家败在长兄实的手上，桥本家一夜之间土崩瓦解，不是儿子的过错，而是家长达雄"把它给破坏了"❸。巴金笔下的旧式大家族高家则是被堕落的败家子和激进的叛逆者瓦解的，家长高老太爷则是苦心守望家族的人。但无论作为旧家族维护者的中国家长，还是作为旧家族败坏者的日本家长，都难以逃脱被放逐的命运。巴金的《家》是子辈觉民、觉慧走出高家公馆，走出高老太爷的家长权威领地，而产生的一种放逐家长效应。日本家长被放逐的主要不是权威，而是权力身份。岛崎藤村《家》里的家长离家出走，失去了家长身份，甚至失去了重返家族的权利。岛崎藤村《家》中的几位家长都遭遇

❶ [日] 岛崎藤村. 家 [M]. 枕流，译. 江苏人民出版社，1981：224.

❷ 巴金. 家 [M]. 人民文学出版社，1962：359.

❸ [日] 岛崎藤村. 家 [M]. 枕流，译. 江苏人民出版社，1981：125.

到这种放逐方式。桥本家的事业惨败，家长达雄抛弃了家庭，一去不复返。家业经营的失败是他出走的原因。达雄的放逐具有两重性，他自己放逐了家族，家庭也放逐了他。他走后曾对人说："我已经把一切都抛弃了，我既没有老婆，也没有孩子"——这是他放逐家族。同时，家族也放逐了他，小说借三吉的口说道："就是达雄哥说要回去，恐怕谁也不会答应的，"❶ 这儿不是他的家。小泉家的家长实也是因为家业经营的惨败，拖累了兄弟，损坏了小泉家的声誉而被放逐的。他被弟弟森彦和三吉逐出了家门。森彦事前对三吉说："我想无论如何不能叫他再继续在东京待下去了……必须逼他到满洲那边去。"❷ 年过半百的实被两个弟弟撵走了，远走满洲，"也许难以指望活着回来了"❸。在离家的前天晚上，实把先父仲宽唯一剩下的纪念品——放着先父遗嘱的旧盒子交给了弟弟，意味着实的家长身份已被剥夺、移交。其实，小泉家的创业者仲宽也曾被放逐。仲宽晚年精神错乱，被长子实从家里捆起来送到禁闭室，在禁闭室里度过了自己的余生。

是什么导致中日家长被放逐的方式如此不同呢？是中日家族象征体系和实质存在的差别，造成了中日家长放逐方式的迥异。传统中国是"祖先的王国"❹，家族儿孙的崇祖敬长意识要比其他国度强烈得多。即使父亲有过错，子女也应"为父隐"，（《论语·子路篇》）儒家提倡"事父母几谏。见志不从，又敬不违，劳而不怨"。（《论语·里仁篇》）意思即为：侍奉父母，若父母有不当之处，只应委婉而谏，如果父母不听从，当照常恭敬不违，多所操心劳力而不生怨恨。但是，中国对父母和祖先的孝敬还是有条件的，就是长辈得"行仁义"，"仁"是比"忠孝"更高的道德范畴。高老太爷制造了诸多年青人的悲剧，陷自己于"不仁"，为觉民、觉慧的"忤逆"提供了前提。"敬祖"与"不仁"两方面的结合，使得在儒家家庭伦理的巨大笼罩下，中国的子辈放逐家长权威，既难以采取当面对抗的方式，又难以出逃的方式回避、悬置，使

❶ ［日］岛崎藤村. 家［M］. 枕流，译. 江苏人民出版社，1981：238.
❷ 同上书，第238页。
❸ 同上书，第212页。
❹ 齐彦芬. 古代中国：祖先的王国［M］//家庭今昔. 中国对外翻译出版公司，2003：48.

家长"四世同堂"的展望受挫。封建家族的败家子和叛逆者的作为都具有弑父的意味。败家子是自我阉割自我异化的弑父者,叛逆者则是张扬自我实现自我的弑父者。

与中国的传统家族文化不同,日本的家族不是把宗祠、祖宅、祖坟、族长当作家族最具象征性和最实质性的存在,而是把家业当作家族的象征性和实质性的存在,家业的保留和扩张是家族成员最关心的,也是最对得起祖宗的,哪怕继承家业的为不同血缘的人。"日本人以'家'共同体之延续为职志,视个人的生命为有限,而'家'的生命则无涯,当然'家'的存续要优先于个体或家属的存续了。'家'不但要延续下去,而且不能由新家或分家来取代。'绝家'对日本人来说,就如同中国人的'绝房'或'绝嗣'一样严重。"❶ 由此衍生出日本对"孝"的理解与中国不一样,中国相信"不孝有三,无后为大","孝"主要是体现在侍奉父母,传承香火,不违祖训等方面。"日本的许多儒家著作在谈及'孝行'往往是指勤俭持家,不使家道中落,而非中国人向来所强调的对于父母亲本身的侍奉(如二十四孝之例)。"❷ 而且,日本的孝道不仅以双亲和祖辈为对象,也包含对晚辈的"义务","孝道嘱咐家长履行下列义务:抚养侄女;让儿子或弟弟接受教育;管理家产;保护那些需要保护的亲戚及其他类似的日常义务"❸。桥本家和小泉家的几位家长被放逐或自我放逐,也就不奇怪了,因为他们没有尽到家长的义务,他们无论对父母还是对子弟,都没有很好履行孝道,他们是"不孝"的家长,他们被放逐或自我放逐也就是情理之中的事了。中日家族的象征体系和实质存在的差别,造成了中日家长放逐方式的迥异。

如果依照家族的发展历程来看,岛崎藤村《家》叙述的由家业继承制所造成的放逐,指向全体家族成员。先是长子继承制造成了小泉家的三个弟弟年少即漂泊在外,成了脱离家族荫庇的游子,吃了不少为外人所不知的苦。然后是桥本家和小泉家的家长(长子)承受不了维持家业的重负,经营失败,先后自动出走或被迫出走,成了家族以

❶ 陈其南. 文化的轨迹 [M]. 春风文艺出版社, 1987: 100.
❷ 陈其南. 文化的轨迹 [M]. 春风文艺出版社, 1987: 99.
❸ [美] 鲁思·本尼迪克特. 菊与刀 [M]. 吕万和, 熊达云, 王智新, 译. 商务印书馆, 1990: 86.

第六章 巴金《家》和岛崎藤村《家》的文化比较

外的人。最终，家成了一群被遗弃的活寡妇的居所，煎熬着空洞而枯寂的岁月。归根结底，是日本传统的家族制度放逐了家中人，正如岛崎藤村自己所说，《家》"表明了这个制度是怎样蹂躏了作为人的生活的愿望"❶。小说通过家中人的遭遇，对家族制度的存在提出了无可辩驳的质疑。

### 三、中日传统婚姻悲剧的承受之异

虽然从人类学角度看，家庭"以生育为它的功能"❷，但是中国对家族血缘延续的超常重视，使得女性一定程度上沦为繁衍子孙的工具。男权统治和家族对子孙繁多的追求，为中国传统的多妻制提供了依据。中国家族制度规定男性可以纳妾，女性则必须守贞，导致许多女性成了多妻制的牺牲品。纳妾很大程度上是以财物、名第、人情作为补偿物的交换婚姻，希望从中获得好处的是女子的父母或主人，至于女子个人是否愿意，则往往不予考虑。在巴金的《家》中，高老太爷把丫鬟鸣凤作为礼物送给行将就木的冯乐山作小妾，鸣凤跳湖自杀后又以婉儿做代替，葬送了两个年轻的女性，表现出封建婚姻制度的残酷性。既然男人可以纳妾，女人必须守贞，男性情欲的满足在礼法规定的范围内，就已具有相当大的自由空间。因此，偷情嫖妓和私下包养姨太太被看作下流举动，有违道德伦理，败坏家风，扰乱家庭关系，为家族礼法所不容。所以高老太爷知道克定在外头私下娶了姨太太之后，勃然大怒，狠命责罚了克定，当着克定女儿的面骂克定是畜生，不配做爹。克安、克定的腐化堕落使得高老太爷重病不起，一命呜呼。随着高老太爷的谢世，大家庭森严的礼法殿堂也就轰然坍塌，难以保持各安其位的传统家族景象，家族已从内部开始衰颓。

日本近代的婚姻制度是一夫一妻制，但是同样不能保证妻子与丈夫在性爱上的权利平衡。中国有钱人家可以娶姨太太，日本"只有上流阶级有钱畜养情妇"，多数男人则选择"不时与艺妓或妓女玩乐。这种玩

❶ ［日］中村新太郎. 日本近代文学史话［M］. 卞立强，俊子，译. 北京大学出版社，1986：100－101.

❷ 费孝通. 乡土中国　生育制度［M］. 北京大学出版社，1998：38.

乐完全是公开的。……妻子可能对此感到不快，但也只能自己烦恼”❶。在岛崎藤村的《家》中，我们看到桥本家的婆婆种和儿媳丰世的丈夫都沉迷于艺妓的风情，艺妓瓜分了本该属于妻子的性爱权利，而且日本的妻子还不能像高家的沈氏那样大吵大闹，向家长告状，她们只能默默承受。艺妓贩卖的自然是循规蹈矩的家庭妇女所不具有的别样风情，妻子又想留住丈夫的心，“设法把丈夫的爱集于一身”❷。这样，桥本家的两代媳妇就陷入了可悲可怜的境地，她们不是向丈夫索要做妻子的权利，而是一味恪守妇节，委屈迁就，琢磨留住男人的秘法。在小说中甚至出现可笑可怜的一幕：桥本家被丈夫冷落的婆媳同病相怜，促膝谈心，一起探讨“怎么样才能得到男人欢心，怎么样才能防止丈夫和别的女人胡搞”❸。日本家庭妇女的悲惨境地，是家族文化造成的，是为家族制度所认同的，因此，她们的悲剧是万劫不复的悲剧，除非社会制度变革。

日本的家族文化给予了男性寻欢作乐的特权，同时又以奇妙的文化观念来保持家族秩序的稳定，当然这种稳定的家族秩序是以牺牲妻子在两性关系中的部分权利作为代价的。“在日本人的哲学中，肉体不是罪恶。享受可能的肉体快乐不是犯罪。”❹ 日本人把性享乐划归到“人情”的范畴，坚持“人情不能侵入人生大事”的信条。“他们把属于妻子的范围和属于性享乐的范围划得泾渭分明，两个范围都公开、坦率。”日本人对两者的区别是，妻子的范围属于人的主要义务的世界，性享乐的范围则属于微不足道的消遣世界。“如此划定范围，‘各得其所’，这种办法使这两类活动对家庭中的模范父亲和市井中的花柳之徒都能分别适用。”日本人对家庭义务与“人情”的区分在空间上也是泾渭分明的。他们不能像中国丈夫那样“把自己迷恋的女人带到家里来作为家族的一员。如果那样，就会把两种应当分开的生活范围混而为一”❺。这样，日

---

❶ ［美］鲁思·本尼迪克特. 菊与刀［M］. 吕万和，熊达云，王智新，译. 商务印书馆，1990：128－129.

❷ ［日］岛崎藤村. 家［M］. 枕流，译. 江苏人民出版社，1981：131.

❸ 同上书，第42页。

❹ ［美］鲁思·本尼迪克特. 菊与刀［M］. 吕万和，熊达云，王智新，译. 商务印书馆，1990：131.

❺ ［美］鲁思·本尼迪克特. 菊与刀［M］. 吕万和，熊达云，王智新，译. 商务印书馆，1990：127－128.

第六章 巴金《家》和岛崎藤村《家》的文化比较

175

本的家庭婚姻规则既维持了夫妻关系的稳定，又为丈夫的享乐特权提供了方便，轻而易举地把妻子置于屈辱忍让的沉默境地，制造了许多像种、丰世这样的活寡妇。在日本家族中，丈夫唯一不能侵夺的就是应当履行的属于妻子的"义务"范围。如果丈夫混淆"义务"与"人情"的界限，侵犯到属于妻子的"义务"范围，将受到社会的谴责和家族的反对。桥本家的达雄之所以遭到大家的鄙夷和批判，不在于他的放浪行为，而在于他让"人情"侵入了"义务"，违背了"人情不能侵入人生大事"的信条，抛弃了经营失败的家业，与一个年青的艺妓在别处成立了新家，侵犯了属于妻子种的"义务"空间。再加上他经营不善，造成了桥本家事业的惨败。因此，他别无选择，只有自我放逐，离家出走，同时亦被桥本家的成员集体放逐，有家不能回。

中日作家的两部《家》所讲述的年青一代的婚姻也值得比较。巴金的《家》在反映婚姻问题上着重表现的是代际冲突——家长包办婚姻与晚辈向往两情相悦的自由婚姻的冲突，传达的是个性解放和反封建礼教的主题。岛崎藤村的《家》反映的婚姻问题主要是新家庭与旧家族的纠缠以及包办婚姻所造成的婚姻痛苦，呈现了明治时代残留的家族主义对新兴的个人主义的压制。日本现代文学史家吉田精一认为，岛崎藤村的《家》"写的是旧家庭的传统和新的家庭的形成这两者之间的对立的问题，有必要成立新的家庭，但又难以摆脱旧的家庭的重担，这种悲伤的心情使这部作品整个地笼罩着忧郁的气氛"●。新家与旧家的矛盾，正是岛崎藤村对明治时代家庭状况的体认。

如果把两部《家》中年青一代的婚姻作比较，可以看到巴金的《家》宣扬了觉民、觉慧为婚姻自主所作的单纯反抗，直接把家长个人作为制造悲剧的罪魁祸首。仿佛如果不是高老太爷的固执和其他长辈的糊涂，觉新等人的婚姻悲剧就不会发生。巴金《家》所表现的年青一代的婚姻悲剧是压迫的悲剧。而岛崎藤村《家》叙述的三吉的婚姻悲剧是承受的悲剧。三吉之所以承受，不是不明白自由婚姻的意义，而是像中国的长子性格，背着传统因袭的重负，难以自拔。三吉的父母早亡，他的婚姻按照日本家族的习惯，由大哥实一手操办。他个人不同意这门亲

---

● ［日］吉田精一. 现代日本文学史［M］. 齐干，译. 上海人民出版社，1976：59.

事，再三推辞，实却一口应承下来。因此，"三吉把婚事完全托给了哥哥"❶。除了表达不同意见，口头推辞了几次，三吉对他与雪的亲事没有任何稍微激烈的反抗行为。与雪结婚后，由于双方性情不合，两人都难以忘怀过去的恋人，夫妻关系濒临破裂，三吉也下定决心要了断两人的婚姻关系，最后却因想到雪在他生病期间"给他喂药、喂饭的恩情"❷而精神发生动摇，两人陷入互为奴隶的绝望之中。这里所说的"恩情"不是中国人所理解的不求回报的夫妻之恩，而是附带了相应的义务。"恩：被动发生的义务"，必须向"恩人""回报这些义务"❸。既然三吉局囿于日本传统家族伦理观念之中，当然难以摆脱家的桎梏，只能承受，包括长兄实以小泉家的名义所加给三吉小家庭的各种负担，三吉同样难以拒绝。传统家族文化的因袭重负和小泉旧家庭对三吉新家的拖累，使三吉在家的牢狱中磨蚀了青春和梦想。虽然三吉说："正太，你也好，我也好，小俊也好，说起来都像是从旧家庭中暴出来的一颗幼芽。都是芽，都是要按照各自的想法去建立新家庭的。"❹ 其实他对他们这一代人的前景是悲观的，他大概还像鲁迅一样，属于"肩住黑暗闸门"的一代。而巴金《家》中的觉民、觉慧，已勇敢地扮演走向宽阔地带的"孩子"的角色了。

中日两部《家》都对传统家族制度进行了质疑，书写了家族没落的命运。只是家族整体性坍塌的基本途径不一样。日本家族的悲剧是拯救家业的悲剧，是遗传的悲剧，"家"拖累、放逐了家中人；高家的悲剧是专制的悲剧，新旧冲突的悲剧，家长、败家子、叛逆者共同解构了传统家族的大厦。岛崎藤村的《家》是共同拯救家业导致本家和分家全部没落，而巴金的《家》则是败家子和反叛者共同解构家族。拯救和解构的行为看似相反，但都一样起到了促进家族没落的作用。两种行为模式都来源于家族制度本身的症结，因此，中日家族的悲剧都是必然的悲剧。

---

❶ ［日］岛崎藤村. 家［M］. 枕流，译. 江苏人民出版社，1981：42.

❷ 同上书，第282页.

❸ ［美］鲁思·本尼迪克特. 菊与刀［M］. 吕万和，熊达云，王智新，译. 商务印书馆，1990：81.

❹ ［日］岛崎藤村. 家［M］. 枕流，译. 江苏人民出版社，1981：250.

中日作家两部《家》虽然都讲述了传统家族神话的坍塌，但表现的方式亦有所不同。五四彻底反传统的激进主义思想使得巴金对传统家族制度采取了决绝的态度，在《家》构设了新文化摧毁旧传统的故事。而岛崎藤村的日本自然主义文学观念，濡染的是"混乱、动摇、烦闷的近代思想"❶，强调的是"无理想、无解决"的"平面描写"论❷，小说带给我们感觉是："有必要成立新的家庭，但又难以摆脱旧的家庭的重担，这种悲伤的心情使这部作品整个地笼罩着忧郁的气氛。"❸ 家成了"苦闷的象征"。巴金的《家》笼罩在社会变动的格局中，作者把高家放在时代的"激流"中来体现，高家的命运被时代的激流所裹挟，旧家族不可避免地走向了坍塌。岛崎藤村把家族故事封闭起来，着重向内发掘，他说："我写《家》的时候，是想借助盖房子的方法，用笔'建筑'起这部长篇小说来。对屋外发生的事情一概不写，一切都只局限于屋内的光景。写了厨房，写了大门，写了庭院。只有到了能够听见流水响声的屋子里才写到河。"❹ 这样的写法带有自然主义的解剖色彩，更多地呈现了家中人身在其中的切肤体验，带有浓厚的自诉色彩，感伤而沉郁。家族悲剧的探源，亦受到自然主义观念的制约，强调遗传因素在桥本家悲剧的作用，认为桥本家三代人的悲剧都是因为"血管里都是流着放荡者的血"❺，经不起女人引诱的缘故，带有宿命论的色彩。由于脱离时代大环境，小说中很少写冲突，家中人承受着"家"的重负"想砸烂这个家"❻，却找不到破解枷锁的路径。

因此，中日两部家族小说的家族故事是同曲异调，家族没落的悲剧相同，没落的原因和文本的风格各异。

---

❶ 高建为．自然主义诗学及其在世界各国的传播和影响［M］．江西教育出版社，2004：264．

❷ 叶渭渠，唐月梅．日本现代文学思潮史［M］．中国华侨出版公司，1991：57．

❸ ［日］吉田精一．现代日本文学史［M］．齐干，译．上海人民出版社，1976：59．

❹ 陈德文．译序［M］//岛崎藤村．家．江苏人民出版社，1981．

❺ ［日］岛崎藤村．家［M］．枕流，译．江苏人民出版社，1981：165．

❻ 同上书，第294页。

# 第七章 茅盾《子夜》与左拉
## 《卢贡·马加尔家族》之比较

1933 年 1 月，开明书店出版了茅盾的长篇家族小说《子夜》。作品刚一出版，即引起了各方关注，小说 3 个月内就印刷 4 版，成为当时具有轰动效应的作品。瞿秋白曾充满激情地赞扬这部小说，认为"这是中国第一部写实主义的成功的长篇小说""一九三三年在将来的文学史上，没有疑问的要记录《子夜》的出版"❶。吴宓也对这部小说有很高的评价，认为"吾人所为最激赏此书者，第一，以此书乃作者著作中结构最佳之书。盖作者善于表现现代中国之动摇，久为吾人所知。其最初得名之'三部曲'即此类也。其灵思佳语，诚复动人，顾犹有结构零碎之憾"，"此书则较之大见进步，而表现时代动摇之力，尤为深刻"❷。而在之后的各种文学史著作中，茅盾及其《子夜》也获得了高度的评价："他是彻底改变'五四'中长篇小说的幼稚状态，使之走向完善的最突出的小说家。"❸"《子夜》对洋场都会的色彩和声浪的捕捉，以及它对实业资本和金融资本在交易所角逐的出色描绘，是同代作家未能企及，后代作家难以重复的。"❹

## 一、从认同到规避：茅盾之于左拉

《子夜》在中国获得的巨大成功和轰动效应，也使得这部作品被翻译成多国文字介绍到德、日等国。1938 年，德国的弗朗茨·库恩在其翻

---

❶ 瞿秋白.《子夜》和国货年［M］//瞿秋白文集（文学编第二卷）. 人民文学出版社，1986：71.

❷ 茅盾.《子夜》写作的前前后后［M］//我走过的道路（中）. 人民文学出版社，1981：121.

❸ 钱理群，温儒敏，吴福辉. 中国现代文学三十年（修订本）［M］. 北京大学出版社，1998：172.

❹ 杨义. 中国现代小说史（第二卷）［M］. 人民文学出版社，1998：108.

译的《子夜》前言中写下了这么一段耐人寻味的话："《子夜》在中国引起了人们极大的注意，并很快一再重版。它非同寻常地向我们显示，在今天的中国，东西方文化之间的融合过程是进展到了何种程度。就是由于这一理由，促使我把它译为德文。"❶ 库恩所言东西方文化之间的融合语焉不详，并未说明这部小说受到了西方哪位作家的作品影响，但人们通常都倾向于将此"西方"理解为托尔斯泰的《战争与和平》❷。在一些研究者看来，《子夜》更多地表现出对托尔斯泰《战争与和平》的借鉴，而左拉的《卢贡·马加尔家族》似乎并无多少影响。茅盾在谈到自己所受西方文学的影响时，曾这样说道："我爱左拉，我亦爱托尔斯泰。我曾热心地——虽然无效地而且很受误会和反对，鼓吹过左拉的自然主义，可是到我自己来试作小说的时候，我却更近于托尔斯泰了。""虽然人家认定我是自然主义的信徒，——现在我许久不谈自由主义了，也还有那样的话，——然而实在我未尝依了自然主义的规律开始我的创作生涯；相反的，我是真实地去生活，经验了动乱中国的最复杂的人生的一幕，终于感得了幻灭的悲哀，人生的矛盾，在消沉的心情下，孤寂的生活中，而尚受生活执着的支配，想要以我的生命力的余烬从别方面在这迷乱灰色的人生内发一星微光，于是我就开始创作了。"❸ 茅盾的文学观念经历了一系列的转变，他对自然主义也经历了由陌生到熟悉、由大力倡导到渐渐疏离的过程。随着茅盾文学主张和思想观念的发展，他对于左拉也有着迥异的评价。在《茅盾论创作》一书中，茅盾曾这样分析左拉的创作方法："凡此一切'材料'，剪报，抄书，谈话记录，观察和'观光'时的札记，他都细心地研究了，分类排比，于是在他觉得够

　　❶ ［德］弗朗茨·库恩. 德文版《子夜》前记［M］//郭志刚，译. 李岫. 茅盾研究在国外. 湖南人民出版社，1984：125.
　　❷ 李岫. 结构的艺术与艺术的结构——《子夜》与列夫·托尔斯泰的《战争与和平》结构原则之比较［M］//茅盾比较研究论稿. 北岳文艺出版社，1988；翟耀. 茅盾前期的文学思想与列夫·托尔斯泰［J］. 山西大学学报（哲学社会科学版）. 1984（01）；吴承诚. 茅盾与托尔斯泰比较论［J］. 国外文学，1985（02）；陈幼学. 茅盾与托尔斯泰［J］. 中山大学学报（社会科学版）. 1986（02）；陈幼学. 托尔斯泰与茅盾早期的文学观［J］. 广西师范学院学报（哲学社会科学版）. 1986（01）；郑富成. 托尔斯泰与茅盾的长篇小说［J］. 长沙理工大学学报（社会科学版）. 1989（03）；赵婉孜. 托尔斯泰和左拉的小说与《子夜》的动态流变审美建构［J］. 中国比较文学，2009（02）；等等.
　　❸ 茅盾. 从牯岭到东京［J］. 小说月报，1928（10）.

用了时，他就根据这些材料来写创作。这样的方法似乎是有条有理，周密而谨慎。这是左拉惯用的方法。""但是从这样的方法收集得来的材料只能说明那生活圈子的表面状况，——是它的躯壳而非灵魂。"❶ "我们要排斥贪省力的走马看花似的左拉式的方法。"❷ 同时，面对瞿秋白所指出的《子夜》受《卢贡·马加尔家族》中《金钱》影响一事，1962年茅盾曾为自己辩白道："瞿秋白当年称《子夜》为受了左拉《金钱》的影响云云，我亦茫然不解其所指。"❸ 这一切，似乎都表明了一个令人尴尬的现象：茅盾虽然倡导自然主义并熟知《卢贡·马加尔家族》的内容，但其《子夜》并未受到这部自然主义经典家族巨著的影响。

实际上，茅盾固然受到过托尔斯泰的《战争与和平》的影响，但他同样也曾经热衷地倡导自然主义，并对左拉及其巨著《卢贡·马加尔家族》的作品有着自己的认识，这一点同样潜在地制约着茅盾进行《子夜》的创作。早在1920年的《小说月报》中，茅盾就主张"中国现在要介绍新派小说，应该先从写实派、自然派介绍起"❹，其中就包括左拉的作品。到了1921年下半年，他在《评四五六月的创作》中，更是直接倡导"对于现今创作坛的条陈是'到民间去'；到民间去经验了，先造出中国的自然主义文学来"❺。之后，茅盾接连发表了一系列文章，继续在中国作家和文化界中提倡自然主义文学。到了1922年，《小说月报》掀起了介绍自然主义的热潮，杂志相继刊登了一些关于自然主义论争的文章，从而将自然主义的介绍更加向前推进一步。同年7月在为自然主义论争作的总结性文章《自然主义与中国现代小说》中，茅盾仔细地反思了当时中国文学创作的困境，认为中国作家们中了两个观念的毒："一是'文以载道'的观念，一是'游戏'的观念。"❻ 作为矫正，茅盾主张通过学习以左拉为代表的自然主义文学作品的方法进行改造："我们都知道自然主义者最大的目标是'真'；在他们看来，不真的就不会美，不算善。""左拉等人主张把所观察的照实描写出来，龚古尔兄弟

---

❶ 茅盾. 茅盾论创作 [M]. 上海文艺出版社，1980：462.

❷ 同上书，第463页.

❸ 茅盾. 致曾广灿 [M] // 贾亭，纪恩. 茅盾散文. 中国广播出版社，1995：562.

❹ 沈雁冰. 小说新潮栏宣言 [J]. 小说月报，1920（11）.

❺ 沈雁冰. 评四五六月的创作 [J]. 小说月报，1921（08）.

❻ 同上书.

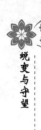

等人主张把经过主观再反射出的印象描写出来；前者是纯客观的态度，后者是加入些主观的。我们现在说自然主义是指前者。左拉这种描写法，最大的好处是真实与细致。"❶ 在这篇文章中，茅盾还专门分析了《卢贡·马加尔家族》与近代科学的关系："自然主义都是经过近代科学的洗礼的；他的描写法，题材，以及思想，都和近代科学有关。左拉的巨著《卢贡·玛卡尔》，就是描写卢贡·玛卡尔一家的遗传，是以进化论为目的""我们应该学自然派作家，把科学上发现的原理应用到小说里，并该研究社会问题，男女问题，进化论种种学说。否则，恐怕没法免去内容单薄与用意浅显两个毛病。"❷ 针对周作人认为自然主义专门在人间发现兽性的问题，茅盾撰写了《"曹拉主义"的危险性》一文为左拉进行辩护："他受当时法国心理学家克洛特伯纳（Claude Benerd）的影响颇深遂使他由生理方面观察人生，用科学的态度，作小说，这种方法，文学史上，称为左拉主义""自然主义的真精神是科学的描写法。见什么写什么，不想在丑恶的东西上面加套子：这是他们共通的精神。我觉得这一点不但毫无可厌，并且有恒久的价值；不论将来艺术界里要有多少新说出来，这一点终该被敬视的。虽则'将来之主义无穷'，虽则'光明之处与到光明之路都是很多'，然而这一点真精神至少也是文学者的 ABC，走远路人的一双腿。"❸ 茅盾不仅在理论上倡导自然主义和为左拉辩护，而且还在介绍、翻译左拉的《卢贡·马加尔家族》上费力不少。1930 年，茅盾以方璧的署名在上海世界书局出版了《西洋文学通论》，并在第八章中专门介绍了自然主义的代表作家及作品，其中就包括左拉的《卢贡·马加尔家族》。在书中，茅盾这样评价这部家族巨著：

> 在十九世纪后半的欧洲文坛上，没有第二部书更惹起广大的注意和嘈杂的批评如《罗贡马惹尔》了。即使是反对自然主义的批评家也不能不承认《罗贡马惹尔》这二十卷巨著是文学史上空前的"杰作"，直到现在还没有可与并论的作品出世。在这部大著作内，

---

❶ 沈雁冰. 自然主义与中国现代小说 [J]. 小说月报，1922（07）.

❷ 同上书。

❸ 郎损. "曹拉主义"的危险性 [J]. 文学旬刊，1922（50）.

左拉不但应用了近代科学的遗传论的理论，作为全书的骨干，并且又恰当地挑选了"第二帝政"时代的社会各方面都在转换（资本主义发达到全盛）的法国作为全书的背景，企图对人生的各面作一极精密的分析和极露骨的表白。从一八六九年起，他就着手实现他这计划，亘二十二年之久始告成功。这二十二年的工作是一个整的计划：我们看见一棵"遗传的树"从第一卷发芽抽条，直到笼罩了全社会；我们在这一棵"遗传的树"上看见了当时社会中应有尽有的一切人物：卑鄙狠毒的官僚政客，伪善的教士，被压迫的劳动者，原始的贪狠的农民，颠倒万人的娼妓，投机的商人，艺术家，新闻记者，银行家，医生；然而这一切"荣辱判异"而又"智愚天渊"的人物，原来都是从一个神经病的女子和一个堕落的酒鬼——这棵"遗传的树"上苞发的枝条。无论这些人物的个性有怎样不同，才能有怎样差异，境遇有怎样雪泥之别，然而他们都分有了遗传的恶根性。人类如果不灭，这罗贡马惹尔族的遗传的恶根性也一定不能消灭；这部大著作的最后一卷是作了这样的结论的。❶

之后，茅盾概述了《卢贡·马加尔家族》中的系列小说的内容，分别对《罗贡家庭》《争先掠夺》《泼莱桑的争夺》《巴黎的市场》《主教莫莱的破戒》《总理大臣由鹿罗贡》《小酒店》《一页恋爱》《娜娜》《中产阶级》《太太们的乐园》❷《生活是多么愉快呀》《矿工》《作品》《土地》《梦》《人兽》《金钱》《陷落》《柏司卡尔博士》等 20 部小说的主要人物及内容进行了概括。总括了左拉这部巨著的内容之后，茅盾充满激情地写道："这就是《罗贡马惹尔》。左拉这巨人所堆的金字塔！"❸ 对于自然主义的代表作家左拉及其巨著《卢贡·马加尔家族》，茅盾是有着自己独特的阅读体会和思考的。他曾这样分析这部作品的特点：

现在我们试从左拉的《罗贡马惹尔》中间抽绎其异于浪漫主义文学的特点，且为佛罗贝尔的作品中所未见者，则有下列之四端：

---

❶ 茅盾．西洋文学通论［M］．书目文献出版社，1985：109—110.

❷ 1934 年新生命书局出版了茅盾翻译的《百货商店》（一译《妇女乐园》）。

❸ 茅盾．西洋文学通论［M］．书目文献出版社，1985：17.

第七章 茅盾《子夜》与左拉《卢贡·马加尔家族》之比较

183

第一是，由归纳"人间记录"而得科学的结论，因以立小说中所要表现的"真理"而支配题材。《罗贡马惹尔》不是随便写的，是依据了遗传理论，归纳了"人间纪录"，然后客观地描写。这把人类的贤不肖的种种行为，立脚在科学的理论上，是左拉所独创的。他曾经说：文艺的作品要先有实验，分析，归纳，而后从事于艺术的制作。他每作一篇小说，对各方面先有绵密的记录，按顺序排列起来，然后支配着写出来。所以左拉是比佛罗贝尔更彻底地采用了自然科学的精神和方法的。

第二是，机械的人生观。《罗贡马惹尔》内的人物都是受着遗传的束缚，环境的支配；做了大臣的由麈罗贡，两次发横财的亚里士多罗贡，商业上成功的奥克泰夫，都不过是乘了恶的潮流而上升，正和堕落的娜娜，盖凡尼，同样是被环境的铁掌支配着。柏司卡尔博士很知道自己家族遗传的恶根性，可是他不能摆脱这遗传的束缚，正和别人一样。人生是机械的。

第三是，社会问题。这在《罗贡马惹尔》中表白得异常明白。《罗贡马惹尔》的每一卷都是藏伏着一个社会问题。但是因为一方是机械的人生观，所以就有了无论怎样奋斗到底是徒然的这个观念，所以《矿工》中的罢工工人终于屈伏在奴隶的老枷锁下，这个劳资争斗的社会问题并没有解决。在自然主义的文学作品中，什么社会问题都是没有解决的。

第四是，肉的人生和病态的描写。除了《作品》和《梦》两篇可说是例外，其余《罗贡马惹尔》的各卷都是肉的人生的表现。精神生活是没有的，每个人物所追求的是物质生活的满足和肉的狂欢。而且人物的心理生理方面都是病态的。疯狂和色情狂的描写，在自然主义以前的文艺中本来也是有的；但把疯狂等加以科学的即病例的观察，却是左拉开始的。这一端，后来也成为自然主义文学的基本色彩。❶

我们之所以在此长篇地引用茅盾对《卢贡·马加尔家族》的分析，一方面在于凸显作家中受左拉巨著影响的事实，另一方面则在于厘清人

---

❶ 茅盾. 西洋文学通论［M］. 书目文献出版社，1985：117－118.

们对于《子夜》创作过程中的西方文学背景的误解。人们之所以重视《子夜》与托尔斯泰关系的研究而忽略左拉《卢贡·马加尔家族》的影响，并不是一个单纯的文学问题，而涉及了许多复杂的文艺观点和意识形态因素。

首先，我们必须看到，茅盾自己在早年倡导自然主义之际便对其抱有某种警惕意识。在《自然主义与中国现代小说》一文中，茅盾就指出："物质的机械的命运论仅仅是自然派作品里所含的一种思想，决不能代表全体，尤不能谓即是自然主义。自然主义是一事，自然派作品内所含的思想又是一事，不能相混。"❶ 在《"曹拉主义"的危险性》中，茅盾进一步阐发了自己对于左拉及自然主义作品的担忧："左拉将科学的研究法，运用于文学的创作，他以研究物质的态度来研究人生，著有实验小说（Le Roman Experimentel，1881）和自然派小说（Le Romanciers Naturlists）两种论文，他以为人间决不是灵的，或精神的，不过是一个机械，以纯粹的唯物观为出发点，曾谓'路旁的石子和人间的头脑，都同样的支配于定命论（Determinism）'，人的情，智的活动，可以适用精密的科学方法考究出真相，因此主张文学家也和科学家一样的坐在实验室中，检查分析物质的性质，将所得的结果，照原形写出，便成文学。他的说法完全以文学附丽于科学精神上，他的人生，概是机械的……但由现代人的眼光看去，他的创作的态度是很不妥当的，因为人生不仅是物质的，也是精神的，而且科学的实验方法，未见能直接适用于人生。"❷ 由此必然导致茅盾对于左拉及作品在艺术上的高度接受与思想立场上的对立的奇特局面，"作为一个社会主义者，茅盾始终对自然主义表现出一种警觉""在茅盾看来，左拉自然主义至多只是一种工具，而非一种程式，在茅盾思想中更多渗入中国传统政治与道德内容"，"茅盾借助于左拉，却最终远离了自然主义，这种实用理性主义的借用，正是贯穿于左拉介绍之始终的"❸。

其次，20 世纪 20 年代末 30 年代初中国社会突出的阶级矛盾、民族矛盾成为《子夜》创作的潜在背景。左拉隐匿个人态度、追求客观真实

---

❶ 茅盾. 自然主义与中国现代小说 [J]. 小说月报，1922（07）.

❷ 郎损. "曹拉主义"的危险性 [J]. 文学旬刊，1922（50）.

❸ 钱林森. 法国作家与中国 [M]. 福建教育出版社，1995：339.

的创作方法，在当时迫切的现实要求、政治意识形态和具有忧患意识的中国文坛显然不受欢迎。瞿秋白就曾对自然主义提出过猛烈的批评，认为"左拉的文艺学说，仿佛最近的中国思想界之中的某一班人，事实上是借口'科学''客观''真实'等等，来否定革命倾向的必要，来讥笑'主观的'改革主义的'急色儿'"❶，"左拉自己所谓'科学性'，其实是联结着非道德主义，非政治主义的，这是使'社会'小说不至于转变到社会主义小说的一种靠得住的担保"❷，"然而，左拉理论的实质和他客观上的政治作用，的确包含着反动的成分"❸。作为中国共产党的第一批党员之一，茅盾是一位坚定的革命文学家，面临自然主义存在的"否定革命倾向的必要"的问题自然不会等闲视之。再加上茅盾思想中的"儒家思想中通过进入庙堂直接参与政治的方式实现士所追求的'道统'、传统士大夫政治家和文学家的双重身份、爱情主义精神作为至高无上的道德标准等等都是茅盾精神气质的组成部分。茅盾拯救国家民族的使命感在中国沦为半殖民主义和军阀割据的危机现实中表现得异常强烈"❹，因此茅盾对于自己创作受到左拉作品影响所表现出的犹疑乃至否定态度带上了鲜明的时代烙印。

再者，茅盾之所以在创作谈和文艺随笔中屡次否认《子夜》受到左拉作品的影响，更深层的原因或许还在于作家对于外来影响的一种焦虑。从茅盾受左拉《卢贡·马加尔家族》影响的事实来看，对于作品的阅读与熟悉必然沉淀为作家知识背景之一而对之后的创作产生潜在的影响。茅盾在20世纪20年代的众多文章、杂志、著作中大力提倡自然主义方法，并在创作实践中明显地吸收、借鉴了自然主义的观念、方法，甚至其笔名佩韦即是取自自然主义理论家圣·佩韦，那么到了创作《子夜》之际，左拉作品的影响势必仍然对作家产生某种规约。茅盾曾这样回忆："一九二七年我写《幻灭》时，自然主义之影响，或尚存留于我

❶ 瞿秋白. 关于左拉 ［M］//瞿秋白文集（文学编第二卷）. 人民文学出版社，1986：201－202.

❷ 同上书，第201页。

❸ 瞿秋白. 关于左拉 ［M］//瞿秋白文集（文学编第二卷）. 人民文学出版社，1986：202.

❹ 陈晓兰. 文学中的巴黎与上海——以左拉和茅盾为例 ［M］. 广西师范大学出版社，2006：223.

脑海，但写《子夜》时确已有意识地向革命现实主义迈进，有意识地与自然主义决绝。但作家之主观愿望为一事，其客观表现又为一事，客观表现（作品）往往不能尽如主观所希冀。《子夜》在客观上未能如作者之所期，此为事实，但此则可以说是自然主义尚未全然摆脱，而不能说它受了某一具体作品（如《金钱》）之影响也。如谓题材有相似之处，乃从表面看事物；因《子夜》所写者为半殖民地之中国之民族资产阶级与买办资产阶级之斗争，决与法国之资产阶级之内部斗争有其本质上之不同也。此即我对于瞿秋白云云茫然不解剖所指之故。"❶ 茅盾之所以会有意识地表现出对左拉和自然主义的规避，深层的原因或许还在于作家试图竭力摆脱左拉的影响，"这种'摆脱'并非通常语义上的'摆脱'，从比较文学角度来看，这是一种担心与影响者雷同而不能创新的焦虑。换而言之，茅盾对左拉影响的拒绝，正显现左拉对茅盾创作思想内核的强劲渗透"❷。有的研究者依据 1930 年出版的《西洋文学通论》中茅盾对于《卢贡马惹尔》中《金钱》的介绍"大抵都是普范的文字"，断定"茅盾在《子夜》的创作中，没有受到《金钱》的直接影响""《子夜》和《金钱》的某些近似现象""并非出于时间过程中的承传、输出或接受的影响关系，而是在不同空间中平行发展的理解"❸。之所以产生这种误解，一方面是因为受到了茅盾在文艺随笔中自我剖析中对于托尔斯泰的亲近和对左拉的规避这一态度的影响，另一方面则在于未能认真分析茅盾的思想构成和知识储备。一些研究者在查看茅盾《西洋文学通论》中关于自然主义一章的论述中，只看到作家对于左拉《金钱》一文的简要概述，加上茅盾在回忆录《我走过的道路·〈子夜〉写作的前前后后》中所说的"我虽然喜欢左拉，却没有读完他的《卢贡·马卡尔家族》全部二十卷，那时我只读过第五和第六卷，其中没有《金钱》"❶，便认为《子夜》没有受到《卢贡·马加尔家族》的影响。实际上，仔细阅读茅盾在《西洋文学通论》中关于《罗贡马惹尔》的分析，可以发现

---

❶ 茅盾．致曾广灿［M］//贾亭，纪恩．茅盾散文．中国广播电视出版社，1995：562.

❷ 钱林森．法国作家与中国［M］．福建教育出版社，1995：335.

❸ 赵婉孜．托尔斯泰和左拉的小说与《子夜》的动态流变审美建构［J］．中国比较文学，2009（02）.

❶ 茅盾．《子夜》写作的前前后后［M］//我走过的道路（中）．人民文学出版社，1984：117.

他对于这一巨著是有着透彻的了解的。茅盾不仅对于这部巨著有着总体的、到位的分析，而且对于每一部作品的内容都是了解的；即便对于《金钱》的介绍并不详细，并不能因此而否定他对作品内容梗概的了解和熟悉。茅盾对于《金钱》的回避，或许是出于对左拉影响的强烈焦虑，至少他是熟知其中的内容的。否则，《西洋文学通论》中茅盾何以有着对《金钱》的介绍？对于素来强调写作和研究严谨性的茅盾而言，没有对于作品的熟悉而道听途说是难以想象的。事实上，早在北大预科时，茅盾就学习了英语，并选择了法语作为第二外国语。对于精通英文、熟悉法语的茅盾来说，他要通过其他途径阅读（至少是了解）《金钱》的内容并非难事。茅盾之所以在《西洋文学通论》中对于《卢贡·马加尔家族》系列小说的介绍比较"普范"，很大程度上是由该书的性质决定的，即"这本书是想在'怎样入手去研究西洋文学'这意旨上，简略地叙述了西洋文学进程中所经过的各阶段"❶，并不能因此而否定作者受到《卢贡·马加尔家族》中系列作品的影响。对于作家来说，有时一些内容上的基本了解便会对其创作产生重要启示，并不一定要按照作品的原文、理论作为指导，这种内容上的熟悉"不一定具体地'指导'了作家的创作，但却可以成为理解一部作品的认识角度"❷，从而对创作者产生隐约却根本的影响。叶圣陶先生就曾说过："我有这么个印象，他写《子夜》是兼具文艺家写作品与科学家写论文的精神的。"❸ 这既表现了茅盾写作的严谨性、科学性，同时也揭示出了《子夜》与左拉及自然主义之间的密切关系。

## 二、从构思到展开：结构、内容和破绽

左拉的《卢贡·马加尔家族》是一部由 20 部长篇小说组成的家族巨著，而茅盾的《子夜》则不过是一部 30 余万字的单独的长篇小说。因此，从篇幅和形式来看似乎缺乏足够的可比性。但是，抛开这些表面的差异，我们同样可以在作品之间的构思和展开中发现一系列值得思考之处。

---

❶ 茅盾. 西洋文学通论·例言 [M]. 书目文献出版社，1985：1.
❷ 张清华. 境外谈文 [M]. 花山文艺出版社，2004：231.
❸ 叶圣陶. 略谈雁冰兄的文学工作 [J]. 文哨，1945（03）.

茅盾是一位创作宗旨很明确的作家，"他的创作十分注重作品题材与主题的时代性，要求创作与历史同步，自觉追求'巨大的思想深度'和'广阔的历史内容'，反映时代全貌和发展的史诗性"❶。《子夜》的创作便鲜明地体现了这一特点。这部小说创作于 1931 年 10 月至 1932 年 12 月 5 日，"由于 1930 年夏秋之间发生了一场关于中国社会性质的论战，他便自然而然地使小说的'时代性'带上特殊形态，用小说参与时代对重大问题的思考，从而获得这样的思路：'中国并没有走向资本主义发展的道路，中国在帝国主义的压迫下，是更加殖民地化了'"❷ 为了实现自己的这种对中国社会全景式的扫描和对社会性质的考察，茅盾对于自己的创作有着较为明晰的定位："《子夜》原来的计画是打算通过农村（那里的革命力量正在蓬勃发展）与城市（那里敌人力量比较集中因而也是比较强大的）两者革命发展的对比，反映出这个时期中国革命的整个面貌，加强作品的革命乐观主义。"❸ "我那时打算用小说的形式写出以下的三个方面：（一）民族工业在帝国主义经济侵略的压迫下，在世界经济恐慌的影响下，在农村破产的环境下，为要自保，使用更加残酷的手段加紧对工人阶级的剥削；（二）因此引起了工人阶级的经济的政治的斗争；（三）当时的南北大战，农村经济破产以及农民暴动又加深了民族工业的恐慌。"❹ 与《子夜》的成品相比，"原定计划比现在写成的还要大许多。例如农村的经济情形，小市镇居民的意识形态（这决不像某一班人所想象那样单纯），以及一九三〇年的'新儒林外史'，——我本来都打算连锁到现在这本书的总结构之内；又如书中已经描写到的几个小结构，本也打算还要发展得充分些；可是都因为今夏的酷热损害了我的健康，只好马马虎虎割弃了，因而本书就成为现在的样子——偏重于都市生活的描写"❺。结合小说《子夜》的文本不难发现，茅盾是试图借助一个遍布社会各个角落的吴氏家族，再现二三十年代上海社会形形色色的阶层、人物和生活。小说原本力图展现政治与经

❶ 凌宇，颜雄，罗成琰．中国现代文学史［M］．湖南师范大学出版社，1999：276.

❷ 杨义．中国现代小说史（第二卷）［M］．人民文学出版社，1998：103.

❸ 茅盾．子夜·再来补充几句［M］．人民文学出版社，2004：479.

❹ 茅盾．《子夜》是怎样写成的［N］．新疆日报副刊《绿洲》，1939–06–01.

❺ 茅盾．子夜·后记［M］．人民文学出版社，2004：477.

第七章　茅盾《子夜》与左拉《卢贡·马加尔家族》之比较

189

济、城市与农村、民族工业与帝国主义经济、小镇居民与知识分子群体等社会生活的各个方面，而贯穿其中的线索则是以吴荪甫为代表的吴氏家族网络，最后只是因为种种原因的限制才未能如愿。这种以家族为圆心、反映出一个时代与社会风貌的写作目标也正是左拉写作《卢贡·马加尔家族》时所追求的。左拉在确定表现第二帝国时代社会生活的全貌时，他"在着手写作之前就有整体计划，而他要用来实现这一整体计划的内在联系，就是一个家族的血缘关系"。为此，左拉构建了卢贡·马加尔家族的谱系图，并使这个家族的几代成员经历诸多变迁，使其生活在社会生活的各个阶层，与他们周围的各色人等勾连起来形成一个庞大的树形图和社会网络；而其中的内在关联，即在于卢贡家族的内在血缘关系。与《子夜》不同的是，左拉接受了实验医学和遗传学的影响，他所设置的家族血缘关系中隐含着一种生理遗传的因素，而这是茅盾在构思《子夜》时所没有涉及的。在为一个充满疯狂与耻辱的时代写照的过程中，左拉所做的设想是："把一个家族放在中心地位，另外至少有两个家族派生于其上。这个家族在现代社会各个阶级里繁衍。"❶ "我要说明一个家族、一个小小的人群，在一个社会里是如何安身立命的，它繁殖出一二十个成员，初看之下，他们千差万别，各不相似，但加以分析，则可看出他们彼此之间隐深的关联""一旦我掌握了这些线索，一旦我手里拥有了整个一个社会群体，我将表现出这个群体如何象一个历史时代里的角色一样行事，我将让它在自己错综复杂的奋斗中活动，我将同时分析它每一个成员的意志力的总和与这整个家族总的发展。"❷ "并且通过他们各自不同的经历叙说出第二帝国从政变阴谋到色当投降的全部历史。"❸ 从实践来看，左拉对《卢贡·马加尔家族》的设想达到了其目的。这部巨著中的人物活动的时间虽然被限定在第二帝国时期的 20 年时间里，却因写于第三共和国期间，"整个家族史小说实际上也

❶ ［法］左拉. 关于家族史小说总体构思的札记［M］//柳鸣九，译. 柳鸣九. 法国自然主义作品选. 天津人民出版社，1987：733.

❷ ［法］左拉.《卢贡·马加尔家族》总序［M］//柳鸣九，译. 柳鸣九. 法国自然主义作品选. 天津人民出版社，1987：736.

❸ ［法］左拉.《卢贡·马加尔家族》总序［M］//柳鸣九，译. 柳鸣九. 法国自然主义作品选. 天津人民出版社，1987：737.

就反映了从五十年代初到九十年代初的法国现实"●。在这部家族史中，我们看到了当时社会生活的各个阶级的生活、习俗和心理，其中既有政界、官场的争斗，也有王公大臣的宅地、奢华荒淫的生活；既有上流社会的觥筹交错，也有底层贫民的艰难困苦；既有文学艺术、科学实验的场所，也有工人罢工、娼妓挣扎的写照；等等。这些内容叠加在一起，真正构成了左拉对于19世纪下半叶法国社会的全景式扫描。

不仅茅盾与左拉的构思有相近之处，而且他们的作品在内容上也存在值得探讨的地方。虽然这两部作品无论从规模还是反映社会生活的详尽程度存在不小的差距，但是作为对左拉的《卢贡·马加尔家族》20部小说内容均有了解且熟知小说结构、家族关系的茅盾来说，他在创作时自然会使之成为自己小说的某种潜在观照，由此而形成内容上的某种共通性。从整体上看，左拉通过《卢贡·马加尔家族》20部小说表现了第二帝国时代社会生活的各个方面，包括金融、农业、商业、政界、宗教界、资产阶级暴发户、艺术家、产业工人、流氓无产者、军官、妓女等各个领域的形象；其中每一部小说反映社会生活的一个侧面，由此而构成对时代生活的立体表达。而贯穿其中的，则是左拉所设计的卢贡家族的"自然史"和"社会史"。茅盾的《子夜》无疑在规模上明显要小于《卢贡·马加尔家族》，这也使得作品在表现社会史方面不能达到左拉式的全面、齐全，但这并不意味着茅盾的小说在构思上与左拉完全绝缘。事实上，在《子夜》中，我们同样可以发现茅盾所展示的20世纪二三十年代中国社会的各个阶级、领域内的种种生活，其中既包括吴荪甫式的实业家、赵伯韬式的买办、冯云卿般的寓公、李玉亭式的教授、范博文般的诗人，也包括曾家驹式的流氓阔少、吴老太爷式的封建家长、屠维岳式的帮闲以及阿珍式的走狗，等等，各阶级各阶层人物的形象在茅盾的笔下得到了栩栩如生的表现。虽然展开的社会层面较《卢贡·马加尔家族》要单薄不少，但就涉及的领域而言，《子夜》仍然在都市与农村、政治与经济、农民与工人、革命者与资本家、民族资产阶级与买办资产阶级、上流社会奢华淫逸生活与底层贫民艰难度日、学生

● 柳鸣九. 重新评价左拉的几个问题——在中国法国文学研究会主办的左拉学术研讨会上的主旨学术报告［M］//法兰西文学大师十论. 复旦大学出版社，2004：247.

运动与教授生活等众多场景的描写实现了对于社会史生动刻画。在某种意义上看，《子夜》可以说是对《卢贡·马加尔家族》诸多生活和线索的浓缩，并以家族生活作为内在线索。

同时，在具体内容上，《子夜》与《卢贡·马加尔家族》也存在着某种对照关系。在《子夜》出版之后，瞿秋白即敏锐地发现了小说与左拉《卢贡·马加尔家族》系列小说中的《金钱》之间的密切关系。在《〈子夜〉与国货年》中，瞿秋白分析说："这是中国第一部写实主义的成功的长篇小说。带着很明显的左拉的影响（左拉的'L'argent'——《金钱》）。自然，它还有很多缺点，甚至于错误。然而应用真正的社会科学，在文艺上表现中国的社会关系和阶级关系，在《子夜》不能不说是很大的成绩。茅盾不是左拉，他至少已经没有左拉那种蒲鲁东主义的蠢话。"[1] 尽管茅盾认为他当时并未读完过《金钱》这部作品，但是对于小说的人物、内容却是熟悉的，否则茅盾不会在《西洋文学通论》中介绍《金钱》的梗概。这至少表明了茅盾对《金钱》内容的了解。而就两部小说的内容来看，也是具有相当高的相似性：《金钱》描写了萨加尔和甘德曼两大集团的斗争。萨加尔凭借其哥哥卢贡大臣的力量创办了一个世界银行，他一方面将从银行股票中拿到的钱做投机生意，另一方面利用工程师哈麦冷进行东方开发赚取高额利润。面对甘德曼这个顽强对手的存在，萨加尔通过不法手段抬高股票行情，使世界银行的财力大大增加。但是甘德曼并未因此失败，他反而利用自己雄厚的实力压跌世界银行的股价，最后使得萨加尔彻底破产。左拉在《金钱》中讲述的故事，被茅盾吸收和改造成了《子夜》中民族资本家吴荪甫与买办资本家赵伯韬两大集团的争斗。吴荪甫是一位具有胆识、才能和野心的民族资本家，他组织益中公司发展民族工业，同时也积极地投身公债市场（这与《金钱》中萨加尔处理世界银行的股票资本何其相似）。就在吴荪甫野心勃勃地想大力振兴民族工业之际，有着外国金融资本背景的赵伯韬与吴荪甫展开了殊死搏斗。这时，由于军阀混战造成了工商业发展受阻以及老家财产的丢失、工人运动的风起云涌和合作者的背离，最后吴荪

---

❶ 瞿秋白.《子夜》与国货年［M］//瞿秋白文集（文学编第二卷）. 人民文学出版社，1986：71.

甫在公债市场和工业发展中同时陷入了困境。不仅两部作品的内容相似，其中的主人公也颇有精神气质上的共同点。萨加尔是一个典型的冒险家、投机家、野心家，为了实现自己梦想的事业，他认为"赌博就是我所梦想的这部大机器的灵魂、锅炉和火焰"！为此，萨加尔确立了一幅征服世界的宏伟图纸："首先要从地中海动手，要以联合轮船公司去控制它。""当保证了这一条通东方的宽大道路以后，就可以从叙利亚入手，先进行迦密山银矿公司那一个小小的事业，顺便赚它几百万。""大的一桩，那就是东方铁路公司……因为这些铁路线，正像一个渔网一样，从中亚细亚的这端到那一端，这对他来说便是一件投机事业，是金钱的生命线。一下把这个古老的世界抓住，一如抓住一个新的俘获物一样，而这些俘获物还完整无缺，蕴藏着无以数计的财富……他已嗅觉到这些宝藏，他象一匹战马一样，闻着战场的气味就嘶叫起来。"而《子夜》中的吴荪甫也是一个刚毅、果断、具有现代管理才能、野心勃勃的民族资本家，为了实现自己的工业梦想，他自私、贪婪、专断、残酷。"荪甫的野心是大的。他又富于冒险的精神，硬干的胆力；他喜欢和同他一样的人共事，他看见有些好好的企业放在没见识，没手段，没胆量的庸才手里，弄成半死不活，他是恨得什么似的。对于这种半死不活的所谓企业家，荪甫常常打算毫无怜悯地将他们打倒，把企业拿到他的铁腕里来。"吴荪甫和萨加尔一样，也渴望着建立一个属于自己的工业王国："吴荪甫拿着那'草案'，一面在看，一面就从那纸上耸起了伟大憧憬的机构来：高大的烟囱如林，在吐着黑烟；轮船在乘风破浪，汽车在驶过原野。他不由得微微笑了。而他这理想未必完全是架空的。富有实际经验的他很知道事业起点不妨小，可是计画中的规模不能不大。三四年前他热心于发展故乡的时候，也是取了这样的政策。那时，他打算以一个发电厂为基础，建筑其'双桥王国'来。他亦未始没有相当成就，但是仅仅十万人口的双桥镇何足以供回旋，比起目前这计划来，真是小巫见大巫了！"除此之外，《子夜》中描写到的双桥镇农村生活的动荡也与《土地》中的乡村世界有着相似的地方，尤其是《子夜》中的曾家驹这个流氓阔少简直融合了《土地》中诨号耶稣基督的亚山特和毕托这两个流氓的特色；《子夜》中所描绘上流社会奢华淫荡的私生活，与《娜娜》所揭露的贵族阶层荒淫无耻的生活十分相似，而交际花徐曼丽、以

身体为代价接近赵伯韬的冯眉卿等形象也与娜娜的形象有着某种一致性。

《子夜》不仅从构思、内容上与《卢贡·马加尔家族》存在诸多相似，甚至连茅盾作品中存在的缺陷也残留了左拉的影响。左拉在创作时主张以科学的态度加以观察，为了使自己的作品具备科学实验的精准与摄影师般的细腻，他在进行创作之前总要大量地收集、阅读资料、了解生活，甚至为了写作具体的场景还要进行实地考察，以期达到自己所追求的小说目标。在《论小说》一文中，左拉这样表述自己的创作方法："谈谈我们当代著名小说家是如何写作的，那将是一个有趣的课题。他们全部的作品几乎都是根据准备得很详尽的笔记写成的。只有当小说家很仔细地研究过他们所要走进去的领域，探索了所有的根源，并且手头掌握了他所需要的大量材料，他才决定动手写作。这些材料本身就给他提供了作品的情节，因为事件都是排列得合乎逻辑的，一件跟着一件；这就形成一种对称，作家既有的观察和他所准备的笔记，一个牵引另一个，再加上人物生活的连锁发展，故事便形成了，故事的结局只不过是其不可避免的自然的结果。"❶ 在创作《人兽》时，左拉仔细地观察车站、隧道、机车库，与铁路工人、工程师谈话；为了创作《小酒店》，左拉经常到小酒店去厮混，并对个体劳动者和下层百姓进行调查；为了创作《娜娜》，"他平日经常同福楼拜、龚古尔兄弟和都德一起聚餐，他自己拙于辞令，大半时间沉默不语，只提些问题，却从这几位作家的谈话中得到大量关于上层社会生活的资料。为了帮助他写《娜娜》，龚古尔兄弟、都德、塞阿尔曾带他去拜访一些交际花；塞阿尔还把自己的笔记本借给他，带他到一个著名的老鸨家里去。还有一个剧作家把左拉带到一个著名女演员的化妆室里"❷。左拉创作中的这种实地考察与实录性途径，是茅盾极力推崇和追求的。茅盾在《自然主义与中国现代小说》中曾批评热心新文艺的青年作者"勉强描写素不熟悉的人生，随你手段怎样高强，总是不对的，总是要露出不真实的马脚来"；作为对策，茅盾认为，"自然主义者事事必先实地观察的精神也是我们所当引为'南

---

❶ ［法］左拉. 论小说 ［M］//柳鸣九，译. 柳鸣九. 法国自然主义作品选. 天津人民出版社，1987：777.

❷ 郑永慧. 娜娜·前言 ［M］. 人民文学出版社，1985：6.

针'的""这种实地观察的精神，到自然派便达到极点。他们不但对于全书的大背景，一个社会，要实地观察一下，即便是讲到一爿巴黎城里的小咖啡馆，他们也要亲身观察全巴黎城的咖啡馆，比较其房屋的建筑，内部的陈设，及其空气（就是馆内一般的情状），取其最普通的可为代表的，描写入书里"。● 茅盾在写作精神上接受了科学的方法，因而他也采取了相同的创作模式。茅盾在写作《子夜》的过程中，他"在上海的社会关系，本来是很复杂的。朋友中间有实际工作的革命党，也有自由主义者，同乡故知中间有企业家，有公务员，有商人，有银行家，那时我既有闲，便和他们常常来往。从他们那里，我听了很多。向来对社会现象，仅看到一个轮廓的我，现在看的更清楚一点了。当时我便打算用这些材料写一本小说。……看了当时一些中国社会性质的论文，把我观察得的材料和他们的理论一对照，更增加了我写小说的兴趣"。"一九三〇年冬整理材料，写下详细大纲，列出人物表"●。"本书为什么要以丝厂老板作为民族资本家的代表呢？这是受了实际材料的束缚"，"因为我对丝厂的情形比较熟习。"● 从这里不难发现，茅盾是怀着左拉式的实地观察、资料搜集之后才开始进行小说创作的，之前必然存在着一个熟悉生活、观察人物和环境的过程。正是由于在上海时较多地了解了银行家、企业家、公务员、商人们的生活与状态，所以《子夜》中有关资本家、企业们的叙述最为深刻、逼真。同样是因为这个原因，对于农村生活的隔膜在小说的第四章中得到了鲜明的体现，小说中的农民形象几乎是模糊不清的。正如作家所解释的："小说的第四章就是伏笔。但这样大的计画，非当时作者的能力所能胜任，写到后来，只好放弃。而又舍不得已写的第四章，以致它在全书中成为游离部分。"● "这部书写了三个方面：买办资产阶级，民族资产阶级，革命运动者及工人群众。三者之中，前两者是作者与有接触，并且熟悉，比较真切地观察了其人与其事的；后一者则仅凭'第二手'的材料，即身与其事者乃至第三者的口述。这样的题材的来源，就使得这部小说的描写买办资产阶级与民

---

● 沈雁冰. 自然主义与中国现代小说 ［M］. 小说月报，1922（07）.
● 茅盾.《子夜》是怎样写成的 ［N］.《新疆日报》副刊《绿洲》，1939 年 6 月 1 日。
● 同上书.
● 茅盾. 子夜·再来补充几句 ［M］. 人民文学出版社，2004：479.

族资产阶级的部分比较生动真实，而描写革命运动者及工人群众的部分则差得多了。至于农村革命势力的发展，则连'第二手'的材料也很缺乏，我又不愿意向壁虚构，结果只好不写。此所以我称这部书是'半肢瘫痪'的。"❶ 叶圣陶先生在谈及茅盾的创作时，认为其创作中的许多内容"虽为小节，他也不肯一毫含糊"❷，而这恰恰是对左拉文学精髓的学习和实践。

### 三、家族生活的再现：科学的描写和实验的小说

作为自然主义文学的代表作家，左拉对于创作中的科学精神和实验色彩有着自己独特的认识。在《实验小说论》中，左拉这样引用克洛德·贝纳尔的观点来作为自然主义的理论基础："观察者纯粹是仅仅看到眼前的现象……他应该成为现象的摄影师；他的观察应该准确地反映自然……他倾听自然的话音，一字不差地记下来。然而，一旦看到了事实，仔细观察了现象，思想便接踵而至，于是开始进行推理。这时实验者便出面说明这个现象。实验者便是根据对观察到的现象所提前作出的、可能性或多或少的解释，安排一个实验，使之按照预料的逻辑顺序提供一个结果，用以检验假设或预先的想法……自实验出现结果的时刻起，实验者便面临着由这种结果所引起的真正的观察任务，他必须全部无遗地看到，不得抱有先入之见。实验者这时便应该告退，或者不如说立即转变为观察者；只有在他完全象通常观看某种结果一样观察了实验结果后，他的思维才开始考虑、比较和判断这些结果是证实还是否定进行实验的那个假设。"❸

以《娜娜》为例，小说是这样进行描写的：

> 已经晚上九点钟了，游艺剧院的大厅里还是空荡荡的。在二楼楼厅和楼下正厅前座里，有几个早到的观众在那里等待，他们在多枝吊灯半明半暗的灯光照耀下，隐没在石榴红丝绒面子的坐椅中。物态帷幕像一大块红渍，被一片暗影淹没；台上没有一点声音，台

❶ 茅盾. 子夜·再来补充几句 [M]. 人民文学出版社，2004：479－480.
❷ 叶圣陶. 略谈雁冰兄的文学工作 [J]. 文哨，1945（03）.
❸ ［法］左拉. 实验小说论 [M]. 柳鸣九，译. 柳鸣九. 法国自然主义作品选. 天津人民出版社，1987：741—742.

前成排的脚灯都熄灭了，乐队的乐谱架子七零八落地乱放着。惟有在四楼楼座高处，有持续不断的人声，还不时响起呼唤声和笑声；那里，沿着镀金框架的大圆窗，坐着一排观众，头上都戴着廉价女帽或者工人帽。四楼楼座贴近剧院的圆拱顶，天花板上画着裸体的女人和在天空飞翔的孩子，在煤气灯的照耀下，天空变成了绿色。不时有一个显得很忙碌的女领座员出现，手里拿着票根，指引着走在她前面的一位先生和一位太太，叫他们坐下。他们坐下来了，男的穿着礼服，女的体态瘦弱，挺着胸部，眼睛慢慢地向下张望。

在这里，左拉采用自然科学的实验方法，通过观察、调查、实验的方法来达到对自然与社会的表现。在这个过程中，作家如同科学家一样，对事物保持客观冷静的态度，通过文字精确的剖析与分析来实现作品对于科学性的追求。为此，左拉对自然科学的方法进行了强调，认为应该将科学研究的方法应用到社会史和自然史的描写中，以此来建立对一个时代的全面、立体和真实的表现。

左拉的这种主张正契合了茅盾关于发展中国文学的态度。在《自然主义与中国现代小说》中，茅盾曾猛烈地抨击旧派小说所存在的问题："（一）他们连小说重在描写都不知道，却以'记账式'的叙述法来做小说，以至连篇累牍所载无非是'动作'的'清账'，给现代感觉敏锐的人看了，只觉味同嚼蜡。（二）他们不知道客观的观察，只知主观的向壁虚造，以致名为'此实事也'的作品，亦满纸是虚伪做作的气味，而'实事'不能再现于读者的'心眼'之前"❶；对于新派文学，茅盾也意识到了其中存在的致命问题："除了几位成功的作者而外，大多数正在创作道上努力的人，技术方面颇有犯了和旧派相同的毛病的。一言以蔽之，不能客观的描写。"❷ 这里茅盾指出了旧派和新派小说的两点缺陷，一是缺乏描写意识和技巧；二是缺乏客观的精神。正是因为这两点，导致了当时新文学发展的缓慢和艺术成就的不高，茅盾试图以左拉的自然主义为利器来纠正现代小说中真实感匮乏的症候。在茅盾看来，

---

❶ 茅盾. 自然主义与中国现代小说 [J]. 小说月报, 1922 (07).
❷ 同上书。

"自然主义的真精神是科学的描写法。见什么写什么，不想在丑恶的东西上面加套子：这是他们共通的精神。"❶ 在《子夜》的创作过程中，茅盾运用左拉小说中充分展开细节的方式，对人物、环境和人的表情、动作进行详尽的描写，他虽然并未完全放弃作家的选择权利，却尽可能地按照生活的原生态加以勾勒，从而增加了小说的信息内涵，借此确立了中国现代小说的真实性地位。在《子夜》的开头，作者这样描写上海的黄昏：

> 太阳刚刚下了地平线。软风一阵一阵地吹上人面，怪痒痒的。苏州河的浊水幻成了金绿色，轻轻地，悄悄地，向西流去。黄埔的夕潮不知怎的已经涨上了，现在沿这苏州河两岸的各色船只都浮得高高地，舱面比码头还高了约莫半尺。风吹来外滩公园里的音乐，却只有那炒豆似的铜鼓声最分明，也最叫人兴奋。雾霭挟着薄雾笼罩了外白渡桥的高耸的钢架，电车驶过时，这钢架下横空架挂的电车线时时爆发出几多碧绿的火花。从桥上往东看，可以看见浦东的洋栈像巨大的怪兽，蹲在暝色中，闪着千百只小眼睛似的灯火。向西望，叫人猛一惊的，是高高地装在一所洋房顶上而且异常庞大的霓虹电管广告，射出火一样的赤光和青燐似的绿焰：Light，Heat，Power！

在茅盾对上海黄昏场景的描绘中，我们发现了他的小说与中国传统小说中注重情节、忽视描写的小说形成了鲜明的对比。"中国传统小说由于注重推动叙事的因果与时间秩序中向前发展的动态功能，因此其形态呈现历时性线性结构，留有小说初起阶段重故事情节的原始形态。在这些小说中，虽然催化功能也相当丰富，然而却缺少了为行动确立提供可信时空（环境），为作品奠定基调，以及展示人物思想感情、外貌体态的象征和信息，也缺少了与故事发展无关，却能增加真实感的报导性细节，总之缺少了展示环境与人物的描写职能，因此尽管中国小说对人物动态特征叙述详尽烦琐，却不能给人以真实感。"❷ 而在运用了自然主义的描写方法之后，《子夜》呈现了一种与此前新旧两派小说所不同的

---

❶ 郎损．"曹拉主义"的危险性［J］．文学旬刊，1922（50）.

❷ 钱林森．法国作家与中国［M］．福建教育出版社，1995：330.

地方：它不再停留于故事、情节等单纯的动作层面的表现，而且对于自然和社会环境也给予了仔细的描绘；它突出了作家对于生活的仔细观察和详尽描写，使小说从真实的误区中走了出来。茅盾力求真实反映现实生活的原本状态，努力摒除主观意志对于小说叙事进程的干扰，使创作者的主体意志被消弭到最低的限度，从而让作品呈现世界的客观面貌。左拉以临床医生和实验观察者自居，茅盾也努力成为社会生活的实验员和观察者。在茅盾的叙事中，他常常把全知全能的叙事者遮蔽起来，而代之以第三者的理性观察。正如普实克指出的："茅盾写作方法与中国古代小说中盛行的那种古老的叙事方法完全相反"。❶ "茅盾追求客观性的努力表现在他煞费苦心地从叙述中排除了作者本人的因素。他的小说没有显示出与任何人有关联的痕迹。作者的目的是让我们亲眼看到、亲身去感觉和体验到每件事，消除读者与小说所描述内容之间的一切中间过渡，使读者进入小说的情节，好像亲眼看到正在发生的一切。"❷ 茅盾在创作《子夜》的过程中，大都是采取客观、理性的分析方法，一般不轻易地夹杂个人的情感痕迹。例如，在写到曾家驹乘双桥镇动荡持枪闯入民宅见色起心时，作者俨如一位袖手旁观者，丝毫不表露出自己的半点感情，哪怕是填膺的义愤和谴责：

> 曾家驹心里又是一跳。从这可爱的微笑中，他忽然认出眼前这妇人就是大街上锦华洋货店的主妇，是他屡次见了便引动邪念的那个妇人！他看看这妇人，又看看自己手里的手枪，走前一步，飞快地将这妇人撤倒在床上，便撕她的衣服。这意外的攻击，使那妇人惊悸得像个死人，但一刹那后，她立即猛烈地抗拒，她的眼睛直瞪着，盯住了曾家驹那凶邪的脸孔。
>
> "大王！大王！饶命罢！饶命呀，饶了她罢！做做好事呀！"
>
> 老妇人抖着声音没命地叫，跌跌撞撞地跑了来，抱住了曾家驹的腿，拼命地拉；一些首饰和银钱豁拉拉地掉在楼板了。
>
> "滚开！"

---

❶ ［捷］雅罗斯拉夫·普实克．普实克中国现代文学论文集［M］．李燕乔，等，译．湖南文艺出版社，1987：135.

❷ ［捷］雅罗斯拉夫·普实克．普实克中国现代文学论文集［M］．李燕乔，等，译．湖南文艺出版社，1987：134.

第七章 茅盾《子夜》与左拉《卢贡·马加尔家族》之比较

曾家驹怒吼着，猛力一脚踢开了老妇人。也就在这时候，那青年妇人下死劲一个翻滚，又一挺身跳起来，发狂似的喊道：

"我认得你的！认得你的！你是曾剥皮的儿子！我认得你的！"

曾家驹突然脸色全变了。他慌慌张张捞起那支搁在床沿上的手枪，就对准那青年妇人开了一枪。

本是满暴力和血腥气息的强暴、杀戮场景，在茅盾的笔下成了一种十分客观的展现，从中我们已经很难看到中国传统文学中的主观情绪。中国传统小说由于承载了过多的说教色彩，因此无论是说书还是小说，都喜欢采用主体存在明显的叙事方式。文学作品中的叙述者犹如无所不能的创造者，对人物的命运及心理、情节的发展和内容的转变都十分清楚；不仅如此，叙述者还可以借助诗、词、曲抒发感情或评点人物，甚至在一些作品中直接以训诫的口吻发表对于相关问题的看法。这种传统的叙述方式，在茅盾看来存在一个致命的缺陷，即"过于认定小说是宣传某种思想的工具，凭空想象出一些人事来迁就他的本意，目的只是把胸中的话畅畅快快吐出来便了；结果思想虽或可说是成功，艺术上实无可取"❶。茅盾正是意识到了传统文学叙事方式的弱点，他才坚决主张将左拉实践的客观真实性运用到文学创作中来，希望通过语言的客观、逻辑的严密以及在场感的还原，为中国文学开辟一条新的大道。这种方法的优势，一方面在于让自然和社会描写自动地进入读者的视线，在一种客观、理性乃至淡漠的态度中呈现出生活的本真面貌；另一方面，叙述视角的客观化，也对传统的文以载道的文学形成了致命的打击。采用了客观化的叙述方式之后，读者成了判断作品思想性和艺术内涵的主体，作家的主观意图退到了文本的背后。"艺术一旦不负有把握历史规律或宣喻历史真相的使命，就更容易接近艺术本身。尼采说，'我们拥有艺术，就是为了不至于为真理所灭亡'，真正的艺术确实总是在各种先验的真理之外产生，一旦落入这样那样的真理的管辖，就会很快窒息"❷。这样一来，作家们在进行创作的时候就可以淡化或放弃教育、宣喻的思

❶ 茅盾. 自然主义与中国现代小说 [J]. 小说月报，1922 (07).

❷ 郜元宝. 影响与偏离——略谈《死水微澜》与《包法利夫人》及其他 [J]. 中国比较文学，2005 (01).

维方式，而专注于作品对于生活原生态的反映，从而回归到文学的自由本位。

在左拉的《卢贡·马加尔家族》系列小说中，作者根据自然科学对于客观性的要求，按照生活的本来面貌进行记录，这就必然要求文学叙事对于浪漫、传奇色彩的规避，而突出对于现实生活的仔细观察和客观记录。因为在自然主义作家看来，他们所要做的只是记录，而不是探询原因。左拉就认为："对实验学者而言，他竭力要缩小的理想，即不确定的领域，从来便仅仅限于'怎么样'，而将另一种理想，即他没有希望确定的'所以然'，留给了哲学家。我认为实验小说家同样不应该为这个未知领域呕心沥血，否则他会陷入诗人和哲学家的狂想而不能自拔。设法认识自然界的原理，这已经是一项相当巨大的工作，目前大可不必为这种原理的根源煞费苦心。"❶ 在《卢贡·马加尔家族》中，我们看到左拉对于日常生活化细节和环境的浓厚兴趣，他试图在人们习以为常的场景中建构起自己对于第二帝国时代自然史和社会史的表现目标。因此，在《卢贡·马加尔家族》中出现的没有任何主观意图、与作品发展无关的生活场景被小说记录了下来，成为后人理解和研究这个时代文化习俗的重要文献材料。例如，《小酒店》中对于蒸馏器的详尽描写，《金钱》中对于上波饭店窗外风景的描写，《娜娜》中对于剧院内部装潢的细腻刻画，等等。这些看似平淡的细节，填充了文学作品中人物活动的时代背景和现实处境，使人物的性格、思想和动作不再显得突兀，而是与客观环境融为一体。这种细琐繁复的静态描写，在茅盾的《子夜》中也比比皆是，它们以实录的精神尽可能地还原了一个时代的特定社会环境与社会习俗。

左拉和茅盾都追求对于一个帝国或一个时代的社会生活的再现，因此都在作品中表现了社会不同阶层的生活状态。根据左拉在《实验小说论》的主张，"'实验医生的任务便是找出这个器官的毛病的简单的决定因素，也就是抓住最初的现象，……我们将会看到如何从机体的疾病或表面看来最复杂的毛病中追寻出最初的简单的决定因素，这一决定因素

---

❶ ［法］左拉. 实验小说论［M］. 柳鸣九，译. 柳鸣九. 法国自然主义作品选. 天津人民出版社，1987：763.

随即引起最复杂的决定因素.'这里只要将实验医生的字眼换成实验小说家,这段文字完全可以运用于我们的自然主义文学。社会的运转同生命的运转是一样的:社会中同人体中一样存在着一种有机联系,将各个不同的部分或不同的器官彼此连为一体。一个器官坏死了,其他器官也会受到损害,于是便引起了一场十分复杂的疾病。因而在我们的小说中若要对毒害社会的一种严重的创伤进行试验,采取的作法同试验医生一样,就是悉心找出最初的简单的决定因素,然后即可获得产生作用的复杂的决定因素"❶。为了揭示社会肌体中的最初的毒害疾病,首先必须面对社会进行立体式的扫描,以便从中发现出异常的社会部位,从而引起疗救的注意。于是,运用科学方法进行文学创作,就必然要求全面地考察社会,这在某种意义上即是对于毒害社会肌体因素的寻找和发现,这必然导致作家在描写和分析过程中对于一种完备而具体的描写的要求。在左拉的《卢贡·马加尔家族》中,作家从宏观和微观两个方面着手,对第二帝国时期的社会生活进行了全面再现。其中在宏观层面,左拉借助《卢贡·马加尔家族》系列家族史小说,在每一部作品中揭示出一个对应的社会生活断面,然后再将这 20 部小说联缀起来,就构成了文学作品对于社会历史的全面而生动的再现。在这 20 部小说中,左拉分门别类地从政治(《卢贡家的发迹》《桑普拉斯之征服》《卢贡大人》)、经济(《金钱》)、家庭生活(《贪欲的角逐》《爱的一页》《生活的欢乐》《小酒店》)、农村(《土地》)、宗教(《穆雷神甫的过错》)、艺术(《作品》)等角度进行划分及表现。正是追求对于社会各阶层生活的把握,这部巨著的人物总数达到了 1200 个,其人员分布覆盖了第二帝国时期的各行各业,包括资王公贵族、资本家、工人农民、宗教人士、政务人员、军人、娼妓、流氓等等,并由他们进而展开对于社会生活的全景式描绘。茅盾的《子夜》亦是如此。他分别选择政治、经济、文化、感情、农村、都市等众多方面进行具体细致的描写,虽然规模上无法与《卢贡·马加尔家族》媲美,却也称得上体例完备、人物周全,作品"写大都市中形形色色的日常现象和世态人情,从舞女、少爷、水手、

---

❶ 〔法〕左拉. 实验小说论〔M〕. 柳鸣九,译. 柳鸣九. 法国自然主义作品选. 天津人民出版社,1987:756.

姨太太、资本家、投机商、公司职员到各类市民以及劳动者、流氓无产者等等，几乎无所不包"❶。就微观而言，《卢贡·马加尔家族》将自然主义对真实生活的细节表现推向了一个空前的细致程度。在作品中，左拉对具体生活场景中出现过的景和物、状态、方位、色泽、大小等都努力做到与现实一致。例如，《金钱》中对交易所的描写，《娜娜》中对剧场的描写，《土地》中对农村生活方式的描写，都达到了令人震惊的地步。"如果说，对场景与景物的描写在过去现实主义作品中，往往要服从于表现主题、塑造人物、叙述故事的需要的话，那么到了自然主义文学中，则具有了相对独立的意义，它本身并不仅仅是一种带从属性的手段，而在相当的程度上开始成为一种文学表现的目的。"❷ 在茅盾的《子夜》中，作家对于吴老太爷风化细节的描写、对于上海交际场所的刻画等等，也达到了让人过目不忘的程度。

当然，若从更严格的意义来审视，《卢贡·马加尔家族》和《子夜》的创作并非尽善尽美，它们创作上的一些缺憾也和自然主义的理论主张不够严密存在着逻辑关联。左拉在《实验小说论》中过于强调了作家的科学精神，而对于人的心灵世界关注不够，从而导致了小说叙事"物化"的倾向；他所主张的绝对冷静、客观的描写方式也过于理想化，作家的视角可以隐退，但并不意味着完全放弃了筛选和摘择的能动性。同时，自然主义所推崇的严格写实，一方面可以促使作家摆脱意识形态的束缚，勇于再现生活的严酷性，从而达到暴露和批判的效果；另一方面，由于失去了判断的标准，一些触目惊心、骇世惊俗的庸俗内容和琐碎细节进入了文学，也在一定程度上损害了小说的思想性与审美性。

## 四、人的还原：生理学的观察与社会环境的影响

左拉在对《卢贡·马加尔家族》进行总体构思的时候，曾这样表达自己所要追求的目标："我的小说不可能发生在 1789 年之前，我把它置于现代的真实性，写种种野心与贪欲的拥挤冲突，我考察一个投身于现

---

❶ 严家炎. 新感觉派小说选·前言 [M]. 人民文学出版社, 1985: 16.
❷ 柳鸣九. 法国自然主义作品选·编选者序 [M]. 天津人民出版社, 1987: 14 – 15.

代社会的家族的野心与贪欲，它以超人的努力进行奋斗，却由于自己的遗传性与环境的影响，刚接近成功就又掉落下来，结果产生出一些真正的道德上的怪物（教士、杀人犯、艺术家）。"❶ "这部作品里就有两种成分，一种是纯人类的成分，生理学的成分，即对一个家族血缘遗传与命定性的科学研究，另一种是这个时代在这个家族身上所起的作用，时代的狂热使它毁损，即环境的社会作用与物理作用。"❷ 从这里可以看出，左拉在其中强调了他观察的重点在于生理学和环境的影响两个方面，其中生理学又包括遗传学、身体欲望等内容。正如左拉所言："如果我的小说应该有一种结果，那结果就是：道出人类的真实，剖析我们的机体，指出其中由遗传所构成的隐秘的弹簧，使人看到环境的作用。"❸ 这也是对《卢贡·马加尔家族》创作主旨和人物关系的一种独特理解。

在左拉看来："我的小说应该是简单的，只有一个家族与它的一些成员。所有一切遗传生理现象在这里都可以用上，或者用在这个家族的成员身上，或者是用在次要人物的身上。"❹ 这是自然主义与此前的现实主义文学的一个明显的分水岭。在此前的文学史上，作家们在表现人物形象的时候总是习惯于再现"灵"与"肉""灵"与"情"的冲突，在揭示人物的内在性格和气质的时候难以深入人物的内心世界；即使是巴尔扎克，也不可能真正地在文学中揭示出人类的生物性，"他至多把人类的各种'情'、各种'欲'与人的气质联系起来"❺。究其原因，一是由于到了左拉创作的时期，实证主义哲学、泰纳从种族、环境与时代三方面考察文学的方法以及达尔文学说的影响，为生理学进入文学研究提供了理论支持。而这在巴尔扎克《人间喜剧》的时代是难以想象。二是人类历史上每一次社会的进步都伴随着身体的解放，文学充当了既有文化和意识形态的挑战者。19 世纪 70 年代虽然仍然是"一个文化禁忌语

❶ ［法］左拉. 关于家族史小说总体构思的札记［M］. 柳鸣九，译. 柳鸣九. 法国自然主义作品选. 天津人民出版社，1987：733.

❷ 同上书，第 733—734 页。

❸ 同上书，第 735 页。

❹ 同上书，第 735 页。

❺ 柳鸣九. 法国自然主义作品选·编选者序［M］. 天津人民出版社，1987：16.

肉体享乐激烈交替的时代，肉体保守主义与肉体激进主义正在相互撕咬"❶的时代，但道德禁忌话语不再那么严密，文学创作获得了一定的言说空间。于是在左拉的《卢贡·马加尔家族》中，作家将人类所具有的"血""肉""欲"等生物性囊括进文学作品。由此文学创作进入了一个可以随心所欲地表现人类自然功能、生理机制的时代，而不再局限于现世伦理、道德对于文学作品的巨大钳制。在左拉的《卢贡·马加尔家族》中，它真正从生理学、遗传学的角度来观察人、表现人，它对人类所具有的生物性进行了聚焦，从而一改过去形而上地描写人物的模式，将人类的思想、情感、言谈、情感甚至是疾病、变态行为等都纳入了文学的范畴加以考察。左拉通过家族小说中对人的自然属性的描写，试图验证他关于生理遗传与家族成员命运的研究设想。"我所要研究的卢贡·马加尔家族有一个特征。那就是贪欲的放纵，就是我们这个时代里向享乐奔腾而去的狂潮。在生理上，这个家族的成员都是神经变态与血型变态的继承者，这种变态来自最初一次器官的损坏，它在整个家族中都有表现，它随环境的不同，在每一个家族成员身上造成种种不同的感情、愿望、情欲，种种不同的人态，或为自然的，或为本能的，而其后果，人们则以善德或罪恶相称。"❷左拉曾经为自己的这部巨著制定了一个人物世系表，以后的创作基本上按照这个世系表进行。在这个家族世系中，第一代祖阿戴拉伊德·福格先后与园丁卢贡、贩卖私货的马加尔结婚，并都有生育；其中马加尔酗酒且精神不健全，后来还神经失常进入了疯人院。到了第二代人物中，安图瓦·马加尔因父性遗传占优势，是一个酒精中毒者。第三代人中玛尔特·卢贡由于隔代遗传患歇斯底里症而死；法朗斯瓦·穆雷由于隔代遗传发狂死于火灾；塞尔热·穆雷由于父母的病态遗传成为神经不正常的神秘主义者；雅克·朗第耶由酒精中毒遗传转为嗜杀狂；娜娜因酒精中毒遗传变得肉欲旺盛；第五代人中，查理·卢贡因为隔代遗传死于鼻孔血崩；等等。在生理学方面，左拉除了对遗传学机制加以关注外，也对人物的肉体属性进行了聚焦，其中又以性爱意识为主。与一些"小说将性诉诸感官冲动与人类劣情"

❶ 张柠. 中国当代文学与文化研究［M］. 北京师范大学出版社，2008：326.

❷ ［法］左拉.《卢贡·马加尔家族》总序［M］. 柳鸣九，译. 柳鸣九. 法国自然主义作品选. 天津人民出版社，1987：736—737.

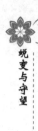

不同，"左拉将之归于生物机制。因此与其说左拉传授给中国作家以性欲描写方法，不如说他洗净了'东方固有的不净思想'（鲁迅语），启悟人们如何以一种极其严谨认真的科学态度来对待人的肉体，从而在创作上完成对灵肉二元真实人生的描写，在题材上拓展了人性描写的新领域。"❶

与左拉在《卢贡·马加尔家族》中对于遗传机制的系统考察不同，茅盾在《子夜》中并未明显表露出有关遗传学的思考；但后者对于作品中的性爱意识的描写则是受到了左拉的影响。传统的东方文化"像一个严酷的审美主义者，对人的肉体耿耿于怀，常常采用一些极端的措施，从物质到精神进行双重改造和阉割。阉割就是去掉突出部位，使肉体变得完美起来，由功用主义物质形态变成抽象的美学形式"❷。对于具有浓郁封建色彩的中国文化来说，性爱意识往往受到封建伦理、礼教的重重压制，人的生理属性长期以来是被忽视的。在20世纪二三十年代，当传统文化趋向衰微、自然主义文化被大加介绍之际，性爱意识往往最先从文学中寻找到突破口。《卢贡·马加尔家族》对于中国文学的意义，或许正在于此——"在左拉影响下，中国作家开始将性欲视为生命内驱力合乎自然目的的追求，不以为淫秽，亦不轻薄，以期真实传达完整人生，从而大大丰富了小说中人性意蕴，深化拓展了现实主义。"❸ 在《子夜》中，我们可以发现作家对于性爱意识的直接描写：

> 像一枝尖针刺入吴老太爷迷惘的神经，他心跳了。他的眼光本能地瞥到二小姐芙芳的身上。他第一次意识地看清楚了二小姐的装束；虽则尚在五月，却因今天骤然闷热，二小姐已经完全是夏装；淡蓝色的薄纱紧裹着她的壮健的身体，一对丰满的乳房很明显地突出来，袖口缩在臂弯以上，露出雪白的半只臂膊。一种说不出的厌恶，突然塞满了吴老太爷的心胸，他赶紧转过脸去，不提防扑进他视野的，又是一位半裸体似的只穿着亮纱坎肩，连肌肤都看得分明

❶ 钱林森：《法国作家与中国》，福建教育出版社1995年版，第333页。
❷ 张柠：《中国当代文学与文化研究》，北京师范大学出版社2008年版，第322页。
❸ 钱林森：《法国作家与中国》，福建教育出版社1995年版，第333页。

的时装少妇，高坐在一辆黄包车上，翘起了赤裸裸的一只白腿，简直好像没有穿裤子。"万恶淫为首"！这句话像鼓槌一般打得吴老太爷全身发抖。然而还不止此。吴老太爷眼珠一转，又瞥见了他的阿萱却正张大了嘴巴，出神地贪看那半裸体的妖艳少妇呢！老太爷的心卜地一下狂跳，就像爆裂了似的再也不动，喉间是火辣辣地，好像塞进了一大把的辣椒。

粉红色的吴少奶奶，苹果绿色的一位女郎，淡黄色的又一女郎，都在那里疯狂地跳，跳！她们身上的轻绡掩不住全身肌肉的轮廓，高耸的乳房，嫩红的乳头，腋下的细毛！无数的高耸的乳峰，颤动着，颤动着的乳峰，在满屋子里飞舞了！而夹在这乳峰的舞阵中间的，是荪甫的多疤的方脸，以及满是邪魔的阿萱的眼光。突然吴老太爷又看见这一切颤动着飞舞着的乳房像乱箭一般射到他胸前，堆积起来，堆积起来，重压着，重压着，压在他胸脯上，压在那部摆在他膝头的《太上感应篇》上，于是他又听得狂荡的艳笑，房屋摇摇欲倒。

"邪魔呀！"吴老太爷似乎这么喊，眼里迸出金花。他觉得有千万斤压在他胸口，觉得脑袋里有什么东西爆裂了，碎断了；猛的拔地长出两个人来，粉红色的吴少奶奶和苹果绿色的女郎，都嬉开了血色的嘴唇像要来咬。吴老太爷脑壳里梆的一响，两眼一翻，就什么都不知道了。

通到浴室的门半开着，水蒸气挟着浓香充满了这一里一外的套间，李玉亭的近视眼镜的厚玻璃片上立刻起了浮晕，白茫茫地看不清。他彷佛看见有一个浑身雪白毛茸茸的人形在他面前一闪，就跑进右首作为卧室的那一间里去了；那人形走过时飘荡出刺脑的浓香和格格的艳笑。李玉亭惘然伸手去抹一下他的眼镜，定神再看。前面沙发里坐着的，可就是赵伯韬，穿一件糙米色的法兰绒浴衣，元宝式地横埋在沙发里，侧着脸，两条腿架在沙发臂上，露出黑渗渗的两腿粗毛；不用说，他也是刚刚浴罢。

赵伯韬并不站起来，朝着李玉亭随便点一下头，又将右手微微一伸，算是招呼过了，便转过脸对那卧室的门里喊道：

"玉英！——出来！见见这位李先生。他是近视眼，刚才一定

没有看明白。——呃，不要你装扮，就是那么着出来罢！"

　　李玉亭惊异地张大了嘴巴，不懂得赵伯韬这番举动的作用。可是那浑身异香的女人早就笑吟吟地袅着腰肢出来了。一大幅雪白的毛巾披在她身上，像是和尚们的袈裟，昂起了胸脯，跳跃似的走过来，异常高耸的乳房在毛巾里跳动。一张小圆脸，那鲜红的嘴唇就是生气的时候也像是在那里笑。赵伯韬微微笑着，转眼对李玉亭尖利地瞥一下，伸手就在那女人的丰腴的屁股上拧一把。

　　对于早在20世纪20年代即推崇左拉及自然主义的茅盾来说，他正要借助自然主义对于性爱的描写来表现真实的人生："他们也描写性欲，但是他们对于性欲的看法，简直和孝悌义行一样看待，不以为秽亵，亦不涉轻薄，使读者只见一件悲哀的人生，忘了他描写的是性欲。这是自然主义的一个特点，对于专以小说为'发牢骚'，'自解嘲'，'风流自赏'的工具的中国小说家，真是清毒药；对于浸在旧文学观念里而不能自拔的读者，也是绝妙的兴奋剂。"[1] 不过，虽然在《子夜》中也鲜明地体现了性爱意识，但这并不意味着茅盾对于自然主义关于生理学的描写是全盘接受的。1922年周作人在给茅盾的信中就告诫说，自然主义专在人间看出兽性，中国人看了容易生病。对此，茅盾以郎损的笔名专门写了一篇《"曹拉主义"的危险性》一文进行辩驳："自然主义的真精神是科学的描写法，见什么写什么，不想在丑恶的东西上面加套子：这是他们共通的精神。我觉得这一点不但毫无可厌，并且有恒久的价值"，"曹拉那种'专在人间看出兽性'的偏见，似乎是他个人所处的特殊环境的结果，设若我们的根本观念不同，即使想勉强'效颦'，未必竟能像他那样能够从处处视出兽性来。"[2] 在这里，茅盾一方面坚持着自己对于"曹拉主义"的坚持，认为它具有"恒久的价值"；但另一方面，茅盾自己也对左拉作品中常见的所谓"兽性"抱有某种疑虑，而"根本观念不同"则进一步明确地表明了作家对于左拉思想观念的疑虑。由于东西方不同的文化传统，对于人类的生理性和自然意识的表现往往受到过多的文化约束和舆论压力，茅盾自然也不例外。他之借重左

　　❶ 茅盾. 自然主义与中国现代小说 [J]. 小说月报, 1922（07）.
　　❷ 郎损. "曹拉主义"的危险性 [J]. 文学旬刊, 1922（50）.

拉及其作品，根本目的乃在于向中国文学执着地输入进客观描写、追求真实的精神与技巧，而对于某些有违中国文化精神的思想却保持了足够的谨慎。

左拉在很多文章中都提到过他对于环境影响的关注。他认为"纯粹意义上的环境，即社会环境与地域环境，则决定了人物所属的阶级"❶，"人们在成为掌握人体现象的主人并对之产生影响时，便可以对社会环境发生作用。下面就是构成为实验小说的几个方面：掌握人体现象的机理；依照生物学将给我们说明的那样，展示在遗传和周围环境影响下，人的精神行为和肉体行为的关系；然后表现生活在他创造的社会环境中的人，他每天都在改变这种环境，他自身在其中也不断发生变化"❷。也就是说，左拉不仅在《卢贡·马加尔家族》中表现出一个家族的自然史，而且还要表现出这个家族与社会环境、物质条件产生的关系及其影响。为了表现环境对于卢贡·马加尔家族的重要影响，他将一个家族的不同后代设置在不同的社会、物质环境中，结果他们的命运或者遗传疾病的走向都存在着巨大的差异。例如，《小酒店》中的绮尔维丝·马加尔先与朗第耶姘居，育有三子后被抛弃，后与出身酒精中毒家庭的工人古波结婚，生下娜娜。这四个后代的命运是有着巨大差异的：长子克洛德·朗第耶的神经病遗传转化为一种特别的艺术才能；次子雅克·郎第耶身上的酒精中毒遗传转变为嗜杀狂；幼子艾蒂安·郎第耶有着轻微的嗜杀狂；娜娜身上的酒精中毒遗传转变为强烈的肉欲。在这里，左拉向人们展示了遗传疾病同环境之间的神秘关系。同时，在表现环境对于人物的影响时，左拉还特别注意勾勒出不同阶级、职业、身份的人物之间的社会和个性的差异。例如，《金钱》中同样是大银行家的萨加尔和甘德曼、《巴黎之腹》和《妇女乐园》中的女老板，等等，个性差异十分明显。与左拉在《卢贡·马加尔家族》中表现出来的某种遗传学的宿命色彩一样，茅盾在《子夜》中也着力刻画了社会环境对于个人的无法抗拒的压力。《子夜》中的吴荪甫是一

---

❶ ［法］左拉.关于家族史小说总体构思的札记［M］.柳鸣九，译.柳鸣九.法国自然主义作品选，天津人民出版社，1987：733.

❷ ［法］左拉.实验小说论［M］.柳鸣九，译.柳鸣九.法国自然主义作品选.天津人民出版社，1987：751.

位有着雄才大略的民族资本家，他既有着现代科学管理的经验，又有着罕见的魄力、顽强的斗志，如果欣逢盛世或许早已成为中国的大企业家。但是吴荪甫恰恰处在半殖民地半封建社会的中国，一方面受着买办资本的排挤，另一方面又受到战争、工潮的掣肘；他一方面有着发展民族工业的蓝图，另一方面又缺乏政治支持和经济援助，最终在多重环境的压迫下精神崩溃，这与《卢贡·马加尔家族》中环境对人物的影响有着极大的相似性。

在上文中，我们探讨了左拉的《卢贡·马加尔家族》与左拉的《子夜》之间的密切而复杂的关系。需要说明的是，作为一名学贯中西的作家、学者，茅盾在创作过程中受到的西方文学家的影响为数众多——"我觉得我开始写小说凭借的还是以前读过的一些外国小说。我读得很杂。英国方面，我最多读的，是迭更斯和司各特；法国的大仲马和莫泊桑、左拉；俄国的是托尔斯泰和契诃夫；另外就是一些弱小民族的作家了。"● ——我们分析左拉作品对《子夜》的影响，并不意味着我们否定或削弱了其他作家影响茅盾创作的可能性。可以说，"茅盾对西方文学的吸收和借鉴是能动的，他充分体现着接受者的主体作用——吸取、消化构成自己的补养转化为创作的血肉，因此这种影响便不会是单一的某个作家、作品的因果关系，也不是某个作家、作品影响的简单相加。茅盾在吸收艺术补养时，作为信息的储存不会是单线的印迹，常常是网络式的复合交织形态，动态流变的过程；不是数学式相加，而是化学式化合"●。

通过对于《卢贡·马加尔家族》与《子夜》的比较研究可以看出，茅盾对于左拉家族小说的吸收、借鉴促进了其作品的创作。茅盾开拓了中国家族小说客观表现社会各阶层生活、并使生理学的内容纳入了文学领域，极大地丰富了中国家族小说的表现范围和叙事方法。这种融汇了科学实验精神、生理现象学和社会文化学的家族小说，在中国现代文学史上独树一帜。这一方面验证了弗朗茨·库恩关于《子夜》中东西文化融合的体察，另一方面也向我们昭示了中西家族小说在借鉴、融合过程

---

● 茅盾. 我的研究 [M] //茅盾论创作. 上海文艺出版社，1980：25—26.

● 赵婉孜. 托尔斯泰和左拉的小说与《子夜》的动态流变审美建构 [J]. 中国比较文学，2009（02）.

中存在的文化差异。与西方经典家族经验和技巧对接之后的茅盾，既有进行创作所需的丰富的精神资源，又有社会生活赋予的生命体验，本可以在家族小说领域内继续前行，创作出中国式的《卢贡·马加尔家族》。但令人遗憾的是，茅盾构建中国宏大家族叙事的可能性因为种种原因最终没有能够坚持下去。

# 第八章　路翎《财主底儿女们》与
# 托尔斯泰《战争与和平》的比较

　　路翎的长篇小说《财主底儿女们》在思想艺术上受到列夫·托尔斯泰《战争与和平》和罗曼·罗兰《约翰·克利斯朵夫》的影响，已是不争之论。杨义在《中国现代小说史》中就指出，《财主底儿女们》"力求把托尔斯泰《战争与和平》的史诗笔触，和罗曼·罗兰《约翰·克利斯朵夫》的心灵搏斗的描写艺术融为一炉"[1]。相对来说，《战争与和平》对《财主底儿女们》的影响更为显著。首先，从时间上看，路翎大致创作完成《财主底儿女们》上部的初稿以后，才有幸阅读到《约翰·克利斯朵夫》。而在抗战之前，他已经读过郭沫若翻译的《战争与和平》，他在创作《财主底儿女们》上部时，又阅读了高地（即高植）、郭沫若合译的全本《战争与和平》[2]。其次，《约翰·克利斯朵夫》的影响，主要体现在《财主底儿女们》下部的中心人物蒋纯祖的塑造上。1947年9月《泥土》第4辑"新书预告栏"为即将出版的小说下部刊登的广告文字，称它是"中国的《约翰·克利斯朵夫》"[3]，也应是此意。而《战争与和平》对《财主底儿女们》的影响则是整体性的，尤其是影响到《财主底儿女们》家族故事的讲述。张以英以明断的语言指出，《财主底儿女们》"注重于写蒋捷三家族的内部纠葛"，"在写法上

---

　　❶　杨义：《中国现代小说史》（第三卷），人民文学出版社1986年版，第175页。

　　❷　路翎1942年10月15日致胡风的信中写道："你来，我给你的礼物，就是它（指《财主底儿女们》）的第一部"，"《约翰·克利斯朵夫》没读过，不知是谁的作品？""盼能把《克利斯朵夫》带给我们。""最近读了《战争与和平》"。（见《致胡风书信全编》，徐绍羽整理，大象出版社2004年版，第59页。）路翎在《我与外国文学》一文中提到他在抗日战争之前便读过郭沫若翻译的《战争与和平》。（见《路翎批评文集》，张业松编，珠海出版社1998年版，第255页。）

　　❸　杨义：《中国现代小说史》（第三卷），人民文学出版社1986年版，第175页。

明显地受到俄国作家列夫·托尔斯泰的《战争与和平》的某些影响。"●考虑到本书的研究目的，以下内容我们就撇开《约翰·克利斯朵夫》不谈，只讨论《财主底儿女们》与《战争与和平》。

目前，学界有关俄罗斯家族文化方面的研究，还非常匮乏。从家族文化角度比较《财主底儿女们》与《战争与和平》，多少能够弥补这方面的不足，也能进一步增强我们对路翎创作的审美文化价值的认识。然而，从家族文化角度对二者进行比较，是否合适？其实，选择从任何角度进入一个文本，都只能裸露文本的部分意义，提供片面的真知灼见。而且，中外文学史上并不存在完全局囿于讲述家族故事的经典小说。当批评家把一个文本界定为家族小说时，虽有所依据，但最基本的动因是想从家族文化的角度来阐释这个文本。把托尔斯泰的广阔深远的史诗性巨著《战争与和平》强行塞入"家族小说"的小箩筐，是愚蠢的；但从家族文化的角度来阐释它，则能够抵达小说的一个意义层面。据说，在1966 年以前，苏联文艺界流行的看法认为，托尔斯泰的构思最初是想写"富有诗意的家庭编年史"，只是到了小说创作的第四年，托尔斯泰才把全部注意力从"贵族长篇小说转到人民的历史上"●。这种看法固然过时了，已被修正，但一定程度上说明了《战争与和平》带有"家庭编年史"的性质。俄罗斯文学研究专家李明滨认为，《战争与和平》"从内容上看，战争与和平生活是占有同等分量的两个重心""从故事情节上看，包尔康斯基、别竺豪夫、劳斯托夫和库拉金四个家族的生活、活动一直是主线。其他的家庭以及单个的人物，如包力斯·德鲁别茨科依、朵罗豪夫、捷尼索夫、朱丽叶·卡拉金娜等都围绕着主线安排，有主有次；四个家族之间又通过彼此有家庭成员的恋爱、婚姻关系联系起来。"● 对和平时期的书写是《战争与和平》的两个重心之一，占了全书一半的分量，而和平时期的故事情节大多涉及家族生活，说《战争与和平》是半部家族小说，不算夸张。因此，选择从家族文化角度来讨论《财主底儿女们》和《战争与和平》的姻缘关系，辨别其异同，就非节外生枝，而

● 张以英. 路翎的生平、小说和书信——代序［M］//路翎书信集. 漓江出版社，1989：7.
● 李正荣.《战争与和平》主题新论［J］. 俄罗斯文艺，1995（05）.
● 李明滨.《战争与和平》的艺术成就［J］. 国外文学，1981（01）.

是题中之义。

本章着眼于路翎对托尔斯泰创作的仿效，从家族文化角度比较《财主底儿女们》与《战争与和平》，探究两部小说对中俄家族文化的不同表现。

## 一、故事情节的仿效

《战争与和平》和《财主底儿女们》的家族故事都多少有所依傍，作者的家世和家族体验部分地投影到了小说中，融入小说人物和情节的构设中。托尔斯泰出生于俄国的大贵族，他祖父做过沙俄时期的省长，家产富有。"《战争与和平》中男、女主人公就是托尔斯泰的父母亲双方的家族。他的家庭背景使他能够比较全面地描绘出俄国贵族的情况。"❶"书中所写的老保尔康斯基公爵是影射托尔斯泰的外祖父，H．C．福尔康斯基，他是叶卡切锐娜女皇时代的将军。托尔斯泰的母亲是他的独生女。福尔康斯基没有儿子，小说中安德来公爵是托尔斯泰创造出来的典型，他把自己的若干方面和他哥哥塞尔该·托尔斯泰的若干特质附丽在这个典型上。托尔斯泰的另一方面在小说中分给了皮埃尔。"❷ 路翎出生于苏州仓米巷35号，35号与旁边的36号都是蒋捷三（《财主底儿女们》里蒋捷三的原型）的房产❸，《财主底儿女们》就是以路翎外祖母的娘家大哥蒋捷三一家为素材写成的，路翎回忆说，"蒋捷三家富有，但却闹着家务纠纷。这些，我是作为我的小说《财主底儿女们》的素材而写在作品里的"❹。小说中"姓蒋的人物，多数是有原型的"❺。朱珩青指

---

❶　李明滨．战争与和平［M］//智慧的感悟：北京大学《名著名篇导读》．杨承运，林建初．华夏出版社，1998：299．

❷　高植．战争与和平·前言［M］．新文艺出版社，1957：4．

❸　关于路翎的出生地和小说中蒋捷三原型的姓名，相关史料有不同说法，如《路翎书信集》中的《路翎年谱简编》提供的资料是：路翎"诞生于南京城北幕府西门巷一座灰色瓦房院内的二进房里"，他的"外祖母的哥哥蒋捷三家是苏州有名的富户"。（见《路翎书信集》，张以英编，漓江出版社1989年版，第174－175页。）而朱珩青经过考证，认为路翎出生于苏州，他外祖母的哥哥名字叫蒋学海。（见《路翎：未完成的天才》，朱珩青著，山东文艺出版社1997年版，第3页。）关于出生地，笔者这里采纳的是朱珩青说法。为了上下文的统一，小说中蒋捷三的原型则选择了张以英的说法。

❹　张以英．路翎书信集［M］．漓江出版社，1989：175．

❺　张以英．路翎的生平、小说和书信——代序［M］//路翎书信集．漓江出版社，1989：7．

出：蒋纯祖的原型，是路翎儿时的好朋友、他的三舅蒋继三，小说中陆明栋的形象，则"有着作者自己的影子"❶。路翎一家曾与亲戚傅生和蒋淑珍一家在南京同住过，蒋淑珍是路翎外祖母的姨侄女，她的女儿傅京华、傅钟华与路翎很熟，《财主底儿女们》的写作，也"有他们的生活素材"❷。可以说，两部小说都留有作者家族生活的一些经历和体验。尽管出生年代、社会身份、人生经历和生存环境有着巨大的差异，但并不妨碍路翎对托尔斯泰文学艺术的仿效。

路翎谈到外国文学对他的影响时，强调思想上的作用，认为苏联文学主要是帮助他"形成了美学观和感情的样式"，如强调文学应该"写人生第一""不必为故事而写，那样，会牺牲很多的人生内容。像托尔斯泰、高尔基都是这样"❸。那么，《战争与和平》对《财主底儿女们》的影响情形是否仅仅局限于此呢？从小说叙述框架来看，两部小说都是以家族故事为叙事起点，把贵族之家的故事置于民族战争的背景下，延伸出贵族子弟在战争时代的人生选择、命运遭遇和精神蜕变。二者的亲缘关系是比较明显的，美国华裔学者李芸贞说，"看了《财主底儿女们》就想起了托尔斯泰的《战争与和平》"❹。司马长风则坦言：《财主底儿女们》的"情节有模仿托尔斯泰《战争与和平》之嫌"❺。好些学者都提到《财主底儿女们》在情节上对《战争与和平》的模仿，但具体情形如何，却语焉不详，无心追究。下面我们不妨粗略梳理《财主底儿女们》在具体情节构思上对《战争与和平》的化用。

《战争与和平》和《财主底儿女们》在讲述故事时，都注重利用叙事空间的调配和转换，而且，空间的组合和调配具有大致相似的策略和效应。《战争与和平》的家族故事依赖莫斯科、彼得堡、童山等空间的组配，为故事的延展提供了腾挪的便当，《财主底儿女们》的家族故事则在上海、苏州、南京、重庆、石桥场等空间迂回流转，阐释出蒋氏家族风流云散的命运。《战争与和平》和《财主底儿女们》的叙事空间，

❶ 朱珩青. 路翎：未完成的天才 [M]. 山东文艺出版社，1997：168.
❷ 张以英. 路翎书信集 [M]. 漓江出版社，1989：180.
❸ 李辉. 路翎和外国文学——与路翎对话 [J]. 外国文学，1985（08）：50－54.
❹ 胡风. 致季博思、李芸贞 [M] //胡风全集·第9卷. 湖北人民出版社，1999：119.
❺ 司马长风. 中国新文学史（下卷）[M]. 香港昭明出版社有限公司，1978：121.

具有大致的对应性。如演绎战时纷争、政治投机的莫斯科/南京、重庆；散发着浪漫享乐、奢靡颓废情调的彼得堡/苏州；与虚伪势利的城市形成对照的尼古拉兄妹的田庄之行/蒋家姑妈的乡下之旅；等等。通过叙事空间的转换，两部小说家族生活场景和社会生活场景交替呈现，社会境遇和战争遭遇不断修改着贵族子弟对民族命运和人生意义的思索，又不断地生成家族成员之间的各种张力关系，形成张弛有度的叙事节奏。相似的叙事空间组合和转换策略，见出《战争与和平》对《财主底儿女们》叙事安排上的启示意义。但是，随着叙事空间的转移，两部小说的家族故事走向了不同的结局。《战争与和平》中包尔康斯基、别竺豪夫和劳斯托夫三大家族最终通过婚姻的方式联结为一体，达到了夫妻姻亲之间的谅解、和合；而《财主底儿女们》中的蒋家随着叙事空间的转换，走向分崩离析，亲情的疏远和思想的分野是最终的结局。

在人物性格和情节关系的处理上，《财主底儿女们》与《战争与和平》也存在诸多类似之处。家长蒋捷三与老安德烈公爵同样固执、严厉，对时代民族的动向有着一种敢于担当的大气魄，同时对子女都怀着雄强老年人的深沉之爱；同时，他们过于宝贵自己的女儿蒋淑华/玛丽亚，而耽误了女儿的婚事。律师金小川一家与瓦西里公爵一家具有同样的恶俗品格：把婚姻当作获取财富的手段，道德败坏、家庭乱伦、肆无忌惮、制造争端。蒋少祖、蒋纯祖的生命历程和思想轨迹多少与安德烈、皮埃尔、尼古拉有着部分交错的相似。在感情的倾注上，蒋淑珍面对侄子（逝世的妹妹蒋淑华的孩子）与儿子的愧疚、两难心态，与玛丽亚面对侄子（逝世的哥哥安德烈的孩子）与儿子的复杂情感，有着惊人的相似。《财主底儿女们》对陈独秀和汪精卫的去英雄化、去神圣化的印象表述，与《战争与和平》对拿破仑和沙皇至尊形象的颠覆有着异曲同工之妙。在《战争与和平》中，插入了罗斯托夫兄妹们的米哈洛夫卡田庄之行，描绘了俄罗斯乡村的风情，展现了乡下人爽朗热情、快乐健康的生活；在《财主底儿女们》中，则插入了蒋家姑母一年一度的乡下做客之旅，她孤寂、要强、感伤的蒋家女性的自尊，在乡下晚辈殷勤好客的气氛中得到重温。……这样的雷同元素还有很多，我们不必一一列举。我们主要关心的是同中之异，即路翎对托尔斯泰创作的仿效最终却体现出思想文化的分野，从中，或许我们能够较有说服力地把握到中俄家族文化的独特品格和两位作者的不同旨趣。

## 二、中俄家族文化的分野

下面我们就以对照的方式，选择《财主底儿女们》与《战争与和平》部分相似的家族故事情节元素，从路翎小说对托尔斯泰小说情节元素的仿效中管窥中俄家族文化的分野，探究路翎与托尔斯泰、中国与俄罗斯家族文化观念的差异。

### （一）女人的舞台：沙龙贵族之家与后花园贵族之家

《战争与和平》与《财主底儿女们》所写的家族，都是贵族之家。俄罗斯有贵族传统，爵位可以世袭。中国历史上没有形成稳定的贵族体制，除了皇帝可以世代相承外，其他身份、门第、权力、荣誉的承袭并没有体制化。即使清代，贵族的爵位也是采取递降的承袭方式。在对家族社会地位的称谓上，近现代中国有"名门望族""官宦世家"的称谓，着重于家族的权势、声望和祖先的荣耀，但这种外在的评价和内在的体认并不以国家赋予的名义固定下来，其维持完全靠家族自身的珍爱、财产的累积、门风的树立。因此，中国家族特别重视对子弟的教化，以"修身、齐家、治国、平天下""求取功名、光宗耀祖""诗礼传家""耕读传家"作为家族的训言，在个人、家族、社会国家之间建立一种观念导向体系。考察中国现代家族小说，诸如《家》《金锁记》《科尔沁旗草原》等，都缺乏贵族意识的自我体认。而"俄国文学中有一重大题材就是写贵族生活，即'贵族之家'"[1]。那么，我们可以猜想，路翎《财主底儿女们》所流露的明显的贵族意识，多少与作者对托尔斯泰等俄罗斯作品中的贵族意识的体认有关。

同样是"贵族之家"，其格调特质的差异却非常明显。我们姑且根据俄罗斯贵族的社会活动方式，把《战争与和平》中的几大贵族称为"沙龙贵族之家"；考虑到蒋家儿女的不同心态，把《财主底儿女们》中的蒋家称为"后花园贵族之家"。

❶ 李明滨. 战争与和平 [M] //智慧的感悟：北京大学《名著名篇导读》. 杨承运，林建初. 华夏出版社，1998：299.

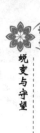

在"沙龙贵族之家"的俄罗斯，贵族之间的交往频繁，因倾向性而形成不同的圈子。贵族之间的交往更多是日常的、公开化的，是家族式的，以舞会、宴会、客厅等沙龙空间的形式进行，带有浓厚的贵族风格和城市趣味。在这些空间，政治、婚约、娱乐交融一体，宫廷要闻、社会传闻、显贵的趣闻逸事等同时被交流传递，带有"公共空间"的意味，个体的自由和私事的公开化奇异地交织在一起。安娜·米哈伊洛夫娜公爵夫人为了给儿子弄一份差事，不是登门拜访找瓦西里公爵帮忙，而是在皇后女官的晚会上纠缠他。皮埃尔与爱伦的婚恋在沙龙聚会中公开化地演绎，爱伦的公开偷情成为令人艳羡的事件，而爱伦的弟弟阿纳托利与娜塔莎私下来往则被认为不正当。贵族之家的沙龙是女人的舞台，女人的风采、娇宠、价值在沙龙中得到飞扬的机会。无论安娜·帕夫洛夫娜·舍列尔，还是爱伦，在沙龙聚会上，她们都好像是运筹帷幄的将军，把晚会的气氛调配得有声有色。同时我们可以看到，《战争与和平》中的贵族女人一旦离开沙龙，女人便仅仅扮演着母亲、女儿的身份，或者陷入自闭的空间自娱自乐，与社会、国家无涉。因此，在俄罗斯贵族之家的故事中，沙龙是交际的主要空间，女人则是沙龙的主角。

在传统中国，家长代表家族应对社会，交往是在家长之间进行，妻子儿女则往往成为屏风后的存在。蒋家的客厅是属于家长蒋捷三的，蒋捷三接见别人的房间的特色是，"椅子最多，但进去的人却觉得无处可坐。老人不愿别人安适。字画挂满墙壁，但刚刚走进去的客人却不能看，且不敢看它们，这些字画令人局促。房子有檀香底气息和某种腐蚀性的气味"●。与俄罗斯贵族之家的客厅相比，蒋捷三的会客室证明的是家长的威严，是一处正襟危坐的所在，不是惬意交流的沙龙空间。蒋家的贵族气息不在客厅里，而在后花园里，后花园留存了一家人的自我体认和家族情感："他们称花园为后花园。在这种称呼里他们感到自己是世家子女。妇女们回家来总设法尽快地跑进花园，有时她们带笑地跑进，而肃穆地止住，站在花香里流泪；有时她们庄严高贵地走进去，站在柳荫下，浮上梦幻的微笑。蒋家的人们似乎都有这种气质。"● 蒋家的

---

● 路翎. 财主底儿女们 [M]. 人民文学出版社，1985：77.

● 同上书，第87页。

贵族气质带有阴柔的格调，蒋家儿女"聪明，优美，而且温柔多情；如傅蒲生所说，他们是'苏州底典型'"❶。蒋家的贵族气息更多地体现在蒋家姐妹身上，蒋家是女性的蒋家。蒋家子女对贵族之家的眷怀指向蒋家的后花园，带有隐私的意味和颓废的情调。"蒋家的人们每人爱这个后花园的一部分：大女儿蒋淑珍爱大金鱼缸，三女儿蒋淑媛爱葡萄架，蒋慰祖喜爱荷花池，蒋少祖，在他未离家以前（他十六岁离家）则女性地爱着松林里地那个小池塘。"❷后花园"对于蒋家全族地人们是凄凉哀婉的存在，老旧的家庭底子孙们酷爱这种色调；以及在离开后，在进入别种生活后是回忆底神秘的源泉。这特别在蒋家底女性身上表现得鲜明。"❸笔者感觉，俄罗斯贵族的客厅是相对于教堂的世俗空间。在教堂，上帝的子民面对圣父祈祷忏悔；在客厅，贵族之家享受世俗的自由快乐，也包括男女私情的泛滥。而在没有普遍性的宗教信仰的中国，贵族之家的客厅是祖先和家长的殿堂，有教堂的威严肃穆氛围；只有后花园，可以放松身心，享受童趣，甚至私定终身。因此，家族的温情记忆，贵族之家的体认，就凝聚在带有私密性的后花园。同时，后花园具有"末世感"❹，切合了社会转型期传统家族的衰颓命运。沙龙贵族之家的命运是可以在沙龙式的讨论中加以清晰表述的，是可以用财物、事件、生死加以计算的，作为公共空间的沙龙历经战乱照样可以恢复，所以，《战争与和平》中四大家族的故事能够被托尔斯泰有条不紊地铺展开来。后花园贵族之家承载着太多的历史重负和现实冲击，个人与家族的对抗与眷顾摧残着它。后花园的记忆虽然强劲，但也经不起人情变故的折磨，它的个性化和私密性在时空移位中不可能再现。因此，近代中国的贵族之家唱出的总是哀婉之曲，与俄罗斯文学截然不同。

## （二）罪恶的妖女形象：堕落与异化

《财主底儿女们》中的金素痕形象让我们很容易联想到《战争与和

---

❶ 路翎. 财主底儿女们 [M]. 人民文学出版社，1985：101.

❷ 同上书，第88页.

❸ 同上书，第85页.

❹ 谭桂林. 转型与整合：现代中国小说精神现象史 [M]. 陕西人民教育出版社，2003：161.

平》中的爱伦形象。爱伦和金素痕都属于泼辣妩媚、觊觎金钱、贪图享乐、背叛家庭、风流放荡的女性，最终都自食其果，或在战火中孤身一人漂流武汉，或缠绕在两个男人之间，玩火自焚。

粗略来看，爱伦和金素痕都属于罪恶的妖女形象，其性格和悲剧结局有着相似性。如果细究，就能看出托尔斯泰和路翎笔下的罪恶妖女的不同处理。在托尔斯泰的笔下，爱伦是一个堕落的女人，一个纯粹的风流放荡的女子，一个极端的个人主义者，一个玩弄享受男性的下流女人。瓦西里公爵与女儿爱伦共同设下诱惑的圈套，使得皮埃尔糊里糊涂地与爱伦结了婚。在与皮埃尔结婚之前，爱伦与自己的哥哥阿纳托利的乱伦情爱就已传得满城风雨，结婚不久她又与多洛霍夫关系暧昧。与皮埃尔分开的日子，爱伦又帮助阿纳托利勾引已与安德烈订婚的娜塔莎。在还没有与皮埃尔离婚的情形下，她纠缠在老伯爵与年青的亲王之间，幻想维持两男一女的三角关系，最终玩火自焚，误服过量制造心绞痛假象的药物而死。可以说，爱伦是托尔斯泰关于女性和妻子理想的对立面，是一个并不具有多少深度（尽管这个形象个性鲜明）的罪恶的、堕落的女性形象，践踏一切道德礼仪，甚至当她的离婚企图违背了宗教的婚姻观念时，她竟然说："法律，宗教……如果这些玩意儿办不到这种事，那要它干什么用！"❶ 但是，托尔斯泰并没有赋予爱伦对传统伦理道德的践踏以任何积极的意义。

相对来说，金素痕这个形象就复杂得多。她和爱伦一样，不失聪慧和美貌，个性张扬，肆无忌惮，私生活混乱。金素痕出身低微，因此，对于权力和财富有着极大的攫取欲望，像《红楼梦》里的王熙凤一样，试图在家族中扮演征服者的形象。爱伦与彼得堡的上流人士沆瀣一气，是俄国腐化的贵族社会的衍生物，她的罪恶和周围的环境、风气相得益彰，并不存在激烈的冲突，甚至为社会所同情、艳羡。爱伦不是陈腐荒淫的俄罗斯上层社会的挑战者，相反，她是其体现者。而金素痕则明显是与社会的秩序、习俗格格不入。卑贱的身世与蒋氏家族的显赫、富有的结合，激发了她的野心，她与蒋慰祖的结合并不称心如意，柔弱的蒋

❶ ［俄］列夫·托尔斯泰. 战争与和平［M］. 刘辽逸，译. 人民文学出版社，1989：926.

慰祖成了她操纵、掠夺蒋捷三巨大财富的一个砝码。她甚至带有反父权主义的女性主义色彩，她所向往的是："主妇底权威，老人底悠闲，丈夫底服从；家宅底修整，扩建，财产底整理和花园底繁荣。"❶ 当然，金素痕不是彻底的女性主义者，她的反父权主义不过是以女性父权来置换男性父权，本质上她还为父权文化所局限。当她战胜了蒋家，侵占了大量财富时，她其实却真正地失败了。她畅快淋漓地享受肆无忌惮、为所欲为、疯狂偷情，是有一个前提的，那就是蒋慰祖还是她的忠诚的丈夫，她能找到家的感觉。当蒋慰祖成为自己疯狂世界的国王，洞悉了她的伎俩和罪恶，以病态的方式自立，不再需要她时，她变得脆弱不堪。当蒋慰祖逃走后，她真正回归到中国女人的妻性和母性，"她悲伤、消沉、柔弱、爱儿子，希望和蒋家和解"，仅仅想"成为一个妻子和母亲"❷。女性英雄向妻子母亲角色的转换，正是金素痕作为中国的妖女形象的复杂之处。而且，金素痕在作恶时，有罪恶感、恐惧感。因此，金素痕是一个多少保留传统家庭妇女观念的堕落的异化女子。路翎在金素痕身上，表现了现代时期金钱对人的异化，表现了现代女性膨胀的个人欲望的悲剧，表现了平民女子与贵族之家对抗的悲剧，这是中国式的家族主题，与爱伦背叛贤妻良母角色的悲剧主题截然有别。爱伦和金素痕表面的相似，表明的恰恰是中俄家族题材的书写差异。

## （三）家族故事的启动与收结：走向旷野与回归家庭

在故事的启动和收结上，《财主底儿女们》的创作灵感显然部分地来自《战争与和平》。我们首先看两部小说是如何启动故事的。《战争与和平》由一张晚会请帖启动故事。俄罗斯皇后的女官安娜·帕夫洛夫娜的请帖把彼得堡的达官贵人聚集到豪华的客厅，包尔康斯基、别竺豪夫、库拉金和劳斯托夫四大家族在晚会上或晚会后，快节奏地进入叙事者的视野，提出了贵族联姻和遗产争夺的故事端绪。《财主底儿女们》则由王桂英写给蒋少祖的信说起，逐步牵出蒋家的其余人物和蒋家财产纠纷的故事。《战争与和平》与《财主底儿女们》的开

❶ 路翎. 财主底儿女们［M］. 人民文学出版社，1985：331.
❷ 同上书，第329页。

头都预示小说展开的是民族战争背景下家与国的故事，表现出相似的故事启动模式。

尽管两部小说开头启动的都是男女婚恋问题，延展的都是战时的家国故事，却呈现出不同的思想风貌。《战争与和平》把贵族之家的婚恋事件、时局讨论在豪华喧闹的客厅里公开地演绎，而《财主底儿女们》中的新女性王桂英与蒋少祖的感情纠缠，则是以私下交流的方式秘密进行。在现代中国，由于新式知识分子所面对的社会结构模式是"国—家—个人"，即使战争语境之下，个人与国家的关系还不能逾越"家"的夹层，寻求民族解放的主题难免交织着家族文化制约下个性解放的主题。因此，《财主底儿女们》开头就特意点明王桂英的文化身份——"新女性"，提到她的哥哥王定和试图插手她的婚姻，而导致兄妹感情破裂。王桂英在写给蒋少祖的信中说，她再也不能忍受旧的生活，她想逃离南京去上海。《财主底儿女们》开头一段演绎的，是五四文学以来的一个重要主题：个性解放，逃离旧家庭。与此对照，《战争与和平》开头所呈现的社会结构则是个体与国家之间的通达。即便安德烈奔赴战场影响到妻子的心情，即便安娜·米哈伊洛夫娜在战时仍旧不忘私利，请求瓦西里公爵设法把她儿子鲍里斯调到近卫军去，但是，这些只是民族战争附带制造的家庭事件，最终的解释还是国家与个人的关系。"自觉的国家性"是俄罗斯文化的显著特征之一，在俄罗斯，"个人与社会相互关系的最基本的特征是国家性"❶。当拿破仑大举进犯俄国及其盟国，"自觉的国家性"使得安德烈毫不犹豫地选择了上战场，老公爵亦持"报国至上"的态度，老公爵对儿子说："假如你被打死，我这个老头子会很难过的。""我要是听说你的行为不像尼古拉·包尔康斯基的儿子，我就要……感到羞耻！"❷"自觉的国家性"弱化了家族的社会功能，使得"俄罗斯民族不像西方民族那末关心家庭，它很少恋家，比较容易与家庭脱离"❸。因此，在《战争与和平》中，家庭故事与民族战争虽有

❶ 朱达秋，周力. 俄罗斯文化论 [M]. 重庆出版社，2004：37.

❷ [俄] 列夫·托尔斯泰. 战争与和平 [M]. 刘辽逸，译. 人民文学出版社，1989：122.

❸ [俄] 尼·别尔嘉耶夫. 俄罗斯思想：19 世纪末至 20 世纪初俄罗斯思想的主要问题 [M]. 雷永生，邱守娟，译. 生活·读书·新知三联书店，1995：193.

所交织，但并不构成冲突，"战争"与"和平"的场景同时在俄国上演，贵族之间的联姻并没有因为战争发生什么改变。在《财主底儿女们》中，蒋少祖与陈景惠的爱情婚姻关系以及蒋少祖的家族观念，随着社会文化语境的变化而起伏，他们更多地陷入民族、家族和个体价值相互冲突的漩涡。

《财主底儿女们》的结尾也留有《战争与和平》影响的影子，它实际上是杂糅了安德烈公爵死前的精神迷思、皮埃尔与娜塔莎回归传统家庭伦理以及秘密组织反政府团伙等情节和性格元素。《财主底儿女们》的结尾讲述了蒋纯祖历经病魔的折磨，在临死前才意识到自己难以割舍与万同华的爱情，拖着病躯去见万同华，与之达成了谅解，最后他在对苏德战争爆发后中国命运转机的神往中死去。虽说《财主底儿女们》借鉴了《战争与和平》的故事收结方式，两者由此透露出的文化指向却相距较远。蒋纯祖不满意蒋家姐妹的中庸、虚伪、冷漠，不满意蒋少祖在思想上的大幅度撤退，重新走向旷野，走向石桥场，走向万同华，走向死亡。而在《战争与和平》的家族故事"尾声"中，尼古拉与玛丽亚公爵小姐结婚后，还清债务整顿好自己的庄园，就着手"谈判买回父亲的奥特拉德诺耶的住宅——这是他朝思暮想的事情"❶。并且翻修了在战火中毁坏的童山庄园，"在原有的石基上建起一所木结构的大房子"❷。尼古拉夫妇赎回、重建劳斯托夫家族和包尔康斯基家族的家业，其实也就是对旧式家族的寻找和归依。包括尼古拉兢兢业业管理庄园，也是对父亲遗愿的弥补。他父亲劳斯托娃伯爵在临死的最后一天"痛哭失声，请求妻子和不在跟前的儿子宽恕他荡尽家产，——他觉得那是他主要的罪过"❸。他父亲临死前已负债累累，负债的总数比家产大一倍，"亲友们劝尼古拉不要接受遗产。但是尼古拉认为拒绝接受遗产是对亡父的神圣纪念的亵渎，因此他没有听从劝告，接受了遗产，负起还债的义务"❹。安德烈公爵的儿子尼古连卡也执意要做像父亲、像皮埃尔叔叔那样的

❶ ［俄］列夫·托尔斯泰. 战争与和平［M］. 刘辽逸，译. 人民文学出版社，1989：1257.

❷ 同上书，第1262页。

❸ 同上书，第1251页。

❹ 同上书，第1251页。

人："父亲啊！父亲啊！是的，我一定要做一件连他也感到满意的事……"❶虽然尼古连卡和尼古拉的观念并不相容，但他们以不同的方式走向了父辈。蒋纯祖的最后选择是在心理上和行动上都背离蒋家兄妹。两部小说女性人物的抉择亦南辕北辙。万家姐妹对抗家庭和周围的庸俗空气，与孤独的个人主义英雄蒋纯祖和孙松鹤恋爱。而玛丽亚小姐虽然在人生理念上与丈夫尼古拉难以达成一致，但"她对这个永远不会理解她所想的一切的人百依百顺，怀着无限柔情，而且她的爱与日俱增"❷。娜塔莎更是以泯灭自我的方式来建立幸福的家庭关系，她专心致志于家庭事务，也要求丈夫完全属于这个家。在家庭中，娜塔莎"甘当丈夫的奴仆""皮埃尔在家里有权按照自己的意思处理自己的事，也可以按照自己的意思处理家务"。即使皮埃尔不在家，"全家都按照实际上并不存在的皮埃尔的吩咐，也就是按照娜塔莎极力揣摩的他的意图行事"❸。在这两对夫妻的关系中，神圣家庭是绝对者，夫忠妻顺是家庭的理想法则。小说的观念与托尔斯泰对家庭中夫妻角色的理解是一致的。托尔斯泰曾偏激地认为：人的尊严不在于他具有无论何种品格和知识，而仅仅在于完成自己的天职。男人的天职是做人类社会蜂房的工蜂，那是无限多样化的；而母亲的天职呢，没有她们便不可能繁衍后代，这是唯一确定无疑的。虽然如此，妇女还是常常看不到这一使命，而是选择虚假的，即其他的使命。妇女的尊严就在于理解自己的使命。理解了自己使命的妇女不可能把自己局限于生蛋。她越深入理解，这一使命便越能占有她的全部身心，而且被她感到难以穷尽。这一使命的重要性和无限性，以及它只能在一夫一妻的形式（过去和现在生活着的人称为家庭的形式）下才能实现，对此不能理解的只是那些瞎了眼而看不见的人。因而一个妇女为了献身于母亲的天职而抛弃个人的追求越多，她就越完美。❹出现在《战争与和平》最后情节中的皮埃尔形象和尼古拉形象，就是家庭中的"工蜂"，而玛丽亚形象和娜塔莎形象，则是依据"母亲

❶ ［俄］列夫·托尔斯泰. 战争与和平［M］. 刘辽逸，译. 人民文学出版社，1989：1295.

❷ 同上书，第 1290 页。

❸ 同上书，第 1270 页。

❹ 陈建华. 托尔斯泰思想小品［M］. 上海社会科学院出版社，1999：2－3.

的天职"而塑造的。

其实，无论托尔斯泰还是路翎，都是在向传统的，向既成的世风惯例挑战，只是他们面对的主流家庭观念大相径庭。路翎看到中国强大的家族制度对个体自由婚恋的打压，对个体生命的漠视。托尔斯泰看到的是俄国贵族个人情欲的过分膨胀而导致的堕落异化。因此，路翎对年青男女使命的理解是指向背叛家族制度，逃离父亲的家庭；托尔斯泰则强调一夫一妻家庭的神圣理念，认为夫妻各安其分的家庭是幸福的。

### （四）抢亲事件：拯救与伤害

在《财主底儿女们》与《战争与和平》的相似情节中，抢亲事件值得一说。从社会学来看，抢亲往往属于非常态的婚配方式，文学则乐于赋予抢亲以特别的文化意义。在《财主底儿女们》中，抢亲事件指向拯救；在《战争与和平》中，抢亲则被描画为一场诱骗的闹剧。两部小说相似的情节元素指向不同的文化意义空间。

《财主底儿女们》中抢亲事件的当事人是赵天知和吴芝惠。石桥小学的男教师赵天知和女教师吴芝惠发生了恋爱，"很快地，吴芝惠怀孕了。于是她离开了学校，回到家里去"❶。之后，就没有再公开露面。小说中的吴芝惠似乎并不值得赵天知铤而走险，因为"吴芝惠是愚笨，无知，贪吃的女人，她是被《金瓶梅》一类的书教育起来的"❷。尽管赵天知"不知道他是不是还爱吴芝惠"，但赵天知一厢情愿地相信吴芝惠是愿意追随他的。赵天知认为，吴芝惠之所以不露面、不回信，肯定是因为被守旧的家庭禁锢了，甚至可能"因为反抗家庭而被家庭谋杀了"❸。赵天知相信爱情和自由是神圣的。在爱情和自由的迷幻光晕的映射下，吴芝惠在赵天知的理念中被暂时神圣化，幻化成了"纯洁的，高贵的仙女"❹。由此，赵天知的抢亲行为具有了强大的逻辑基础和理念动机，渲染出拯救的神圣意义。"他觉得为了把他底爱人从痛苦中救出来，

---

❶ 路翎：《财主底儿女们》，人民文学出版社 1985 年版，第 1069 页。

❷ 同上书，第 1069 页。

❸ 同上书，第 1105 页。

❹ 路翎. 财主底儿女们 ［M］. 人民文学出版社，1985：1107.

他应该不惜一切牺牲。"❶ 实际上，赵天知深思熟虑后的抢亲行为显得过于莽撞和盲目。当他冒着生命危险闯进吴家时，吴芝惠的反应使他的拯救行为陷入了堂吉诃德式的荒唐可笑：

> "跟我走！外面是自由！"他说，指着门外。
>
> "饶了我吧。"吴芝惠说，低得几乎听不见。
>
> "走不走，说！"赵天知凶恶地说，看了她一眼。
>
> 吴家底人们出现在门口了，拦住了门。
>
> "她是我的！"赵天知向他们叫：他明白这句话底意义。"走不走？"他向吴芝惠厉声说。
>
> "不走。"吴芝惠回答，同时退到床边。
>
> "我们底关系完毕，我底责任尽了！"赵天知大声说，然后迅速地跳上窗户，跳了出来。❷

表面看来，赵天知是为了把吴芝惠从家庭禁锢中拯救出来，一起兑现爱情与自由。而实际上，吴芝惠并不需要拯救。当赵天知明白抢亲只是一场毫无意义的冒险后，一切也就完结了。

从抢亲事件的意义流向来看，小说聚焦的不是赵天知的盲目莽撞，主要不是为了阐释：启蒙者赵天知难以征服深受精神奴役创伤的吴芝惠。根据人物的思想逻辑来考察，可以看出，拯救吴芝惠是抢亲行为的直接目的，而深层的动因是赵天知以此来确证自我。赵天知拥有现代知识分子的思想逻辑体系，怀着奔赴理想的激情。他根本不冷静考虑他们是否应当结合，结合后是否会幸福。他虚构出与吴芝惠的爱情劫难，把拯救吴芝惠看作是他对抗庸俗禁锢、确认反抗激情的一场考验。通过拯救，他完成对神圣爱情和神圣自由的膜拜，也体认到悲天悯人、义无反顾的拯救者自我形象。因此，他真正拯救的是自我，在污浊、陈腐的乡场世风中接受灵魂的召唤，证明漂泊者理想的高远，以此激赏自我，完成灵魂的一次洗礼，达到心灵的膨胀和充盈。他是真正懂得爱自己的。这种爱自己的方式同时获得了英雄主义的自我体认。他对吴芝惠的遭遇和意愿的设想，完全是从理念出发，从反叛出发，把自己定位为拯救

❶ 路翎. 财主底儿女们［M］. 人民文学出版社, 1985：1103.

❷ 同上书，第 1130 页。

者，把吴芝惠设想为受难者，从中体验到英雄主义的生命激情。他铤而走险的勇气亦来自前一代知识分子的浪漫传奇。"他记得他底先生和他底师母底故事，这个故事激动了他。这个故事是非常浪漫的：十五年前，张春田从他底岳父家里用手枪抢走了他底妻子，带着她逃到上海。'现在轮到我了！'他想。"❶赵天知并没有注意到事情的另一面：张春田夫妇的生活很糟糕，张春田的老婆在窘迫的生活压力下变成了一个粗野的村妇。因此，赵天知的抢亲行为虽然其结果接近闹剧，但其思想基调却具有启蒙者的悲壮感。

　　抢亲事件在《战争与和平》体现出不同的文化旨趣和伦理立场。十九世纪的俄国贵族社会的爱情婚姻观念与现代中国显然有差别。一方面，在俄国的贵族阶层，对男女私情抱有一种奇异的评价趣味。风流贵族男女的婚外情往往令人艳羡，但是如果风流韵事朝向严肃的婚姻转变，则被认为破坏了礼法，为上流社会所不齿，女方会被叱责为堕落的女人，正如《安娜·卡列尼娜》中安娜与渥伦斯基感情的展开。另一方面，我们从《战争与和平》中可以看到，贵族社会的男女婚恋是在父母的参与下公开进行的，青年男女具有交往的自由和选择配偶的决定权。不过，私下婚恋、被恋人遗弃被认为是不光彩的事情，有损体面。这两方面的交错，表明了俄国家庭伦理观念的激烈冲突和奇异平衡：既维护传统一夫一妻家庭的神圣性，又崇尚爱情自由；既欲保持贵族体面，又满足个体欲望膨胀。基于俄国家庭伦理状况和托尔斯泰的婚恋理念，《战争与和平》中的抢亲（私奔）事件具有了不同于《财主底儿女们》的道德趣味。《战争与和平》中抢亲（私奔）事件的当事人是阿纳托利和娜塔莎。阿纳托利是个花花公子，风流成性，他利用了俄国贵族社会所提供的公开化的男女交际空间——剧院和舞会，对娜塔莎布下感情的魔网，酝酿把娜塔莎从家中偷偷带走的计划。阿纳托利在抢亲（私奔）事件中所扮演的不光彩形象，主要在于担负着已婚的名义；在于他不顾娜塔莎与安德烈已有婚约，他勾引娜塔莎触犯了神圣家庭的礼法；在于他违背了贵族社会婚恋公开化的社交原则，陷自己和女方、女方家族于耻辱的境地。需要提醒的是，风流成性的阿纳托利或许并没有把他与娜

---

　　❶ 路翎. 财主底儿女们［M］. 人民文学出版社，1985：1108.

塔莎的关系看作是逢场作戏，也不是为了获得女方丰厚的嫁妆。他借了一万卢布，打算与娜塔莎私奔到国外过日子。但阿纳托利使用了不大光明的手段来图谋他的爱情，他"秘密传递书信"的行为使纯洁的索尼娅感到"恐惧和厌恶"。索尼娅诘问娜塔莎："为什么要保密呢？他为什么不到家里来呢？""果真是那样的话，为什么他不公开向你求婚呢？安德烈公爵不是给了你完全的自由吗？"❶"如果他是个正派人，那么他要么应当宣布他的意图，要么就不再和你见面。"❷虽然说阿纳托利是卑鄙地引诱了娜塔莎，想以非正常的私奔方式来获得娜塔莎，但他所预备的结婚仪式却不含糊，按照东正教的教规预先请了一个被免职的司祭，并约请了两位证婚人，体现出他对东正教神圣婚姻仪式的认可。尽管如此，私奔在托尔斯泰笔下仍是一场闹剧，是一场严重伤害娜塔莎和相关人物情感、荣誉的闹剧。

由以上分析可以见出，尽管《财主底儿女们》在家族叙事上存在模仿《战争与和平》的明显迹象，但最终化为对中国家族故事的深度表现，路翎的模仿是创造性的模仿。在两部小说的相似元素中，正好见出中俄家族文化的分野。托尔斯泰和路翎家族叙事的总体思想风格在许多方面形成了对照：其一，《战争与和平》透露出中年人的稳重和谐，具有洞悉一切的通达；《财主底儿女们》则是分裂的，在历史与现实的重压下，每个家族人物的内心都充满呐喊和呻吟。其二，托尔斯泰的文化立场是修复，去除俄国贵族之家荒淫虚伪的罪恶，复归神圣家庭的理想图景；路翎的文化立场是破坏，把传统家庭伦理放在历史的审判台上，呼唤五四的反叛激情。其三，托尔斯泰以善与恶的评价标准，从人性、宗教、道德的角度来表现四大家族的品位和命运，追索人生的终极意义；路翎则着眼于新与旧、激进与保守、压抑与反叛所构成的文化冲突，表现时代思想纠缠的潜流和家庭伦理变迁的沉重。其四，托尔斯泰写出了归依家庭的美好感觉；路翎是写出了无家的焦虑和漂泊感。总之，《财主底儿女们》的家族叙事有几分像《战争与和平》，又在相似的起点就逃离了《战争与和平》，在故事情节的仿效之中走向了文化的分野。

---

❶ ［俄］列夫·托尔斯泰. 战争与和平［M］. 刘辽逸，译. 人民文学出版社，1989：646.

❷ 同上书，第647页。

# 结　语

　　20 世纪以来中国家族小说创作的整体繁荣，是文化传统、社会环境、时代氛围、思想认知等诸方面因素合力作用的结果，其中又以中外家族文本的启迪最为直接。以家族生活为主要表现内容的现代家族小说，与中国现代性进程中的家族文化的兴衰相呼应，成为理解现代中国文学的关键词之一。在中国现代家族小说的发展过程中，传统家族作品与西方经典小说在其中起到了积极的促进作用，在小说意境、题材、内容、叙事等方面予中国作家以重要影响。

　　中国现代家族小说的创作经历了不同的时代背景，并与传统、西方家族小说经典产生了内在的精神关联。中外家族经典小说以多种方式进入现代中国作家的视野，作为他们写作的一种重要文化资源。人们对于中外经典家族小说的认识与接受经历了不同的过程，有的作品（如《红楼梦》《金瓶梅》等）在作家群体中形成了比较一致的看法，作品中的家族小说属性基本上能够为人们所认同；而另一些作品则没有如此幸运，它们潜沉在时代与文化的变迁中，以不同的形式与中国作家们发生精神、技巧或题材上的关联，潜移默化地在中国现代家族小说中得到某种程度上的表现。在这一过程中，一些经典的中外家族小说最初并非以家族文学的面貌得到作家们的认可，而是因作品的其他属性获得了他们的瞩目。这些作品的家族性质被文本表层的叙事技巧、轰动效应所遮蔽，只是在小说的外层因素逐渐为人们熟知之后，其更为内在的家族题材与内容属性才渐渐引起了人们的重视。这种接受的无意识状态延长了人们认识这些作品家族属性的时间长度，如中国作家对于美国作家哈利·亚历克斯的家族小说《根》的认识，对于加西亚·马尔克斯的《百年孤独》的接受等，均属于此类。这些作品在经过时间的沉淀与经典的淘洗之后，并没有随着时代而消亡，它们的家族小说特质历经传播与误读，在中国作家的精神世界中扎下根来，不断地化作作家的文化精神资

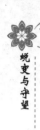
源之一，并在新的作品中得到了某种程度的继承与化用。

时至今日，越来越多的人们意识到中外经典家族小说对于中国现代家族小说发展所起到的重要作用。但是对于影响中国现代家族小说发展的诸多要素及其相互关系的认识，人们仍不时陷入一些误区。首先，关于中国现代家族小说与传统经典家族文本之间的关系问题。很长一段时间以来，人们都认为五四时期、20 世纪 80 年代是中国文学向西方学习的阶段，包括家族小说在内的中国文学缺少了传统的根基，对于民族文化和传统价值缺乏足够的吸收和转化。叶永胜先生认为："艺术手法上的创新关联着作品思想意蕴的表达，中国家族叙事对现代主义的追求是形式上的，不是精神感受、文化感念上的，而是一种机械模仿。《百年孤独》之类的创作如同实验成功之后的报告，而中国家族叙事则是看到别人的实验报告之后所作的实验。"❶ 在他看来，中国现代家族叙事是坚决摆脱古典小说叙事模式之后，对于西方现代家族小说进行学习和模仿的结果。事实上，中国现代家族小说的发展历程并非如此简单。在五四时期与 20 世纪 80 年代，西方文学冲击固然巨大，奉西方文学为圭臬的作家亦不乏其人，但这并不能遮掩传统文化对于现代中国作家深刻而内在的规约。以巴金为例，他的家族小说《家》的创作固然受到了五四新文化运动对于传统家族文化进行批判的影响，以传统家族的罪恶来表现对于旧时代的决裂，但它绝非"是'娜拉出走'的中国版本"，"思想上认同西方'个性自由'的结果"❷，而是有着对于传统文化和家族经典《红楼梦》的深刻认同。作为出身封建贵族家庭的子弟，巴金虽然理性上有着对于封建家族制度的否定和对于西方民主、科学文化的追求，但在情感深处他仍然流露出对于传统文化的钟爱，并在文学阅读和创作中无意识地得到了表现。巴金对于表现封建传统大家族的《红楼梦》有着特殊的喜爱，他一直非常喜爱《红楼梦》这样的传统家族小说，并且依据生活与创作的关系理解这部作品。在创作《激流三部曲》时，巴金借鉴了《红楼梦》关于人物形象塑造、情节安排、场景描写等方面的技巧，从而赋予了其作品以丰厚的民族韵味和传统色彩。因此，将巴金的

❶ 叶永胜. 现代中国家族叙事文学研究 [D]. 华东师范大学，2005 年博士学位论文。
❷ 叶永胜. 现代中国家族叙事文学研究 [M]. 华东师范大学，2005 年博士学位论文。

家族小说视为对西方观念的模仿和演绎无疑是忽略了其作品的丰富性，是对作家自身创作能力的简化。在归纳巴金家族小说的时代特点时，我们既应看到他与时代文化的关系，又要看到他在"激进反叛中的传统积淀"❶。同时，在张恨水的《金粉世家》、张爱玲的《十八春》《金锁记》、苏童的《妻妾成群》《枫杨树山歌》等不同时期的众多作品中，亦同样鲜明地体现着传统经典家族小说的叙事手法和审美趣味。不难看出，即便在西方文化盛行的年代中，中国作家对于传统经典作品的吸收与转化亦是从未停歇，只不过在吸收、借鉴的方式或程度上有所不同而已。而在进入 20 世纪 90 年代之后，随着政府文化政策的调整和国学热的兴起，人们对于传统文化的兴趣不断增加，传统经典家族小说越来越引起作家们的兴趣。格非在谈到自己的创作资源时，十分推崇《金瓶梅》："它的简单、有力使我极度震惊，即使在今天，我也会认为它是世界上曾经出现过的最好的小说之一。我觉得完全可以通过简单来写复杂，通过清晰描述混乱，通过写实达到寓言的高度。""我们可以通过想像回到传统，从新的视角介入传统，跟传统对话。"❷ 因此，我们在厘定传统与异域经典家族小说对于现代中国家族小说的影响时，不能偏于一隅，简单地归结为向传统或西方学习；而应该努力回到文学现场，从对具体家族文本的分析入手，探寻其产生过程中的中外文化渊源，进而通过对众多家族小说的寻根探源，从整体上分析现代家族小说的创作资源，在此基础上形成对于现代中国家族小说整体发展过程中作家文化精神结构的探寻。我们关于中国现代家族小说的比较研究即立意于对家族文本的个案分析，希望通过对于中国与西方、传统与现代家族文本的对照性解读来确定影响 20 世纪中国家族小说发展的内外因素及其相互作用，为从宏观上进行中外、传统与现代家族小说的研究打下基础。

其次，关于中外家族小说特质的对照评价问题。在有关中外家族小说对照解读的成果中，有的研究者对于中西作品之间的对照评价呈现出"扬西抑中"的特点。有的研究者在比较中西家族小说（文学）的过程中，往往以西方家族经典小说为坐标反观中国现代家族小说，而忽略了

❶ 曹书文. 家族文化与中国现代文学 [M]. 中国社会科学出版社，2002：190.
❷ 术术. 格非：带着先锋走进传统 [N]. 新京报，2004 - 08 - 06.

异质文化之间的差异与时代、社会的背景，结果导致评价标准的狭隘化、评价结论的片面化。其中存在的问题主要可以分为两个方面：第一是套用中西文学的特质评价中西家族小说的差异，在一种泛化的标准中谈论中西家族小说，导致"家族小说"中的"家族"特点常常为宽泛的中西文学与文化比较而遮蔽。换言之，中西"家族小说"的差异常常为中西文学或文化的差异所代替，从而导致了"家族"特点在研究中的缺位。第二是在对照阐释中过于强调西方或传统经典家族小说的典范意义，而对于其他文化的影响则多有忽略。一些研究者在比较中西家族小说的特点时，凸显甚至是夸张了作为现代家族小说影响文化资源之一的西方经典家族作品的辐射力，而对于民族家族经典的内在却深远的影响未能引起足够的注意；另外的一些研究者则固守民族主义文化立场，不愿承认西方经典家族的传播与影响事实，一味强调现代家族叙事的民族风味与中国特色。此类研究依然未能超越文化中心主义的窠臼，作者虽然意识到了中外家族小说中一方影响力量的存在，却有意无意地将另一方的影响排除在外，将中国现代家族小说视为单一地、被动地接受影响的过程，而非多元地、主动地文化整合过程，因而产生了许多似是而非的观点。

从宏观上而言，中国家族文化正朝着社会生活的纵深方向挺进，人们对于家族文化和观念呈现出越来越明显的认同趋势。现代社会的独立与分化，使得当代人深陷灵魂的孤独和归属感的缺位之中，家族的精神感召力和文化凝聚力对于人们寻求心灵上的慰藉具有十分重要的意义。在这种情况下，家族文化必然逐步复活并渗透至社会生活的各个方面。基于对现代中国家族小说发展的整体特征和时代特点的把握，我们可以对中国家族小说的未来发展走向做出以下描绘：

首先，家族文化与商业文化在家族小说中的联姻现象日益明显。进入 20 世纪后期，尤其是随着市场经济在中国的迅猛发展，一些以商业家族为表现对象的家族小说纷纷涌现，李伦新等的《银楼》、李亦的《药铺林》、周大新的《第二十幕》、季宇的《徽商》等均属此类。这些作品不再局限于家族内部的生活描写与精神勾勒，而是将审视的视角由内至外、连接家族内外，着重考察了家族文化与商业文化的密切关联。市场经济和全球化是当前社会的发展的潮流，"而家族便在这种经济结构中，起了并仍在起着决定性的作用。资本主义是由家族开始打造的。人类持有一个由生物学决定的目的，就是要将自己的资财传递给另外一些人，而这些人彼此之间是通过一种链条联系到一起的。只是这种资本主义经济中的链条，并不是卡尔·马克斯（Karl Marx）和弗里德里希·恩格斯（Friedrich Engels）在《共产党宣言》的终篇处所比喻的那种应当打碎的东西，而是名叫 DNA——脱氧核糖核酸的具有双螺旋结构的真实物质"❶。市场经济与家族观念的内在契合，极大地促进了人们对于家族文化的认同和实践，从而在文学创作领域中得到鲜明的体现。而从读者的接受视野来看，市场时代的来临使越来越多的读者对于商业文化倾注了更多的关注，他们渴望了解市场时代的家族生活方式和奋斗历程，期望能够从中获得精神的启迪和慰藉。读者的期待、市场的需求反馈至作家与出版界，必然刺激作家和出版机构对于家族小说的关注。家族文化的天然亲和力加速了读者的接受程度，促使当代家族小说更加关注商业家族的历史。

其次，家族小说中的家国宏大叙事与家族心史叙事两种叙事模式齐头并进。20 世纪 80 年代之后，我国家族文学依然秉持着对于家国宏大叙事的热情，不少作家借助家族历史的回眸来反思 20 世纪中国的历史进程。这类具有史传性质的家族文本，通过家族的命运剖析国家和民族的历史，契合了中国文化中源远流长的史传传统，获得了读者的欢迎。这些作品以家族为中心折射历史，凸显了个人与时代、家族与国家的密切关系，较之一些宏大叙事对于个体精神和家族生活的忽视形成了鲜明的对比，引起读者的追捧当在情理之中。这种家国一体化的叙事模式，为我们解读现代中国社会的发展和家族命运的变迁提供了绝佳的材料，如陈忠实的《白鹿原》、高建群的《最后一个匈奴》、张抗抗的《赤彤丹朱》、李锐的《旧址》等。同时，注重个人心史与家族命运关系的家族文本也不断涌现。如果说家国叙事更多地体现的是传统家族文化中的家国同构属性的话，那么家族心史叙事则将关注的重心转移到了个体心灵与精神存在的维度。在这些作品中，个体不再处于家族文化传统中被

<hr>

❶ [美] 哈罗德·詹姆斯. 家族企业 [M]. 暴永宁，译. 生活·读书·新知三联书店，2008：2.

结语

233

抑制、丧失了存在合法性的地位，而是逐渐发出日益清晰的声音。在多元的文化语境中，家族不再仅仅隶属于国家、民族和社会的宏大叙事，而是朝着个体及其精神价值的维度掘进。在北村的《施洗的河》、徐小斌的《羽蛇》、王安忆的《叔叔的故事》、铁凝的《大浴女》、余华的《呼喊与细雨》等众多家族文本中，作家们以个人的精神际遇或家族的生存体验为基础，揭示出家族浮沉、历史变迁过程中的生命状态，借助个体的心灵轨迹发出生存的喟叹。由于中国家族小说长期受制于主流意识形态和家国同构的家族文化传统，家国宏大叙事的创作惯性在很长一段时间内将延续下去，但这并不意味着个体或家族心史的叙事受到遏制。因为中国缺乏张扬个性、崇尚独立的家族文化传统，许多家族小说均无法超越家国宏大叙事的窠臼。个体、家族心史叙事从精神角度出发反观家族历史与社会进程，其对个性自由的弘扬、对精神存在的聚焦，可以强化中国家族小说中的个性意识和终极拷问，对于中国家族文化的发展和家族小说创作空间的开拓具有重要的启示意义。

再者，当代家族小说在保有民族特色的同时，其现代性特质不断增强。在经过了中西文化的冲突与振荡之后，人们逐渐意识到异质文化完全可以在保持自身性质的同时进行相互交融、整合。进入 20 世纪 80 年代以后，中国当代家族小说朝着民族化、本土化的道路上不断挺进。富于中国民族风味，传达中国生活经验和强化中国自身的精神趣味，是此后许多以传统家族为表现对象的作品所体现出的共同特点：如苏童书写封建家族中女性命运的《妻妾成群》、阿来揭示藏地宗教信仰、生活风俗和精神景观的《尘埃落定》、李佩甫反思民族文化缺陷的《羊的门》，等等。这些作品不仅以适合中国读者阅读兴趣和书写风格的方式延续着中国的家族传奇，而且将家族文化中的传统特质、民族思维特点囊括其中。经过了写作技巧上的西化与思想观念上的世界化之后，越来越多的作家希望通过富于中国民族特色的家族小说创作，体味中国文化的独特韵味，审视中华民族的思维方式，进而对中国家族文化的价值与魅力进行全新的认识。另一方面，世界性的文化交流与融合已成为不可遏抑的时代潮流，中国家族文本势必烙印上鲜明的现代色彩和不同文化痕迹。由于全球化的加快和文化传播方式的发展，当代家族小说创作很自然地受到西方文化和作品的影响。蜂拥而至的西方文化对于 20 世纪以来的中国文学影响巨大，各类思潮、文学范式和创作技法几乎都能够在中国找到其模仿、借鉴者。以先锋身份出现的家族小说固然不可避免地带有鲜明的现代性质（如余华的《呼喊与细雨》、北村的《施洗的河》、东西的《耳光响亮》等），即便是那些富于民族色彩的家族文本事实上也无法剥除西方家族经典的影响（如阿来的《尘埃落定》、莫言的《红高粱》、苏童的《米》等），西方文学的现代性思想、技巧与民族特质在这里得到了完美的融合。

经过 20 世纪的发展，中国现代家族小说已经蔚为大观。现代作家们广泛吸收本土与异域经典作品的精神养料，经过时间的沉淀和艺术的发酵，创作出一大批意蕴丰厚、手法新颖、富于史诗特质的家族小说作品。尽管 20 世纪中国社会、文化对于家族小说发展有过种种限制，但现代中国家族小说的整体性复兴趋势并未因此而停滞，反而在中国现代化浪潮中获得了重新发展的契机。社会的现代化加速了人们对于家族文化的接受与认同，这与 20 世纪 80 年代之后中国社会家族文化复兴的趋势保持了一致，从而为家族文化的传播、家族小说的创作提供了文化基础。可以想见，传统家族经典小说的示范意义将为现代中国家族小说的发展及民族化奠定基础和提供启示，而西方经典家族文本的传播与接受则为它注入普世价值、展开文化对话提供了契机，中西文化的融合将有力地促进现代中国家族小说的继续发展。作为人类文学创作母题之一的家族，必然随着中国作家一同进入当代社会，并以家族小说的形式展现着历史进程中的时代变迁和精神状态，为后来者理解我们所处的时代与社会、文化提供宝贵的文学资料。

# 主要参考文献

[1] 徐扬杰. 中国家族制度史［M］. 北京：人民出版社，1992.

[2] 杨知勇. 家族主义与中国文化［M］. 昆明：云南大学出版社，2000.

[3] 钱杭. 血缘与地缘之间［M］. 上海：上海社会科学院出版社，2001.

[4] 林耀华. 义序的宗族研究［M］. 北京：生活·读书·新知三联书店，2000.

[5] 侯外庐. 中国古代社会史论［M］. 北京：人民出版社，1955.

[6] 费孝通. 乡土中国［M］. 北京：北京大学出版社，1998.

[7] 梁漱溟. 中国文化要义［M］. 南京：学林出版社，1987 年.

[8] 李泽厚. 中国古代思想史论［M］. 北京：人民出版社，1986.

[9] 李泽厚. 中国近代思想史论［M］. 天津：天津社会科学院出版社，2003.

[10] 李泽厚. 中国现代思想史论［M］. 上海：东方出版社，1987.

[11] 许纪霖编. 二十世纪中国思想史论［M］. 上海：东方出版中心，2000.

[12] 苏桂宁. 宗法伦理精神与中国诗学［M］. 上海：上海三联书店，2002.

[13] 张志刚. 宗教文化学导论［M］. 上海：东方出版社，1996.

[14] 杨慧林. 罪恶与救赎［M］. 上海：东方出版社，1995.

[15] 刘小枫. 现代性社会理论绪论［M］. 上海：上海三联书店，1998.

[16] 刘小枫. 沉重的肉身［M］. 上海：上海人民出版社，1999.

[17] 王一川. 二十世纪西方哲性诗学［M］. 北京：北京大学出版社，1999.

[18] 张隆溪. 比较文学译文集［M］. 北京：北京大学出版社，1982.

[19] 乐黛云、王向远著. 比较文学研究［M］. 福州：福建人民出版社，2006.

[20] 曹顺庆主编. 比较文学教程［M］. 北京：高等教育出版社，2010.

[21] 张玉书主编. 二十世纪欧美文学史［M］. 北京：北京大学出版社，1995.

[22] 潘一禾. 故事与解释——世界文学经典通论［M］. 南京：学林出版社，2000.

[23] 中国神学研究院编. 圣经——串珠注释本（新旧约全书）［M］. 上海：中国
基督教协会，1995.

[24] 叶舒宪. 高唐女神与维纳斯［M］. 北京：中国社会科学出版社，1997.

[25] 王国维. 王国维文学论著三种［M］. 上海：商务印书馆，2001.

[26] 鲁迅. 中国小说史略［M］. 杭州：浙江文艺出版社，2000.

［27］鲁迅．鲁迅学术论著，吴俊编校［M］．杭州：浙江人民出版社，1998．

［28］钱理群，温儒敏，吴福辉．中国现代文学三十年（修订本）［M］．北京：北京大学出版社，1998．

［29］杨义．杨义文存·中国古典小说史论（第六卷）［M］．北京：人民出版社，1998．

［30］杨义．杨义文存·中国现代小说史（上、中、下册）（第二卷）［M］．北京：人民出版社，1998．

［31］凌宇主编．中国现代文学史［M］．长沙：湖南师范大学出版社，2009．

［32］朱栋霖等主编．中国现代文学史（上、下册）［M］．北京：高等教育出版社 2000．

［33］洪子诚．中国当代文学史［M］．北京：北京大学出版社，1999．

［34］陈思和主编．中国当代文学史教程［M］．上海：复旦大学出版社，1999．

［35］程光炜，孟繁华．中国当代文学发展史［M］．北京：中国人民大学出版社，1999．

［36］许志英，丁帆主编．中国新时期小说主潮（上下卷）［M］．北京：人民文学出版社，2002．

［37］陈平原．小说史：理论与实践［M］．北京：北京大学出版社，1993．

［38］王德威．现代中国小说十讲［M］．上海：复旦大学出版社，2003．

［39］陈晓明等．现代性与中国当代文学的转型［M］．云南人民出版社 2003．

［40］周宪．超越文学——文学的文化哲学思考［M］．上海：上海三联书店，1997．

［41］吴晓东．从卡夫卡到昆德拉：20 世纪的小说和小说家［M］．北京：生活·读书·新知三联书店，2003．

［42］李文俊编选．福克纳评论集［C］．北京：中国社会科学出版，1980．

［43］吴义勤．中国当代新潮小说论［M］．南京：江苏文艺出版社，1997．

［44］张清华．中国当代文学中的历史叙事［M］．北京：北京大学出版社，2012．

［45］张柠．没有乌托邦的言辞［M］．广州：花城出版社，2005．

［46］林建法，傅任选编．中国当代作家面面观［C］．上海：华东师范大学出版社，2002．

［47］金岱主编．世纪之交：长篇小说与文化解读［M］．广州：广东人民出版社，2006．

［48］张光芒．启蒙论［M］．上海：上海三联书店，2002．

［49］张新颖．20 世纪上半期中国文学的现代意识［M］．上海：上海三联书店，2001．

［50］肖明翰．大家族的没落——福克纳和巴金家庭小说比较研究［M］．桂林：广

西师范大学出版社，1994.

[51] 李军．家的寓言——当代文艺的身份与性别［M］．北京：作家出版社，1996.

[52] 曹书文．家族文化与中国现代文学［M］．北京：中国社会科学出版社，2002.

[53] 罗成琰．百年文学与传统文化［M］．长沙：湖南教育出版社，2002.

[54] 谭桂林．长篇小说与文化母题［M］．长沙：湖南师范大学出版社，2002.

[55] 杨经建．家族文化与 20 世纪中国家族文学的母题形态［M］．长沙：岳麓书社，2005.

[56] 方锡德．中国现代小说与文学传统［M］．北京：北京大学出版社，1992.

[57] 宁宗一，罗德荣．《金瓶梅》对小说美学的贡献［M］．天津：天津社会科学院出版社，1992.

[58] 侯忠义，王汝梅．《金瓶梅》资料汇编［G］．北京：北京大学出版社，1985.

[59] 何香久．《金瓶梅》传播史话——一部奇书在全世界的奇遇［M］．北京：中国文联出版公司，1998.

[60] 谢有顺．文学的常道［M］．北京：作家出版社，2009.

[61] 陈东有．《金瓶梅》——中国文化发展的一个断面［M］．广州：花城出版社，1990.

[62] 王蒙．红楼启示录［M］．北京：生活·读书·新知三联书店，1991.

[63] 周汝昌，周伦，等．《红楼梦》与中华文化［M］．北京：工人出版社，1989.

[64] 吕启祥，林东海主编．《红楼梦》研究稀见资料汇编［G］．北京：人民文学出版社，2001.

[65] 陈子善编．林语堂书话［M］．杭州：浙江人民出版社，2000.

[66] 俞平伯．俞平伯说《红楼梦》［M］．上海：上海古籍出版社，1998.

[67] 胡适．胡适文存（第一卷）［M］．桂林：广西师范大学出版社，2004.

[68] 林语堂．林语堂自传［M］．南京：江苏文艺出版社，1995.

[69] 巴金．巴金论创作［M］．上海：上海文艺出版社，1983.

[70] 老舍．老舍论创作（增订本）［M］．上海：上海文艺出版社，1982.

[71] 茅盾．茅盾论创作［M］．上海：上海文艺出版社，1980.

[72] 茅盾．西洋文学通论［M］．北京：书目文献出版社，1985.

[73] 张爱玲．红楼梦魇［M］．哈尔滨：哈尔滨出版社，2003.

[74] 石昌渝．中国小说溯源论［M］．北京：生活·读书·新知三联出版社，1994.

[75] 陈德文．日本现代文学史［M］．南京：南京大学出版社，1991.

[76] 李卓．中日家族制度比较研究［M］．北京：人民出版社，2004.

[77] 叶渭渠，唐月梅．日本现代文学思潮史》［M］．北京：中国华侨出版公司，1991.

［78］高建为．自然主义诗学及其在世界各国的传播和影响［M］．南昌：江西教育出版社，2004．

［79］李岫．茅盾研究在国外［C］．长沙：湖南人民出版社，1984．

［80］钱林森．法国作家与中国［M］．福州：福建教育出版社，1995．

［81］陈晓兰．文学中的巴黎与上海——以左拉和茅盾为例［M］．桂林：广西师范大学出版社，2006．

［82］［德］黑格尔．哲学史讲演录（第一卷）［M］．贺麟，王太庆，等，译．上海：商务印书馆，1997．

［83］［美］马文·哈里斯．文化人类学［M］．李培茉，高地，译．上海：东方出版社，1988．

［84］［美］怀特．文化科学——人和文明的研究［M］．曹锦清，等，译．杭州：浙江人民出版社，1988．

［85］［美］鲁思·本尼迪克特．文化模式［M］．张燕，等，译．杭州：浙江人民出版社，1987．

［86］［美］A．马塞勒等．文化与自我——东西方人的透视［M］．任鹰，等，译．杭州：浙江人民出版社，1988．

［87］［美］爱德华·W．萨义德．东方学．王宇根译．［M］．上海：三联书店，1999．

［88］［美］E．希亦斯．论传统［M］．傅铿，吕乐，译．上海：上海人民出版社，2009．

［89］［美］费正清．美国与中国［M］．张理京，译．北京：世界知识出版社，1999．

［90］［美］福克纳．我弥留之［M］．李文俊，等，译．桂林：漓江出版社，1990．

［91］［美］夏志清．中国古典小说史论［M］．胡益民，石晓林，单坤琴，译．南昌：江西人民出版社，2001．

［92］［美］哈罗德·詹姆斯．家族企业［M］．暴永宁，译．上海：三联书店，2008．

［93］［英］伊格尔顿．历史中的政治、哲学、爱欲［M］．马海良，译．北京：中国社会科学出版社，1999．

［94］［英］罗素．西方哲学史（上、下卷）［M］．何兆武，李约瑟，马元德，等，译．上海：商务印书馆，1982．

［95］［英］阿诺德·汤因比．历史研究［M］．曹未风，等，译．上海：上海人民出版社，1986．

［96］［日］中村元．比较思想论［M］．吴震，译．杭州：浙江人民出版社，1987．

［97］［日］吉田精一．现代日本文学史［M］．齐干，译．上海：上海人民出版

社，1976.

[98]［日］中村新太郎.日本近代文学史话［M］.卞立强，俊子，译.北京：北
　　京大学出版社，1986.

[99]［日］田仲一成.中国的宗族与戏剧［M］.钱杭，任余白，译.上海：上海
　　古籍出版社，1992.

[100]［匈牙利］卢卡契.卢卡契文学论文集（二）［M］.中国社会科学院外国文
　　　学研究所，等，编译.北京：中国社会科学出版社，1981.

[101]［捷］雅罗斯拉夫·普实克.普实克中国现代文学论文集［M］.李燕乔，
　　　等，译.长沙：湖南文艺出版社，1987.

# 附录：中国现代主要家族小说目录

[1] 鲁迅. 狂人日记［M］//呐喊. 新潮出版社, 1923.

[2] 巴金. 家［M］. 开明书店, 1933.

[3] 茅盾. 子夜［M］. 开明书店, 1933.

[4] 张恨水. 金粉世家［M］. 世界书局, 1935.

[5] 巴金. 春［M］. 开明书店, 1938.

[6] 端木蕻良. 科尔沁旗草原［M］. 开明书店, 1939.

[7] 林语堂. 瞬息京华（《京华烟云》）［M］. 东风书店, 1940.

[8] 巴金. 秋［M］. 开明书店, 1940.

[9] 萧红. 呼兰河传［M］. 河山出版社, 1941.

[10] 靳以. 前夕［M］. 文化生活出版社, 1942.

[11] 张爱玲. 传奇［J］. 上海杂志社, 1944.

[12] 巴金. 憩园［M］. 文化生活出版社, 1944.

[13] 老舍. 惶惑［M］. 良友图书公司, 1944.

[14] 路翎. 财主底儿女们（上）［M］. 希望出版社, 1945.

[15] 王西彦. 古屋［M］. 文化生活出版社, 1946.

[16] 老舍. 偷生［M］. 晨光出版公司, 1946.

[17] 路翎. 财主底儿女们（下）［M］. 希望出版社, 1948.

[18] 梁斌. 红旗谱［M］. 中国青年出版社, 1957.

[19] 欧阳山. 三家巷［M］. 广东人民出版社, 1959.

[20] 周克芹. 许茂和他的女儿们［M］. 百花文艺出版社, 1980.

[21] 程乃珊. 蓝屋［M］. 百花文艺出版社, 1984.

[22] 路遥. 平凡的世界（第一部）［M］. 中国文联出版公司, 1986.

[23] 李佩甫. 李氏家族第十七代玄孙［M］. 百花文艺出版社, 1987.

[24] 张炜. 古船［M］. 人民文学出版社, 1987.

[25] 莫言. 红高粱家族［M］. 解放军文艺出版社, 1987.

[26] 王蒙. 活动变人形［M］. 人民文学出版社, 1987.

[27] 贾平凹. 浮躁［M］. 作家出版社, 1987.

［28］路遥．平凡的世界（第二部）［M］．中国文联出版公司，1988．

［29］霍达．穆斯林的葬礼［M］．十月文艺出版社，1988．

［30］张石山．母系家谱［M］．中国文联出版公司，1988．

［31］铁凝．玫瑰门［M］．作家出版社，1989．

［32］路遥．平凡的世界（第三部）［M］．中国文联出版公司，1989．

［33］彭见明．大泽［M］．作家出版社，1990．

［34］苏童．妻妾成群［M］．花城出版社，1991．

［35］潘吉光．黑色家族［M］．湖南文艺出版社，1991．

［36］格非．敌人［M］．花城出版社，1991．

［37］苏童．米［M］．江苏文艺出版社，1991．

［38］雷铎．子民们［M］．人民文学出版社，1991．

［39］赵玫．我们家族的女人［M］．春风文艺出版社，1992．

［40］李锐．旧址［M］．上海文艺出版社，1993．

［41］潘军．风［M］．河南人民出版社，1993．

［42］刘恒．苍河白日梦［M］．江苏文艺出版社，1993．

［43］王安忆．纪实和虚构：创造世界方法之一种［M］．人民文学出版社，1993．

［44］扎西达娃．西藏：隐秘岁月［M］．长江文艺出版社，1993．

［45］张炜．九月寓言［M］．上海文艺出版社，1993．

［46］陈忠实．白鹿原［M］．人民文学出版社，1993．

［47］高建群．最后一个匈奴［M］．作家出版社，1993．

［48］余华．活着［M］．长江文艺出版社，1993．

［49］黎汝清．故园暮色［M］．上海文艺出版社，1994．

［50］黎汝清．故园夜雨［M］．上海文艺出版社，1995．

［51］张抗抗．赤彤丹朱［M］．人民文学出版社，1995．

［52］方方．风景［M］．江苏文艺出版社，1996．

［53］王安忆．伤心太平洋［M］．华艺出版社，1995．

［54］徐坤．女娲［M］．河北教育出版社，1995．

［55］张炜．家族［M］．上海文艺出版社，1995．

［56］张宇．疼痛与抚摸［M］．人民文学出版社，1995．

［57］王旭烽．南方有嘉木·茶人三部曲第一部［M］．浙江文艺出版社，1995．

［58］王安忆．长恨歌［M］．作家出版社，1996．

［59］莫言．丰乳肥臀［M］．作家出版社，1996．

［60］北村．施洗的河［M］．花城出版社，1996．

［61］赵德发．缝蜷与决绝［M］．人民文学出版社，1996．

［62］蒋韵．栋树的囚徒［M］．花城出版社，1996.

［63］少鸿．梦土（上）［M］．湖南文艺出版社，1996.

［64］少鸿．梦土（下）［M］．湖南文艺出版社，1997.

［65］陆天明．木凸［M］．作家出版社，1997.

［66］郑九蝉．红梦［M］．中原农民出版社，1997.

［67］革非．清水幻象［M］．作家出版社，1997.

［68］洪峰．瀚海［M］．华夏出版社，1997.

［69］洪峰．东八时区［M］．华夏出版社，1997.

［70］余华．活着［M］．南海出版公司，1998.

［71］阿来．尘埃落定［M］．人民文学出版社，1998.

［72］老城．家园考［M］．中国文联出版公司，1998.

［73］季宇．徽商［M］．海天出版社，1998.

［74］徐小斌．羽蛇［M］．花城出版社，1998.

［75］周建新．大户人家［M］．作家出版社，1998.

［76］周大新．第二十幕［M］．人民文学出版社，1998.

［77］王旭烽．不夜之侯·茶人三部曲第二部［M］．浙江文艺出版社，1998.

［78］余华．许三观卖血记［M］．南海出版公司，1998.

［79］余华．呼喊与细雨［M］．南海出版公司，1999 年.

［80］王旭烽．筑草为城·茶人三部曲第三部［M］．浙江文艺出版社，1999.

［81］谈歌．家园笔记［M］．人民文学出版社，1999.

［82］李佩甫．羊的门［M］．华夏出版社，1999.

［83］李佩甫．李氏家族［M］．百花文艺出版社，1999.

［84］周显麟．世家［M］．作家出版社，1999.

［85］叶广芩．采桑子［M］．北京十月文艺出版社，1999.

［86］庞瑞垠．秦淮世家．钞库街．桃叶渡．乌衣巷［M］．江苏文艺出版社，1999.

［87］钟物言．百年因缘［M］．作家出版社，1999.

［88］林希．天津卫的金枝玉叶［M］．中国青年出版社，1999.

［89］周瑾．淡缘浮世［M］．漓江出版社，2000.

［90］黎汝消．故园晨曦［M］．上海文艺出版社，2000.

［91］铁凝．大浴女［M］．春风文艺出版社，2000.

［92］苏童．枫杨树山歌［M］．中国社会科学出版社，2001.

［93］苏童．我的帝王生涯［M］．北岳文艺出版社，2001.

［94］李亦．药铺林［M］．作家出版社，2001.

［95］张洁．无字［M］．北京十月文艺出版社，2002.

[96] 张一弓. 远去的驿站 [M]. 长江文艺出版社，2002.

[97] 党益民. 喧嚣荒原 [M]. 作家出版社，2002.

[98] 王朔. 我是你爸爸 [M]. 云南人民出版社，2002.

[99] 范剑平. 百年家族 [M]. 上海文艺出版社，2003.

[100] 李佩甫. 城的灯 [M]. 长江文艺出版社，2003.

[101] 方方. 祖父在父亲心中 [M]. 江苏文艺出版社，2003.

[102] 孟繁树，李秀民. 书香门第 [M]. 吉林人民出版社，2003.

[103] 王安忆. 叔叔的故事 [M]. 中国电影出版社，2004.

[104] 范稳. 水乳大地 [M]. 人民文学出版社，2004.

[105] 刘醒龙. 圣天门口 [M]. 人民文学出版社，2005.

[106] 衣向东. 牟氏庄园 [M]. 北京十月文艺出版社，2005.

[107] 迟子建. 额尔古纳河右岸 [M]. 北京十月文艺出版社，2005.

[108] 铁凝. 笨花 [M]. 人民文学出版社，2006.

[109] 杨黎光. 园青坊老宅 [M]. 人民文学出版社，2006.

[110] 徐名涛. 蟋蟀 [M]. 河南文艺出版社，2006.

[111] 东君. 树巢 [M]. 重庆出版社，2008.

[112] 马步升. 青白盐 [M]. 敦煌文艺出版社，2008.

[113] 张翎. 金山 [M]. 十月文艺出版社，2009.

[114] 莫言. 蛙 [M]. 上海文艺出版社，2009.

[115] 张翎. 雁过藻溪 [M]. 华东师范大学出版社，2009.

[116] 林希. "小的儿" [M]. 新华出版社，2010.

[117] 钟道宇. 紫云 [M]. 广东花城出版社，2011.

[118] 马步升. 一九五〇年的婚事 [M]. 作家出版社，2011.

[119] 何顿. 湖南骡子 [M]. 人民文学出版社，2011.

[120] 孙莉. 混血儿 [M]. 中国青年出版社，2012.

[121] 李健. 木垒河 [M]. 湖南文艺出版社，2012.

[122] 冯积岐. 漩涡 [M]. 作家出版社，2014.

[123] 郭小东. 铜钵盂——侨批局演义 [M]. 羊城晚报出版社，2015.

[124] 季宇. 新安家族 [M]. 安徽文艺出版社，2016.

[125] 少鸿. 百年不孤 [M]. 湖南文艺出版社，2016.

[126] 马步升. 小收煞 [M]. 作家出版社，2016.

[127] 严歌苓. 陆犯焉识 [M]. 作家出版社，2016.

[128] 司南. 民国银号 [M]. 安徽文艺出版社，2017.

（附录以小说的出版时间进行排序）

# 后　记

近百年来，中国家族小说在中外优秀文化和文学的影响、契合、创造中悄然生长。我们的一代代作家在世界经典作品的熏陶下，以各自的创作实绩共同构筑了中国现代家族小说的瑰丽长廊。然而，既往此方面的大多研究，或侧重从同一国别、同一类型作品间进行，或从较为宏大的中西母题等角度展开，缺乏比较视域的集成式经典个案的系统探讨。为此，我们着手比较视域中的中国现代家族小说研究，从近百年中国文学史的考察中，精选了八部家族长篇小说进行集成式比较性探究，以期通过中外经典家族小说对中国现代家族小说影响的个案式剖析和它们之间的平行比较，对中国家族小说的创作源流和后世影响进行系统梳理与深入阐释，并以此为契机考察中国小说与中外经典作品之间的契合、继承与创新，开拓家族小说研究的新视野。我们期望这本小书，在回应创作的呼唤，促进家族小说的现代重构，探索中国家族文化发展的内在规律等方面能提供些许有益的启示。

这本著作的完成，是我与龙其林、李永东两位同人精诚合作的成果。其林与永东都曾在我任教的湖南师范大学攻读硕士学位，永东师从著名学者谭桂林教授，其林则跟随我学习，他俩当年就是才情与智慧兼具的优秀学子，如今已成为国内学界颇有影响的青年学者，其林是广州大学 80 后年轻教授，永东则被评为教育部青年长江学者，我衷心地为他们欣喜和骄傲。此外，彭文忠、张晓辉也为本书第二、第四章的写作付出了辛劳。

本书的部分内容曾有幸得到《外国文学研究》《中州学刊》《湖南师范大学社会科学学报》《湘潭大学社会科学学报》《理论月刊》《理论与创作》等刊物编辑老师的指点和提携，并先行予以发表；教育部后期资助项目评审专家和湖南师范大学文学院一流学科则为本书的出版提供了精辟的意见和经费的支持。对此，我们表示诚挚的谢意。

在本书即将出版之际，我们衷心地感激知识产权出版社的领导和蔡虹责编，他们睿智的眼光和细致的工作玉成了本书的付梓；我们深深地感谢长久以来一直给予我们所进行的家族小说研究以支持和鼓励的张炯、谭桂林、程光炜、何锡章等诸位先生，他们智慧的心灵和温暖的手臂帮助我们顺利完成了本书的撰写。同时，我们也永远忘不了关怀、扶持我们成长的湖南师大文学院的领导和老师们，在以上这些老师和朋友的身上，我们看到了新时代学术研究的希望。

赵树勤

2019 年 10 月于岳麓山下